列朝詩集

〔清〕錢謙益 撰集
許逸民 林淑敏 點校

第七册

中華書局

列朝詩集目録

丙集第十一

李副使夢陽五十首　附録詩五首

丙集第十三

丙集第十四

丙集第十五

丙集第十六

丁集第一

丁集第二

列朝詩集丙集第十一

李副使夢陽五十首　附録詩五首

夢陽字獻吉，慶陽人，徙大梁。弘治癸丑進士，授户部主事，遷員外，監三倉。下獄，尋得釋。已而應詔，陳言二病、三害、六漸，末及壽寧侯張鶴齡怙寵殃民，爲外戚驕恣之漸。壽寧摘疏中張氏字爲訕母后，上不得已繫錦衣獄，旋釋之，奪俸三月。出獄，遇鶴齡大市街，乘醉唾駡，揮鞭擊之，墮二齒，鶴齡隱忍而止。正德改元，進郎中。代尚書韓文草奏，劾八閹，坐姦黨，鐫職致仕。明年，復逮系。自戊午至此，凡十年，下吏者三矣。劉瑾必欲殺之，康海謁瑾，以詭辭撼瑾，乃得免。瑾誅，起江西提學副使，倚恃氣節陵轢臺長，坐許奏罷免。宸濠誅，坐爲濠撰《陽春書院記》，獄辭連染。林俊爲司寇，力持之，得亡窮治。失勢家居，賓從日進，間從汳雒間少年射獵，繁吹兩臺間二十年而卒。獻吉生休明之代，負雄鷙之才，僩然謂漢後無文，唐後無詩，以復古爲已任。信陽何仲默起而應之。自時厥後，齊吴代興，江楚特起，北地之壇坫不改，近世耳食者至謂唐有李、杜，明有李、何，自大曆以迄成化，上下千載，無餘子焉。嗚呼，何其悖也！何其陋出！夷考其實，平心而論之，由本朝之詩溯而上之，格律差殊，風調各别，標舉興會，舒寫性情，其源流則一而已矣。獻吉以復古自命，曰古詩必漢、魏，必三謝，今體必初、盛唐，必杜，舍是無詩焉，牽率模擬剽賊於聲句字之間，如嬰兒之學語，如桐子之洛誦，字則字，句則句，篇則篇，毫不能吐其心之所有，古之人固如是乎？天地之運會，人世之景物，新新不停，生生相續，而必曰漢後無文，唐後無詩，此數百年之宇宙日月盡皆缺陷晦蒙，直待獻吉而洪荒再闢乎？獻吉曰：「不讀唐以後書。」獻吉之詩文引據唐以前書，紕繆掛漏不一而足，又何説也？國家當日中月滿，盛極孽衰，粗材笨伯乘運而起，雄霸詞盟，流傳訛種，二百年以來，正始淪亡，榛蕪塞路，先輩讀書種子從此斷絶，豈細故哉！後有能别裁僞體，如少陵者，殆必以斯言爲然。其以是獲罪於世之君子，則非吾所惜也。獻吉詩《弘德集》三十三卷、《空同子集》又若干卷，録得五十二首。其有大篇長律，舉世誦習，而余所汰去者，爲存其百一，略疏其瑕纇，以申明去取之義，庶幾學北地之學者或有省焉。

田園雜詩

壯時掉塵鞅，老乃即農務。值兹田事終，怛然感霜露。原萋日以斂，林華不守故。嚴霜凈遊氣，翔鵠在天路。鶡雀躍蓬蒿，啄食不滿嗉。而余竟何言。飯牛髮今素。

贈青石子二首

高鳥有違群，離獸多悲音。懿彼婉孌子，悵然分此襟。朝發南河隅，夕暮乃北岑。玄雲既無極，黄波浩且深。君其四海翔，無言還舊林。

季秋凋群木，寒潦濫中軌。笳鼓濟方舟，軒車匝河涘。攀德惜遥邁，悵分睇馳晷。采蘭徒情結，把菊爲誰美。願子厚衣襦，霜露自兹始。

自南昌往廣信述懷

朝離傍羅浦，東至龍潭宿。戢枻候明發，獨寤守空曲。宵晝有常理，欲往不獲速。多慮良攪眠，强置復攢觸。起立萬動寂，湍響應鳴谷。驚風臨岸激，高月散春木。絮雲吐岑岫，玉繩低以屬。慨哉復奚道，徘徊至天旭。

雜詩二首

昔余曳鳴佩，謁帝扣天閶。聖人垂衮衣，賡歌庶事康。鼎成不我顧，奄忽驅龍翔。生死變化理，反覆開存亡。榮華有銷落，連茹切微霜。晨朝在須臾，返車棲扶桑。

自聞鶗鴂鳴，於心懷憂傷。陰氣馴以厲，庭草隕繁霜。皋蘭萎不榮，瑟風遊素商。浮雲晝易冥，白日時漏光。登山期所思，反見高鳥翔。蹀躞豈規步，訛言倘譸張。揮袂層霄間，撫劍增慨慷。

解酋行

都昌縣南乾沙上，射雁者誰三五群。氈帽紅裘黄戰裙，云是解酋官達軍。沙下北風吹艦旗，邊軍觀喜家軍悲。朝廷日夜望俘至，雪凍酋船猶住兹。縣官逃走驛官啼，要錢勒酒仍要鷄。姚源遺孽尚反覆，爾曹不得誇遼西。

土兵行

豫章城樓饑啄烏，黄狐跳踉追赤狐。北風北來江怒湧，土兵攫人人叫呼。城外之民徙城内，塵埃不見章江途。花裙蠻奴逐婦女，白奪釵環换酒沽。父老向前語蠻奴：「慎勿横行王法誅。華林桃源諸賊徒，金帛子女山不如。汝能破之惟汝欲，犒賞有酒牛羊猪，大者陞官佩綬趨。」蠻奴怒言：「萬里入爾都，爾生我生屠我屠！」勁弓毒矢莫敢何，意氣似欲無彭湖。彭湖翩翩飄白旗，輕舸蔽水陸走車。黄雲掩地春草死，烈火誰分瓦與珠。寒崖日月豈盡照，大邦鬼魅難久居。天下有道四夷守，此輩可使亦可虞。何况土官妻妾俱，美酒大肉吹笙竽。

豆筮行

昨當大風吹雪過，湖船無數冰打破。冰巘嵓嶬山獄立，行人駭觀淚交墮。景泰年間一丈雪，父老見之我此禍。鄱陽十日路斷截，廬山百姓啼寒餓。旌竿凍折鼙鼓啞，浙軍楚軍袖手坐。將軍部兵蔽江下，飛報沿江催豆筮。邑官號呼手足皴，馬騾鷄犬遺眠卧。前時邊達三千軍，五個病熱死兩個。彎弓值凍不敢發，昔何猛毅今何懦。李郭鄴城圍不下，裴度淮西手可唾。從來强弱不限域，任人豈論小與大。當衢寡婦攜兒哭，秋禾枯槁春難播。縱健徵科何自出，大兒牽纏陸挽馱。

朝飲馬送陳子出塞

朝飲馬，夕飲馬，水咸草枯馬不食，行人痛哭長城下。城邊白骨借問誰，云是今年築城者。但道辭家别六親，寧知九死無還身。不惜身爲城下土，所恨功成賞别人。去年賊掠開山縣，黑山血迸單于箭。萬里黄塵哭震天，城門晝閉無人戰。今年下令修築邊，丁夫半死長城前。城南城北秋草白，愁雲日暮鳴胡鞭。

胡馬來再贈陳子

冬十二月胡馬來，白草颯颯黄雲開。沿邊十城九城閉，賀蘭之山安在哉。傳聞清水不復守，遊兵早扼黄河口。即看烽火入甘泉，已詔將軍屯細柳。去年穿塹長城裏，萬人齊出千人死。陸海無毛殺氣蒸，五月零冰凍河水。當時掘此云備胡，胡人履之猶坦途。聞道南侵更西下，韋州固原今有無？從來貴德不貴險，英雄豈可輕爲謨。尚書號令速雷電，抱玉誰敢前號呼。遂令宵旰議西討，兹咎祇合歸吾徒。我師如貔將如虎，九重按劍赫師怒。惜哉尚書謝歸早，不睹將軍報平虜。

朱仙鎮

水店回岡抱，春湍滚白沙。戰場猶傍柳，遺廟祇棲鴉。萬古關河淚，孤村日暮笳。向來戎馬志，辛苦爲中華。

朱仙鎮廟

宋墓莽岑寂，嶽宫今在兹。風霜留檜柏，陰雨見旌旗。百戰回戈地，中原左衽時，土人嚴伏臘，偏護向南枝。

早春繁臺

泯泯春猶早，行行賞不違。柳黄沙際見，草色雪中歸。積水生雲氣，孤城下夕暉。誰禁臺寺望，北雁又將飛。

獄夜

簷景棲棲落，臺居黯黯幽。鼠緣争果墜，螢過隔衣流。幸竊餘光照，那蠲多穴愁。亦知廣川子，局蹐爲春秋。

秋興

十載宋梁間，鷄鳴望四關。月來天似水，雲起樹爲山。朝市今何處，流波去不還。高秋未歸客，腸斷濁涇灣。

南陽宅訪徐禎卿

東閣能留第，南人暫亦居。琴書遷卧内，騎馬到堂除。殘樹喧巢鵲，微風走壁魚。追思秉鈞日，冠蓋爛盈閭。

立春柬鄭生問其愁病

天涯春又至，遊子近如何。病久詩難減，鄉遥夢易多。藥苗春尚雪，舟楫海初波。舊業方山下，東風遍緑莎。

冬日靈濟宮十六韻

貝闕崑崙外，浮生此路疑。蓬萊移舊國，塵世出瑶池。蕞爾雙仙跡，飛騰後晉時。論功竟恍惚，讖兆且逶迤。慫恿精靈託，呼嘘霹靂隨。先皇親議號，繼聖必修辭。爵陟王侯上，尊同帝者師。龍襦分内錦，宫女準昭儀。雨露宫城切，星辰天仗移。琳琅摇繡栱，松柏蔭丹墀。瓶内金花踴，龕前紫鳳垂。晴還日月秘，瞑則鬼神悲。玉鼎推龍虎，瑶編述姹兒。漢惟欒大顯，秦竟羡門欺。五帝非無術，千齡今見誰。累朝盟誓册，玉櫃少人知。

秋懷二首

慶陽亦是先王地，城對東山不窟墳。白豹寨前惟皎月，野狐川北盡黄雲。天清障塞收禾黍，日落谿山散馬群。回首可憐鼙鼓急，幾時重起郭將軍。

大同宣府羽書同，莫道居庸設險功。安得昔時白馬將，横行早破黑山戎。書生誤國空談裏，禄食驚心旅病中。女直外連憂不細，急將兵馬備遼東。

九日南陵送橙菊

朱門美菊采先芳，玉圃新橙摘早霜。傳送滿盤真鬬色，分看隨手各矜香。深憐便合移樽酹，暫貯應須得蟹嘗。獨醉秋堂卧風物，一年晴雨任重陽。

限韻贈黄子

禁垣春日紫煙重，子昔爲雲我作龍。有酒每邀東省月，退朝曾對掖門松。十年放逐同梁苑，中夜悲歌泣孝宗。老體幸强黄犢健，柳吟花醉莫辭從。

自闕西回展外舅大夫之墓用前韻

遥阡無計掃春萊，絮酒何因到夜臺。西客兩年和淚到，北風千里共愁來。田園樹大身先葬，書畫樓成晝不開。殁後外孫今五尺，百年遺恨使人哀。

出使雲中作

黄河水繞漢邊墻，河上秋風雁幾行。客子過壕追野馬，將軍韜箭射天狼。黄塵古渡迷飛挽，白月横空冷戰場。聞道朔方多勇略，祇今誰是郭汾陽。

晚出禁闥

楊柳南城道，芙蓉小苑通。内使來調馬，君王敕射熊。

東華門偶述

銀瓮爛生光，盤龍繡袱香。但知從内出，不省賜何王。

黄州

浩浩長江水，黄州那個邊。岸迴山一轉，船到堞樓前。

江行雜詩二首

迎送山相似，舟移迷北南。回看皂口日，已照石華潭。

日出青蘋濕，江渾路不分。昨宵驅雨至，知是海南雲。

送人

頗訝楓林赤，無風葉自鳴。來人與歸客，同聽不同情。

子夜四時歌二首

共歡桃下嬉，心同性不合。歡愛桃花色，妾願桃生核。

柳條宛轉結，蕉心日夜卷。不是無舒時，待郎手自展。

春曲二首

春風度山閣，憑軒望江路。簾動時有香，不見花開處。
翩翩誰家燕，銜泥向何所。避人花叢裏，忽復梁間語。

楊白花

寧唱采菱曲，休歌楊白花。菱生猶有蒂，花去落誰家。

相和歌

美人羅帶長，風吹不到地。低頭采玉簪，頭上玉簪墜。

月夜吟

月出東方高，剌剌燈下語。漂摇林中籜，淅淅如寒雨。

開先寺

瀑布半天上，飛響落人間。莫言此潭小，摇動匡廬山。

寄徐子

東省堂前樹，南陽宅裏花。春風如往日，夜月向誰家？

寄都主事穆

江草喚愁生，思君黄鳥鳴。遥心將夜月，同滿闔閭城。

贈客

出郭江南望，暮天雲北飛。斷蓬寒更轉，長路幾人歸。

贈王佐史

君家百翁酒，留連胡不飲。花月我自來，醉即花間寢。

送王生北行

朝散午門西，春風起御堤。上林花半發，幾處早鶯啼。

汴中元夕二首

中山孺子倚新妝，鄭女燕姬獨擅場。齊唱憲王春樂府，金梁橋外月如霜。
細雨春燈夜色新，酒樓花市不勝春。和風欲動千門月，醉殺東西南北人。

春日宴王孫之第

紫宮華宴敞春風，密樹初花日映紅。向暮酒闌香不斷，始知春在綺羅中。

雲中曲二首

黑帽健兒黃貉裘，匹馬追胡紫塞頭。相逢不肯通名姓，但稱家住古雲州。
白登山寒低朔雲，野馬黃羊各一群。冒頓曾圍漢天子，胡兒惟説李將軍。

塞上

天設居庸百二關，祁連更隔萬重山。不知誰放呼延入，昨日楊河大戰還。

夏口夜泊别友人

黄鶴樓前日欲低，漢陽城樹亂烏啼。孤舟夜泊東游客，恨殺長江不向西。

附録詩五首

功德寺

宣宗昔遊幸，遊戲玉泉傍。立宇表巀嵲，開池荷芰香。波樓遞蹩沓，風松奏笙簧。百靈具來朝，落日錦帆張。萬乘雷霆動，千岸滅流光。綺繡錯展轉，翠旗沓低昂。法眷①撞鐘鼓，宮女拭御牀。笙鏞沸兩序，星斗宿巖廊②。至尊奉太后，國事付三楊。六軍各晏眠，百官守舊章。巡非瑶水遠③，迹豈玉臺荒。嗚呼百年來，回首一慨傷。鳳騰赤霄暮，龍歸竟茫茫④。山風撼網户，紫殿生夜霜。退朝直休沐，我行暫翺翔。娟娟登崖林，慘慘度石梁。廢道哀湍瀉⑤，松柏間成行。啟鑰肅覽歷⑥，過位增悲涼。積久灑掃缺，乳鴿鳴膳堂。舊時琉璃井，倒樹如人長。神已佐上帝，教豈託空王⑦。鈴磬颯鳴戛，晨昏禮相將。盤遊非聖理，操蹤在先皇⑧。至今朝廷上，不改舊紀綱。

①原注：「『法眷』字義何解？」

②原注：「以上鋪序殊無針綫，行墨不多而頭緒棼如。」

③原注：「直寫杜句。」

④原注：「未見鼎成之痛。」

⑤原注：「杜句。」

⑥原注：「不成句。」

⑦原注：「陵廟方新，而曰『教託空王』，於義未允。」

⑧原注：「『操縱』二字鶻突。」

獻吉此詩，仿老杜《玉華》、《九成》、《橋陵》諸詩而作，僅竄竊其字句耳。篇章之頓挫，叙次之嚴密，點綴之工麗，則概乎未有聞也。試爲虛心抉摘，則文義之回背，篇法之錯亂，十字之内，兩行之間，瑕疵雜見，棼如亂絲。世人不察，以爲學杜之宗，豈不大誤。

乙丑除夕追往憤五百字

憶昔蕤賓初，皇疾輟臨仗。維日白氣亘，黑風復排蕩。俄傳天柱折，忽若慈母喪①。帝本堯舜姿，末履轉清伉②。斂衽接耆碩，高出文景上。兩宮悦孝子，九廟歆流鬯。毅然整六師，霹靂無前向。犬羊遁朔漠，鯨鯢蟄溟漲。囦冲不凝壽，日表空殊相。蜿蜿湖中龍，一夕拔驚浪。回首哭蒼梧，魂斷湘南瘴③。念昨下明綸，臣也誠無狀。誓死叫閶闔，伸頸甘砧盎。粱實勢如灼，漢廷色惆悵。皇乃西園遊，召彼侍供帳。從容杯酒間，似讓還非讓④。未剖青瑣封，已下金鷄放。臣微詎足惜，統體關衰王。曆數古明辟，聖節疇能尚。逝欲碎臣骨，吁帝不得迋。攀髯眇莫及，痛哭橋山葬。玉光動前星，朱符闡靈貺。主器難久虚，勉起答群望⑤。金木欻爲祟，太白晝相抗。羯胡敢余侮，吾徒盡乘障⑥。嗚呼榆臺役，棄我六千壯。踉蹌戰士骨，躐趿將軍韔。二竪固輕率，腐尸亦雲當。所恨國威辱，北鄙氣悽愴。鉦鼓疑皇情，何以慰宸況⑦。凄凄建未月，臨門遣征將。紈袴作元戎，京軍欲浮宕。翻使沿邊卒，束手遭棰掠。揭嶟雲中城，誰復扼其吭。胡來風雨聲，胡去横拍唱。千村與萬落，人煙奔漂蕩。嬰兒貫高槊，志婦經衣桁。狐狸叫破壘，落日悄蒼漭。此輩誠鼠竊，反覆亦難量。騏驥駕鹽車，虚名縛骯臟。世豈乏頗牧，賤或執鞭杖。瑣瑣登壇子，飽之則飛揚。吁此良太枉，國愾何由暢。水旱而秋雷，陰陽迭驕亢。皇天雖至公，視之但坱坱⑧。臣當歷服始，謬進大夫行。退朝實憤切，欲吐畏官謗。武王秉黄鉞，師事太公望⑨。列聖構梁棟，駕馭亦英匠。先帝升遐日，臨榻召三相。

① 原注：「二語直而不文。」

② 原注：「『清伉』何出？」

③ 原注：「古人長篇大什無一語苟且趁韻者，元、白、皮、陸皆然，不獨老杜。此詩云『末履轉清伉』，又云『鯨鯢蜇溟漲』，又云『一夕拔驚浪』，又云『魂斷湘南瘴』，都無意義可以攬採，一皆補湊趁韻，何其牽率成章，可一哂也。此

後趁韻煩多，不遑盡疏。」

④ 原注：「叙事未了。」

⑤ 原注：「長語無謂。」

⑥ 原注：「以下叙邊事，語煩而氣率。」

⑦ 原注：「二語何其牽合。」

⑧ 原注：「語意鶻突。」

⑨ 原注：「獨舉太公者，取『望』字起韻耳，無他意義，且於顧命不切。」

此亦訪杜《北征》、《奉先》二詩而作也。請觀此詩「金木爲祟」以下，視《北征》「至尊尚蒙塵」以下，叙事之煩簡，立言之冗要，豈不較如黑白。詩止五十韻，而牽扯扭合，趁韻成篇者，什居其八。徒舉其粗豪率直，槎枒圭角，謂之學杜，舉世誦習而不敢以爲非，良可嘆也。

石將軍戰場歌

清風店南逢父老，告我己巳年間事。店北猶存古戰場，遺鏃尚帶勤王字①。憶昔蒙塵實慘怛，反覆勢如風雨至②。紫荆關頭晝吹角，殺氣軍聲滿幽朔。胡兒飲馬彰義門，烽火夜照燕山雲。内有于尚書，外有石將軍。石家官軍若雷電，天清野曠來酣戰③。朝廷既失紫荆關，吾民豈保清風店。牽爺負子無處逃，哭聲震天風怒號。兒女牀頭伏鼓角，野人屋上看旌旄。將軍此時挺戈出，殺胡不異草與蒿。追北歸來血洗刀，白日不動蒼天高。萬里煙塵一劍掃，父子英雄古來少。天生李晟爲社稷，周之方叔今元老④。單于痛哭倒馬關，羯奴半死飛狐道。處處歡聲噪鼓旗，家家牛酒犒王師。休誇漢室嫖姚將，豈説唐朝郭子儀⑤。沉吟此事六十春，此地經過淚滿巾。黄雲落日枯骨白，沙礫慘淡愁行人。行人來折戰場柳，下馬坐望居庸口。却憶千官迎駕初，千乘萬騎下皇都。乾坤得見中興主，日月重開再造圖。梟雄不數雲臺士，楊石齊名天下無⑥。嗚呼！楊石今已無，安得再生此輩西備胡。

① 原注：「起得磊落。」

② 原注：「叙事無法。」

③ 原注：「序事上下文不相關鎖。」

④ 原注：「叙事殊乏警策，以李晟、方叔比石亨父子，擬人非其倫矣。」

⑤ 原注：「既云方叔、李晟，又舉嫖姚、子儀，何其贅也。」

⑥ 原注：「初云内於外石，至此忽舉楊、石，何其突兀不相照應。」

此章音節激昂，久爲海内傳誦。其摹仿少陵，皆字句之間耳。叙致錯互，比擬失倫，但矜才魄，絶無脈理，以此學杜，真何氏所謂「古人影子」也。程孟陽云：「全倚句字闌闠，安有機神開闔，浪得大名，蔓傳訛種。」可謂切中空同之病。

奉送大司馬劉公歸東山草堂歌

東山有草堂，縹緲雲嶠孤。前對祝融峰，下瞰巴陵湖。明公昔時此堂居，麋鹿熊豕當窗趨。洞庭日落風浪湧，倒影射堂堂欲動。慘淡誰聞紫芝曲，獨善不救蒼生哭①。先帝親裁五色詔，老臣曾受三朝禄。此時邊徼多戰聲，曳履謁帝登承明。謝安笑却淮淝敵，魏相坐測單于兵。九重移榻數召見，夾城日高未下殿②。英謀密語人不知，左右微聞至尊羨。自從龍去不可攀，公亦卧病思東山。湘娥含笑倚竹立，山鬼窈窕堂之側③。上書苦死祇欲歸，聖旨優容意悽惻。内府盤螭縷金織，賜出傾朝皆動色。白金之鋌紅票記，寶鈔生硬鴉翎黑。崇文城門水雲白，是日觀者塗路塞。城中冠蓋盡追送，塵埃不見長安陌。人生富貴豈有極，男兒要在能死國，不爾抽身早亦得。君不見漢二疏，千載想慕傳畫圖。即如草堂何處無，禄食覥竊胡爲乎？乃知我公真丈夫！嗚呼，乃知我公真丈夫！

① 原注：「二聯序致屛兀，音節亦未諧合。」

② 原注：「『夾城』字引用未合。」

③ 原注：「二語側出不韻。」

忠宣之出處，關係泰、康兩陵盛衰之際，史家序忠宣去國，必引據獻吉此詩，以爲美談。取次誦之，非不琅琅若出金石，而細按其脈理音節，散緩錯互，其可指摘者多矣。吾不敢徇名而取之也。

鄱陽湖十六韻

太祖平陳日①，樓船下此湖。波濤留壯色，天地見雄圖。水上開黄屋②，雲中下赤烏。士猶詢後載，戈已倒前途③。力屈鯨鯢僕④，聲回雁鶩呼⑤。横江收玉笥，跨海定金符⑥。文軌遥通楚，梯航訖至吴。

虎賁雖莫敵，龍戰豈全辜⑦。血染猶丹草，骨沉空白蕪。汀洲夜寂寂，霜月鬼嗚嗚。殺氣黿鼉徙，腥風島嶼孤。晉人拾古鏃，艇客慨秋菰。偉彼高光烈，還將蕭鄧須⑧。英謀協睿算，勇奮想長驅。劍瘞神仍王，舟焚勢與徂⑨。康山巍廟在，忠武激頑夫。

①原注：「陳者，友諒之姓，非國號也。曰『平陳』，未當。」

②原注：「甲辰下武昌，始稱吴王。」

③原注：「友諒起於群盗，豈可以商紂爲比。」

④原注：「鯨鯢豈可云僕。」

⑤原注：「『雁鶩呼』亦趁韻也。」

⑥原注：「『横江』、『跨海』亦長語。」

⑦原注：「『豈全辜』亦趁韻。」

⑧原注：「杜子美當玄、肅之際，想慕中興，故有『高光耿鄧』之詞，獻吉《鄱陽》詩頌我太祖創造之業，而亦云『高光耿鄧』，何也？但學杜詩聲口，取其形似，却不知八寸三分帽子也，有戴不得去處。此文義違背之大者，不得不爲拈出。」

⑨原注：「『神仍王』於義爲晦澀，『勢與徂』於詞爲牽合。」

人謂此詩鄭重大篇，可配少陵《昭陵》二章，不知於聖祖平江漢大業，了無發揮，徒以長語支綴，取其雄渾感激之似而已。蓋其學問不過綢繪詞章，無工部胸中一部詩史作大本領也。空同詩援據故實每多乖誤，如《雁門太守行》云：「旁問太守何所之，去訪城南皇甫規。」本詞皆頌美太守，安得以皇甫規食雁語嘲之？梁簡文云：「非關買雁肉，徒勞皇甫規。」似不應如此使事也。《汴中元宵》云：「空中騎吹名王過，散落天聲滿汴州。」誤以虜之名王爲諸王也。《憶昔》絶句：「已巳蒙塵數郭登，馳驅國難有楊弘。」已巳有楊洪，那有楊弘？移人之名以就韻，恐未可也。諸如此類，舛誤弘多，聊舉一二，質之通人，庶後人不爲目學所誤耳。

康修撰海一十首

海字德涵，武功人。弘治十五年狀元，授翰林院修撰。正德初，逆瑾恨李獻吉代韓尚書草疏，繫詔獄，必殺之。獻吉獄急，出片紙曰：「對山救我。」秦人皆言：「瑾恨不能致德涵，德涵往，獻吉可生也。」德涵曰：「吾何惜一官，不救李死？」乃往謁瑾，瑾大喜，盛稱德涵真狀元，爲關中增光。德涵曰：「海何足言，今關中自有三才，古今稀少。」瑾驚問曰：「何也？」德涵曰：「老先生之功業，張尚書之政事，李郎中之文章。」瑾曰：「李郎中非李夢陽耶？應殺無赦。」德涵曰：「應則應矣，殺之關中少一才矣。」歡飲而罷。明日，瑾奏上，赦李。瑾遂欲超拜吏部侍郎，德涵力辭之，乃寢。母喪歸。逾二年，瑾敗，坐落職爲民。德涵既罷免，以山水聲妓自娱，閒作樂府小令，使二青衣被之絃索，歌以侑觴。西登吴嶽，北陟九嵕，南訪經臺、紫閣，東至太華、中條，停驂命酒，歌其所製感慨之詞，飄飄然輒欲仙去。居恒徵歌選妓，窮日落月。嘗生日邀名妓百人，爲百年會，酒闌，各書小令一闋，命送諸王邸，曰：「此差勝錦纏頭也。」楊侍郎廷儀過滸西，留飲甚歡，自起彈琵琶勸酒。楊言：「家兄在内閣，殊相念，何不以尺書通問？」德涵發怒，擲琵琶撞之，楊走，追而罵曰：「吾豈效王維，假作伶人，借琵琶討官做耶？」歸田三十餘年，其没也，以山人巾服殮，遺囊蕭然，大小鼓却有三百副，其風致可思也。德涵於詩文持論甚高，與李獻吉興起古學，排抑長沙，一時奉爲標的。今所傳《對山集》者，率直冗長，殊不足觀。或言德涵工於樂府歌，詩非其所長。又或言德涵有經世之才，詩文皆出漫筆，非其所經意者。余固不足以定之也。

雜　興

滸西亦佳勝，日日有襟期。田園俯川陸，葵藿滿階墀。野叟遺濁醪，嘉樹過凉飔。微嘯上崇巘，遐眺引東菑。牧笛風外來，園禽鳴别枝。睡足發新懷，此心誰得知。

觀魚梁

直西漳川水，水暖有魚游。僮僕值農隙，揭梁漳川頭。壓石作深溜，刺目避湍流。欲辭餌鉤急，反爲曲薄留。願爲梁上死，不作餌中收。梁上死何惜，所畏餌中羞。

邯鄲美人歌

蘭氏小姬名鳳笙，邯鄲美人獨擅名。等閒一見萬金賤，何況逍遥翡翠屏。精神婉孌性情適，自恨生身楊柳陌。陌上羞看遊冶郎，鏡中愁作當眉碧。學得秦箏不肯彈，却將針指凑齊紈。鴛鴦刺就腸先斷，掩却銀牀獨自嘆。

邀客

舊日追遊盡，蕭條幸有君。無能消宿雨，未可怨朝雲。燕市茱萸酒，秦樓翡翠裙。共來拚一醉，應勝隔墻聞。

客至

客至傳鸜鵒，秦娥唤不來。隔年留洛賦，幾夜宿陽臺。罷舞纖羅濕，還歌玉樹開。白頭慚料理，更鼓莫相催。

聞箏

寶靨西鄰女，鳴箏傍玉臺。秋風孤鶴唳，落日百泉洄。座客皆驚引，行雲欲下來。不知絃上曲，清切爲誰哀。

得粹夫書

十七年來問闊情，三千里外惜群鳴。開緘不覺懸雙淚，欲見還知隔一生。王屋空聞小有宅，終南今作渼陂行。舊時多少雲霄客，屈指何人記昔盟。

涇西村見野老邀食

野老支笻笑問予，桃花飛處即吾廬。尚思漉酒呼村妓，可暫偷閒駐小車。指點杯盤無別饌，坐談筐篋有農書。雙顴豁磊衣衫古，爾雅安閒我不如。

東侍御園亭二首

亭上花陰拂苑墻，渠邊流水浥飛淙。風流不減分司興，喚出紅妝勸酒缸。
燕家小妓石榴裙，笑酌酴酥把似君。玉面未從花裏出，瑶箏先向月中聞。

附見　康阜一首

阜字德贍，德涵之兄也。於時有神童之目。德涵生一年而阜卒，年十九。王渼陂《漫興》詩云：「德贍超悟世無倫，玉樹凋傷十九春。若遣秋霜生兩鬢，也應難弟避嶙峋。」

有　感

曉出看花到夕陽，歸來猶帶碧桃香。王孫不識春光好，夜夜鳴絲向曲房。

附見　康秀才㮚二首

㮚字子寬，德涵之子也。爲武功縣學生，年二十二而夭。有詩百餘篇。王渼陂，其婦翁也，爲序而刻之。

感　遇

燕子樓中人去時，落花飛絮繫相思。闌干獨倚看明月，腸斷春風知不知？

無題

笑看海雲初起處，吾家隱隱碧天隅。何時跨鶴隨風去，同與仙人坐白榆。

王壽州九思二十首

九思字敬夫，鄠縣人。弘治丙辰進士，選翰林院庶吉士，授檢討。九年，滿考，值劉瑾亂政，翰林悉調部屬，歷練政務，敬夫獨得吏部。不數月，長文選。瑾敗，降壽州同知。居一年，會天變，言官鈎瑾余黨，勒致仕。年八十四乃終。敬夫館選試《端陽賜扇》詩，效李西涯體，遂得首選，有名史館中。時人語曰：「上有三老，下有三討。」既而康、李輩出，唱導古學，相與訾謷館閣之體，敬夫舍所學而從之，於是始自貳於長沙矣。敬夫之再謫以及永錮，皆長沙秉國時。盛年屏棄，無所發怒，作爲歌謠及《杜甫春遊》雜劇，力詆西涯。流傳騰湧，關隴之士雜然和之。嘉靖初，纂修《實録》，議起敬夫，有言於朝者曰：「《遊春記》李林甫固指西涯，楊國忠得非石齋，賈婆婆得非南塢耶？」吏部聞之，縮舌而止。敬夫、德涵同里同官，同以瑾黨放逐浒東、鄠杜之間，相與過從談宴，徵歌度曲，以相娛樂。敬夫將填詞，以厚貲募國工，杜門學按琵琶、三絃，習諸曲，盡其技而後出之。德涵尤妙於歌彈，酒酣以往，搊彈按歌，更起爲壽，老樂工皆擊節自謂弗如也。萬曆中，廣陵顧小侯所建遊長安，訪求曲中七十老妓，令歌康王樂府，其流風餘韻，關西人猶能道之。敬夫《渼陂集》粗有才情，《續集》沓拖淺率，尤爲冗長。李中麓云：「敬夫詞曲新奇，得元人心法。」王元美云：「敬夫詞曲與德涵齊名，秀麗雄爽，康大不如也。」評者以爲不在關漢卿、馬東籬下。大率康、王皆工詞曲，而秦人推其詩文，以爲一代師匠，鄉曲之言，君子存之而已。」

彭麓山房宴集

客有紅珊瑚，盈盈高數尺。持之博村酤，反爲農父扼。相逢不一醉，别後怨疇昔。我今有美酒，來坐松下石。勸君君不飲，騎馬將安適。不見桃李花，落盡五侯宅。

睹官軍赴潁上歌

銀鞍繡甲劍在腰，馬鳴十里風蕭蕭。羽旗猶轉杏花塢，鐵騎先過楊柳橋。將軍妙手逞輕捷，一箭飛落雙皂雕。道傍觀者衆如堵，奔走流汗喜欲舞。老父嘆息忽不樂，暮年今見持戈斧。七日賊圍潁上縣，一縣萬人命如綫。聞説提兵李僉事，日夜登城奮孤戰。城中婦子愁唧唧，恨不人人生羽翼。晨炊走汲井水竭，夜號聲繞春雲黑。步兵間道單身出，簡書馬上飛來急。豈謂轅門坐風雨，不念愁城卧荆棘。叢侍郎，馬都督，請君早發元戎纛。净掃煙塵四千里，我亦西歸杜陵曲。

周將軍歌

十五學擊劍，二十學用兵。猿肱燕頷將門種，丹書紫誥金櫃盟。大明天子自神武，日向虞階舞干羽。渥窪龍駒滿帝閑，越裳翡翠來天府。長纓欲請繫單于，廟堂勿用開疆土。歲月悠悠老將至，封侯萬里無由遂。被酒酣歌缺唾壺，臨風雄辯揮如意。大兒蟠胸五千卷，紅雲留侍通明殿。元孫指掌八陣圖，青春拜受將軍弁。將軍卜築淮水濆，買田蓋屋棲白雲。刁斗漫隨程不識，園林恰似何將軍。垂楊裊裊細煙霧，短竹瀟瀟繁雨露。芰荷香散碧池風，琴樽興戀青山暮。山中甲子經七旬，堂下曾孫看幾度。劍舞時令膽氣粗，鏡光長許何顔駐。跨馬夜射南山石，韝鷹曉獵中山兔。射獵年年樂未央，山谷小虜今跳梁。棘門霸上真兒戲，野草飛沙空戰場。浮生感嘆雪盈首，世事蹉跎柳生肘。掃塵時復看龍泉，安得將軍却少年。

畫葡萄引

漢武唯知貴異物，博望常勞使西域。大夏康居産富饒，胡桐檉柳非奇特。獨取葡萄入漢宮，遂遣天王親外國。當年肉味厭侯王，今日霜根遍西北。吾家十畝後園裏，長條幾架南山側。龍鬚時裊水風斜，馬乳盡垂秋雨色。故園一別驚風雨，畫圖相對思鄉土。青錢已辦雇河舟，白首行看住草樓。但願千缸釀春酒，未須一斗博凉州。

賣兒行

村媪提攜六歲兒，賣向吾廬得穀四斛半。我前問媪：「賣兒何所爲？」媪方致詞再三嘆：「夫老病卧盲雙目，朝暮死生未可卜。近村五畝止薄田，環堵兩間惟破屋。大兒十四能把犁，田少利微飯不足。去冬蹉跎負官税，官卒打門相逼促。豪門稱貸始能了，回頭生理轉局縮。中男九歲識牛羊，雇與東鄰辦芻牧。豪門索錢如索命，病夫呻吟苦枵腹。以此相顧無奈何，提攜幼子來換穀。此穀半準豪門錢，半與病夫作饘粥。」村媪詞終便欲去，兒就牽衣呼母哭。媪心戚戚復爲留，夜假空牀共兒宿。曙鼓冬冬鷄亂叫，媪起徬徨視兒兒睡熟。吞聲飲泣出城走，得穀且爲贍窮鞠。兒醒呼母不得見，繞屋長號更躑躅。觀者爲灑淚，聞者爲顰蹙。吁嗟！猛虎不食兒，更見老牛能舐犢。胡爲棄擲掌上珠，等閒割此心頭肉？君不見富人田多氣益横，不惜貨財買童僕。一朝叱咤嗔怒生，鞭血淋漓寧有情。豈知骨肉本同胞，人兒吾兒何異形。嗚呼！安得四海九州同一春，無復鬻女賣兒人。

馬嵬廢廟行

秋風落日馬嵬道，道南廢廟顔色新。立馬踟蹰問野叟，野叟須臾難具陳。請予下馬坐樹底，展轉欲語還悲辛。正德丙丁戊巳年，寺人氣焰上薰天。寺人原是馬嵬人，大築棟宇求福田。馬嵬鎮裏東嶽祠，一時結構何參差。瀆神媚鬼意未休，浸淫及漢壽亭侯。方岳郡縣爲奔走，檄官牒吏争出頭。占民畎畝不與直，費出帑藏多蝨蟹。工徒淋漓血滿膚，晝夜無能片時息。東樓西觀對南山，巍巍新廟落何棘。木偶盡是金縷紋，驛車挽載自京國。翩翩羽客招呼至，考鐘擊鼓空坐食。更有文章頌功德，穹碑大書爲深刻。我本田家孟諸野，但認犁耙字不識。往往才士過吟哦，盡道臺臣與秉筆。聽來依稀記姓李，云是文章名第一。豪華轉眼不足恃，乾坤變化風雷異。寺人已作檻中囚，道路忽傳邸報至。百姓歡呼羽客走，殿宇塵生誰把帚。當日臺臣尚秉鈞，寄語縣官碑可掊。橫曳碎擊亟掩藏，至今文石埋郊藪。予聞野叟言，坐來生感激。赫赫臺臣苟如此，寺人微細何嗟及。月明騎馬陟前岡，仰天一笑秋空碧。

夏日樓居漫興二首

一榻高樓上，蕭然野興存。雀喧鄰樹晚，雨暗寺鐘昏。問字兒能讀，耽詩客共論。吾生真可樂，俯仰任乾坤。

世泰容吾拙，官閒似隱居。苦吟遲得句，倦讀卧看書。山色憑闌外，花香退食餘。老親身更健，千里寄雙魚。

夜雨

夜雨清無寐，秋蟲響易哀。庭除紛葉下，樹杪自風回。戎馬連城發，鄉書隔歲裁。路難歸未得，頗覺壯心摧。

秋夜

園亭堪避暑，棲息忽經旬。雨挾秋風至，凉生夜氣新。絺衾猶戀枕，蟋蟀漸依人。容易悲摇落，天涯舊逐臣。

獨坐

花林春晝寂，獨坐意蕭然。園蝶浮暄景，山禽下暝煙。白頭慵拭鏡，濁酒不論錢。自酌邀明月，徘徊益可憐。

晨起

晨起臨芳苑，閒行玩物華。社期來燕子，春色到梨花。地僻柴扉静，亭深草徑斜。桃源那復見，今見野人家。

晴起

旭照浮虚牖，清愁破殿顔。下牀梳白髮，開户見青山。心已寒鷗足，身如野鶴閒。杖藜尋舊侣，同過碧溪灣。

静坐

老來堪静坐，多慮恐傷神。詩不推敲就，情惟淡泊真。香階花影覆，芳樹鳥聲頻。興到歌還舞，渾忘雪滿巾。

滸西莊春日行樂詞 四首

繞屋花如繡，當筵酒瀉油。青童珠絡臂，紅妓錦纏頭。深院歌嬌鳥，垂楊繫紫騮。謝公行樂地，不羡五陵遊。

裊裊鳴仙珮，盈盈出洞房。盤雲高髻子，叠雪繡羅裳。倚柱調鸚鵡，吹簫引鳳凰。煙花春日暮，沉醉紫霞觴。

渭北神仙府，春來樂事多。花枝侵舞榭，日色艶宫羅。麗曲嬌鶯妒，紅顔細馬馱。更憐明月上，流影入金波。

十二層樓外，和風醉牡丹。紫雲臨綺席，朱袖倚雕闌。嬌態含羞語，名花帶笑看。歡悰猶未厭，天際駐青鸞。

亳州

出門二月已三月，騎馬陳州來亳州。暮雨桃花此客館，春風燕子誰家樓。簿書堆案不相放，郡守下堂仍苦留。浮名羈絆有如此，愧爾沙邊雙白鷗。

無題

寂寞西風翡翠樓，黄昏斜抱玉箜篌。彩鸞影逐秦簫斷，紅葉心隨御水流。天外行雲難入夢，手中團扇易驚秋。愁來祇恐嫦娥笑，明月疏簾不上鈎。

邊尚書貢三十八首

貢字廷實，歷城人。弘治丙辰進士，授太常博士，擢户科給事中，出知衛輝府，改荆州，陞山西、河南提學副使。嘉靖初，召拜南京太常少卿，遷太僕，改太常卿，提督四夷館，拜南京户部尚書。廷實弱冠舉進士，雅負才名，美風姿，諳吏事，好交與天下豪俊，久遊留司，優閒無所事事，遊覽六代江山，揮毫浮白，夜以繼日。汪鋐爲掌憲，忌其名，論去之。癖於求書，搜訪金石古文甚富，一夕毁於火，仰天大哭曰：「嗟乎，甚於喪我也！」病遂篤，卒年五十七。有《華泉詩集》八卷行世。弘治時，朝士有所謂「七子」者，北郡李夢陽、信陽何景明、武功康海、鄠杜王九思、吴郡徐禎卿、儀封王廷相、濟南邊貢也。吴人袁袠曰：「李、何、徐、邊，世稱四傑。邊稍不逮，祇堪鼓吹三家耳。」

贈尚子

意氣凴凌一當百，關西儒生五陵客。少年學書復學劍，老大蹉跎雙鬢白。門下諸生半賜麻，閨中小婦猶炊麥。布衣東來謁天子，春日醉卧長安陌。陌頭花絮夕紛紛，瓊閣如天隔紫雲。浩歌翩然却歸去，眼底誰是平原君。

望陵二首

徙倚東峰下，西陵望鬱然。玄宫深閟日，玉座迥浮煙。風雨清明候，乾坤正德年。攀龍無處所，空有淚潺湲。

憶在先朝日，曾霑侍從恩。鑾輿歸寂寞，鳳質儼生存。夕日昏阡樹，春風長澗蘩。祠官如可乞，長奉泰陵園。

過壽陵故址

景帝臨馭時自建，尋毁之。

玉體今何所，遺墟夕靄凝。寶衣銷野磷，碧瓦蔓溝藤。成戾崩年謚，恭仁葬後稱。千秋同一毁，不獨漢唐陵。

沙河

放馬野田草，路回登古原。鷄鳴桑下屋，牛卧雨中村。薄日浮山影，長橋下水痕。煌煌中使出，束帛向陵園。

承聞詔迎聖母太妃還宫二首

兆啟封邦日，圖開繼統春。漢南王化遠，天下母儀新。侍寢隨宫眷，留行聚國人。嗣皇敦孝理，瞻望黼衣頻。

濟水朝京甸，燕關鎮海流。九重迎聖母，千里會諸侯。日月開黄道，河山列素秋。禮文同扈蹕，元不爲宸遊。

送都玄敬二首

才高憐晚達，十載尚爲郎。書買黄金盡，愁生白髮長。夏曹分武庫，秋殿别文昌。木脱霜皋冷，何人共采芳。

驅馬别君處，秋陰富暮生。林柯無静葉，江雁有歸聲。緑水閶門道，青山建業城。未能同理楫，延佇獨含情。

次韻留别張西盤大參

滿酌豈辭醉，未行先憶君。山城稀見菊，關樹不開雲。地入河源渺，天連塞日曛。那堪北來雁，偏向别時聞。

泛　湖

此日秋風起，移舟向浦煙。客心隨地遠，人語隔花傳。古寺疏林外，孤亭落照前。十年塵土夢，回首一茫然。

趙麗卿豸史座留别限韻

聽雨罷彈棋，蒼茫生遠思。遥應白門柳，飄蕩緑煙絲。旅跡江花笑，歸心海燕知。倚酣方戀别，休誦渭城詩。

寇中丞北撫宣府奉同南渠韻

守邊猶得近邦畿，亞相權兼大將威。烏府夜閒關月皎，戟門秋静虜塵稀。探兵入塞無傳箭，敕使臨戎有賜衣。聞道六龍巡幸處，至今嘗見五雲飛。

謁文山祠

丞相英靈消未消，絳帷燈火颯寒飆。乾坤浩蕩身難寄，道路間關夢且遥。花外子規燕市月，水邊精衛浙江潮。祠堂亦有西湖樹，不遣南枝向北朝。

郊齋有作呈北寺舊僚長

石城鐘鼓散鳴鵶，坐對松雲放早衙。瑶草色通西苑路，玉簫聲度上清家。江涵碧殿春同麗，雪霽鍾山日轉華。此景北都應未有，品題遥向故人誇。

次獻吉留别韻

初春郊甸積雪滿，客子出門歧路長。征車杳杳去不息，關柳青青愁未央。却望泰山懷故道，即歸梁苑亦他鄉。十年京洛交遊地，日夕風煙思渺茫。

奉次畢司空與客對弈謝答張侍御惠酒之作是日司空招予出城不及赴

灌木陰陰曲繞塘，水風如雨細生凉。繡衣家醖攜兼至，太傅圍棋興轉長。簷局晚移文石静，荷樽秋泛露華香。爛柯欲步王樵武，惆悵仙蹤隔苑墻。

上陵道中

蒼蒼土門口，日出逢樵叟。問爾何事來，山中苦無酒。

西園

庭際何所有，有萱復有芋。自聞秋雨聲，不種芭蕉樹。

送劉約中之金陵

君到石城邊，應看石城樹。樹杪百尺臺，是儂行樂處。

山行即事

陵署青青生午煙，山渠濺濺響春泉。白頭宮監松林下，閒説英皇北狩年。

中元見月 甲子歲。

坐愛清光好，更深不下樓。不因逢閏月，今夜是中秋。

雜　詩

江静無飛鳥，亭空有落花。主人何所在，沽酒向漁家。

迎鑾曲十首

金陵今古帝王都，碧石清江一畫圖。五聖百年虚想像，鸞輿曾到此間無。

滚滚飛塵千里餘，驛途來往日無虚。皇心旦夕懷慈聖，數有中官問起居。

緑柳陰中顯柘黄，路人争説是君王。衹爲薦新供寢廟，水邊終日打魚忙。

孝陵千樹紫金山，王氣葱葱碧漢間。靈殿本無荒草入，掃除霜露始應還。

自采民風問老農，微行不遣近官從。那知天子關天象，到處雲成五色龍。

青龍山下虎蹄新，玄武湖中躍錦鱗。錯意吾皇好漁獵，不知端訪後車人。

弓如滿月向江開，箭插寒潮捲浪迴。水上黿鼉莫深避，我皇元爲射蛟來。

九月南征九月迴，清源黄菊趁時開。何人得似行宫蕊，兩度親承萬壽杯。

瑟瑟金風鳴玉鑾，路車何日到長安。官河不似江濤險，祇恐秋深白露寒。

郊祀元君百禮先，史文虚擬闕今年。小臣曾讀三王紀，冬至由來始祭天。

題扇寄壽春希尹

淮南花雨送春還，叢桂陰陰郡閣閒。自是劉安有仙骨，謫居猶近八公山。

題美人

月宮秋冷桂團團，歲歲花開衹自攀。共在人間説天上，不知天上憶人間①。

① 原注：「時外舅胡觀察謝政家居，寄此通慰。」

夜宿太常官舍懷佐一首

只尺東曹信渺然，别離何似路三千。松窗月色槐陰雨，一夜愁心似隔年。

贈長垣宗室

瑶室青編萬卷餘，宫中誰道日閒居。家臣昨夜長安去，猶向君王乞秘書。

王宫保廷相三十首

廷相字子衡，儀封人。弘治壬戌進士，改庶吉士，授兵科給事中，以言事謫判亳州。召拜監察御史，巡按陝西，以鎮守廖鑾誣奏下獄，再謫贛榆縣丞，稍遷寧國府同知。歷四川按察使，拜副都御史，巡撫四川，入爲兵部侍郎、都察院左都御史，進兵部尚書，提督團營，仍掌院事，加太子太保，罷歸。卒，七十餘。有家藏集行世。子衡起何、李之後，凌厲馳騁，欲與並駕齊驅。與郭价夫論詩，謂《三百篇》比興雜出，意在辭表；《離騷》引喻借論，不露本情；而以《北征》、《南山》諸篇爲詩人之變體，騷壇之旁軌，其託寄亦高且遠矣。其序李空同集則云：「杜子美雖云大家，要自成己格爾。元稹稱其薄風雅，吞曹、劉，固知其溢言矣。其視空同規尚古始，無所不極，當何以云信斯言也。」秦、漢以來，掩蔽前賢，牢籠百代，獨空同一人乎？微之之推少陵爲溢言，而子衡之推空同乃篤論乎？子衡盛稱何、李，以謂侵《謨》匹《雅》、欲《騷》儷《選》，遐追周、漢，俯視六朝，近代詞人尊今卑古，大言不慚，未有甚於子衡者。嘉靖七子，此風彌熾，微吾長夜，鞭弭中原，令有識者掩口失笑，實子衡導其前路也。子衡五七言古詩才情可觀，而摹擬失真，與其論詩頗相反，今體詩殊無解會，七言尤爲笨濁，於以驂乘何、李，爲之後勁，斯無愧矣。

明月沱

客行無次序，向夕舟復維。豈不厭水宿，摇裔渺前期。沱明星月上，江冷蛟龍移。野鼓何填填，宵火亦離離。牛渚暮猿吟，湘潭傷楚辭。我行方浩然，我懷亦遠而。流浪自古昔，慨嘆及今兹。驚鵲靡定所，荒鷄詎知時。行藏隨去住，明發良不遲。

出陜城述所經覽

秦浦發歸旗，逶迤度長坂。雲入林巒合，鳥向旌旟散。浴蘭注温泉，緑磴求驪館。蓮峰峥華首，蘅坻清渭岸。幽韻兹凌薄，遥心日紛亂。牽組隨世緣，株山失真玩。横鶩塗尚迷，遲迴局未返。旅逆節乃苦，景美愜深眷。秦缶既嗚嗚，粱歌亦纂纂。鶗鴂爾同歸，醉醒復何辯。

胡桃溝行

松州之南茂州北，豺狼當道儲餉厄。中丞調兵急於火，夜裏平番碉房破。游擊將軍張世賢，赤心殺賊不愧天。胡桃溝裏被圍急，彎弧四顧心茫然。高岸當前後番虜，箭鏑奔雷闢地户。胡騮不幸誤一蹶，徒手猶能搏雕虎。芮家參將才且都，守邊不數丁大夫。忍令對面不相救，安在奮勇西擊胡。幾人同來不同死，將軍血作溝中水。生時豪氣雄萬人，死後忠魂報天子。邊城二月吹蘆笳，怨聲番入胡桃花。

胡桃花開白練練，溝底行人淚如綫。

楊花篇

廣陵三月可憐春，青青楊柳蘸湖新。長條不綰思歸客，散作飛花愁殺人。浣沙艷艷吴江女，拾取香毬連袂舉。花點輕狂衹欲飛，徒欲多情亂心緒。吴宫隋苑煙裊裊，别有豪華競春早。飛瓊流雪灑行旌，日莫迷却長楊道。江頭一樹白離離，打陣隨風趁落暉。漫天撲地何時住，困入滄波却怨誰。

西京篇

秋風潑潑咸陽道，渭浦千霜白秋草。秋草秋風暗古城，行人猶説西京好。西京宫闕鬱崔嵬，紫閣終南相向開。建章長信飛塵杳，千門萬户華陽迴。地底靈符生寶玉，天中王氣夾風雷。翠華鑾輅乘春令，皓齒青娥艷落梅。青娥如花復如雪，含情含態可憐絶。鴛鴦比翼蘭塘水，鳳皇雙棲上陽闕。君王自愛長生樂，粉面鉛姿却情薄。已聞入海訪神山，更道分官祀靈嶽。靈嶽神山在何處，太乙無靈歲華莫。壇上煙霏百和香，青鳥飛來忽飛去。瑶池王母碧霞盤，桃賜人間已三度。少翁擊鐸復吹籥，雲旂風馬宵紛錯。宫娥屏隔不敢近，神人荒忽但虚幕。可憐衛霍大將軍，提師十萬凈邊塵。出塞陰山繫驕予，歸朝原廟薦高勳。勳業已成分戚里，女作貴人男尚主。甲第曾甍照九城，珂馬飛軒滿三市。一言得意即回天，卧内收符奪晉鄙。金張驕侈不足雲，竇灌豪華詎相似。貂冠齊入分椒舍，朱門盡是鳴環者。

鬭鷄小兒紫袴褶，臂鷹奴子大宛馬。美人妖女傾名都，碧玉珊瑚鬭天下。富貴繁華驚轉蓬，王侯鐘鼎一朝空。羨門子晉終不至，蓬壺方丈難相通。前日豐碑辭纍纍，平津已作汾陽撰。野火燒殘金明閣，秋水崩沈射熊館。春花秋月劇無情，海水桑田漫莫憑。玉碗早出秦帝苑，石麟凄斷漢家陵。漢家陵樹滿氤氳，千秋萬歲灞陵存。君看橋下春楊柳，落日飛花愁殺人。

曲江池醉歌贈長安諸公

長安諸公虎鳳客，曲江宴我春微茫。江邊草没古皇跡，塔前雲散千佛光。人豪意遠詞錦鮮，尚書御史紛瓊筵。鄴中文學不足數，洛下風流漫自賢。健氣觚棱紫雕下，秀儀合沓輕鴻翩。迎春送客意超忽，絃管啁啾沸遠天。華嚴御宿平如掌，豁豁晴川新陽上。古人不來今人來，百花樓臺半草莽。臯臯富春竿，纍纍東陵瓜。吾道貴沉冥，濁俗矜繁華。暮擷芳蓀，朝餐紫霞。王喬赤松，韶顏如花。海裏三山接羽翼，人間萬事真泥沙。金魚纁服有何益，食封開府虚相誇。君不見漢家昆明金作池，旌旗影滅石螭没。又不見唐帝芙蓉花爲苑，殿幄香沉煙卉發。清渭常流東海波，南山不斷諸陵月。請君休歌行路難，直須痛飲金壺乾。醉向江頭照容鬢，百年幾許身心閒。牧羊小兒垂赤紱，屠龍豪士淪幽山。妖虹無計灑赤血，天狼未滅空長嘆。彈朱筷，擊鼉鼓，催花不開白日暮。腰間寶劍雙龍精，把向尊前爲公舞。

明月篇

明月漾金波，盈盈隔絳河。桂殿飄香迥，兎宫丸藥多。七襄機冷停織女，九重簾捲顰嫦娥。嫦娥織女時同伴，天上人間願相見。團團流影銅龍樓，裊裊含輝紫宸殿。滄溟躍出水晶盤，萬户千門作意看。石鯨秋動昆明沼，玉虎宵吟金井闌。漢帝金莖瓊液凍，竇家雲閣紫簫寒。君不見三千宫闕光窈窕，月華冷浸長門道。翠輦不來春已殘，金扉未啟花先老。此時班姬雙淚垂，此時陳后寸心悲。娥眉曲曲徒生艷，玉貌盈盈欲待誰。娥眉玉貌成消歇，别殿深宫羞對月。屏間翡翠素塵欺，被掩鴛鴦芳麝滅。金屋何時更來往，紈扇此生長離别。空令圓魄入金閨，空令蟾彩照羅幃。紅香冷落難成寐，惱殺啼烏半夜飛。長安思婦上高樓，見月偏驚枕簟秋。寒衣未寄清霜塞，獨夜深閨玉箸流。閨中絡緯宵唧唧，朝下裁縫暮仍織。征人遠戍在龍城，作得戎衣長嘆息。與君結髮方及笄，不謂少年成獨棲。迴文織就空傳恨，團扇妝成却掩啼。鴻銜尺素君可聞，寶帳蘭煙徒自薰。今年且對長安月，明年願作巫山雲。又不見七貴樓臺連上苑，五侯甲第開金館。洞裏看花春杳冥，池上聞鶯朝晛睆。畫舸風迴紫煙滅，蘭堂月上香霞捲。秦女吹簫雲霧鬟，越娥拂舞錦斕斑。龍鬚席上九鸞下，玳瑁簾中雙燕閒。簾開翠幕黄金屏，含嬌含態鬭娉婷。夜夜芙蓉人似玉，朝朝蘭茝酒如澠。新年相贈同心結，元夕争懸長命燈。不道人間有失路，惟知天上會雙星。月明光光恒在天，人生豈得長相憐。憂愁抑鬱春生草，富貴繁華東逝川。休言豪焰凌百代，休言嬌寵無時改。鳳凰抛却萬年枝，雎鳩留下長生海。風流裊那片時春，飛燕不來宫草新。請看廢苑荒臺曲，月夜精靈夢着人。

郢城最高處眺荆楚

石城聊引望，三楚渺茫間。峽自中流辟，江從西極還。荆襄天設險，鄂岳水爲關。用武非今日，風雲亦自閒。

途中晦日

水落軒皇國，天寒郭隗臺。客程殘月盡，歲事一花開。雁向衡陽去，雲從碣石來。乾坤無定跡，旅思若爲裁。

行塞

閲計行邊遠，臣工豈憚煩。嫖姚臨瀚水，博望見河源。榆塞秋先到，沙場日已昏。前驅争射獵，飛騎繞平原。

早發新壩

沱水遥通島，揚帆藉穩流。星摇淮浦夜，月濕海門秋。世難幾人在，心灰百計休。時聞南去雁，還動故鄉愁。

登臺

古人不可見，還上古時臺。九月悲風發，三江候雁來。浮雲通百粤，寒日隱蓬萊。逐客音書斷，憑高首重回。

宫詞 四首

雲鬢蛾眉紫鳳笙，三千隊裏獨分明。君王莫作尋常看，一别昭陽便隔生。
宫使傳呼駕出忙，芙蓉小苑盡生香。長門深鎖無由見，不及飛花繞玉牀。
二月昭陽春已和，牡丹亭館幾經過。長門亦有閒花樹，玉輦不來庭草多。
花撲珠簾玉殿春，翠娥分隊唱歌新。如今恃寵多嬌貴，領得霓裳不著身。

巴人竹枝歌 四首

江草江花滿眼新，不知郎處幾多春。愁來欲上東峰望，上到東峰愁殺人。
郎在荆門妾在家，年年江上望歸查。荼蘼種得高如妾，縱有春風枉却花。
野鴨啂啂一雙飛，飛到儂池不肯歸。莫共鴛鴦鬬毛羽，鴛鴦情性世間稀。

蒲子花開蓮葉齊，聞郎船已過巴西。郎看明月是儂意，到處隨郎郎不知。

閬中歌

天闊浮煙迥，沙平落照低。春江同在眼，衹覺異巴西。

初見白髮

日日風塵色，勞勞簿領身。不知明鏡裏，已作二毛人。

江南曲二首

采蘅金陵江，往來石城道。不問江南人，安識江南草。

江上楊柳花，裊裊不肯住。隨燕入簾櫳，因風復飛去。

芳樹

芳樹不自惜，與藤相縈繫。歲久藤枝繁，見藤不見樹。

潼關

天設潼關金陡城，中條華嶽拱西京。何時帝劈蒼龍峽，放與黄河一綫行。

過驪山

玉女霓裳闘彩虹，君王仙去鳳樓空。衹今惟有垂楊樹，留得寒蟬咽故宫。

蕪城歌

莫向隋宫問六朝，瓊枝玉蕊已煙消。衹今惟有湖邊柳，猶對春風學舞腰。

預卜玄宫

嶺環隔翠蒼龍繞，突出神峰霄漢邊。金井不須開寶穴，萬年天子是飛仙。

扈從謁陵

萬山迴合羽林軍，山外旌旗望不分。欲識聖人行在所，五雲隨處結龍文。

田副使登一首

登字有年，長安人。弘治乙丑進士。官至湖廣副使。

宫　詞

長門花發曉鶯啼，二月春光滿帝畿。不信東風偏着柳，浪教風絮點人衣。

張主事鳳翔一十八首

鳳翔字光世，漢中洵陽人。弘治己未進士，除户部主事，移病歸，卒年三十。光世生有異質，落筆千萬言，左手横書，瞬息滿紙。角尚丱，與李獻吉同舉於鄉，又同官户部，王公大人求識面者無虚日，聲名出李上，而光世故推遜李，兄事之。光世卒，母七十餘歲，子七歲，獻吉上書孝宗皇帝，請養贍其母妻，孝宗仁聖，遂允行焉。光世詩賦有《伎陵集》六卷，信手塗抹，不經師匠，如村巫降神之語。而獻吉作傳，以爲子安再生，文考復出。關中人黨護曲論，不惜人嗢噱，皆此類也。《宫詞》百首，略見故實，爲節而録之。

宫詞十八首

昔入宫中髮未齊，尚衣今許入深閨。十年一得君王顧，重爲班頭捧紫泥。
茂陵仙去已多年，牢閉深宫敢鬭妍。昨日有人曾賜死，阿嬌恰好近君前。
上皇弓劍杳何追，日倚宫闌自拄頤。寶册有兒開大府，生離争似在宫時。
青銅偷把掃蛾眉，暫飾休教主后知。記得比年王乳媪，香魂重遣主人疑。
自謝南荒十二年，焚香得侍玉皇前。絳羅誤露春初笋，能遣君王重愛憐。
阿奴元是嶺南人，萬里那猜近紫宸。不是少年粗識字，殿前争得掌絲綸。
御溝煙水自潺潺，片片桃花落正間。自恨不如花片落，能隨流水到人間。
夜半鐘聲起景陽，六宫粉黛試新妝。就中最是施娘子，典奏時能近玉皇。
蚤諳圖史欠吹噓，長侍宫闈備掃除。一日詔宣充典奏，秩名應賜女尚書。
玉搔頭綰緑鴉横，霧縠冰綃底様輕。簾閉水晶無點暑，百花亭外度流鶯。
天子侵晨御正衙，内家簫管隔煙霞。萬幾日日歸中秘，中有夫人爲掌麻。
錦屏斜立百花春，玉貌三千侍主人。最是慧娘諳曲調，繡茵低舞細腰頻。
入内深蒙主后恩，賜名小姐寵便蕃。後來更得夫人號，長樂宫中許坐軒。
遠山凝黛口凝脂，妝就慵來坐矮簃。出候君王臨早御，歸來便殿與圍棋。

曾同母后入宫闈，嶺海今辭廿六春。啟頂新蒙君手賜，六宫争賀内夫人。
禁柳春深草色新，楊花飛趁撲蟲人。君王殿上宣名字，旋綰頹鴉抹絳唇。
井梧寫句付宫溝，墨汁啼痕字面稠。虎豹九重嚴夜禁，争能禁得水東流。
日夕焚香拜斗南，願君多壽且多男。戒言阿母傳兄弟，祇道官家法度嚴。

熊御史卓一十四首

卓字士選，豐城人。弘治丙辰進士，知平湖縣，拜監察御史。值雷震養鷹坊，疏陳時事，上嘉納之。又劾奏神英，下獄論如法。劉瑾之亂，大臣科道同日勒令致仕四十八人，以其名榜示天下，士選與焉。正德己巳，卒於家。再逾年，瑾誅，李獻吉過豐城，哭其墓，刻其詩可傳者六十篇。余所録出俞氏《百家》選中，皆獻吉所汰去者。

和何仲默遊靈濟宫韻

乍識花源路，瀟然世外居。玉壇秋雨冷，紫閣晝陰虚。餐玉傳奇訣，抄方檢異書。却憐城市客，羈束未能疏。

散步

憩馬野田外，萋迷碧草原。鷄鳴巖下寺，犬吠洞中村。遠水遥空色，殘陽過雨痕。野情雲共逸，中歲向林園。

春日病懷

薄暄天氣弄陰霏，庭草青青過客稀。浩蕩煙橈横野浦，依微夕鳥度山扉。花經伏雨□□亂，樹覺繁雲旅思飛。枉藉東風與披拂，病來肌骨不勝衣。

立春閒述

畫角傳春春意喧，菜盤争巧出高門。無多凍雪留城堞，那有東風下禁垣。江閣瀟疏鴻雁杳，野塘歷亂鷺鷗繁。風光入眼頗生興，策馬尋花到遠村。

過清遠峽

粤江啼盡鷓鴣聲，世路偏傷客子情。野水帶潮歸別浦，峽雲含雨過高城。當時田畯休相避，對面沙鷗莫浪驚。北望親庭飛鳥盡，溪鱗渚筍正堪烹。

觀春水有感

二月煙濤天際來，病懷憂思一登臺。濕雲屯樹鶯新到，鳴雨灑江花亂開。坐浪漁舟終遠去，横空隼鳥亦低迴。香蘋欲採汀洲遠，目斷蘭橈心更哀。

懷京友

閬苑十年同會好，滄江千里獨棲安。燕臺遠樹春雲暗，楚館繁花晝雨寒。不分山鐘摇夢促，無端海鶴度書難。傷心桂棹風波隔，日晏空歌澧有蘭。

和老杜曲江對酒詩韻閒遣

野老山雲去復歸，滄江心事與依微。高天院落風花亂，遲日樓臺燕雀飛。病裏豈知人事改，憂來翻念宦情違。春光日日催行棹，草色河邊上客衣。

春興

塵世光陰徒草草，林居風物亦菲菲。花間雨濕身常慣，竹裏月明人乍稀。遲日暖薰幽澗草，春雲新長北山薇。滄江白鳥知人意，戀戀沙橈故不飛。

汪司驥席上對菊

錦席秋軒流客觴，階除遲菊戀年芳。翠條苒苒初經雨，青蕊娟娟欲候霜。幸爲分迴供闃寂，空然别去夢寒香。小車如覓東溪路，古屋疏籬是醉鄉。

採蓮曲

採蓮復採蓮，盈盈水中路。鴛鴦觸葉飛，卸下團團露。

居庸館中

隘地關門擁，山樓鼓角傳。長風吹不歇，塞草自年年。

懷友人

昔别柳條緑，如今霜葉翻。思君獨無語，寒日下荒原。

送人赴道州任

月照河臺酒，離情那可消。衡陽飛鳥盡，君去更迢迢。

張主事治道四首

治道字孟獨，一字時徹，長安人。正德甲戌進士，知長垣縣。遷刑部主事，與部僚薛蕙、胡侍、劉儲秀爲詩社，都下號西翰林。以病乞歸，歸二年，當考察，以御史論罷，年才三十餘。與康德涵、王敬夫遨遊中南鄠杜間，唱和無虚日。德涵没，孟獨輯其遺文，且爲之序，極詆弘治之詩，以謂鬬巧争能，蕪没先進，競一韻之艱，争一字之巧，上倡下和，一趨百隨，天厭其弊，篤生浚哲，李倡其詩，康振其文，前失作者，後啟英明。非横制頹波，筆參造化者，與關隴之士，附北地而排長沙，黨同伐異，不惜公是，未有如孟獨之力者也。人言孟獨較德涵詩，多取其佳者掩爲己有，今所傳《太微集》殊寥寥無聞。近體詩學杜，捧心效顰，不勝其醜，則竊鈇之疑，亦不待辨而明矣。

嘉靖丙戌六月五日京兆驛觀進貢獅子歌

嘉靖中葉稱至治，海内紛紛多異瑞。天子雖閉玉門關，狻猊猶自遠方至。嗚呼！此物胡爲來，鉤爪巨牙身嵬嵬。忠順丘墟土番叛，西域之國絶貢獻。月支疏勒稱西極，此物十年達中國。目光如電衆所驚，踞地咆哮天爲黑。傾都之人盡來觀，我亦走馬入長安。長安市人色無歡，爲道食羊責縣官。一時無羊人遭鞭，羊備猶索打乾錢。高鼻番人眼如拳，錦衣繡袴赤檻前。有時玩弄口生煙，猛烈驚奔聲震天。百獸蹌地虎豹痟，鷄犬不復鳴青田。狻猊之外有青兕，四十年前曾過此。異像常聞父老傳，奇形尚在丹青裏。噫嘻！先皇好搏獸，豹房虎圈親來鬭。自謂真龍虎敢當，挽衣一近遭虎傷。至今海内傳其事，嗚呼此物安足視！鳳凰絶鳴，麒麟不遊。牛馬不蔽野，狻猊達皇州。我來觀罷生繁憂。

聞雁

何事天南雁，春來又北飛。爲憂霜雪苦，轉見羽毛稀。江漢慚余阻，瀟湘笑汝違。雲霄蹤跡異，空有淚霑衣。

晚日溪上望北原作柬管平田

天晴木葉下，溪上不知還。日晚收寒雨，雲輕出斷山。野情雙鳥外，秋水亂鷗間。回首高原暮，何時共一攀。

青樓曲

長安狹邪緑水濱，青樓羅綺暗生春。碧紗窗外東風起，飄落楊花不着人。

左舉人國璣一十二首

國璣字舜齊，祥符人。李獻吉之妻弟也。嗜酒落拓，不甚攻舉子業。年幾四十，始舉於鄉，累上不第，竟病酒卒。西亭中尉灌甫，舜齊之門人也，收其詩，得三百餘首。黄河水云：「國璣詩敏捷，昔有下筆成章之科，斯其人矣。但長於用才，短於用思，進而求之，恐其易盡。」王元美常見獻吉與袁永之手書，極言國璣猜忌之狀云：「此人尚爾，何況邊、李？」邊即尚書廷實也。獻吉有姊子曰曹嘉，字仲禮，舉進士，選庶吉士，以言事出補府推官，召復監察御史，又以言事下獄，謫判茂州，累遷山西布政使。嘉亦有才名，好鬬無禮，所至人畏而避之，獻吉晚年爲嘉所厄良苦。

別南塘子

五月麥熟繭繅絲，黄鸝啄椹鳴桑枝。南風送帆五兩急，吴江酒船初到時。牛車日轉曹門進，鼓市樓西集成鎮。金椎初破紫泥封，玉壺瀉出黄金嫩。當年交結十輩豪，鞭撻揚馬雄風騷。邀遮直上酒樓去，意氣掃拂天雲高。當樓艷婦調金瑟，袒博喧呼動阡陌。銀燭燒殘北闕星，纖歌舞落西山月。風蓬聚散各沈淪，復見何人據要津。五陵日月無精魄，鄉里衣冠有俊民。於今尚作紅塵客，掉臂東華獻時策。恥逐童年走帝鄉，懶隨南雁飛燕北。聞君高誼非常流，意氣傾倒山爲投。片言貴合黄金小，一斛可散千春愁。嗟我生年已半百，種種顛毛欲成雪。可惜腰間玉轆轤，光芒猶見秋煙白。閒來解贈南塘君，看我劍上摇星文。不用千金荅高價，但博鑪頭一醉醺。兩都詞賦何勞獻，五軍大纛何須建。一息春雷我自酣，百年事業君應見。此回酒船何日來，望君日上梁王臺。迷留且作餔糟客，未是千秋冠古才。

寒夜吟贈吴江主人

昏鐘夜定華月高，霜氣入室風蕭颾。主人下簾執明燭，玉壺瀉出香葡萄。冰河赤鯉價重萬，沿庭黄柑初破苞。解我吴鈎佩，着我赤霜袍。當杯更發鶗鴂調，意氣落魄無辭勞。白日營營苦多務，吃飯梳頭日雲暮。不來清夜與爾遭，枉使黄金滴箱庫。當年平樂宴賓客，十千五千更不顧。如花少女勸酒歌，醉没西山月華素。吴江主人逸興清，寒夜好客歡相迎。紅鑪暖炙薰空焰，不怕河冰凍玉成。

送鄭冠玉

我攜白玉壺，招邀黄山客。三年隔闊此登堂，笑我當時欠情别。腰間錦帶解龍泉，手持素扇秋月圓。酒酣把扇求揮翰，扇上昔有張生所畫南歸之彩船。風林颯沓墜霜露，煙濤微茫起汀鷺。去者不去送者留，立向沙頭如有訴。我心把玩未肯休，恍惚欲動離人憂。莫憂舊離樂新會，還見新會成離愁。明朝我獻《三都賦》，朔風吹雪燕山路。君卧梁州舊酒壚，關山月苦看霜兔。新離舊别俱莫歌，徒爲勞心奈若何。五雲散彩凉飈入，且醉堂中金叵羅。

野堂餞陳子鎬之南都

我從夷門來，送君金陵去。野館離筵春晝晴，楊花茫茫幾千樹。風吹亂撲金樽飛，行人且解碧羅衣。嗚箏送酒勸君醉，明日出門知者稀。

清夜吟

清夜沉沉漏將换，東方月高銀河淡。美人調箏促金雁，清歌一曲行雲斷。四座賓客不肯散，時時顧影流清盼。主人更催着舞衣，氍毹花亂銀燭輝。腰支拂地鸞孤飛，鐘漏殘盡未忍歸。問言乃知竇氏女，昔日掌中今是非？

送太僕卿燕泉何公

我聞天厩之馬千爲群，五花雜沓皆成雲。前年驅賊付壯士，十種消耗無三分。邇來西胡連北漠，將軍跣步相争搏。思昔龍媒得跨鞍，飛騰掃静山陰落。祇今麒麟何可無，深山野澤銜枯蘆。過都歷塊未得試，臨風當憶空長吁。公今爲國收駿才，馬首空惜千金陪。騂騮緑駬天下來，犬戎生見成煙灰。三邊大鎮夜不閉，將軍笑飲單于臺。

夏日林居

五月虚簷下，南風不斷涼。雲來常帶雨，花潤暗聞香。怕酒因妨客，耽幽懶着裳。楚騷辭賦客，歌詠自疏狂。

贈牛都督

北極辭龍朔，西湖隱豹韜。風雲變山嶽，魚鳥散波濤。楊柳吹羌笛，荷花照錦袍。醉來看伏石，射虎氣猶豪。

下第歸桐岡園小酌

無策干明主，多情夢故林。重來高閣上，終日聽風琴。綠酒邀狂態，閒雲縱野心。不知春已暮，花樹碧成陰。

贈趙將軍

老將揺征旆，提兵出漢家。幾年閒豹略，萬里渡龍沙。驛路村村雨，邊城處處花。幕南無戰馬，終日醉聞笳。

送熊御史巡邊

御史巡邊日，單于款漢家。草深秋牧馬，風息夜聞笳。使域功何補，留屯計最嘉。休令健兒獵，耕鑿到鳴沙。

贈傅儀賓

年少黄門客，輕衫四月天。閒來弄酒盞，繫馬緑楊邊。半醉聽黄鳥，高歌拂紫煙。鳳簫歸去晚，臺上月初圓。

曹布政嘉一首

聞雁

連翩升紫塞，嘹嚦過秋城。帛染傳書淚，砧催搗練聲。雲深飛總近，風細落還輕。此夜高樓笛，懷人幾度横。

田司務汝耕八首

汝耕字深甫，祥符人。遊於李空同之門，與左國璣齊名，人呼爲「田、左」。少領鄉薦，十三試春官不第，乃謁選官。終兵部司務。性不閒拘縶，晚登仕塗，常怏怏不快意。南陽李蓘序其詩而刻之。

過故沈丘王廢苑

寂寞何王苑，荒凉廢寢孤。月臨還玉砌，風振自金鋪。春暖狐交竄，天昏鶹獨呼。可憐臺下柳，還對古城隅。

御苑秋砧

露結金扉冷，霜凄繡幕深。搴羅出素手，乘月響清砧。高入宮雲斷，低隨閣漏沈。無言爲誰苦，永夜助蛩音。

秋　興四首

宮梧殞翠下承明，御水流寒繞帝京。北極天連鳷鵲觀，西山雲起鳳凰城。露凝仙闕開金掌，月照千門鎖玉衡。惟有伶俜梁苑客，旅魂零落不勝情。

山盤萬歲倚妝樓，異代君王此地遊。積翠中天通複道，隔湖倒影入寒流。月沉舞榭虛環珮，簾捲歌梁近斗牛。惟有彩雲長不散，飛來飛去鳳城頭。

西山龍藏鬱巑岏，聞説先皇此駐鑾。百道泉光飛寶地，萬年松影静瑶壇。綺羅香寢天花落，劍珮聲沉曙月寒。玉蕊瓊枝長不老，空餘輦路石漫漫。

西苑迢迢隔絳河，遥瞻禁籞渺煙波。天臨偏甸開仙仗，日下平蕪散玉珂。宫漏漫從三殿報，爐煙别向九霄多。龍池會有承恩處，誰唱清平第一歌。

天王寺春望

招提春望盡煙霞，緑竹青松老衲家。門對三山紆宋苑，碑傳二帝狩胡沙。雲邊虛閣流清磬，樹裏寒僧演《法華》。人代幾迴登眺處，空餘輦道夕陽斜。

旅夜憶鬱子南歸

月上高梧風露清，疏燈旅夜憶君行。孤舟深傍蘆花宿，魚火潛依浦嶼明。江上雁過鄉思劇，天涯人去夢魂驚。含情無那江皋晚，愁聽寒更斷古城。

周給事祚七首

祚字天保，山陰人。正德辛巳進士。歷官給事中，移疾歸，遂不起。當時李空同崛起河雒，東南士大夫多心非其學，天保自越中走使千里致書稱弟子。南方之士北學於空同者，越則天保，吴則黄省曾也。子沛，字允大，讀書前梅山中，入貲爲郎，官鄭州州同知。徐文長有《弔周鄭州》詩。

出遼後三首

我馬來自西，下馬廣寧城。其地控千里，食者八萬兵。白水女直種，獵騎何縱横。大統在中國，胡運方北傾。聖人戒履霜，豈得事遠征。雄劍八九動，邊風射高旍。西望山海關，旦夕達神京。

日落沙磧暗，風吹邊月昏。遠見屯田吏，催促下軍門。戍卒行已出，老婦代其言。禾黍盡在野，胡馬日復繁。持刀抽身去，豈得顧子孫。尚聞有虎符，科積窮丘原。萬人奮其怒，欲出舌復捫。

遼河亘千古，西從桑乾來。巫閭復中斷，磧戍乃南回。胡人下飲馬，箭血流高臺。寒雲晝不張，白沙積崔嵬。彎弓行伍兒，饑寒手不開。願言東至海，相越隔龍堆。

書感

黔首播百穀，上天苦少雨。乾風吹白日，浮雲不得聚。桔槔聲轉促，炎熱勢未已。去年患旱魃，龜圻竟千里。百姓饑餓死，白骨棄荆杞。尚聞邊鄙上，胡人越遼水。殺氣暗代北，軍士極罷靡。供給詎千金，取用動倍蓰。斯民足痛哭，國務吾安理。徬徨烈士腸，嗚悒向鄰里。何能控蛟龍，一起長江底。時復驅熊羆，奮勇效戰士。戎軒自有律，天道終相倚。憶昔掖垣日，殊恩慚亦屢。每坐清梧陰，時對黄扉啟。歸卧越江鄉，五見垂楊樹。宸霄日回首，鳳闕誰同語。賢俊盈天下，所望非一二。常恐負初心，涕淚中夜起。

秋風二首

錦城之西宜城東，日日坐見吹天風。千山日落暝色合，番訛電火通霄紅。邊人自從義州敗，壯士圖報不解弓。我言與汝莫輕率，恐有毒蛇深草中。

九月之交凌河側，日見狂風兼霹靂。當時戰死二百人，中間不得真消息。二三年少自虜回，白日藏身夜始得。死者何時可復還，生者易馬轉他國。

嘉靖庚寅遼左有洪溝之敗作悲洪溝

義州之兵宿雄武，老者縛牛壯扼虎。生來苦戰無復畏，騎馬殺胡安足數。五月邊陲月正生，胡人殺人聲徹城。可憐郭家兩兄弟，提刀逐胡天始明。狼山何高不可陟，洪溝之深深莫測。帳下諸人盡愛死，見賊仍多相向泣。當時實失主將謀，二千精鋭同時休。血作溝中水流赤，胡人歌唱來邊頭。胡人争騎義州馬，日日來牧長城下。天生不有陳將軍，洪溝之敗難復聞。

附見　周鄭州沛一首

餞沈懋學時萬參戎復起淮上

爾去當殘臘，其如霜露何。到時春草遍，隨處故人多。脱劍留燕市，題詩贈汨羅。淮陽舊遊地，取醉一高歌。

黄舉人省曾一十六首

省曾字勉之，吴縣人。六齡好緗素古文，解通《爾雅》。弱冠與其兄魯曾散金購書，覃精藝苑，先達王濟之、楊君謙皆爲延譽。負笈南都，遊喬白巖司馬之門。嘉靖辛卯，以春秋魁鄉榜，固已爲宿名之士矣。累舉不第，交遊益廣。王新建講道於越，參預講堂，作《會稽問道録》。湛元明振鐸成均，則又學於元明，名王、湛兩家之學。李獻吉以詩雄於河雒，則又北面稱弟子，再拜奉書而受學焉。獻吉就醫京口，勉之鼓枻往候，拜授其全集以歸。吴中前輩，沿習元末國初風尚，枕籍詩書，以唊名干謁爲耻。獻吉唱爲古學，吴人厭其剿襲，頗相訾謷。勉之傾心北學，遊光揚聲，袖中每携諸公書尺，出以誇示坐客，作臨終自傳，歷數其生平貴遊，識者哂之。勉之文學六朝，好譚經濟，有《五嶽山人集》，別撰《西洋朝貢典録》、《輿地經》、《老子玉略》諸書，皆未行於世。子姬水，自有集。兄子河水曰：「季父天藻獨富，學海滋深。其詩攬景輒取，摹事必得，時有神詣，使人意消。如《清凉山》云：『殿懸秋靄樹，江吐夕陽山。』《越江渡》云：『江碧林光定，林紅春色流。』《答人》云：『黄鵠將心换，丹砂奪鬢回。』《遣興》云：『浮雲不寄覽，芳草自爲年。』《夜思》云：『夢積俱緣想，愁來若解尋。』《客中》云：『遇柳爲離樹，逢樓是別城。』略舉其數十句，染指可知。」

步出夏門行

步出夏門，登山望海。峨峨玄圃，茫茫安在？一解　頹陽懸車，夜光在天。安得人生，常保少年。二解　金城之上，十二玉樓。寧有羽翼，以往遨遊。三解　仙人寧封，曾餌飛魚。我非常伯，空思石渠。四解　青鸖不鳴，黄河未清。太平何時，白髮已生。五解　舜崩蒼梧，丘殂東魯。古來聖賢，皆入黄土。

六解　秋風鳴條，春花盈樹。時如駟馬，超騰不往。七解　何不鼓瑟，嗟哉此言。戚戚多悲，强歌無歡。八解

東門行

出東門，旭日皎皎。秋陽在高天，不復照芳草。人生無根蒂，安得免衰老。一解　紅顔不回，壯心未已。濟海無洪梁，登天無高羽。安能隨腐英，無言而滅死。二解　欲歷五嶽舒煩紆，平明秣馬，妻子牽裾：「胡爲遠行遊，饑渴誰與知。不如與君閉户同棲遲。」三解　太公居渭濱，皓首無遷移。巢由相牧犢，終身潁與箕。聖賢貴適意，黄屋何足希。願子留故鄉，何庸遠行爲。四解

西門行

出西門，望頹陽，飄景漸墮辭高蒼，生年那復得久長。一解　陳美酒，樂以康，彈絲理曲坐高堂，富貴何爲旦夕煎心傷。二解　人言蜉蝣，莫不愴以悲。人言朝菌，莫不愴以悲。倏然人生，倏然人死。與死同歸，嬉戲爲童兒。玉貌忽以催，何用營營自苦早衰。三解　明日下黄泉，今夕不可知。殞絶俄頃間，長往誰與期？妻子雖至親，欲並不得隨。當樂且爲樂，不樂誠可嗤。四解

讀山海經三首

茀鬱流波山，流波浮東海。黄帝得蒼夔，爲鼓幾千載。振櫪威四方，焕然生風采。帝去鼓聲息，沉吟世移改。
國邑有大谿，康莊行猾懷。海内揚戈兵，鳧徯下鹿臺。宛彼鴸鳥鳴，賢豪逐草萊。鼎沸固有自，放士真堪哀。
耕父爾何神，常遊清泠淵。宙窮亦如此，豐山無歲年。九鐘知霜鳴，感應出自然。兹理詎可測，何有於聖賢。

置酒高堂上

醽鼓及蘭辰，鳴儔款契賓。緜雲生意藻，芳醴動顏春。燭華遲晝短，聲妙奪歌新。莫令青歲歇，庭内詠他人。

石湖傷王履吉

歡境凄懷動，新林逝客栽。嵇庭仍茂竹，張宅半荒苔。湖憶臨杯緑，花疑作賦開。酒船今寂寞，不復子雲來。

榻上

短榻吟還可，幽居眺得兼。燕回花淡淡，蝶泛草纖纖。遲日難過屋，輕雲不滿簾。所歡能到此，明月共須淹。

泗洲寺

化塔曉言攀，禪樓訪閉關。煙生屯匝柳，雲長合前山。御酒靈襟暢，談經寶思閒。紺園星緯地，淹對不知還。

虎丘雨集

暮雨過前溪，春雲四野低。望開山更合，看出樹重迷。池外花交吐，巖間鳥半棲。煙蕪千里色，彌使客心凄。

黃家集夜思

窈窕大河陰，宵舟轉曲潯。星驂如客影，波箭學歸心。夢積俱緣想，愁來若解尋。鄉園明月滿，應待緯瑶琴。

虎丘詠

芙蓉近倚闔閭城，眺閣觴樓逐勢成。珠寺翻爲歌舞地，青山盡是綺羅情。巖花吐學紅妝麗，谷鳥啼兼鳳管聲。十里垂楊芳草岸，四時常映彩舟行。

江南曲二首

荷葉何田田，緑房披甫甫。的的不成雙，心心各含苦。

旖旎緑楊樓，儂傍秦淮住。朝朝見潮生，暮暮見潮去。

何以問遺君

何以問遺君，四乳龍文鏡。紅顔不可將，無由看妾影。

程山人誥二十七首

誥字自邑，歙縣人。居於泖溪，自號泖溪山人。杖策遊華山，從李獻吉遊，酬和於繁吹兩臺之間。黄勉之諸人北學於空同者，皆以自邑爲介。然其詩殊有風調。

雜　詩二首

閒觀《逸民傳》，獨愛鹿門老。上冢亦攜家，城市未嘗到。牀下拜卧龍，畎畝終身好。遺安一時言，千古仰高蹈。

野人得美芹，謂儔千金璆。獻君君弗顧，詎知非君羞。微誠既已達，浩歌還舊丘。本無璞中質，寧冀連城酬。

次陽邏堡

征騎晚騣騣，陂湖驛路侵。見山思隱計，投館得歸心。市近春風軟，江遥暮雨深。提壺問村酒，誰惜解囊金。

有　贈

幾度尊前惱使君，錦宫花色艷綃裙。平生入眼誰堪比，十二峰頭一片雲。

春　江　行

壚頭新酒柘枝黄，郎醉尊前不上牀。一聲烏啼天未曙，東風吹上巴船航。

水簾洞

徑平草木深，幽碧日以積。遂使水簾勝，咫尺千里隔。真源不可問，惆悵浄色白。窟石冷秋根，何由潄雲液。

送友人遊沛中

傾蓋即相知，逢君白恨遲。丘園遽爲别，弧矢獨何之。雲指真人氣，風歌猛士詞。荒臺如更上，莫及暮秋時。

期允伯不至

寒氣肅巖扉，煙光静翠微。上方鳴磬徹，中夜一僧歸。雨嶂啼猿寂，風林宿鳥飛。雲巒心賞共，忍遣此宵違。

宿河上

天勢近河低，村孤夜氣凄。風腥水神過，月黑山鬼啼。夢斷楚丘北，情馳梁苑西。夾池修竹畔，枚馬幾羈棲。

南山尋許宣平故居

心期掇瑤草，扶杖陟崔嵬。徑狹緣雲密，禽喧訝客來。猶疑沽酒去，未即賣薪回。何處尋仙跡，碧桃雲外開。

東　風

南郡非吾土，東風慰久稽。看花中酒後，贏馬故城西。郢樹連襄遠，巴山到楚低。王孫歸未得，芳草自萋萋。

紫極宫訪劉安元

爾溯嚴陵瀨，來爲歙浦游。載書經水驛，下榻借山樓。霧變初晴雨，蟬吟未夏秋。高高翠微裏，而我此相求。

聞吴德徵嶺表消息

汝繫燕臺獄，争傳市虎新。一身投遠戍，萬里作流人。嶺廟期鴉鬼，村徭問雁程。圖書抛舊宅，冠蓋失芳鄰。雪憶三河夜，花經百粤春。遥將荒徼信，還慰故園親。

浦口曲

家臨五溪水，浣紗歙浦口。恐有寄來書，君行見郎否？

琵琶亭

殘照皋亭夕，秋風旅雁飛。琵琶千載恨，淚滿逐臣衣。

過未央宫遺址

木落漢宫秋，寒蟲苦悲咽。君看草色丹，猶染淮陰血。

詠史

易水長虹白，將軍首入秦。荆軻無劍術，不是報仇人。

班婕妤

夢斷清宵月，愁深長樂宫。無勞怨團扇，漸冷是秋風。

雒下逢汪子明

我行西入秦，驅車雒陽陌。相逢故鄉親，況是東歸客。

瓜州送鮑世重

沙上問歸帆，日美北風起。遥看一片雲，飛度江南水。

楊都統家小青衣

自按梨園譜，誰傳樂府詞。見人羞不語，含笑轉身時。

春　閨

畫樓紅燭黄昏，思婦啼春淚痕。楊柳輕煙别院，梨花細雨重門。

關西雜詠

千年回磴絶鳴鑾，太乙祈靈有漢壇。一夜悲風銅柱折，仙人垂淚下金盤。

南征行二首

新河命將出屯營，畫戟雕弓耀日明。洗馬真臨江漢水，擒蛟空搗豫章城。
天門初日上蓬萊，綵仗迎春隊隊來。馳道傳呼龍仗過，百工争看打毬迴。

送鄭思祈遊越

鏡水芙蓉五月花，聽歌知道越兒家。即看濤雪臨滄海，便掛樵風溯若耶。

送芸上人

行盡春山翠萬重，新林浦月坐聞鐘。横江東去長鳴鶴，巢寄南朝第幾松。

方山子鄭作一十五首

作字宜述，歙人。讀書方山之上，自號方山子。已棄去爲商，往来宋、梁間。時時從俠少年輕弓駿馬，射獵大梁藪中。獲雉兔，則敲石火炙腥肥，悲歌痛飲，垂鞭而去。爲詩敏捷，一揮數十篇。李空同流寓汴中，招致門下，論詩較射，過從無虚日。其它雖王公大人，不置眼底。周王聞其名，召見，長揖不拜，王禮而遣之。嘉靖初，年四十餘，病痰，别空同南歸，没於豐沛舟中。方山初見空同，空同規其詩率易，乃沈思苦吟，不復放筆塗抹。詩數千百篇，空同選得二百餘，序而傳之。然方山詩如「寒燈坐愈親」、「寒葉動秋聲」之類，《空同集》中正未易有此佳句也。

刀贈程自邑

昔客汴上來，曾遺西番刀。出鞘試䶩䶩，口吹斷毫毛。裹以白鹿皮，纏以青絲絲。不逢拂拭人，塵埃甘自韜。把贈慚吾老，功名看汝豪。

答空同子觀射見贈之作

我騎白鼻騧，君載青油車。行行城南道，聯翩走風沙。停車下馬對相揖，彎弓抽矢向西立。一箭應手墮雙翼，鏑中颯颯悲風入。天寒日暮侵征衣，側身上馬先爾歸。揚鞭徑去不回首，黄雲白雪昏霏霏。

醉歌行贈懋昂别

我持白玉壺，酌君黄金巵。我爲楚歌君楚舞，並言行樂當及時。憶昔少小攜名娃，千金調笑聽琵琶。青絲絡酒穿芳草，白馬尋香踏落花。可憐緑髮不相待，舊遊回首今誰在。

逢徐少卿

八年方把袂，萬里祇含情。已自忘顔面，猶能記姓名。深杯照落日，寒葉動秋聲。獨愧飛蓬影，飄飄過此生。

過李氏莊

沙徑縈村入，柴門面水開。園林君自得，鞍馬我能來。白鷺窺魚立，黄鶯觸燕迴。日斜猶不去，相與坐莓苔。

元旦次空同子韻

今日何日春始臨，歸心無奈祇幽吟。唤愁草色爲誰動，含凍雪花翻自深。塞雁度江終北思，楚人拘晉亦南音。灌園白首真吾事，抱甕行看入漢陰。

送吴克存還山

花暮春回柳復飛，青山千里送君歸。共傾北地愁中酒，獨酌南溪水上磯。帆掛夕陽孤影淡，雁迷殘雨去聲微。孤城此日堪腸斷，不爲臨岐重濕衣。

送五兄

崑崙之水流湯湯，陌上行人愁斷腸。霜寒露白心更切，況此飄飄秋葉黃。弟兄河側重攜手，流水何如別意長。

寒坐憶李獻吉

雪花片片風吹過，書生破屋甘饑餓。去年甕頭新酒香，一尊兩尊遥餉我。今年新酒巾未漉，甕底堅冰椎不破。此時知子更愁思，擁被呻吟但僵卧。

除夕

除夕愁難破，還家夢愈頻。十年江海客，孤館別離人。殘漏聽還盡，寒燈坐愈親。梅花滿南國，誰寄一枝春。

春日登臺

登臺並馬出都門，滿地東風動草根。千里鄉心悲過鳥，一年佳節藉芳尊。回砌雪積春還在，遠戍煙拖晚更昏。酩酊歸來思何限，斷鷗饑鷺立沙痕。

有感

越客居粱久，爲歌尚越聲。祇緣秋夜苦，長繫故鄉情。三徑黄花暗，孤燈白髮明。憂來獨憑檻，鴻雁正南征。

方卧南窗舍弟古民率爾相訪入門不呼遽去書以紀事

令弟興狂攜竹杖，老兄思苦卧藤牀。草堂空踏青苔破，蘿徑難消白日長。應惜螢窗勞筆硯，恐驚蟻穴夢侯王。入門不語悠然去，蟬噪槐陰下夕陽。

柬汪用夫

我歸嶺嶠雲生履，君泛江天雪滿船。離思不堪還異地，鄉愁無奈況殘年。海鷗笑客時能去，山鬼吹燈夜不眠。一棹沙溪明月静，漁竿相把釣寒煙。

客中聞四弟消息

昨遇梁園使，孤城舍弟居。干戈常在目，烽火不通書。汝計猶長劍，吾心已弊廬。兩鄉千里隔，瞻望各霑裾。

列朝詩集丙集第十二

何副使景明 一百二首

景明字仲默，信陽人。八歲能屬文，十五舉於鄉。形貌短小，且禿笄也。宗藩貴人争負視，所至人遮道，弗得過。又四年，弘治壬戌，舉進士，授中書舍人。北地李獻吉以詩文雄壓海内，一旦與駿發齊名。憂憤時事，尚節義而鄙榮利，並有國士之風。正德初，劉瑾用事，謝病歸。瑾誅，用李茶陵薦，復除中書，直内閣。制敕房錢寧方貴幸，持古畫造門求題，仲默謝曰：「好畫毋污吾題也。」天變，上封事曰：「義子不當畜，宦官不當寵。」聞者縮舌，幸留中得免。守中舍九年不遷，出爲陜西提學副使。居四年，勞瘁嘔血，投劾歸，抵家六日而卒，年三十九。仲默初與獻吉創復古學，名成之後，互相詆諆，兩家堅壘，屹不相下。於時，低頭下拜，王渼陂倒前徒之戈；俊逸粗浮，薛西原分北軍之袒。則一時之軒輊已明，身後之玄黄少息矣。余獨怪仲默之論曰：「詩溺于陶，謝力振之，古詩之法亡於謝。文靡於隋，韓力振之，古文之法亡於韓。」嗚呼！詩至於陶、謝，文至於韓，亦可以已矣。仲默不難以一言抹撥者，何也？淵明之詩，鍾嶸以爲「古今隱逸之宗」，梁昭明以爲「跌宕昭彰，抑揚爽朗，横素波而傍流，干青雲而直上」。評之曰「溺」，於義何居？運世遷流，風雅代變，西京不得不變爲建安，太康不得不變爲元嘉。康樂之興會標舉，寓目即書，内無乏思，外無遺物，正所以暢漢、魏之飆流，革孫、許之風尚。今必欲希風枚、馬，方駕曹、劉，割時代爲鴻溝，畫晋、宋爲鬼國，徒抱刻舟之愚，自違舍筏之論。昌黎佐佑《六經》，振起八代，「文亡於韓」，有何援據？吾不知仲默所謂文者何文，所謂法者何法也。昔賢論仲默之刺韓，以爲大言無當，矯誣輕毁，箴彼膏肓，允爲篤論矣。獻吉兩書駁何，矛盾互陷，獨於斯言了無諍論。弘、正以後，訛繆之學流爲種智，後生面目偭背不知向方，皆仲默謬論爲之質的也。因録仲默之詩，略爲辨正如此。

獨漉篇

獨漉獨漉，驅車折軸。不畏折軸，但畏車覆。芃芃者蕕，生彼中衢。雖有蘭蕙，當門則鋤。同行竊金，相顧道左。我實不知，彼則畏我。食荼知苦，食梅知酸。狐裘之敝，可以禦寒。有虎斑斑，伏於林下。我欲射虎，愧無勁弩。肅彼北風，渡彼中流。豈不懷憂，與子同舟。

車遥遥

馬上車遥遥，望望車塵滅。但聞上車語，不得下車别。寒鷄喔喔知夜半，鄰翁舂粱婦炊飯。僕夫聞鷄趣車起，欲明未明行十里。火輪飛出扶桑霞，羲和騎龍鞭日車。君看日亦無閒時，我車安得常在家。

棗下何纂纂

種棗北墻下，棗熟委路衢。行人競取食，居者守空株。□□棗初赤，傾路且停車。棗當今日盡，誰能少踟蹰。天命誠不易，榮落互相渝。功勳本積累，傾奪在須臾。聆我棗下言，貧賤可久娛。

刺促篇

刺促刺促，井燎不續。雖有場苗，室則靡粟。羅省務獲，不言其多。見彼淵鱗，或言其苛。跣夫逐鹿，坐者食肉。苟一需百，百爾莫足。譬彼乘車，弗率坦野。驅馳不已，或敗爾馬。河有伏罟，蛟龍去之。相處有明，孰逢其災。前有鼓樂，後有寇盜。方言方笑，不敢以告。執鼠不力，或傷其手。彼虎彼兕，矧不以走。有蓬其樹，其腹之枵。豈不休息，維顛在朝。

秋江詞

煙渺渺，碧波遠。白露晞，翠莎晚。泛綠漪，蒹葭淺，浦風吹帽寒髮短。美人立，江中流。暮雨帆檣江上舟，夕陽簾櫳江上樓。舟中採蓮紅藕香，樓前踏翠芳草愁。芳草愁，西風起。芙蓉花，落秋水。江白如練月如洗，醉下煙波千萬里。

瑶瑟怨

美人竹間亭，虚簾空月華。相思湘江曲，淚竹生斑花。花開爲誰好，花落不復掃。出户見春風，低頭怨芳草。坐彈五十絃，起視江月殘。愁絃不堪聽，手澀金雁寒。一彈正凄切，再彈轉嗚咽。三彈撥幽腸，聲亂冰絲結。西風吹芙蓉，一夜落微紅。豈知瑶瑟音，能消青鏡容。

竹枝詞

十二峰頭秋草荒，冷煙寒月過瞿塘。青楓江上孤舟客，不聽猿聲亦斷腸。

平堧城南村三首

朝出城南村，策馬入荆杞。村中八九家，煙火自成里。兒童候晨光，稍稍荆扉啟。四鄰務收獲，時復披草語。呢呢何所云，但言好禾黍。

秋陰結林霏，細雨灑茅室。牧放止近郊，牛羊不相失。廣園散花林，平疇藹風日。長幼不出門，咸知戀儔匹。喧喧車馬中，徒爲慕高秩。懸輿當何時，可使志願畢。

沉沉古陂水，日暮寒更緑。隔陂見居人，蘿蔓纏草屋。摘禾留客飯，採薪伐秋木。童稚持竹竿，雨中放鷄鶩。區區化外國，猶得睹淳樸。

發京邑

驅車出郊門，杖策遵古行。反顧望城闕，引領内懷傷。崇京概霄漢，逶迤一何長。雙觀臨馳道，群宫儼相當。迅飆激櫺牖，遊雲起縱横。漢道值全盛，纓緌爛輝光。側覩青雲上，鳴珮倏來翔。梁生何慷慨，遼遼悲未央。

度河

夙征肇延津，明晨臨大河。洪源下積石，砥柱屹嵯峨。渺渺梁宋區，汗漫縱經過。自非陵與岸，於安障其波。揚帆赴中流，四顧莽無涯。崇雲徂廣澤，迅風夕吹沙。積陰不可測，魚龍偃相加。前無千尺梁，一葦胡足誇。人生寡恒居，奚異波上槎。豈無舟楫志，漂泊當奈何。

還至别業四首

鷄鳴高樹杪，狗吠墟里間。家人望車徒，遠客造門端。入門問所親，上堂叙悲歡。行人暮饑渴，秉燭具盤餐。明月照西户，三星爛中天。出門踐野草，白露倏已溥。十年苦行役，兹夕方來旋。寧知非夢寐，忽忽心未安。

詰晨親友至，筐榼携所需。各言平生歡，念子久離居。綢繆語未畢，展席臨前除。園榮亦已抽，况有盤中魚。人情倦懷土，富貴豈常於。無爲泥形跡，所願恒相俱。依依入鄉閭，慘惻歷故疆。行邁逾幾時，所見忽以更。成人匪故識，耆齒日凋喪。平生所同歡，轉盼殊存亡。羈魂邈遐域，旅柩歸中堂。人命不相持，奄忽如朝霜。撫事感今昔，喟然熱衷腸。弭駕及春暮，比屋事耘耕。時物展遐矚，契我遺俗情。故林茂以密，敝廬亦將成。芳蘭冒紫葳，園柳尚垂榮。澤葵蔓廢井，瓜田依故城。策仗衡門下，仰偃遂平生。所願在怡親，餘者奚足營。世情惡衰歇，天道遞虧盈。駟馬豈不貴，翻覆坐相傾。

艷曲二首

御溝連上苑，大道接平沙。紫陌三千騎，青樓十萬家。城中楊柳樹，風起暮飛花。

高堂臨萬户，朱構耀城隈。共籍鴛鴦綺，雙持鸚鵡杯。春風樓下度，一夜百花開。

擬古

圓如天上月，光輝尚當缺。與君非一身，安能不乖别。關山日悠遠，舉步難可越。君如雙車輪，妾心如車轍。相隨萬里去，繞繞何時絶。

詠懷四首

北陸無淹晷，歲萬陰已長。攝衣起中夜，凜凜悲嚴霜。明月麗高隅，繁宿縱以横。徘徊仰天漢，惋彼參與商。形影永乖隔，萬里徒相望。

烈炎灼崑岡，乃辨金石堅。金石有恒性，銷鑠詎能遷。薪槱莫傷桂，刈蕭毋及蘭。薰蕕不同器，清淆本殊源。君睹高翔翼，卑棲非所安。

英英園中槿，朱榮媚朝陽。朝陽倏西隤，郎月借其光。馳輝難久耀，華隕不再揚。番番白馬郎，皎皎青樓娼。容好豈足恃，相要在衷腸。

積薪以待燔，畜裘以禦冬。爲物貴及時，餘者安足庸。金張藉地勢，衛霍承華封。馮生守窮巷，白首不見容。賤者日邅屯，貴者日以崇。邈彼天上京，玉宫閶九重。高高不可測，欲往將何從。

贈邊子

戎馬暗中原，嗟此遠行子。遥遥赴城闕，戚戚望桑梓。路阻難可通，河清詎能俟。俯仰君父間，出處良在此。

出城贈韓子

晨車去遥遥，將子城之隅。城隅何所有，有荷復有蒲。念當與子别，思心立踟躕。它人豈無友，非子誰爲娱。折荷勿涉水，涉水濡子車。安得瓊瑶華，採掇爲子需。

古怨詩

隕葉辭舊枝，飄塵就歧路。遲徊决絶意，言念平生故。泥泥行間泥，零零蔓草露。豈不畏霑污，爲子無晨暮。

送崔氏

飄飄山上葛，累累田中瓠。苟非同根蒂，纏綿安得固。人情易反復，結交有新故。嗟哉夙昔好，乖棄在中路。明珠倘無因，按劍不我顧。深言匪由衷，白首爲所誤。亮君勗恒德，永副平生慕。

青石崖棧　秦中。

側行青石棧，誰能久延佇。斷板連曳雲，噴泉灑飛雨。迅流西回激，峻坂東折屢。隤岸互傾欹，危梁梟撑拄。飲猿駭游鱗，立馬接翔羽。愼爾千金軀，永念垂堂語。

盤江行

四山壁立色如赭，盤江横流絶壁下。驚濤赴壑奔萬牛，峻坂懸空容一馬。危叢古樹何陰森，尋常行客誰敢臨。猺婦清晨出深洞，虎辟白晝行空林。沈潭之西多巨石，短棹輕舟安可適。日光射壁蠻煙黄，雨氣蒸江瘴波赤。土人行泣向我云，此地前年曾敗軍。守臣祇知需貨利，將士欲苟圖功勳。英雄謨策自有術，竄婦姦男何足論。營中鼓角連雲起，陣前臨山後臨水。烹龍釃酒日酣樂，傳箭遺弓尚驚喜。戰馬俱爲山下塵，征夫盡向江中死。遂令狐豕成其雄，屠邊下寨相轉攻。千家萬家鷄犬盡，十城五城煙火空。夕陽愁向盤江道，黄蒿離離白骨槁。魂入秋空結怨雲，血染春原長冤草。祇今夷虜來歸王，高墩短塹俱已荒。牧童驅羊上坐冢，田父牽牛耕戰場。惟有行人行嘆息，説聞盤江淚霑臆。

雨夕行

城頭雨脚黑不斷，階下涷潦流已滿。出門咫尺無所適，積霧連雲接平坂。城中家人沈與趙，我忽思之費招挽。趙子閉門卧不出，沈生衝泥來獨晚。臨階下馬入我堂，琅琅高詠不可忘。瑶徽浮塵爲我拭，磁罌濁酒爲我嘗。西鄰彭生亦豪士，四壁風雨卧一牀。隔墻深夜呼即至，三人團坐傾壺觴。須臾簷雨亂霑席，窗風蕭蕭動煙柏。照夜青缸寒向人，促曙紅罏暖留客。請君再歌我擊節，晨鷄已下西城陌。嗚呼！人生歡樂難再來，古人滿眼俱塵埃。何況與子異鄉域，此地相逢能幾回。

歲晏行

舊歲已晏新歲逼，山城雪飛北風烈。徭夫河邊行且哭，沙寒水冰凍傷骨。長官叫號吏馳突，府帖連催築河卒。一年徵求不少蠲，貧家賣男富賣田。白金縱有非地産，一兩已值千銅錢。往時人家有儲粟，今歲人家飯不足。饑鶴翻飛不畏人，老鴉鳴噪日近屋。生男長成聚比鄰，生女落地思嫁人。官家私家各有務，百歲豈止療一身。近聞狐兔亦徵及，列網持矰遍山域。野人知田不知獵，蓬矢桑弓射不得。嗟吁今昔豈異情，昔時新年歌滿城。明朝亦是新年到，北舍東鄰聞哭聲。

長歌行贈旺兄

兄爲吾祖之長孫，能將孝義持家門。耕鑿不隨時俗改，衣冠頗有古風存。我家東岡舊鄉土，穀有田場桑有圃。諸兄喧嘩逐城市，兄也蕭條守環堵。僕童馴雅妻更良，男女膝下皆成行。女長適人止近里，男大爲農不出鄉。祇今汝年六十七，我翁爲叔汝爲侄。歲時相看如父子，登堂過庭禮不失。弟昔省兄盡君歡，夜秉燈燭羅杯盤。兄前勸飲嫂勸餐，留我一月相盤桓。自從離兄仕下都，都城誰是悠悠者。萬户清晨霜滿衷，九衢白晝塵隨馬。朱門金鎖午未開，我曹不敢騎馬回。此時吾兄正穩卧，日高户外無人催。愛兄好静謝塵網，一卷道書常在掌。託身未肯附年少，舉手何曾揖官長。頃來生事日看微，種麻自織身上衣。少兒從學長幹蠱，我兄心中無是非。君不見人間歲月坐相迫，胡爲東城復南陌。兄今已作白頭翁，弟亦長辭青瑣客。山中桂樹況逢春，谷口桃花更照人。花前樹下一壺酒，弟勸兄酬不畏貧。

玄明宫行

君不見玄明宫中滿荆棘，昔日富貴今寂寞。祠園復爲中貴取，遺構空傳孽臣作。雄模壯麗臨朝廷，遠勢連亙跨城郭。憶昨己巳年來事，秉權自倚薰天勢。朝求天子苑，暮奪功臣第。江艘海船送花石，戚里侯門擁金幣。千人力盡萬牛死，土木功成悲此地。碧水穿池象溟渤，黄金作宫開日月。虹霓屈曲垂三梁，蛟龍盤拏抱雙闕。城中甲第更崔嵬，親戚弟兄皆閥閲。戚里歌鐘賓客遊，排門冠劍公卿謁。生前千門與萬户，死時不得一丘土。石家遊魂泣金谷，董相燃臍嘆塢塢。宫前守衛無訶呼，真人道士三四徒。石户蒼苔生鐵鎖，玉階碧草摇金鋪。星宫晝開見行鼠，日殿夜禱聞啼狐。遊客潛窺翠羽帳，市子屢竊金香爐。桑田須臾變滄海，桃樹不復栽玄都。我朝中官誰最貴，前有王振後曹氏。正統以前不得聞，成化之間未有此。明聖雖能斷誅罰，作新未見持綱紀。天下衣冠難即振，中原寇盜時復起。古來禍亂非偶然，國有威靈豈常恃。玄明之宫今已矣，京師土木何時止。南海猶催花石綱，西山又起金銀寺。君不見金書追奪鐵券革，長安日日迎護敕。

崔生行

予之至京師也，友人崔太史子鍾曰：「久不聞何子言矣，爲我作《崔生行》。」

崔生自反金陵謫，騎馬復走長安陌。時危頗負經濟才，海内但識文章客。自從盜賊近神京，四海不見煙沙清。黄河流血日慘怛，中原戰骨霜縱横。朔方兵馬又已弱，天下財賦難盡榷。書生不得言世務，大臣誰有匡時略。我到長安訪交友，子與河内猶相厚。感今戀故有綈袍，吐膽傾心共杯酒。去年更見玄都花，萬事空傷薊門柳。河内憂時未解顔，子亦談兵不輟口。金礦玉璞隱光耀，紫氣龍泉鬱盤久。議論反遭時輩忌，形容豈免流俗醜。玉良伯樂不在御，驊騮騕褭徒能走。人言古人未可輕，古人往往皆無成。子雲老大不曉事，殷浩當時空有名。事去惟應嗟白首，時來未必濟蒼生。即今風塵尚澒洞，羽檄飛符遞相送。西北山河戰角悲，東南天地軍麾動。江海未見魯連耻，朝廷不聞賈生慟。塵埃早知才質殊，霄漢况睹名聲重。閟宫清廟待琴瑟，大厦明堂要梁棟。天生公等世所須，努力他時有大用。

樂陵令行

山東郡縣一百八，無有一城無戰場。到今漂血成野水，如山白骨横秋霜。雲臺功高將不收，投筆亦有書生謀。黄金大印賜豪貴，白面豈得言封侯。唐朝公卿集如雲，平原太守名不聞。二十四城見賊走，抗城乃是平原守。君不見前者寇盗時，縣吏州官各亡命。北梁白馬終日行，濟上黄旗錯相映。不聞開門戰，但聞開門迎。吁嗟乎！平原太守樂陵令。

同崔子送劉以正還關中

燕川芳草歇已久，行子西行更回首。駿馬春停渭曲花，金鞭暮指秦中柳。看君兄弟皆豪雄，十年側想中丞公。東山雲月卧未起，北海賓客誰相通。荷花初紅酒初碧，汝歸登堂見顔色。若問長安舊友生，崔何二子常相憶。

遊獵篇

周王八駿行萬里，朝遊崑崙暮滄海。驅霆策電遍天地，虎驂龍馳倏煙靄。奔戎造父兩爲佐，大人王母遥相待。千金白狐來四荒，螻蟻下國輕天王。君不見秦皇叱咤役九有，海東驅石石爲走。橋邊孺子如婦人，博浪沙中鐵椎吼。又不見武皇旌旗日絡繹，射蛟潯陽江水赤。五陵俠少夜相遇，探丸殺吏還驚辟。天門嵯峨城九重，虎豹爲衛蛟龍宫。紫微鉤陳翼帝座，至尊祇合安高崇。脱淵之魚出山虎，白龍魚服何勞苦。沈江距河勢有然，萬乘反遭匹夫侮。君不見曹家老爽誠愚蒙，平生不識司馬公。死生禍福在人手，寧能常作富家翁。一門流血豈足惜，坐使神器歸姦雄。昨夜昌平人夢天，龍文赤日繞燕川。城中莫辨真天子，道上傳看七寶鞭。腐儒爲郎不扈從，願奏相如諫獵篇。

點兵行

先皇簡練百萬兵，十二連營鎮京觀。團營十萬更精猛，嗚呼耗減今無半。昨傳胡入白楊城，有敕點選營中兵。軍中壯丁百不一，部遣老小從征行。自從御馬還内厩，私家馬肥官馬瘦。富豪輸錢脱籍伍，貧者驅之充介胄。京師土木歲未已，一身百役無不受。禁垣西開鎮國府，内營晝夜羅金鼓。四家驍健三千人，出入扈從圍龍虎。邊頭城塹誰營屯，遂使犬羊窺北門。天清野曠恣剽掠，百里之内煙塵昏。肉食者謀無遠慮，倉皇調遣紆皇顧。即今宣府大失利，殺將覆軍不知數。遼東兵馬已久疲，朵顔反復非前時。又聞迤北外連結，朝廷坐失東藩籬。往時京邊士，苦樂今頓異。且如私門卒，食糧日高坐。此兵昨一出，見者淚交墮。縱令荷殳趨戰場，身上無衣腹饑餓。君不見府中槌牛宰羊猪，穿城蹋踘行吹竽。高馬肥肉留京都，可憐此兵西擊胡。

平溪

徙倚平溪館，天高秋氣清。水螢光不定，山籟響難平。夜火雲間戍，寒楓江上城。終宵無夢寐，高枕聽灘聲。

鎮遠

地僻先摇落，空亭長緑莎。山川連蜀道，市井雜夷歌。旅篋衣裳少，秋程風雨多。無人相問訊，盡日撫寒柯。

夜

地遠柴門静，天高夜氣凄。寒星臨水動，片月向沙低。入室喧蟲語，張燈住鳥啼。自然幽意愜，不是戀深棲。

雨夜似清溪

院静聞疏雨，林高納遠風。秋聲連蟋蟀，寒色上梧桐。短榻孤燈裏，清笳萬井中。天涯未歸客，此夜憶江東。

九日同馬君卿任宏器登高

歲歲重陽菊，開時不在家。那知今日酒，還對故園花。野静雲依樹，天寒雁聚沙。登臨無限意，何處望京華？

客至

野外逢迎少，柴門落葉稠。人間不掃室，客到始梳頭。且爲烹茶坐，還因看竹留。登臨如有興，更上水邊樓。

西郊秋興四首

野屋清秋暮，寒沙易朔風。歲年悲老樹，歧路感孤蓬。醉豈逃名士，狂非避世翁。尋常門自掩，無客到山中。

舊家澌水上，門向釣臺邊。近市來沽酒，中流坐放船。蒹葭開晚照，洲渚接寒天。漁父如相識，長歌過我前。

亭古楓杉落，緣溪不待秋。西風怯纖絺，細雨戀重裯。雙鷺寒窺井，孤鴻晚過樓。白鷗還有意，相逐向吾洲。

嚴風日以發，落葉轉紛紛。遠樹斜銜照，寒山半入雲。步兵常嗜酒，水部本能文。悵望千秋上，斯人亦不群。

送呂子

京洛三年客，雲霄萬里違。上書俱不報，解佩獨先歸。北極臨燕甸，南山繞漢畿。相將未可料，歧路斷蓬飛。

顧内翰約看花城南寺病目不赴

不赴南城約，遥傳寺裏篇。看花吾未老，山郭偶無緣。簇馬低春日，啼鶯隔綵煙。風沙開病眼，愁向艷陽天。

聞雁

見汝今南下，憐予一望家。亂聲求侣急，高影背人斜。月静林無葉，雲寒菊有花。萬行關塞淚，秋日墮胡笳。

玉泉

行遊金口寺，坐愛玉泉名。雲去隨龍女，風來動石鯨。入宫朝太液，穿苑象昆明。却望天河水，迢迢萬古情。

大祀

金榜星辰幕，瑶函海嶽編。受禧同漢室，登禪異秦年。日抱龍旗轉，天流羽蓋旋。揚雄老部從，白首賦《甘泉》。

題蘇子瞻遊赤壁圖

垂老黄州客，高秋赤壁船。三分留古跡，兩賦到今傳。落日寒江動，青天斷岸懸。畫圖誰省識，千載尚風煙。

送楊太常歸省二首

錦里趨庭日，聲華見蜀都。弟兄今二妙，父子宋三蘇。禮樂風雲地，旂常日月圖。今皇念大祀，未可滯江艫。

聞道西京寇，猶多虎豹群。過秦應有論，諭蜀可無文。未返巴山使，空懸棧道軍。煩將父老意，歸報聖明君。

汝慶宅紅菊

紅菊開時暮，亭亭冠物華。亦知顔色好，不是艷陽花。羅綺嬌秋日，樓臺媚晚霞。清香如不改，常傍美人家。

秋　夜

暝砌凝寒色，高樓閉綺櫳。露蟲吟蟋蟀，風葉下梧桐。此夜關山月，何人悵望中。泠然感秋思，况復聽征鴻。

與孫戴張三子納凉

薄暮攜三子，追凉步短宵。水邊低出月，樓上忽横簫。久露花霑濕，微風竹動摇。醉歌聊永夕，坐待紫宸朝。

出閣過勤甫省中

梧垣通左掖，花省接仙郎。並坐停杯晚，高談卷幔凉。水陰沈紺殿，山影落雕墻。愧我同朝客，傳君寡和章。

寄易内翰

日日望長沙，憶君城柳斜。風塵愁燕雀，江海嘆龍蛇。公子天邊草，夫人廟口花。故鄉杯酒罷，遥亦念京華。

寄三子詩

鄠杜終南曲，郊岐渭北陲。水多龍卧處，山有鳳來時。星宿中宵動，風雲萬里移。滄江問靈劍，離合少人知。

城東泛舟

水郭移尊宴，沙原列騎停。岸開平放舸，林轉曲通亭。雨意雲垂白，風情柳送青。衣冠夕臨泛，東望極滄溟。

過宗哲故宅

過門猶宿昔，駐馬復誰留。雨院殘春竹，風庭折晚榴。還家無二頃，歸櫬有孤舟。日暮鄰人笛，悽然涕淚流。

八月二十八日子容過對菊

近節逢花放，開尊集異鄉。乾坤共一笑，風雨似重陽。誰識暮蟬意，獨憐秋樹芳。它時益爛熳，邀爾醉西堂。

汝濟夜過同以行對菊花

摇落相過地，芳菲晚更親。酒醺留媚眼，燈色笑生春。風雨新晴夜，江山未老身。百年如不醉，恐負此花神。

長安柳

三月長安柳，春風吹暮天。花飛御溝水，葉傍漢宫煙。繞岸猶堪折，臨流更可憐。故園無限樹，零落戰場邊。

中元節有感

去歲中元節，朝陵百職同。嚴趨神路左，遥拜孝園東。龍虎瞻王氣，乾坤仰帝功。未迴衡嶽駕，空墮鼎湖弓。啟兆龜圖順，編年鳳曆終。玉衣陳晝幄，寶瑟閟玄宫。北極猶前日，南薰亦舊風。病居逢此日，長望五雲中。

武昌聞邊報

傳聞虜騎近長安，北伐朝廷已遣官。路繞居庸烽火暗，城高山海戍樓寒。一時邊將當關少，六月王師出塞難。先帝恩深能養士，請纓誰爲繫樓蘭？

長安驛

暮雨蕭蕭雲黯然，數家山下起炊煙。窗聞早雁秋多思，門對寒流夜不眠。遠使正持三楚節，舊遊曾扣九江船。驛程南去無窮路，來往風塵閲歲年。

岳陽

楚水滇池萬里遊，使車重喜過巴丘。千家樹色浮山郭，七月濤聲入郡樓。寺裏池亭多舊主，城中冠蓋半同遊。明朝又下章華路，江月湖煙綰别愁。

華容弔楚宫

别館離宫紛綺羅，細腰争待楚王過。章華日晚春遊盡，雲夢天寒夜獵多。廢殿有基人不到，荒臺無主鳥空歌。西江煙月長如舊，祇有繁華逐逝波。

秦人洞

聞説秦人此避秦，碧桃零落舊時春。家移洞裏難知姓，水到人間易問津。山色溪聲自今古，石牀澗户空埃塵。洞前即是南征路，來往年華客鬢新。

月潭寺二首

緑蘿陰下列蒲團，茗葉松花進晚餐。近水雲霞晴亦雨，傍巖樓閣晝常寒。旅懷寥落逢秋半，僧話淹留坐夜闌。惆悵塵蹤又南去，朝來鐘磬隔煙巒。

玲瓏金刹白雲邊，踏閣攀林一徑穿。龍出洞門常作雨，鶴巢松樹不知年。僧來殿上鳴鐘飯，客到山中借榻眠。怪底夜來難得寐，秋風窗下繞流泉。

雲溪驛

雲溪驛裏經過處，六七年間兩度行。風土不殊初到日，雨墻難認舊題名。異方見月思鄉縣，遠客逢秋念友生。明日巴陵江上酒，弟兄相對不勝情。

病後

病後頻驚節序過，不將風景怨蹉跎。秋來門巷依楓橘，歲晚衣裳戀芰荷。洛下閒居辭宦早，茂陵消渴著書多。鳳凰池上三年客，鞻裹空鳴白玉珂。

吹笛

横笛高城弄晚飇，碧空如水雁來時。關山月落腸應斷，樓閣秋生響易悲。楊柳天邊渾折盡，梅花江畔故開遲。武陵回首南征路，一曲那堪馬上吹。

秋興

高樓一上思堪哀，水盡山空雁獨迴。萬里關河迷北望，無邊風雨入秋來。故人尺素年年隔，薄暮清砧處處催。徒有寒樽對花發，病懷愁絶共誰開。

過寺訪以行

今年春色倍堪思，奈爾看春病起遲。窗矚太行雲斷處，坐聞江漢雁來時。柳香漸撲燕姬酒，草色頻催謝客詩。更欲息棲尋野寺，細蘿芳杜碧山期。

題嚴内翰賜扇

端陽綵扇百官傳，每歲宫臣賜獨偏。君去翰林供奉久，始來經幄拜恩年。頒從殿閣風先動，捧向雲霄月並懸。象轂銀環倍光寵，好揚薰吹助虞絃。

長　安

白雲望不盡，高樓空倚欄。中霄鴻雁過，來處是長安。

晚出左掖簡薛君采

露重芙蓉館，雲輕翡翠城。文園病司馬，消渴望金莖。

獨　立

獨立對秋陰，冥冥望河渚。祇見沙上煙，不見煙中雨。

白雪曲二首

暗逐梁塵起，潛隨燭影流。似憐歌舞處，故故入高樓。

梅花開雪中，相看鬬奇絶。常教雪似花，莫遣花成雪。

諸將入朝四首

大將龍旗朝帝京，至尊親遣近臣迎。侍中獨領嫖姚部，戰馬皆歸龍虎營。
闕下千官侍鳳樓，苑中天子建龍斿。豹房虎圈先班賞，武帳前邊賜姓侯。
河北諸軍盡有名，雲中驍騎本輕生。金裝白馬翩翩出，不見長安子弟兵。
少年生長在邊城，介胄南征蟣蝨生。馬上朝來横吹曲，梅花一半是吴聲。

送韓汝慶還關中

華嶽雲臺萬里情，高秋落日眺秦城。黄河一綫通滄海，身在仙人掌上行。

秋日雜興四首

寒蛩啼斷槿園空，萬樹凋傷八月中。祇有南山蒼桂在，一株花發向秋風。
雨花風葉總堪憐，海燕江鴻各渺然。莫向高樓空悵望，暮蟬多在夕陽邊。
紫蔓菁藤各一叢，野人籬落管西風。郊扉遠絶誰能到，秋日蟲鳴豆葉中。
柏林楓岸迥宜看，楊柳芙蓉不禁寒。最愛高樓好明月，莫教長笛倚欄杆。

宫詞

微霜凄凄金井欄，城頭月出凍雲殘。玉樓高對蓬萊雪，誰道宫中夜不寒。

薛郎中蕙一百一十九首

蕙字君采，亳州人。正德甲戌進士，授刑部主事。病免，起改吏部驗封主事。歷員外，陞考功司郎中。嘉靖改元，大禮議起，援據經傳，撰《爲人後解》、《爲人後辨》，凡數萬言，入奏，下詔獄。尋得貰，復職給事中。陳洗補外，中道上書議禮，得召見言事，盡擊異議者。亳守顔木得罪，誣奏木、君采同年，守其鄉疑有姦利，有詔勒停聽理。已而事白，屢薦，堅卧不出。東宫立，將以坊臣召用，而已前卒矣。年五十三。君采生三月，見芒神，連呼芒郎，家人驚怪，沃冷水止之。年十二，以能詩聞。王廷相謫判亳州，激賞之，曰「可繼何、李」。後之論者亦曰：「弘、嘉之際，三君鼎立，然君采爲詩温雅麗密，有王、孟之風。」嘗與楊用修論詩曰：「近日作者，摹擬蹈襲，致有拆洗少陵，生吞子美之謔。求近性情，無若古調，則君采之意，尚未肯肩隨仲默，而況於獻吉乎？」貌癯氣清，行己峻潔，屏居西原，陂魚養花，著書樂道，自守泊如也。晚歲有得於二氏玄寂之旨，注《老子》以自見，唐應德極稱之。

善哉行

來日大難，痛心疾首。今日爲樂，莫懲其後。大難如何，昊天不嘉。吉凶有時，人莫之知。鹿之遊斯，在彼中野。庖人調和，將以爲脯。翩翩白龍，好是魚服。豫且射之，載中其目。少康出畋，不復其舍。戎王朝卧，乃縛尊下。式戒在始，式備在終。匪戒匪備，害於其躬。天命戾止，匪夙則莫。勉爾在位，無俾天怒。

巫山高

巫山高鬱鬱，襟帶亘天涯。上靡白日陽，下陵青雲眉。玄巖何嵯峨，層巘互參差。景象非一狀，遠望令心悲。獻歲出遊獵，千乘齊交馳。翠帳羅曲阿，羽蓋垂瓊芝。龍騎踐蕙圃，鷁首戲蘭池。回車背中路，娱樂未云疲。置酒景夷臺，設禮高唐祠。君王千萬歲，歲歲長如斯。

宫中樂

偶過昭陽館，雕櫳閉絳紗。捲簾通一笑，落盡滿庭花。

折楊柳

三月盧龍塞，沙中雪未乾。朝來折楊柳，春色憶長安。

莫愁曲

儂家住石頭，緑水繞歌樓。不是工客娱，何緣字莫愁。

長安道

神州應東井，天府擅西秦。雙闕南山下，千門渭水濱。公卿畏主父，賓客慕平津。方朔何爲者，虚稱避世人。

洛陽道

鳳闕正中天，龍池帶洛川。層城三市列，複道兩宫連。錦障藏歌伎，羊車戲少年。更逢嵇阮輩，長嘯酒壚前。

對酒

畏塗有千慮，勞生無寸隙。唯餘對酒時，暫作伸眉客。妖姬雜睇笑，歡友連衿舄。相逢判一醉，錢刀非所惜。

隴頭吟

沙漫漫，石簇簇，馬僕車摧隴山曲。隴山日日行不前，夜夜還從隴間宿。關東祇説羊腸阪，那知隴阪如山遠。隴阪逶迤距西域，古來此地希人跡。山川本自隔華戎，君王直欲吞夷狄。自從漢虜互相仇，塞上風塵無日休。幾群天馬來荒外，百萬征人戍隴頭。堪嗟百萬征西卒，半作隴山山下骨。誰爲戎首禍斯人，後有漢武先嬴秦。秦家無策良可嗤，漢制匈奴空爾爲。願令邊郡謹備寇，不用中原多出師。

江南曲

江南光景殊無賴，水如碧玉山如黛。吴王舊苑芳草多，鴛鴦飛過斜陽外。船頭醉岸烏紗巾，興來看遍江南春。五湖倘遇范少伯，奪取當時傾國人。

芳樹

芳草榮春日，萋萋盈後園。絳房承露坼，素葉向風翻。散影連雲屋，吹香入綱軒。美人來已暮，零落復何言。

行路難三首

君不見山中行人葬虎腹，復有貪狼飽人肉。天生二物毒爪牙，比似讒人未爲毒。讒人之毒在利口，能覆邦家如覆手。一夫中傷那足悲，萬事紛紜真可醜。君不見伯嚭加誣子胥刎，越師西來吴國盡。又不見上官納譖屈原死，楚王翻爲秦地鬼。讒人反覆不可憑，變易是非移愛憎。重華聰明疾讒説，更向通衢市矰戈。可憐豪傑死道邊，總爲姦邪在君側。行路難，行路難，祇在讒人脣吻端。寧當脱屣蹈東海，不須驅馬入長安。

我歌行路難，什百之端歌一端。丈夫委質事天子，豈謂當由左右始。九重邃遠壅蔽多，疏賤孤臣竟誰恃。君不見賈誼上書談世務，漢皇欣然絳灌怒。祇言旦暮即公卿，一麾却作長沙傅。又不見董生硜硜守廉直，儒者安知丞相力。白頭不得里中卧，遠徙膠西驕主國。二公之事略無異，史策紛紛多此類。餘風積習傳至今，覆轍危機在平地。沛國迂儒不曉事，酷信丘軻泥文字。往年抗疏嬰逆鱗，賜玦歸來十二春。豈無高足據要津，未肯低眉干貴人。貴人方寸九折坂，況我三輪行不遠。帝閽無路欲何之，五嶽尋仙未應晚。

男兒有事在四方，我今胡爲不下堂。白首徒懷經濟策，青袍虚忝尚書郎。蚤年不睹道路澀，慷慨登朝期樹立。萬分論議甫一吐，群小猜讒已横集。自兹投劾歸田里，洶洶風波猶在耳。敢恨流離世不容，獨幸崎嶇身未死。摧藏無復異時意，攀援永謝同朝士。始悟高賢好長往，却愧頑疏昧知止。君不見當時汲汲魯中叟，褰裳濡足常奔走。七十二君冀一遇，枘鑿方圜終不偶。楚狂悲歌傷鳳衰，鄭人竊悼喪家狗。大聖行藏且如此，小儒功名亦何有。閉門不免憂饑寒，出門險巇千萬端。禍福重輕君自看，不如解却頭上冠。懸車縶馬但高卧，莫嘆人間行路難。

從軍行

少小慕功名，擊劍復談兵。誤信封侯事，甘作從軍行。一朝備行伍，幾處罹辛苦。西南通遠夷，東北攘驕虜。武帝雄材略，土宇新開拓。銜命馳嚴馬，登壇延衛霍。諸將竟邀功，歲歲出臨戎。勒兵盈塞外，發卒遍關東。騷屑干戈動，蕭條田野空。廟謀貪戰伐，邊隙開胡粤。軍興急星火，兵連淹歲月。戈船下厲水，策馬逾葱雪。山川行未半，容鬢驚凋换。寒冰手指墮，炎風肌肉爛。思鄉已淚盡，望遠堪腸斷。怫鬱魚泣津，凌兢猿眩岸。悠悠歷絶國，險道何傾側。虎穴詎可入，鬼方寧易克。間使閉昆明，單兵陷疏勒。全軍有天幸，從吏無人色。天時變殺機，壯士奮兵威。飛矢風鳴鏑，推兵血濺衣。長驅五王國，大破九重圍。萬里懸旌出，三軍奏凱歸。邊垂日無事，鳥盡良弓棄。行直貴臣憎，功高同列忌。

賞格多排沮，謗書仍負累。白頭還士伍，赭衣從吏議。輸力奉明君，忠邪不見分。丹心徒貫日，劍氣枉凌雲。人事竟莫測，天命諒難聞。可憐麟閣上，不畫李將軍。

從軍行

少小習胡兵，從軍右北平。先登百死陣，却破萬重城。邊郡勤王苦，中朝論賞輕。封侯自有數，安用怨匡衡。

涼州詞

隴西西去抵涼州，邊塞蕭條處處愁。青草不生青海曲，黑雲常聚黑山頭。

塞下曲三首

陰山縛盡犬羊群，萬里胡天散陣雲。塞外降王三十郡，來朝盡隸霍將軍。

長城西北萬重山，無數征人若個還。明妃死後留青冢，定遠生前隔玉關。

日暮陰風吹鐵衣，孤軍轉鬬陷重圍。虜中白骨行當朽，樓上紅妝尚憶歸。

效阮公詠懷十四首

翔鶤赴長飆，翩翩戾高冥。舉翮覆白日，伏頸雲間鳴。顧謝野田雀，僶俛營此生。與子各殊塗，無用相譏評。

朝登古臺上，遥望大河陰。朱明來自南，隆暑倏已臨。丹霞曜陽景，渥露霑玄林。炎風振曾柯，鳴蜩響哀音。四時代終始，變化遞相尋。盛長固殊昔，遲暮方在今。感物切悲情，愾嘆傷我心。

昔有中黄伯，立懂一何勞。右手搏雕虎，左接太行猱。豈如東海翁，嗜酒佩赤刀。粤祝終不驗，側身焉所逃。

蜎蜎桑中蠹，戢戢託爾軀。下枝噏沉液，上條咀槁膚。飲食亦已遂，不念彼樹枯。樹枯竟何如，憔悴在須臾。飄飄雲間龍，卑高一何殊。變化成霖澤，千載長相俱。

群狙競芋栗，喜怒隨轉移。飛飛海上鷗，矰繳不可施。張儀謝蘇君，趙令説李斯。小義鮮能終，邪徑固多歧。利害異目前，親仇在一時。他人各有心，愉樂且相欺。僥幸昧全圖，此計良可嗤。

飄風振玄幕，若木零朱華。六龍匿西山，蒙汜揚其波。翩翩市中子，于心太回衺。不見憔悴色，但聞慷慨歌。卑危誠未遠，禍亂豈在多。人人恤其私，安能尚顧他。已矣勿重陳，嗟予可奈何。

窮漠萬余里，海冰周四隅。中原勒千乘，翺翔順風趨。白羽翩翻飛，一軍驚且呼。揚節下高闕，長纓繫單于。右行臨月窟，左旋出日區。立功何足矜，猛氣聊以舒。

蟾蠩宿南箕，陰魄淪東溟。乘風避其災，首旦集魯城。神飆鼓洪濤，雷電正縱横。大魚裂地底，崑崙勢如傾。西山有精衛，舉翼方遠征。志意豈不偉，惜哉焉所成。

龍伯有大人，輕出越故疆。東上五山巔，學釣尾閭傍。六鰲曳獨繭，員嶠沉北荒。天漢斷西流，海水自飛揚。列仙涕滂沱，帝側巧中傷。手中握朽骨，魁壘不得長。

生才良不幸，處世誠獨難。揚蛾興妒階，懷璧賈罪端。靈均既見放，韓非亦自殘。奉身失所從，慷慨使我嘆。

北冥有異物，神變何峥嶸。上爲千里鵬，下爲萬畝鯨。俶儻自足賴，升降非己榮。羞彼雉化爵，齪齪忝我形。

守道遺榮利，趨物喪其真。詘伸難並觀，高尚良可倫。不見玄廬子，精神已無存。煌煌口中珠，含此誰爲珍。富貴焉足求，甘我賤與貧。

朝出上東門，迢遞望三川。修塗未能半，險阻屢遷延。征馬立踟躇，徒旅念歸旋。捷徑不肯入，安用直如絃。煢煢罹苦辛，失路誰當憐。

昔聞黄靈樂，乃在洞庭傍。一奏魚愁入，再奏鳥悲翔。大聲豈不妙，細物焉能當。獨有雙玄鶴，延頸遥相望。

贈饒平令曹先生

炎方信巨麗，海嶠彌光輝。衝波迅交屬，斷岫崪相圍。銅乳隱雲穴，金膏被石碕。青林互繚繞，玉草競芳菲。嶺戍接丹徼，縣齋當翠微。褰開盡洲島，偃卧同巖扉。高閣祇自閉，鳴琴方獨揮。心和物皆定，欲静神來依。靈境邈難測，異人遊豈稀。虚無翡翠蓋，仿佛芙蓉衣。安邑儻可累，吾將從此歸。

田中築舍修治樹藝

莊生卧濠梁，范子去海隅。行止信難侔，遠跡要不殊。伊予慕栖遁，脱冠歸里閭。卜宅近郊坰，葺宇就田廬。南榮面崇岡，北牖背幽墟。雖非山水地，取樂自有餘。築牖仍先趾，空池即故渠。林木盡舊行，圃畦皆曩區。寡欲罕所營，衆美亦云俱。爵禄無常位，貧賤有安居。豈惟畏淹留，得以免憂虞。歡此平生情，永言焉可渝。

候大駕回

西北收皇旅，東南歸帝京。山驅八駿下，海泛六龍行。後車環外區，前駟集神坰。支兵聯四校，中堅屯九營。絳氣曳朱竿，青雲生翠旌。饒歌綵吹激，行漏玉鸞鳴。入覲萬國至，清宫群后迎。金貂雜流景，圭璧委繁星。録功對五帝，合符朝百靈。俯窺地紐正，仰瞻天柱平。郊禋方展義，升封將告成。祈招美王度，長謠誦休明。

詠料絲燈

淮南玉爲碗，西京金作枝。未若茲燈麗，擅巧昆明池。霏微狀蟬翼，連娟侔網絲。煙空不礙視，霧弱未勝持。碧水點葱鬱，彩石染萎蕤。霞疊有無色，雲攢深淺姿。焚蘭發香氣，對燭映紅滋。明月詎須侈，夜光方可嗤。

雜　詠六首

風

蛾眉簾下出，春風花際來。雲落鬢間髮，蟻轉手中杯。華梁塵乍動，羅帷影復開。試將巫山雨，吹向楚王臺。

燭

客醉北堂上，花生夜户中。色亂歌梁月，影暗舞衣風。珠簾照不隔，羅幌映疑空。願得陪長宴，相看曲未終。

屏風

屏風十二曲，羅列洞房隅。雙環金屈膝，四角錦流蘇。蛾眉行處隱，玉袖坐中扶。因歌留上客，翠蓋少踟蹰。

蒲

昔聞詠塘上，今見玩池中。紫茸含細蕊，緑帶舞輕叢。蜻蛉高下逐，翡翠往來通。徘徊桂蘭渚，竟日與君同。

萍

參差如霰布，的皪似星出。魚戲影初開，鳥散文仍密。幸因雲雨會，且免風波失。無裨江海流，徒謝芳菲質。

兎絲

根株不自立，枝蔓爲誰飾。偶同雜組文，未比朱絃直。園客何由整，天女詎堪織。暫附松柏枝，終辭霜露色。

郊居作

池籞鮮珍鱗，樊籠多鎩翮。物情忌窘束，人事傷紛迫。拙薄謬榮塗，疏慵謝朝籍。銷聲背喧競，息影投幽隙。丘園雖寂寞，悠然殊自適。徘徊弄文史，流連眷泉石。神輕片雲上，目瑩清川激。蓬嶠宛相聞，滄洲如在覿。未申隱淪志，稍習湛冥迹。外慕非所希，聊用終晨夕。

冬夕

空齋生夕靄，俯仰俄清絶。開帷玩光景，就檻看雲月。寒條響哀吹，曾林皓餘雪。懷人不可見，徒令自怡悦。

曉坐齋内

近曙早鶯喧，乍暖遊絲密。稍稍竹待風，紛紛花就日。臨堂點芳翰，披衣玩仙帙。賴此自多娱，暫緩幽憂疾。

重遊蕭氏園

別此真如昨，重遊换物華。粉滋曾倚竹，紅淺舊看花。沙阪縈林曲，山籬逐水斜。城南咫尺路，未覺往來睬。

暮春園中作

荒徑入園墟，經旬曠遊涉。林飄依檻絮，蔓引横階葉。春闌意已倦，風晚花如怯。憮然閲徂景，彌使憂相接。

答顔惟喬

俗紛倦城肆，放浪懷林莽。命賞來芳訊，探奇協幽想。蕭條南苑際，中夏猶淒爽。雨霽緑泉生，風驚白雲上。禽魚行盼睞，水木坐俯仰。梁棟下陰霏，房櫳遞哀響。淪飄病轉劇，偃蹇年日長。名山仍未去，末路竟何往。故人念相慰，賤子擬自廣。旦日佇登臨，願言操幾杖。

月夜望雪

朝看雲際雪，夜月坐中樓。宛似青天上，俯觀銀漢流。猶憐目未盡，好爲上簾鈎。

志　感二首

二儀育萬物，四時代寒暑。三五咸哲王，質文有今古。聖人貴通變，愚者或未覩。周公興禮樂，光翼兄與父。宣尼謀魯國，一變道斯舉。舊章不可忘，季世賴毗輔。苟能繼先志，改制固法祖。國家歷年祀，庶績罔不敘。乘時宜損益，更化俟明主。愧無賈生書，今日悟當寧。

聖王久已徂，方策不俱逝。大者載詩書，遺烈播無際。猗嗟德不泯，文章亦相儷。吾觀三五跡，曠代若同世。區區漢唐來，群儒猶善繼。葳蕤竹素間，君相賴攸濟。皇朝屬全盛，光重施來裔。自非良史才，大業有瑕翳。願言見作者，綴緝列凡例。紛綸括群典，俶儻襲六藝。言文行則遠，斯理良匪細。惓惓告在位，秉筆當勿替。

庵中

市聲入墟落，甕牖未全曉。蟲飛亦薨薨，焉知此生小。群動隨天運，宇宙長紛擾。獨有庵中人，冥然化機表。

郭外

置酒命交遊，巾車向城郭。徘徊空野外，欒緒翻蕭索。凉風變雲日，白露驚川薄。秋水增煙霧，衰林半摇落。良時一若此，人生詎如昨。援琴寫哀弄，停觴罷歡酌。愧彼忘情者，孤悰似無託。

寄浚川先生

覽公談玄作，贈公詠玄篇。尋仙願未果，懷舊心悠然。摳衣遊郡齋，言詩偏賞激。束書謁京邸，交臂俄分析。中歲再見公，置酒浚郊廬。自此若參辰，形跡緬相疏。一別二十年，相思定深淺。獨遊郭南園，憶公如在眼。稷契亮天功，巢許好山栖。同生堯舜世，出處安能齊。退藏誠自揣，明揚何濫與。愧非伯齊倫，謬當公叔舉。我年已遲莫，我志但逡巡。鄙儒信頑魯，不識要路津。枳棘遍荒塗，鴟梟競翔舞。中有孤鳳皇，哀鳴一何苦。十日出天衢，龍飛欲何爲。不如反深淵，俟彼風雨時。世俗多崎嶇，達人豈凝滯。公能訪松子，予亦從公逝。

元夕篇

皇都佳麗地，春日艷陽年。共愛元宵好，争歌明月篇。元宵明月滿蓬萊，春色先從上苑來。千門宛轉銀屏隔，萬户參差金鎖開。千門萬户連雙闕，綵女新妝踏明月。映牖窺窗態轉多，含嬌凝睇情無歇。正逢春日愛芳菲，復值春宵縫舞衣。燈光斜照珊瑚枕，香氣空薰雲母扉。此時天子盛遨遊，離宫別館足風流。纔開鳳島張燈架，更起鰲山結綵樓。綵樓岧嵽鰲山側，複道交衢對南北。萬燭翻疑白日光，千燈却亂春星色。春星暗靄迷煙霧，仙籞分明見天路。空里翩翩翠蓋飛，雲中冉冉鸞輿度。翠蓋鸞輿千萬騎，伐鼓摐金動天地。御仗層層錦繡圍，廣場隊隊魚龍戲。就中別有王侯客，三三五五長安陌。

夜夜經過許史家，朝朝遊戲金張宅。金張許史鬭驕奢，金燈玉帶剪春紗。鴛鴦比翼玟瑰樹，翡翠雙棲菡萏花。龍膏鳳炬列千行，蕙火蘭煙百和香。月華照耀琉璃障，霧影氤氳玳瑁梁。可憐豪侈誰能似，可憐行樂心無已。曲罷頻移歌舞筵，醉後重遊燈火市。月市星衢遊未遍，東城南陌時相見。妖童繡勒五花馬，倡女銀車九華扇。妖童倡女繁華子，雙去雙來帝城裏。粉色偏從月下明，衣香故向風前起。調笑行歌歡未闌，浮影流光夜遽殘。朝來試過狹邪路，墮靨飄花那忍看。

寶劍篇

昔聞歐冶鑄寶劍，冶中蛟龍欻揮霍。冶開火歇蛟龍失，黯黯青雲吐芒鍔。赤山丹液色鬱勃，白帝金精氣縈薄。翠珉磨出冰洞明，寶鞘裝成金錯落。鸊鵜膏瑩科斗字，鹿盧玉映芙蓉萼。坐上傳看疾風起，尊前拔舞驚虹躍。蚩尤蒼黄化石隕，天吴辟易隨潮却。果然魑魅忌精爽，坐令神物藏冥漠。由來世事不可測，須臾淪落豐城側。玉珥雕零苔蘚昏，雪花蠹蝕塵沙黑。當年得意斷犀象，今朝失路埋荆棘。地底龍眠鬼猶泣，斗間氣騰人未識。泥塗污辱君勿悲，風雲變化時將逼。掘獄重開雙寶刀，入市争酬萬金直。自古英雄每如此，平生蹉跌長嘆息。哀歌謾作行路難，高飛自有横天翼。

臺　上

臺迥通風榭，窗虚近水城。捲簾殘暑去，攜手晚涼生。碧樹藏雲暗，銀河度月明。醉來愁仿佛，祇作畫中行。

邯鄲館中

門對罘罳静,城臨睥睨斜。愁人倚高閣,清夜動悲笳。月暗雲生葉,風寒露作花。徘徊望牛斗,仿佛辨京華。

北征

地闊塵沙外,天寒霜露中。燕雲常少日,朔氣自兼風。夢斷南栖鳥,愁隨北向鴻。淹留憶攀桂,辛苦嘆飄蓬。

昭王臺

燕昭無故國,薊野有空臺。寂寞黄金氣,凄凉滄海隈。腐儒終報主,亂世始憐才。回首征途上,年年此地來。

駕幸南海子

詔幸芙蓉苑,傳言羽獵行。三驅部上將,四校出神兵。列戟圍熊館,分弓射虎城。風雲日暮起,偏繞漢皇營。

春日禁中遇雪

紫禁春朝雪，花飛彩仗新。霧交隨雉尾，風引避龍鱗。掌濕金人立，窗寒玉女顰。翠華霑灑處，遥憶屬車塵。

答王允升省中對雨見憶之作

康樂愁霖唱，平原苦雨詩。故人歌此曲，贈我慰相思。薜荔垂青閣，芙蓉泛緑池。今朝一樽酒，最恨不同持。

送毛敬父之廬州

北峽吞淮口，東陵控海隅。霍山分嶽鎮，肥水混濡須。從事之官遠，觀風問俗殊。廬江多小吏，應候府中趨。

海棠畫扇

西蜀繁花樹，春深亂蕊紅。還憐綵扇上，宛似錦城中。影轉團團月，香含細細風。江淹才力減，賦爾若爲工①。

① 原注：「江淹有《綵畫扇賦》。」

晦日夜集

晦日歸休晚，良遊惜後時。却拚長夜飲，更賦早春詩。雲霧窗中入，星河閣上垂。何須花與月，行樂始相宜。

春夜過時濟飲

露净開樽處，天青岸幘時。素雲將月上，香霧任風吹。爲樂常苦晏，含情復待誰。徑須成一醉，莫遣酒行遲。

夏日遊道觀

隔竹窺丹洞，臨池坐碧沙。翠杯寒玉水，石碗净雲芽。展簟來風色，吹笙上月華。休論河朔飲，詎似醉流霞。

陳真人館中賞荷花作

別館瀛洲麗，新花菡萏香。紅衣迷日色，翠蓋寫波光。雨過金塘濕，風生石檻涼。客來修竹下，回首見瀟湘。

江中四詠送黄日思韻限本題同諸公作

江霞

春江變氣候，孤嶼發雲霞。散影摇青草，流文漾碧沙。紅泥迷燕子，丹洞失桃花。水宿淹晨暮，應憐謝永嘉。

江雲

謝客弄春水，江皋生綵雲。紛紛初散綺，葉葉漸成文。蔽日皆相映，流風乍不分。何因可持贈，欲以慰離群。

江花

百丈牽江路，行穿夾岸花。時憐一水曲，遠愛數峰斜林下見垂釣，溪邊逢浣紗。武陵如在眼，仿像羽人家。

江猿

舟行轉江峽，處處響哀猿。極浦雲方合，連山雨正昏。接條時自拄，飲水復相援。不待三春盡，先傷遊子魂。

六月八日西闕遇雨

窈窕西清内，參差水殿連。歸雲向平樂，飛雨集甘泉。明月裁班女，回風唱麗娟。龍池初望幸，來往木蘭船。

謁茂陵祀孝貞太后

一棄東朝養，千秋不復歸。夜臺長寂寞，月殿少光輝。野露栖金碗，山風動玉衣。茂陵多碧草，春日自芳菲。

負郭

負郭茅堂小，臨溪竹圃斜。山樽携野客，魚網曬鄰家。荒徑封殘雪，疏籬透晚霞。預思春到日，著處種桃花。

李子西送佛頭青花得自永寧王宫中蓋牡丹之殊異者喜而賦詩且改名爲蕚緑華云

故人真好事，爲我致名花。書寄夷門道，春來帝子家。玉肌明素雪，翠袖影青霞。合避金仙號，更名蕚緑華。

山　亭

西圃禁垣東，凉生暑漸空。小池盈宿雨，叢桂易秋風。獨鶴窺雲際，幽蘭思露中。來遊行樂地，不惜醉山公。

秋　夜

西園秋漸好，晚眺倚山扉。鶴語風生竹，螢飛月滿衣。乍憐幽意愜，翻恨賞心違。延佇空林下，中宵獨未歸。

觀舞

妙伎出秦中，纖腰學楚宫。翠帷低舞燕，錦薦踏驚鴻。宛轉歌相似，嬋娟態不同。無因逃酒去，懊惱白頭翁。

西齋

西齋休憩地，永日卧書帷。燕舞隨風絮，鶯啼集露枝。病因閒自療，春與醉相宜。却悔牽行役，年來忽去兹。

郭外

郭外平蕪迥，溪邊小徑斜。客行迷野竹，鶯語隔林花。多景每難遇，孤游還自嗟。佳期竟何許，脈脈向春花。

酬惟喬贈巾

野巾初着日，心賞竟朝曛。試正行窺水，從攲卧看雲。坐翻嫌月露，出每避塵紛。顧影還相笑，風流愧使君。

酬惟喬惠鹿

憐此園中鹿，君侯贈野夫。塗艱常近患，物俊益妨驅。林藪空相憶，藩籬坐自拘。忍甘充玉膳，願爲束生芻。

泛溪

避暑清溪曲，舟行路不窮。詩成孤嶼上，酒盡夕陽中。緑竹含秋色，紅蕖送晚風。歸來就明月，移棹水雲東。

紫薇

紫薇開最久，爛熳十旬期。夏日逾秋序，新花續故枝。楚雲輕掩冉，蜀錦碎參差。卧對山窗下，猶堪比鳳池。

北狩

秦皇巡海右，漢武幸關東。昔悵千秋跡，今看萬乘雄。期門陳後苑，清道出離宫。霧繞旄頭黑，塵翻豹尾紅。天營屯斗極，御氣下雲中。射獸閼支雪，焚山瀚海風。繫纓驅雜虜，載筆扈群公。此日燕然石，長刊北狩功。

出行四圖爲何燕泉先生作録二首

西域防胡日，南宫動使星。舊分雙赤管，新佩一青萍。隴月傳兵候，關雲結陣形。千金收虎士，萬馬蹴龍庭。方略隨封事，文章待勒銘。應嗤班定遠，頭白滯邊亭。

右職方奉使。

沙苑禁城限，天閑十二開。欲修群牧令，還倚列卿才。照野雲千色，填山錦萬堆。鑄形珍漢闕，市骨小燕臺。大閲軍容壯，横行虜陣摧。始知中國富，不假大宛來。

右太卿考牧。

臥病貽友人

漢代無才賦《子虚》，病來空卧茂陵居。終年只學五禽戲，早歲渾忘三篋書。林下網蟲懸墮葉，墻頭蔓草落寒渠。日日思君欲乘興，濠梁何處好觀魚。

訪孫世其叙飲

苑内銀河垂裊裊，城邊暗月上微微。不辭懷抱今宵盡，無奈賓朋此地稀。萬里飄零同卧病，三年邂逅一霑衣。燕山楚水遥相望，目斷天涯鴻雁飛。

春陰

春陰日日春晴少，料得春晴春已歸。竹裏雄鳩嗔獨語，池邊乳燕喜群飛。炊煙冷落侵寒食，簷溜飄蕭上夾衣。寂寂小軒賓客散，衹餘禪榻不相違。

贈繼之

長安城中不可留，風塵日日使人愁。上書解印我將去，拔劍出門君且休。五嶽登臨幾兩屐，三江來往一扁舟。東西南北好行樂，與爾相隨萬里遊。

人日

暉暉晴日透簾帷，冉冉和風揚鬢絲。野老自傾田舍酒，故人誰寄草堂詩。即看梅柳春含早，預想鶯花景不遲。旋鬻園蔬辦家釀，膾拚酩酊艷陽時。

睡起

午夢初醒卯酒消，不知風雪已終朝。客來小閣聊盤礴，鳥散空園轉寂寥。老境時時懷故舊，窮途事事愧漁樵。古人堅卧非無意，未必淵明爲折腰。

落花

今朝捲簾坐，時見一花飛。不惜芳菲盡，春風稍稍稀。

城南梅開簡友人

郭外新梅樹，春風吹欲殘。未能攜酒出，幸爲折花看。

奉同王浚川海上雜歌三首

天鷄啼處夜生潮，東望蓬萊翠霧消。紫貝高爲雲外闕，青龍盤作日邊橋。

石門雙闕入蓬瀛，日日惟看雲霧生。白蜃吹霓晴後見，翠虯銜月夜中行。

海上三山倒影垂，風吹波動錦漣漪。雲中對出神仙闕，地底雙開日月池。

宫詞三首

禁圍處處鎖名花，步障層層簇絳紗。斟酌君恩似春色，牡丹枝上獨繁華。

紅袖低回拂錦茵，玉顔憔悴掩羅巾。空房獨對嬋娟月，賴是嫦娥不笑人。

斗帳氤氲沉水煙，蛾眉那得帶愁眠。鏡中莫倚人如玉，枕上真成夜似年。

雪五絶

流風回雪滿蓬萊，繡幕珠簾萬户開。内殿平明催設宴，玉京深處翠華來。
緑水初冰百子池，飛花正滿萬年枝。君王夜醉瑶臺雪，侍女冬歌《白紵》詞。
永巷沉沉夜漏稀，玉階寂寂雪花飛。空持紈扇歌瓊樹，愁對銀缸襞舞衣。
玉人燕國舊傾城，對雪臨風更有情。鏡裏新妝争皎潔，筵前《垂手》學輕盈。
宫裏仙人字麗華，絃中纖指學琵琶。朝來白雪當窗立，一曲彈成《玉樹花》。

皇帝行幸南京歌六首

建業城西江水迴，千官遥望翠華來。天子雙鞬懸錦帶，近臣争上萬年杯。
翩翩翠蓋覆鳴鑾，詔許都人夾道看。樂府盡歌楊柳曲，後車多著鵔鸃冠。
憶昔高皇定鼎年，鍾山龍馭已登仙。八葉神孫因耀武，衮衣親得拜陵前。
燕姬玉袖抱箜篌，馬上長隨翠輦游。春來照影秦淮水，愛殺江南雲母舟。
淮水南邊是狹邪，蛾眉臨水折江花。日幕龍舟泊河處，玉牀抛在五侯家。
玄武湖中緑水多，君王日日愛經過。宫女能爲蕩舟戲，中官學唱採蓮歌。

一溪

一溪雲水一漁夫，一曲滄浪酒一壺。笑指桃花問春色，武陵得似此間無？

戲成五絶録一首

海内論詩伏兩雄，一時倡和未爲公。俊逸終憐何大復，粗豪不解李空同。

題空上人山房

古寺殘冬倍悄然，老僧閉户獨安禪。冰滿瓶中無滴水，香消罏畔有餘煙。

李僉事濂四十五首

濂字川父，祥符人。正德癸酉省試第一，甲戌舉進士，知沔陽州，同知寧波府，陞山西按察司僉事。嘉靖丙戌，免歸，年才三十有八。歸田後四十餘年乃卒。川父少負俊才，時時從俠少年聯騎出夷門，馳昔人走馬地，釃酒悲歌，慕公子無忌、侯生之爲人。一日作《理情賦》，友人左國璣持以示李獻吉，獻吉大驚，訪之吹臺，川父自此名滿河雒間。介居日久，讀書深思，始知獻吉持論之頗，而學者沿襲之滋繆也。嘗有絶句云：「唐人無選宋無詩，後進輕狂肆貶訶。真趣盎然流肺腑，底須摹擬失神奇。」又云：「洪武詩人稱數子，高楊袁凱及張徐。後來英俊崢嶸甚，興趣温平似弗如。」當竄竊剽賊盛行之日，獨具隻眼，可謂卓爾不群者矣。川父博學多聞，撰《汴京遺跡志》，爲通人所稱。有《嵩渚集》一百卷。

戰城南

戰城南，城南白骨高嶙峋。胡風四邊來，冥冥起黄塵。但聞衆鬼哭，不知何方人。有母倚閭，有妻擣衣。逢人問信，不見汝歸。年年寒食，家家悲啼。有夢見汝面，無處尋汝尸。戰城南，哀復哀，烏鴉暮徘徊，啄腸向林飛。髑箭無人取，惟有蚋蟻圍。嗟哉戍邊人，到此莫思回。

苦寒行

長安列繡衢，青樓是倡家。重闥隱鴛鴦，暖幕霏煙霞。密霰豈能入，迴飆無奈何。紫貂邯鄲兒，登樓拉雙娥。趙舞《小垂手》，吴歈揚秀蛾。酒酣呼六博，梟采明如花。厭厭翡翠帳，冉冉春風和。笑問樓上人，今年寒詎多？

大堤曲

漢江遊女花艷奇，靚妝連袂江之湄。人生不向襄陽去，寧信春風斷腸處。

隴頭水

隴阪鬱崚嶒，征人望五陵。哀湍觸石響，陰霧傍潭升。馬飲秦時浪，狐聽漢代冰。若非班定遠，於此淚難勝。

沔陽秩滿北上漢水舟中感舊書懷却寄污郡諸寮友

我本山海姿，躬耕嵩少陽。八歲學籀篆，十歲《急就章》。孺小不知難，欲升鍾索堂。波礫竟無成，臨池心内傷。十五慕神仙，翹首蓬壺鄉。丹爐伏龍虎，金書授琳琅。虛擬九轉熟，白日雲霄翔。異人不我遇，徒懷三花香。十八學擊劍，雄雌帶風霜。芙蓉起並舞，雲日無晶光。世方泰階平，屠龍誰薦揚。夜夜雙紫氣，空射斗牛旁。二十爲時文，讀書梁王臺。花迎書院發，河繞石梁迴。憶昔杜高李，曾此弄金罍。壁間舊題剥，千年我復來。長歌海月落，摇筆秋雲開。三冬碧巖宿，岑寂良可哀。郡吏捧檄至，鄉闈羅髦才。揚眉下臺去，敝袍挾風雷。濫冠群英選，北上黄金階。春官掃南宫，侍臣下三臺。鳴鐘放玉榜，曲江浪徘徊。自揣疏蹇甚，敢厠金閨遊。春風辭漢殿，虎竹分南州。南州古魚復，水石清且幽。

蒼山抱境轉，碧水環城流。鳧鷗狎几席，漁火明亭樓。地偏罕逢迎，訟簡多夷猶。昨構仕學軒，虛窗俯雲洲。前植兩奇松，後栽幾紅榴。雙鶴如我友，飛鳴意相求。軒中列圖史，芸架牙籤稠。夕陽吏人散，窅然似林丘。垂簾夜獨寢，花氣侵衾裯。慚無紫霞分，欣有白雲謳。濟濟泗諸生，時時到廳事。我非草玄翁，汝奚問奇字。朱絃振《大雅》，絳帷演《易》義。緑鬢兩鑾奴，焚香知客至。禽鳥作喜聲，主人有佳思。五月荷花舒，錦綺張南湖。二三美寮友，邀我聊歡娛。雙旌出郡府，五馬嘶江郛。行厨逐飛蓋，翩翩登畫艫。簫鼓放中流，風流傾上都。攀花照緑水，恍在冰玉壺。酒酣揮綵毫，意氣吞荆巫。雖爲風塵宰，頗類煙霞徒。百姓誤懷惠，四郊賊盜無。所嗟鴻水虐，田疇生鱉魚。矯制屢發倉，蒙恩兩蠲租。呻吟變謳頌，盡道今有襦。化俗景文翁，卧閣懷汲公。絃歌遍井蒼，而回鄒魯風。三年郡秩滿，比奏明光宫。留滯感歲年，書考悲無功。朝發七澤南，暝過三澨東。磯花炤玉轡，嶼草留青驄。父老荷杖送，奔走村塾童。揮手謝吾民，無勞遠相從。顧我素餐者，何裨爾疲癃。揚舲下漢水，遂與沔人别。荆門霑細雨，郢岸逢初雪。鮫女近有無，蠙蛛遠明滅。夜宿蘆花叢，霜月半輪缺。征雁雙雙鳴，聞之五情熱。眷念郡中友，高齋旅愁結。東皋紅梅枝，春來爲誰折。傷離偶感舊，薄遊計良拙。孤懷夙自許，初志那堪説。我作五字謡，字字表情血。去住各加餐，慎勿音塵絶。

田廬暮歸作

朝遊南郭墅，薄暮小車歸。始識閒居樂，無言夙志違。入村逢酒熟，近圃惜花飛。不盡酣歌興，孤城下夕暉。

送張鵠舉巡撫榆林

鎖鑰邊城固，儲胥幕府閒。風聲先上郡，烽火絶秦關。紫塞鐃歌發，黄雲獵騎還。側知鈴閣夜，夢繞殿東班。

許州贈顔守木

汝病三辭印，吾來兩駐車。雪堂留倡和，秋榻共琴書。墮淚看歸雁，謀身作老漁。行藏慚頗似，把袂各躊躇。

秋　曉

鷄唱秋窗白，蕭無一榻虚。開門殘月在，梳發曉鐘餘。未得如鴻鵠，終羞作蠹魚。此生吾已矣，落魄老樵漁。

村　居

浮名除宦籍，初服返田家。臘酒猶浮甕，春風自放花。抱孫探雀鷇，留客剪椿芽。無限村居樂，逢人敢自誇。

無　題二首

芙蓉爲面玉爲肌，當日君王恨見遲。十二樓臺留兎魄，三千粉黛妒蛾眉。行雲易散高唐觀，落葉難平太液池。擬辨黄金求作賦，長門心事長卿知。

爲雨爲雲恨幾重，楚臺何處覓仙蹤。開簾懊入雙雙燕，伏枕愁看六六峰。謾唱迴風雕木葉，且將團扇畫芙蓉。曹騰甫作西樓夢，惱殺層城五夜鐘。

當　朝

當朝藝苑爛天葩，前輩風流擅大家。詩律總推高太史，文章誰繼宋金華。未能雲夢吞千頃，謾説圖書誦五車。臨楮自慚才思澀，幾時重夢筆生花。

擬唐人送宫人入道二首

苦憶仙人萼緑華，乞身遥入太清家。向來寫恨餘紅葉，此去行蹤有碧霞。學道晚依新藥竈，洗妝朝棄舊菱花。玉笙不作昭陽調，緱嶺閒吹月影斜。

蚤承丹詔入華清，却戴黄冠出漢京。簫譜好傳秦弄玉，煉師初拜許飛瓊。衣霑别島朝霞色，夢斷長門夜雨聲。十二層樓何處所，芙蓉花外是仙城。

紫塞烽煙接素秋，報傳江郡腐儒憂。龍輿早望迴南狩，虎旅先須備上游。黄閣諫書深國計，玉門羌笛散關愁。將軍亟奏三邊捷，聖代何孤萬里侯。

秋　懷四首

瀟湘楓落鱖魚肥，楚客懷歸未得歸。頻望鳳城詢北使，尚聞龍舸駐南畿。驚心關塞旌旗閃，旅食江湖諫疏稀。本乏涓埃裨郡國，擬將動業付漁磯。

閏年秋盡水城寒，積雨瀟瀟澤菊殘。五夜霜嚴迴朔氣，萬家砧急趁江湍。登樓興減難成賦，報國才微合掛冠。向晚關河悲落葉，仰天鴻鵠羡高翰。

黯黯江潭楓樹林，異時屈宋並傷心。蕭森合入將歸辯，憔悴猶傳既放吟。今古歲時供涕淚，水天樓閣倦登臨。浪爲楚客焉能賦，腸斷寒城日暮砧。

城南題壁二首

賜免清朝分所宜，故園風月副幽期。四愁那似張平子，三黜還同柳士師。田徑荷鋤鳴犢晚，獵原吹角射禽時。振衣自笑年來事，野醉川吟更屬誰。

一自歸來茹紫芝，每逢野老話襟期。中林結舍雲光抱，別墅看花酒具隨。學稼祇緣糊口累，抛書才是息心時。行歌剩有古今思，瑟瑟晚風吹鬢絲。

春　興四首

老興逢春興轉饒，無端白髮任飄蕭。山中有客傳丹訣，月下何人弄玉簫。滿眼風煙驕蛺蝶，一枝天地足鷦鷯。野晴臺寺花争發，緩步長吟續楚騷。

碧草城南路不分，野人詩思正紛紛。聊隨謝客尋幽壑，何必桓譚識古文。春日苦躭新秫酒，洞天思謁大茅君。東風吹起花如霰，腸斷梁臺日暮雲。

鴈門春曙戰塵收，驄馬當年説壯游。冰解滹沱胡騎去，草青沙漠塞鴻留。單于臺下無耕耒，蘇武城頭有戍樓。歸卧滄洲聊極目，廟堂籌策爲雲州。

嵩渚先生麋鹿姿，早春樂事許誰知。晴遊杏塢詩成捷，夜醉榆村酒散遲。身世一鋤聊半飽，江湖雙鬢未全絲。逢人不解藏蹤跡，笑贈山中五色芝。

夏日閒居雜興三首

鳥下庭蕪柳覆廬，幽居閒況邇何如。飽餐麥飯奚干禄，穩卧藤牀勝讀書。白髮懶尋詹尹卜，青天思執化人袪。晚風忽動逍遥興，爛熳花村過小車。

野老無關天地憂，花明酒旨吾何求。足稀雒下四不出，身備河中三可休。有客跰蹮空鑒井，何人洴澼浪封侯。小亭晴雨皆堪樂，底是盧敖汗漫遊。

自著荷衣學灌畦，厭聞車馬到幽栖。始知天地真芻狗，安得形容似木鷄。卧愛柳風鳴枕畔，坐看梅雨過村西。鄰翁若叩閒居樂，祇問詩奚與酒奚。

夏日城南别業酬林都憲湘南見寄

碧椒結子亂鳴蟬，五月村居思窅然。青蘢歲華流水外，白頭心事落花前。松齋夜拉高僧話，竹簟凉宜醉客眠。對月懷君江渚上，遥知飛閣俯湘川。

送李濟之令泰和

爲避緇塵染繡衣，鸘棲瀠沔日相依。深春幾伴看花醉，小艇時陪泛月歸。潘岳詞章仍出宰，匡衡心事已多違。廬山彭蠡曾遊地，莫滯雙鳬入漢畿。

送童太守入桂林

緋袍金綬紫微臣，郡國如何借寇頻。停鷁北堂還綵服，畫熊南國又朱輪。晴逾梧嶺隨征雁，秋渡瀟湘憶故人。自愧素餐淹歲月，羡君隨處布陽春。

送王都閫之廣西

帝簡鄖襄節制雄，嶺南專閫氣如虹。雕弓玉斧皆廷賜，燕頷虬髯有父風。桂水瘴消飛檄外，梧山氛净凱歌中。麒麟峻閣雲霄待，蚤樹平蠻第一功。

辛巳至日

六年澤國逢長至，愁坐西堂日影移。不見早梅寧對酒，爲憐初雪漫題詩。寒深關塞鑾輿遠，歲暮江城鼓角悲。歧路薄遊虚竊禄，晚雲鳴雁益凄其。

塞門冬夜

寒山雪壓萬峰低，落日山城駐馬蹄。袪冷未逢春甕熟，欲眠無那夜烏啼。人來汴水無家信，路入并州有戰鼙。旋思鄉愁抛未得，悄然拈筆賦征西。

解官歸汴初度日作

此日偏驚白髮新，當筵楚舞酒行頻。碧山有伴還成社，銀漢無梁莫問津。種柳醉翁書甲子，紉蘭騷客賦庚寅。情知鏡裏流年换，聊復酣歌汴水春。

壬辰元夕

髫時元夕《理情賦》，回首風塵三十春。往事秪餘牀上藁，浮生無那夢中身。狂來倚甕青醅盡，老去觀燈白髮新。走馬過橋君莫笑，百年誰是太平人。

甲辰元夕

寶玦金貂簇繡鞍，傾城士女競追歡。宣和舊俗燈偏盛，汴水新春夜不寒。人海湧來喧笑語，車雷轟處恣遊盤。太平景象君須記，天漢橋邊立馬看。

己酉遊春

清晨出郭恣幽賞，水寺煙村無市塵。也知不飲是惡客，獨喜能閒爲達人。信陵臺畔已融雪，屠兒墓前還早春。東風吹面且須醉，坐送斜陽沉遠津。

醉中作

衮衮夔龍晉上公，碧山煙月屬嵩翁。鳳凰自備九苞異，鼯鼠誰憐五技窮。塵海夢醒書櫝在，醉鄉天闊酒杯空。生涯秪合逃方外，勳業何勞閱鏡中。

登臺有感

臺邊草色苑邊雲，載酒來遊白日曛。富貴可憐成一夢，疏花冷雨信陵墳。

寧武關

邊城無日不風沙，白草黄雲萬里賒。夜夜城頭聽觱篥，吹殘隴水又梅花。

春遊

太乙宫前柳色，天清寺口鶯啼。暖風吹面酒醒，斜日穿花路迷。

春日田園雜興二首

矮屋燕來燕去，小園花發花飛。鏡裹朱顔漸改，山中紫蕨初肥。石幾時揮草筆，土墻夕掛荷衣。客至莫停酒盞，醉來同卧漁磯。

白髮春添幾許，碧雲暮合萬重。柴門延客看弈，竹寺尋僧倚筇。天漢橋邊片月，禹王臺上疏鐘。行處漫留短詠，百年聊記吾蹤。

弟洛爲猗氏學諭以襄陵酒方見示如法釀造良佳賦此答意

襄陵自昔稱名酒，猗氏於今得秘方。傳示故園知汝意，釀成新味與誰嘗。金盤滴露泠泠白，玉碗浮春冉冉香。倚甕題詩寄吾弟，西齋風雨憶聯牀。

孟大理洋六首

洋字望之，信陽人。弘治乙丑進士，除行人，選爲御史。嘉靖初，張桂驟貴，抗疏論劾，下詔獄，謫桂林教授，遷知汶上縣。歷陞僉事參政，拜僉都御史，巡撫寧夏，改理河道，終南京大理寺卿。望之爲何仲默之妹婿，爲行人時，仲默與李獻吉、崔子鍾、王子衡、田勤甫切劘爲文章，時稱「十才子」，而望之亦與焉。有集十七卷，子衡刻之吴中，遂盛傳於世。望之同里有戴仲鶡、樊少南者，與仲默後先起家，望之輩行稍前，而戴、樊出於何門，要皆依附仲默以起名者也。三人之詩，格調亦略相似，大抵皆信陽之朋徒，如北地曹、左之流耳。三家詩各以千計，余略存之如右。

暮春後園

暇日西園内，問春春欲歸。省驚看果落，蝶懶覺花稀。積水斜通徑，遊絲暗着衣。流光不可轉，心事苦多違。

煙

湘流落日外，沙迴暮生煙。杳杳千峰失，霏霏萬壑連。鵲翻知浦樹，人語辨江船。暗裏猿聲斷，愁深攪夜眠。

重過康莊驛

汝上初經月，康莊兹再行。孤心天外繫，白髮道邊生。雪草交狐跡，風沙鬬馬鳴。遥憐清濟色，未肯濯塵纓。

訪龍洞

野情塵外愜，秋思馬前生。却雁迷山色，懸藤落澗聲。洞空千樹響，雲細一花明。漸覺人蹤絶，煙霞近赤城。

有悼一首爲華泉大司徒作

早修容服侍明公，琴匣書籤坐卧同。春色故隨流水去，雨聲猶向落花中。月明東閣憑闌歇，塵暗西窗倚鏡空。十二峰頭雲不盡，夜深還到楚王宫。

回雁峰

回雁峰高起夕嵐，孤舟落日繫江潭。雁知瘴癘愁南渡，逐客明朝路更南。

戴副使冠九首

冠字仲鶡，信陽人。正德戊辰進士。官至提學副使。與何仲默爲詩友。周右梅曰：「仲鶡五言律詩勝於仲默。」

曉發

村鷄啼喔喔，取火照行李。隔籬謝主人，出門渡溪水。豈不愛山林，那復入城市。仰觀羅浮嶺，白雲猶未起。

送彭仁卿

海風萬里吹丹崖，洪濤夜蹴天門開。大鳥翻飛九天外，天吴紫鳳紛相迴。送君行兮聊徘徊，我有短歌君莫催。翠龍之駕猶未迴，紫宮玉殿生香埃。千官飽飯坐雲臺，萬眼正望羲和來。我病南荒歸不得，送君空灑心頭血。袖中豈無諫獵書，幾回北望雲霄客。君過金陵見聖人，好將此意披龍鱗。何時下詔罷南巡，臣死南荒不敢嗔。

丁丑道中聞鷓鴣

鷓鴣新啼啼且急，草根露重聲如塞。昔聞爾名未相識，今聞爾啼長嘆息。試問哥哥行不得，何用一身生兩翼。羅浮遥遥雲似墨，山高水深道多棘。鷓鴣鷓鴣，爲爾淚霑臆。

競渡曲

五月五日楚江晴，菖蒲葉緑江水清。楚人乘舟蕩雙槳，鳴金椎鼓魚龍驚。屈原死去不復作，魂兮千古何蕭索。年年空向江中招，薄暮歸來風浪惡。君不見去年今日海子頭，花帆錦纜黄龍舟。中流不戒成倉卒，萬歲君王却悔遊。

辛巳七月一日登樓

落日蒼梧遠，孤臣獨倚樓。雲山空灑淚，江海豈容愁。屬國歸無日，文園病未休。不堪南極外，風送九天秋。

南　夏

不作炎州客，那知宇宙偏。日車淹北户，火樹爍南天。氣溽乘宵雨，雲蒸挾暮煙。波斯誇白氎，出入不曾捐。

登張舉之書樓

樓促高城起，登臨送目新。三年爲客地，萬里故園春。江樹迷歸鳥，山花擁戰塵。莫令王粲在，此際更傷神。

樊僉事鵬四首

鵬字少南，信陽人。嘉靖丙戌進士。任止陝西按察僉事。嘗師事何仲默，爲詩文，有《樊氏集》。其論詩一以初唐爲宗，亦原本於仲默也。

山居和孟無涯

秋園對曉坐，弱病苦寒侵。楚地風霜積，江鄉草木深。山高來牧笛，村遠送寒砧。爲問林泉事，時時酒一斟。

六合

聯轡來東邑，朝行暮復還。市壥通亂水，城郭帶秋山。路出青楓外，江流白霧間。西行鄉思切，愁絶望昭關。

寄袁雙溪

聞汝行塵在，南陽定汝陽。古城遥落日，歧路滿秋霜。雁影江流隔，猿聲楚塞長。賈生官不貴，莫怨漢文皇。

賢隱寺宴别張子言限字

寺門縹緲對青雲，雲裏鐘聲落澗聞。白晝蛟龍時並見，青山麋鹿晚雙群。殿開碧霧千峰濕，窗掛香泉獨樹分。明發長安萬餘里，落花尊酒暫留君。

王布政尚絅二首

尚絅字錦夫。弘治壬戌進士，兵部職方主事，改吏部，出爲山西參政。年才三十五，即三疏乞養，不待報歸。十五年復起，歷浙江右布政，卒於官。著《蒼谷集》若干卷。何仲默贈詩有曰：「讀書逼左思，識字過揚雄。爲詞多所著，結藻揚華風。」

贈李解元

易水蕭颼處，秋風聽短吟。雲來村樹暝，蟲響豆花深。舊篋猶懸劍，高齋已罷吟。留君渾未得，寂寞歎年心。

雨過次一泉韻

白日沉長浦，遊雲斷玉關。老悲春冉冉，别恨水潺潺。鼓角連城戍，烽煙冒海山。請纓懷壯士，夜雨坐苔斑。

李苑卿士允五首

士允字子中，祥符人。嘉靖丁丑進士。歷官參政苑馬寺卿。有《山藏集》。

聞雁篇

秋思人間正紛紛，秋聲天外忽驚聞。情類斷猿悲落月，響如離鶴怨愁雲。憐渠南北無寧翼，天隅海曲傳消息。別去終期得再逢，歸來頗似曾相識。別去歸來道路難，何如凡羽一枝安。金河陣發聲聲急，玉塞書回字字寒。蒼梧白雲秋色遠，洞庭瀟湘木葉晚。風緒遥摶度嶺輕，煙羅不避衝波險。幾度心驚歲序更，幾人腸斷月華清。二毛聽切潘郎感，九辯哀催宋玉成。暮砧亂鳴何太苦，羌笛相和倍凄楚。顧影爰思澤中集，旋音應到衡陽阻。越王臺畔鷓鴣飛，蜀帝魂依杜宇歸。度月萬山揮別淚，隨風千里促寒衣。憶在長安憐塌翮，同聞曾和同聲客。摇落深增白髮悲，沉吟忍對清秋迫。望鄉今日幸歸來，憂國何年抱始開。青女降霜偏引恨，素娥乘月重銜哀。君不見蘇武使胡持漢節，李陵對泣衣霑血。丹心長望灞陵雲，白羽遥飛上林雪。又不見昭君出塞抱琵琶，託心明月對龍沙。願附遐征還漢闕，空將清淚滴胡笳。別有放臣并怨女，別有懷人兼別侶。音傳頓使夢驚秋，影落能教淚如雨。却憐中路忽分翔，悲鳴憔悴不成行。寄言霄漢冥冥者，莫向風波覓稻粱。

十月一日舟次吉水

沙迴連雲白，江清蕩水文。鷗行一鏡轉，猿嘯四山聞。閩楚風遥接，秋冬氣乍分。愁心與落葉，天外共紛紛。

秋日與施生言别

斗酒一爲别，攜琴何處歸。雨催花早放，人與雁同飛。節序侵吹帽，風霜未授衣。離人如落葉，日見故林稀。

送皇甫氏謫黄州

直道如君復遠流，十年天上少同遊。聖恩信是過文帝，遷客由來得楚州。吊古有時尋赤壁，采芳終日對滄洲。那堪遲暮番爲别，木落江寒望去舟。

送施生還泗

梁孝臺前花正飛，玉壺攜酒送將歸。遊絲滿路留春色，不向離筵罥客衣。

孫副使繼芳五首

繼芳字世其，華容人。正德辛未進士，除刑部主事，改兵部。諫南巡，拜杖，遷職方郎中，出爲雲南提學副使。居官亢直，屢遭排擯以死。爲諸生，受學於何仲默。其子宜，字仲可，爲兒時得侍仲默，長而頌慕其風流，舉於鄉，上春官不第，肆力詞賦，以不朽自命，自稱洞庭漁人。與滇人張含、秦人左國璣、吴人黄省曾，皆以老舉子有名於時。仲可《洞庭漁人集》詩多至三千八百餘首。王元美評詩云：「華容孫宜得杜肉。」余觀其詩，剽擬字句，了無意味，求杜之片鱗半爪不可得，而况其肉乎？子斯億，孫羽侯，曾孫穀，皆舉進士。

嵩明次韻

海畔青山山上城，野橋村巷接昆明。峰開林木千章秀，水抱沙田十頃平。鑾井夜深人未定，炎洲霜後瘴還生。飄飄萬里西南路，莫採芙蓉愴獨行。

新添次韻

仙源溯盡水西頭，欲採汀花賦遠遊。巖徑曲盤千嶂入，野橋斜度一溪流。明星擁旆連宵發，暗雨回車信宿留。望斷遥空征雁没，片雲何處是江州。

北征還朝凱歌三首

胡兒誰犯屬車塵，聖主西巡秋復春。毳幕欲知酣戰苦，六宵金甲未離身。

牙旗寶蓋耀星文，掎鹿牽羊總百群。二十四通催羯鼓，帳前稱賀大將軍。

上卿捧榼貳卿持，主將開筵副將隨。酒盡燕京雙琥珀，天顔如醉映花枝。

孫舉人宜七首

宜字仲可。

湖　上

湖上秋色半，經年吾始來。繫舟泊磯口，聊訪垂綸臺。水光蕩菰蒲，鷗鷺相與回。沙明白石岸，日麗青霞杯。漁父煙艇中，棹歌聲相催。片月出遠空，蒼茫碧雲開。北斗插波落，天河低野迴。露下凉吹生，颯然動秋懷。杖藜謝鄰叟，斗酒明當偕。

湖上歌

城西草堂湖水頭，清沙白石高堂幽。越人鼓枻漁父唱，我行暮出湖上遊。遊中少年誰最少，周王二子同扳留。湖風拂船船欲放，渚日回煙煙正柔。白鷗之岸青草洲，緑水不動滄波收。咫尺復愁雷雨至，蕭條但覺陂塘秋。明星迢迢月皎皎，高歌妙曲揚中流。佳人此夕應遺珮，王子今辰還共舟。人生有樂須白頭，百年光景難遽休。君不見瀟湘之側風雨愁，金花瑶草空悠悠。

皇夫嘆

歲當己亥三月初，天子南幸鄢郢都。飛書走檄連日夜，藩司之使催皇夫。編氓土著簽不足，流居浮户貼始敷。索資要賂弊難竟，私有里甲公吏徒。高原竪旐衆夫集，縣官領夫速行役。額夫四百征已辦，發票捉人尚村邑。城中杻械縶盈道，中男幼丁盡供籍。問之何物爲此謀，校官署職明需求。赤金白銀惟意納，少者禁錮多即收。窮鄉下井寧得脱，苦刑痛笞無時休。絲毫公費非不有，簿册誇張任其手。小民但圖免淹繫，兒女何辭易升斗。君不見廣文昔時飯不足，僕妾年來厭粱肉。又不見蒼頭役卒衣舊鶉，夜半通賄人椓門。

皇磚嘆

龍輿鳳駕西南行，有敕謀廣承天城。亞卿奉詔區畫當，内侍督作簡命精。湖南州縣半雕敝，募徒取具無横征。昨來羽檄衝宵至，御塈皇磚坐兹地。縣令封柴重紛擾，藩司處價良寬倍。百金須磚僅過萬，民力官州足供費。黄湖山前餘古窰，開山設廨臨江皋。千夫摶埴衆牛踏，泊官點閱胥吏勞。連雲煙火望不息，棄地瓦礫增時高。坊人窰徒告如數，潔酒虔牲謝神護。材成赤土齊方平，光發青銅盡完固。監工動色匠氏喜，敕使行臺定無怒。平原莽曠畢出磚，署縣發卒羅磚船。大艘小舶盡查報，來商去賈無敢前。要資納賄始一脱，白晝牙校明哄闐。報船未已還簽部，趙里窮鄉索殷富。家饒斗斛那得眠，囊有錙銖悉充賂。分畫寧蒙滑胥憫，逋逃反遭苦刑錮。君不見磚船報盡解頭過，未解之磚尚填布。又不見縣官庫吏日夕忙，秤金量銀如太倉。

駕幸承天二首

迢遥列郡總維城，綵仗朱籠夾道迎。太守尚寛誅北地①，群臣何似幸南京②。山河嵩洛開皇覽，雨露荆襄動聖情。莫謂此行勞萬乘，即今四海是昇平。

① 原注：「漢武帝巡行，以亭障不修，誅北地以下六十人。」

② 原注：「武宗皇帝南巡金陵，群臣多懼，諫者數百人。」

萬國先聲二月過，親行豐樂舊山河。趨朝故老虔奔走，先候元臣合譴訶。燕寢晝參增拭淚，享筵朝薦閱登歌。從來衹謁關殊思，此地無妨禮數多。

湖上雜興

地遠山圍宅，城孤市繞村。菰蒲侵草閣，鷗鷺到柴門。野霧峰全暝，湖煙渚半昏。坐憐漁父過，隨意倒芳樽。

列朝詩集丙集第十三

太白山人孫一元五十三首

一元字太初，不知何許人。人問其邑里，曰：「我秦人也。」嘗棲太白之巔，故稱太白山人。或曰安化王之親支，有託而逃也。風儀秀朗，蹤跡奇譎，玄巾白袷，以鐵笛鶴瓢自隨。善飲酒，好譚論，所至傾動其士大夫。嘗西入華，南入衡，又東登岱，又南入吴會，遂棲遲不去。費閣老宏罷相，訪之南屏山寺中，值其晝寢，就卧内與語，送之及門，了不酬謝。費出，語人曰：「吾一生未嘗見此人也。」正德中，逆瑾亂政，紹興守劉麟去官，卜築吴興之南坦。建業龍霓，以按察掛冠，隱西溪。郡人御史陸崑，亦在罷。而長興吴琉隱居蒙山，窮經著書，諸公皆主焉。琉乃以書招太初，太初至，相與盟於社，稱苕溪五隱，而琉爲之長。太初于是買田霅水，就昏於施氏，生一女而死，年三十七。疾革，告麟曰：「銘吾墓。」告琉及崑曰：「葬我道場山之麓。」又曰：「晋安鄭繼之序吾文。」皆曰：「諾。」無何，繼之來弔，皆如其言。太初自負有羽化術，已而多病早死。詩名噪天下，或譏其《太白漫稿》蘊藉未逮古人。棠陵方豪曰：「山人宏才廣識，議論鑿鑿，副名實，知兵，曉吏事，使之用世，當爲王景略，又能得海内豪傑之心，使之忘形刎頸，雖謂之用世之才，可也。」由此言之，太初以布衣旅人傾動海内，其挾持殆必有大過人者。去之百五十年，乃欲以皮相雌黄天下士，其可哉？

紫陽山中徐步

窮壑卧孤松，寒風生杖屨。幽人獨往來，鳥哢自成句。因山剩得秋，欣然有餘趣。片雨弄江光，孤雲起江樹。望中水似天，嘯坐漁舟去。

與甘泉老人入董嶼山

天風下高木，寒日墮蒼蒼。對坐青崖底，卸杖白石傍。瓦甌出泉味，布袍受松光。雲霞有古好，芝桂永相將。還攜韓衆輩，去訪蓬山陽。

訪樵者

遠尋山中樵，不識山中路。隔林伐木聲，遥憶林深處。不晤竟空歸，日墮西陵樹。

秋夜同紫峽逸士雪江老僧輩十人宿南屏山中誦逋仙夕寒山翠重秋净鳥行高分韻賦詩余得夕字

荒煙散不收，殘山帶遥碧。林鴉晚依依，草雉時嗝嗝。斜光明不定，居人掩荆栅。朅來喜盍簪，林下語幽賾。厓屋燈火青，野鶩旋新摘。豈無伏虎禪，亦有飛舄客。愛此小崑丘，人世白雲隔。願當抱奇幽，烱言永終夕。

咄咄行 壬申年作。

太白山人愁咄咄，灑淚盈把眼見骨。夜深按劍燈熒熒，出門萬里天突兀。長江老龍作人語，熒惑正照江之滸。短衣蒯緱節士歌，破屋陰風動環堵。蜀之劍閣國西門，猰貐久據揚風塵。豎儒幾年秉旄節，民命視同鼎中鱗。憶昔孝皇養士恩，銀章朱紱出入尊。白頭至今坐通籍，急難誰肯排天閽。嗚呼！此事難再舉，君臣大義從斯戲。回首欲投煙霧深，釣竿獨抱滄溟去。

酒酣歌贈鄭繼之地方

司徒之官不可求，早年通籍金閨遊。青袍祇今厭奔走，兒女衣食泣道周。屢見文章出翠釜，未聞廊廟登天球。鄉關萬里望不及，風吹離思江花愁。野人勸汝早歸來，塵埃臟骯難爲儔。朝廷孽孽未除盡，早晚尚有巴蜀憂。冰雪照野驚歲暮，行人烽火多阻修。天狼出明東海圻，哀凰獨叫西康州。酒酣對汝不料事，爲此長歌歌未休。

致道觀看七星檜樹歌

海虞山前突兀見古檜，眼中氣勢相盤拏。上應七耀分布有神會，地靈千歲儲精華。皴皮無文盡剥落，老根化石吞泥沙。據山崑嵬，映壑谽谺。身枯溜雨，枝黑藏蛇。佇立頂刻雲霧遮，日落未落山之厓。同行觀者皆嘆嗟，舌捫頸縮無敢嘩。歸來靈物不可究，夜宿撼牀恐龍闘。

李郎中元任別湖上因贈醉歌

李侯出海珊瑚樹，青雲白曜光彩露。束髮挾書遊帝京，四十爲官守郎署。前年出使越江皋，佐省均輸分節旄。漢之酇侯唐劉晏，王事給辦民無勞。昨朝訪我西湖邊，入門禮汏意尤閒。山瓶乳酒留君醉，頓令草堂開雲煙。酒酣問我經世事，風塵澒洞非吾志。赤驥丹鳳甘遁形，天球銀甕古所秘。李侯李侯意轉急，聽我歌聲淚霑臆。塞北祇今塵滿城，白龍恐爲豫且得。

同沈石田先生吴門載酒泛月二首

望望蒼茫裏，閒雲度野田。山空偏受月，水闊不分天。酒盞初侵夜，星河半在船。白袍江海上，樗散自年年。

微茫風日暮，歸鳥下青田。暝色遥吞樹，波容澹寫天。豚魚不吹浪，苹葉故迎船。笑殺鴟夷子，浮家不計年。

夜坐柬錢員外士弘

中夜不成寐，屋梁落月空。攬衣驚鼠散，看劍炙燈紅。吾道空山裏，年華細雨中。故人有傲吏，相憶興還同。

幽居雜興二首

歸卧茅簷下，讀書發愛貧。鶯聲十年事，草色滿城春。道喪悲浮俗，情高夢古人。眼前君莫問，吾與酒杯親。

野次寡輪鞅，春深漸輟耕。幽禽隔樹小，滋蔓上墻生。蒲長青堪把，桑空繭欲成。自緣耽野趣，不是愛逃名。

避寇吴興山中

日暮漁樵散，山空可漢明。柝聲悲未夜，戎馬閉孤城。去國美人盡，感時黄葉生。酒杯徒自好，極目一霑纓。

秋夜不寐

造物終難料，夜長耿不眠。酒醒燈暈裏，秋墮葉聲邊。盆盎乾坤夢，溪山藜莧緣。平生陳正字，死不受人憐。

夜宴

河漢近瑶席，開簾空翠生。金杯摇夜影，畫燭剪春聲。一笑藏鈎戲，低回舞雪輕。歡歌雜未歇，澹月照三更。

同施邦直棹舟西湖乘月登孤山拜和靖處士墓

向晚南屏路，相攜上釣艪。山根晴亦濕，湖面夜難昏。月色留吹笛，鷗群回洗樽。來尋林處士，地下有知言。

晚霽

晚來雨初霽，煙火隔林微。一徑牛羊入，孤村桑柘稀。長天下遠水，積霧帶巖扉。月黑聞人語，溪南種樹歸。

西湖

十里山如拭，西湖背郭流。僧歸虹外雨，雲抱水邊樓。春事多逢醉，歌聲半是愁。獨憐垂釣者，吾欲共滄洲。

荆溪道中

樹夾蒼崖立，遥遥溪路微。浪花迎棹尾，山影上人衣。饑鵲鳴將下，頽雲凍不飛。還尋舊遊處，日暮漁樵稀。

幽居二首

自得窮通理，幽居不誤身。清流梳石髮，遠霧着山巾。竹上僧留偈，庭前鶴近人。科頭坐終日，吾自愛吾真。

萬事歸來好，幽居養性靈。教兒收藥裹，留客話熊經。投老丈人行，生來處士星。相過君莫問，身世一漁舲。

久雨書悶十四韻

窮日閉茅屋，雨深境更清。梄眉上行蟻，墻角卧空罌。時序了長句，生涯終短檠。迴風摶野曠，新水漲柴荆。入夢暮雲碧，懷人秋蘚生。荒鷄啼遠戍，山鬼嘯空城。衮衮風難定，悠悠事屢更。關河成阻越，盜賊正縱横。看劍哀歌咽，銜杯意氣傾。紀綱須汲黯，諫疏憶匡衡。十載居南服，同時笑北傖。鷽雛饑欲死，汗血老無名。極目烟波闊，田頭布褐輕。誓將一竿去，吾欲弄滄瀛。

出塞二首

夜出漢家城，朝來塞上行。黄金短匕首，白馬縵胡纓。瀚海驚傳檄，燕山暗凡兵。妖狐銜隊立，磷火隔原明。柳拂韓門曙，旗翻朔雨晴。笑談開俎豆，陳列走蛟鯨。帳底鐃歌起，軍中殺氣横。寧知謝州簿，猶是一書生。

四塞黄雲接，西征更北征。饑鷹掠地去，駿馬跑空鳴。出磧河聲咽，當關山勢横。風生聞觱篥，月黑見欃槍。草際髑髏語，雲間獵火明。旋炊白登路，暗搗黑山營。鼓角三邊肅，熊羆萬里行。提携玉龍起，擬死報明庭。

贈李將軍征南十八韻

上將元知敵，全軍用伐謀。折衝臨遠服，仗鉞下南州。天末黄雲暗，海門落日愁。朱帆開遠浪，畫角起中洲。號令三軍肅，妖氛指日收。千山迎劍氣，萬里擁蛇矛。風急聞哀雁，波翻駭伏虬。舟人歌小海，幕客盡輕裘。羽檄飛前渡，艨衝據上流。候晴占雉尾，厭氣射旄毛。馬援收諸洞，留侯用一籌。驚鱗還自潰，窮獸欲何投。殺勢奔封豕，威聲走怒彪。潛兵分部伍，歸路扼咽喉。尚詐終防變，乞降莫更留。直須臨獠穴，盡擬破蠻酋。俘獻君門喜，凱還道路謳。將軍列茅土，四海仰皇猷。

南　征

南征五月動笙旌，瘴靄蠻煙望目勞。此日壺漿迎虎旅，幾年江海泣弓刀。戍樓雕落風雲壯，野日猩啼戰壘高。更喜皇天能悔禍，不妨遊子卧江皋。

滄　江

千林草樹静相依，來往尋詩坐釣磯。地近青春惟鳥雀，夜來新水到柴扉。中原落日愁多夢，萬里滄江定不歸。擬向鹿門爲地主，不妨常著芰荷衣。

荒村

落日長風吹磧昏，荒村寒月動籬門。江潮枕上悲心壯，山鬼燈前夜語繁。亂後客身猶萬里，半間雲氣望中原。欲添春水隨行李，更聽漁歌起釣舩。

中秋同凌時東董子言陳用明西湖玩月爛醉歌此

十里蒹葭雨盡收，西湖一望月光浮。野袍白幘同幽事，菰米蓮房作好秋。波静黿龍聽醉語，夜凉河漢帶漁舟。高情盡在形骸外，不用逢人説勝遊。

新卜南屏山居

石上藤蘿對夕曛，解衣長日坐來頻。挽回滄海真無計，領略青山合有人。養鶴似嫌雙口累，爲漁又過一生身。相逢惟是南屏老，獨樹柴門許結鄰。

山居着野服

道人占斷南屏景，十里青山帶郭斜。對水柴門通鶴渚，隔鄰煙火是漁家。巖頭老檜占風雨，石上昌陽閲歲華。妝點太平還我輩，棕鞋桐帽送生涯。

衡門

投老衡門不用名，閒雲時伴一身輕。牀頭酒盡春剛去，座上山青詩又成。淺水短蒲蛙閣閣，淡煙修竹月盈盈。憑誰爲問天隨子，藥草新生較幾莖①。

① 原注：「詳見陸龜蒙詩。」

秋夜坐吴山僧舍

夕陰一抹暗江城，入夜星河淺澹明。度水煙寒千樹暝，隔林雲卧一僧清。絡蟲故故催機杼，木葉蕭蕭送雨聲。獨坐山窗情自會，燈花無那向人生。

乙亥元日

元日狂歌倒竹樽，東風昨夜到柴門。生逢盛世憂何事，家在青山道自尊。殘雪疏林開舊色，白沙細浪長新痕。春來漫有滄洲興，文鵜鋃鷀滿釣舩。

郎住竹堋口

郎住竹堋口，妾住楊柳塽。楊柳絲空長，不能繫郎船。

驅車復驅車

驅車復驅車，起拂車上露。願作車後塵，逐君車輪去。

遊吳

短褐心愈壯，蒯緱歌自聞。薄遊吴王國，來尋季子墳。

睡起

睡起散幽躅，荒岡春日西。野雲飛不起，寒壓竹枝低。

春日遊慧山

閒撫溪邊石，坐談竹下門。殘霞不作雨，遠水欲浮村。

雜畫二首

夕陽没中流，舟子不停櫓。風來未滿帆，望斷桃花浦。

盡日不見魚，風高網罟冷。蹋船歸未歸，江波蕩人影。

醉着

瓦瓶倒盡碎難醒，獨抱漁竿卧晚汀。風露滿身呼不起，一江流水夢中聽。

桃源圖

溪上春風笑語温，溪頭春水漲新痕。中原逐鹿人誰是，桃葉桃花自一村。

夜泊闔閭城

欲行未行風力柔，吴門掛席夜正幽。秋水半汀鷗共我，好山兩岸月隨舟。

毛貞夫參政别予籠一白鶴與丹書一函見遺即席戲成二絶答之

奇路踉蹌自少塵，白榆花落島中春。主人應是浮丘伯，不惜仙禽借與人。

半世徒誇萬卷功，埋頭今作蠹魚蟲。元知天上多文字，雲篆煙書更不同。

席上偶成

楊花燕子弄春柔，醉倚箜篌笑未休。依舊清風明月好，買船吹笙過滄洲。

林侍御過訪留坐竹下問武夷山水

清泉長日漱潺湲，豸史峨冠訪竹關。自笑道人迂野性，相逢先問武夷山。

春暮

門開轣轆東風曉，酒熟牀頭無可人。聽盡雨聲渾不寐，楝花楡莢過殘春。

白苧詞

江上睡鴨煙草肥，江南白苧催換衣。雨聲四月不知暑，過盡櫻桃人未歸。

憶王屋山人

幾時不見鹿皮翁，回首碧雲天自東。記得去秋新月夜，豆花棚下說年豐。

劉尚書麟二首

麟字元瑞，安仁人。以武功籍隸南京。弘治丙辰進士。正德中，除刑部主事。歷郎中，知紹興府，有異政。劉瑾修郎署時，舊郄廢爲編氓，悦吴興風土，遂徙家焉。瑾誅，起知西安，歷官參政按察使，謝病歸。嘉靖初，起太僕卿副都御史，引疾，得請。再起大理卿、刑部侍郎。尋陞工部尚書，遣近璫織造蘇杭，執奏忤旨，勒令解職。年八十八，贈太子少保，謚清惠。元瑞舉進士，與顧華玉、徐昌穀號「江東三才子」。晚自稱坦上翁，與孫一元、張寰、吴琬、陸崑輩作湖南雅社。建安李尚書嘗訪之於峴山，了無宿具，以乳羊博市沽，風雨蕭蕭，欣然達夜。好樓居而力不能構，文徵仲作《神樓圖》以遺之。楊用修、朱子价皆作《神樓曲》。張寰字允清，崑山人。正德辛巳進士。起家知濟寧州，歷官通政司右參議，强年去官，徜徉吴、越山水間。其高風與坦上翁略相似，而詩亦不甚工，故附著之。

留别孫太初

夕燈蛩語上空堂，門外芙蓉繫野航。逸興逐鷗常作侣，離魂入雁不成行。黄花伴客年年雨，短鬢雕秋夜夜霜。岐路漸多鄉國異，天涯戎馬又重陽。

山居

十年山館始圍墻，竹裏開門筍正長。但著小車行得過，不嫌春露濕衣裳。

鄭郎中善夫六十三首

善夫字繼之，閩縣人。弘治乙丑進士，除户部主事，理滸市關。正德初，瑾逆亂政，力告得請，築少谷草堂於金鰲峰，作遲清亭以見志焉。居六載，起改禮部祠祭。武皇南狩，與諸曹郎黄鞏等跪闕門泣諫，杖闕下，尋復乞歸。嘉靖初，用薦起南刑部，改稽勳郎中。好遊名山，峻陟冥搜，經時忘返。再得請，走浙，弔孫太初於道場山中，畢遊越山水，八月而後返。其赴召也，便道遊武夷，深入九曲，絶糧抱病，放舟南下，抵家而卒，年三十九。其徒高瀫、傅汝舟爲庀棺斂，太守汪文盛葬焉。有《少谷山人集》十卷。林尚書貞恒撰《福州志》，刺少谷詩專仿杜，時匪天寶，地遠拾遺，以爲無病而呻吟。以毅皇帝時政觀之，視天寶何如？猶曰無病呻吟，則爲臣子者必將請東封頌巡狩而後可乎？甚矣，尚書之傎也。顧華玉稱繼之詩氣秀巖谷，雖才韻弗充，而古言精思，霞映天表。黄河水曰：「繼之才故沈鬱，去杜爲近，過爲摹仿，幾喪其真。壽陵之步，亦可爲工，奚必邯鄲也。」合兩家之評觀之，繼之之所就爲可知矣。

病起步西禪

一春伏枕鶯可憐，病起野池明白蓮。偶爾梳頭出城郭，便應看竹到西禪。天晴求食烏雙下，日午閉門僧獨眠。明發螺江有行役，紅塵白鳥異風煙。

不寐

客思苦不寐，驚心豺虎喧。羽書秋後捷，鬼哭夜深魂。歲月消殘燹，風煙失故園。彭城有弟妹，絺綌念温存。

夜入魯北鄙

不見黄花面，凄其白雁前。清渠接淮泗，衰草入幽燕。月露猶團夜，兵戎更積年。歸途不可極，賫夢歲寒天。

對湖

遠水遠如鏡，平林渺欲迷。天多足鴻雁，沙暖定鳬鷖。秋事關身世，湖聲避鼓鼙。老漁吾愧汝，曼衍聽天倪。

聞開化用兵寄思道

舊是桃源地，如何喪亂滋。荷殳連老少，流血滿潢池。蜀道奔惟汝，荆州仗有誰。尊翁在垂白，莫遣怨流離。

臘

南州不待律，臘後暖相催。久客惜殘歲，他時聞落梅。家家斗酒會，處處短笳哀。却憶江西北，漁樵戍未回。

宿象山西塢

亂木藏幽鳥，清商集古城。暝煙分野意，山鬼習人聲。未把桐川釣，聊爲潁水耕。巖棲備寂寞，倘得遇初平。

古劍行贈仇將軍北征

將軍手提三尺冰，乃是鬼國之鐵，大齒之珍，滄溟水枯淬不成。莫邪斷髮躍冶死，而後黿文漫理流天晶。霜鋒閃爍鸊鵜凝，萬金吴鈎拖赭纓。北斗七宿土花發，青天寶匣迴機衡。魂斬斷犀俱細事，此物自是蒼龍精。江翻河亥罔象急，提出白曜摇東溟。飛芒殺白帝，喉下不可嬰。豐城古獄誰識女，斗牛之墟元氣升。沙塞秋高塵壓城，黄龍白狼不肯庭。山甫無人武安死，戰馬西向徘徊鳴。安西都護君好行，此物應世世當平。丈夫叱咤鞭風霆，國難不赴非俊英。劍乎！劍乎！吾與汝，同死生。

贈道夫三首

華輈戒昧旦，之子北赴闕。叢林無繁條，天氣正十月。中逵判綢繆，豈不念鶼鰜。贈子金琅玕，吶吶心結愲。京國多緇塵，終風永夕發。修坂無逸軌，知者備失蹷。故家亦有歡，浮榮亦有歇。志士無閒居，國憂固黽俛。將子東門行，微言不堪説。

頹風吹巴水，飲子白玉杯。意長酒力微，日暮倚徘徊。十年綈袍戀，歲杪起離哀。咎愆孰與陳，遊衍孰與偕。故國不可居，魯生行鑿壞。金臺何崪嵂，首山亦崔嵬。茂子竹柏心，餘陰及枯荄。

富貴苦相迫，師徒多遁巡。況當强盛時，誰能分沈淪。之子仗劍出，舉足生煙雲。河淮漫浩浩，中有要路津。豈忘風波恐，壯心念委身。陳霜沍修途，落月經楔棖。良友志異域，此志難重陳。欲扳時無何，欲往道無因。願爲雙意而，飛飛出城闉。

滄洲夏夕

失意對蒲柳，滄洲昨夜風。野雲依暮笛，客況近秋空。司馬多年病，虞卿薄暮窮。此生隨造物，行止合飄蓬。

晚秋直南省二首

南宫秋晚直，更鼓不勝殘。鴻雁夜仍度，風霜天正寒。宫車延北望，越客滯南冠。三輔胡塵裏，聞鷄未敢安。

清宵夢不徹，鵶啼深樹間。羯胡同漢月，陵寢在燕山。青草乘時長，黄旂何日還。因風候邊使，咫尺見天顔。

謾　興

日月隨人事，溪山共客情。水清魚避影，松静鶴留聲。枌梓怡前輩，文章達後生。時聞扣牛角，猶愧似要名。

哭張士孚

同舍今何在，斯人天下無。感時看諫草，何日奠生芻。狐鼠私相慶，衣冠勢益孤。空餘青史上，遺簡載名儒。

對月懷閩中諸友

潞河今夜月，却望晉安城。少谷堂猶在，東峰花正明。旅愁存世故，鄉夢逐人情。展轉懷諸子，風沙吾獨行。

黄巖黄宗賢爲余築室羽山招與共學方有心事未果守官鬱鬱輒有東路之思奈故鄉多難欲歸不可行當赴其招矣記興一首

不分委溝壑，上林安一枝。官隨年少後，拙負故人知。彝鼎終難就，簞瓢定不辭。故園方苦亂，去採羽山芝。

遊金山寺

地控恒沙界，峰迴滄海波。潮聲永夜壯，雲氣秣陵多。龍窟存光怪，鮫宫湛綺羅。黄旂蔽江左，何日返天戈。

弔劉蕡祠

自昔悲歌地，劉生有墓祠。祇餘經世志，况值諱言時。去國英雄盡，還山事業遲。黄金舊臺北，搔首動遐思。

聞道

聞道漢天子，身封鎮國公。家初營上谷，臣得賀離宮。鐵券傳何急，將軍氣盡雄。郊牛凡五卜，車駕想河東。

贈汪希周料兵淮楚

白馬清秋出上京，勾陳光照亞夫營。中原天子親提劍，南國樓船遠募兵。消息秖愁千里草，逋逃新恨九江城。漢家曆數元無極，吴楚猖狂終自平。

長安

漁陽上谷古幽州，王業千年易水流。胡騎遠窺青海月，秦城長建白龍斿。總愁關塞生多壘，未道蕭墻隱百憂。日短時艱衰病早，幾回簪笏夢滄洲。

送吾惟可還三衢

昔年相逢胥水秋，今日重在閩山陬。中間喪亂真憐汝，南鄙音塵不散憂。别後山陽頻弄笛，花時荆楚一登樓。旆頭尚直天西北，何地巾車各自由。

順門曉直

城上清鐘散御墀，曙鴉聲動萬年枝。天回閣道星辰迴，雲捧乾清歲月遲。内省尚承東闕旨，從官稀見早朝儀。羈孤愁斷周南目，仙仗新傳到具茨。

九日與倪小野祝姑溪登觀星臺

秋盡繁陰苦不開，散愁無計一登臺。日邊閶闔紅雲動，塞上風沙白鳥來。秦分正當金氣盛，雁門未見玉音回。百年與爾同羈旅，九日徒歌黄竹哀。

壽日成禮奉天門

初日鴉啼宫樹林，奉天高殿氣駸駸。衣冠况值千秋節，犬馬真戀萬國心。白羽書來兵未解，黄河水落歲將陰。龍斿鳳輦關山道，邊事辛勤風雪深。

泰　陵　詩

千林松檜鬱相迴，永夜風生瀚海哀。萬國昔曾瞻氣象，五雲空復護崔嵬。古來鳳鳥長難至，天上龍髯定不回。苦憶焚香賜第日，報恩真愧濟時才。

上妙高臺

雲海冥冥望不迴，鯨波東蹴巨靈開。中天樓閣虚無裏，南國風煙江漢來。世短動經多事日，愁長況上望京臺。白門金鼓維揚卒，落日空傳黄竹哀。

武夷曲次晦翁棹歌二首

幔亭彩幄會仙靈，紫霧蒙蒙薄太清。奏罷人間可哀曲，鳳笙龍管杳無聲。

藏裏黄棺壑上船，春風秋雨自年年。覺來天地終歸盡，煉得丹成亦可憐。

竹枝詞二首

西澗西邊東澗東，千山不斷萬山通。謝豹見春啼出血，王孫上樹捷如風。

梨嶺遥於楓嶺遥，小關高比大關高。傭夫過嶺如平地，一歲來回一百遭。

送人之鬱林二首

蒼梧之峰雲萬盤，下控牂牁連百蠻。莫道蠻方非近地，日南南是漢關山。

鬱林東下對扶桑，黑霧沉山是暈黄。鷓鴣啼上恍榔樹，一寸鄉心萬里長。

羽獵謡三首

君王自擁鸕鷀裘，獵騎翩翩盡貴遊。歸來錫宴傳封拜，狗監鷄坊十二侯。

羽林十萬是親軍，漁陽鐵騎天下聞。厩馬長留太白壘，胡天驚散犬羊群。

今年天子又行邊，敕報旄頭照酒泉。乘輿自領嫖姚部，内使宣頒九府錢。

即　事

赤縣山河在，黄龍沙塞少。祇憂胡部落，不着舜衣裳。驃騎年年没，單于世世强。僕姑寒射月，觱篥夜含霜。寶轂猶深入，金矟或轉傷。前車未爲遠，神武有英皇。

聞西江亂

乍發洪都使，風傳消息回。荆吴得劇孟，江漢尚深哀。畫角連城動，黄衫自將來。萬方思繫虜，寧乏亞夫才。

南望湖

南望諸湖波映空，揚舲東逐芰荷風。垂楊亂覆茅簷緑，好着魚梁山照中。

錢塘映江樓宴坐觀潮

錢王此開濟，旋入宋山河。潮汐秋來壯，雷霆水上多。尚傳江有怒，翻恨海無波。颯颯攢陵樹，悲風日夜過。

宿歸雲庵

澤國變元氣，名山留晚芳。雲藏伏虎寺，花近掛瓢堂①。鵜鶘飛騰遠，漁樵言笑長。沉淇達者事，散地即慈航。

① 原注：「孫太初所居。」

新昌縣曉行

暝發新昌縣，晨臨赤土限。秋花隨地有，渚雁與雲來。雜樹炊煙出，前涇山照回。忽聞歌伐木，行路興悠哉。

寒食與木虚登岃嵛峰遂餞公衡

絶頂天風雲亂飛，海門高浪近春衣。霸圖王氣東南盡，堯韭秦花天漢稀。此地賞心唯汝共，萬方愁目欲何依。要知寒食山中意，萍葉江湖幾是非。

柴　門二首

凉月光不了，照我芳桂叢。白梟如人長，來往柴門東。

家住白湖陽，習見風波事。苕荻何蒼蒼，亂我蘭與芷。

寄戴仲鶡延平

嗟爾投荒在，十年歸鬢新。豹文淹瘁癘，龍節漸風雲。往事收殘淚，清時録遠臣。别深魚雁闊，跡久鳳麟馴。余亦豐城物，思君劍水濱。客衣渾自浣，不染雒陽塵。

天末憶思道

遠憐方比部，經歲斷來書。何日垂喜樹，青青拂敝廬。累憎鴻雁響，三見柳條疏。幽獨疲孤夢，松齋月正虚。

俠客行

萬里金微道，防秋世不同。秦城時借寇，漢女歲和戎。落日吹《楊柳》，沙場恨未窮。莫收張掖北，復失酒泉東。天子邉推轂，將軍誓掛弓。黄金裝雁轡，白璧飾蛇䩨。霸氣天山雪，邊聲瀚海風。死生惟義激，部曲總驍雄。羌笛回青草，燕歌感白虹。營開月暈破，戰勝賀蘭空。直擣閼氏北，横行沙塞中。始知魏絳怯，豈説貳師功。洗甲蒲昌海，揚兵苜蓿峰。馳歸大宛馬，一一渥窪龍。賜邑連京雒，圖形列上公。男兒雪國耻，不在藁街封。

秋日病懷

南州木落歲蕭蕭，薊野風煙萬里遥。病後客心惟藥物，秋來人意滿雲霄。平沙雁帶三江雨，横浦帆歸八月潮。摇落應悲楚公子，不將舊業付漁樵。

送楊明府入覲

雙闕玄霄上，三山滄海邊。雲逵望鳧舄，明府似神仙。曲報離城調，琴希清廟絃。煩君告天子，百姓尚顛連。

復嘆三首

我生四十無聞時已暮，三年角巾守煙霧。空村落日門不開，獨抱鶉衾哭窮路。麒麟趾折龍馬脊，世路那得知其故。嗚呼！興衰用舍總在天，中夜擊劍心茫然。

憶昔金閨困天梏，乞身還山思維谷。頻年藜藿口不充，況復呻吟卧牀褥。生子當如孫仲謀，豚犬區區但口腹。嗚呼！天時人事兩不值，我生安命而已矣。

歸來來歸愁復愁，潔己不及滄溟流。苦逐獮猴逐山雪，眼中蕭蕭誰故物。天涯良友半槁死，我身雖在空皮骨。嗚呼！青山伐木鳥嚶嚶，胡爲使我無友生？

病中哭伯固

我眼雙柘盡，那堪更哭君。平生猶鐵石，靈爽定風雲。葵藿雖同志，鳳麟不戀群。吾徒向凋謝，誰覈太平文。

不寐

反側終難寐，寒天候不明。經旬淹厲氣，永夜厭灘聲。萬事呻吟外，他鄉兒女情。還聞喪良友，展轉淚交横。

哭遂初

良友看餘幾，今年報女亡。江山有頹谷，風雨泣秋堂。元氣能無損，星文定不光。連宵激孤志，灑涕向錢塘。

憂

擬將新句詠銷憂，詠罷重增雙淚流。杜下朱郎成永别，江東黄尉竟何求。青袍事業悲三試，畫省風煙感四休。摇落江山客途裏，石門修竹夢林丘。

黄山雜詩

黄山如岱嶽，蘿山若梁甫。曾顛遏行雲，屼屼自太古。咸池蕩初景，昧旦河已曙。我夢天部行，笑折扶桑樹。

黄山奠南服，嵽嵲分楚望。連峰標天樞，結秀極地藏。金鷄時一鳴，高鳥不能上。眷兹俯滄海，窮歲夢波浪。

藍田有嘉植，種玉世莫比。靈氣紛璀璨，熠熠寰區裏。玦碧奴視之，琳琅乃支子。不遇後車載，終伏蟠溪水。

園廬春欲至，歲事此伊始。采芳入曾雲，散發不及理。蠶眠桑柘繁，土膏農務起。龍鬪未敢聞，巢父正洗耳。

殷給事雲霄八首

雲霄字近夫，壽張人。弘治乙丑進士。以疾歸，作啇艾堂，讀書其中。授靖江知縣，調青田，陞南京工科給事中，卒於官，年三十七。近夫修眉碧目，口可容拳。平生方峭克約，與孫太初、鄭繼之爲友，所至登臨山水，不以吏事廢嘯詠，亦不羈之士也。詩體逼側略近繼之，而風調不及。王元美評其詩：「如越兵縱横江淮，終不成霸。」

行路難

水中走馬，其可行？木末種蓮，其可生？彭澤縣中五斗米，何如高卧北窗無俗情。猛虎怒號山無色，百獸聞之俱辟易。一朝失所遭束縛，稚子蘆矢來學射。

聞太初出遊

江風散微雨，重峰生遥碧。林端浮新青，梅遲見殘白。地僻争訟簡，吏散庭宇寂。煙水滄孤城，齋閣坐成夕。忽念同懷人，清光隔咫尺。溪舟時載酒，野步或携策。静躁心詎異，寤歌聊自釋。

芝田驛樓

晚照明高閣，曳雲帶遠村。徒勞真自愧，高興與誰論。木落凌山骨，潮平減石痕。東溟看不遠，無奈水雲昏。

簡桂丹徒

多病東甌客，空江獨問津。飄零屈壯志，汩没共時人。滄海風雲氣，他鄉草木春。江山憐地主，高興欲相親。

舟過吴江寄方思道

宦遊安能住，明發曉霜侵。月没寒江遠，山昏細雨陰。中原群盗恨，南國美人心。回首崑山近，蒼茫煙水深。

九日得繼之書

病起重陽花正開，高齋獨酌當登臺。吴中此日來雙鯉，江上何時共一杯。萬里長風吹落木，孤雲斜日照秋苔。百年懷抱憑誰盡，滄海新收鼓角哀。

大堤詩二首 金堤在東阿縣。

北堤楊柳緑絲煙，更有桃花紅可憐。攜樽邀我南鄰去，美酒憐渠不索錢。

南堤北堤布穀飛，堤邊禾黍青離離。堤上野花開復落，堤下行人行不稀。

丁戊山人傅汝舟三十一首

汝舟字木虚，一名丹，號丁戊山人，一曰磊老，侯官人。方顙碧目，小指有四印文。年十四，誦黄帝、姚姒之書。二十，謝諸生，通天官、堪輿、涅槃、老、莊，屬盤雅秦漢語，古色蒼黝，至不可句。少與高瀔並遊鄭繼之之門，閩人語曰：「高垂股，傅脱粟。言齗齗，中歌曲。」繼之且死，遺言曰：「詩文妻子付高、傅二弟經理。」其氣誼如此。中歲好神仙，增損其姓名曰傅汝舟。輕别妻孥，棕鞋箬笠，求仙訪道，遍遊吴會、荆、湘、齊、魯、河雒之間。王道思序其集曰：「汝舟才智文彩足以得意於仕進，獨舍去而不好。其舍之盡，至於鄉井屋廬不復可居，而妻子不足畜也。舉一世之榮利無足好，而區區吟詠之工不能忘，亦其才志所斂，不可終藏而見之於此也。」王元美《詩評》曰：「傅汝舟如言《法華》作風語，凡多聖少。」徐興公曰：「汝舟詩雖師鄭吏部，而天然之趣尤勝。如『雖貧一榻能高卧，縱老名山欲遠尋』、『焚香謾與僧來往，得句惟應弟倡酬』、『郊原亂後飛磷火，村落年來變劫灰』、『異書自得作者意，長劍不借時人看』、『呼來鸂鶒添新侶，抛去鸕鷀省舊糧』、『新點玉書仙賜讀，舊趨瓊闥帝容歸』等句，吏部當爲却步矣。」

宿山心永樂

朝登三仰峰，夕宿山心庵。久入名山遊，蹊徑頗盡諳。始知九曲外，復有南山南。森邃更險豁，深篁倚煙嵐。沙田稻翼翼，巖桂花毿毿。疏籬隔鷄犬，朽樹藏蜂蠶。嘗傳武陵源，傍有捕魚潭。伐木不到遠，却留松與楠。雲光卸秋屐，回首望石龕。經旬四攀眺，偃息此自堪。澗芹食轉美，草榻臣正酣。枕中有鴻寶，何必問老聃。長往來如返，多爲世所慚。

遊太姥石門

名山多石門，太姥奇莫狀。想當開闢來，必有萬鬼匠。大石架不如，小石巧相放。乍看怖欲墮，諦視極牢壯。一夫過僅容，雲至不能讓。初從俯身入，棧級屢下上。天窗漏日微，龍井滴泉旺。□□展復光，九門遞趨向。出門見石峰，秀色九天望。一削倒地平，匪特取屏障。霞古蕩幽痕，真骨固無恙。老樹多生芝，幽潭亦成浪。好鳥時出遊，於人每相撞。如知東方生，圖記語非妄。斯遊滿深衷，何以答神貺。

登招山詩

招山不放海水過，坐與潮汐争咽喉。軍門鼓角動地遠，不覺送我招山頭。風沙冥冥海在下，濤浪滚滚天真浮。一目可到九萬里，寸心遥飛十二洲。千峰盡處日脚動，百鳥絶飛雲色愁。帆檣散亂點秋葉，蛟龍出没如獮猴。天門蕩久恐將裂，碣石漫過能不柔。未知尾閭果安在，祇見萬水皆兼收。將軍教我認絶域，日本西户東琉球。

未至白塔投宿新坪農舍

雲洞更何許，新坪又一村。前林露微月，半嶺聞驚猿。野老不避人，篝燈候茅屋。始笑行路難，百里已三宿。

感遇

峨峨丹丘穴，千仞臨駭谷。攢石象麗宇，飛泉冒靈木。日月旋其阿，霞霧草間伏。倏忽冷風飄，珍禽翔躑躅。仙人浮空下，紫童雙玄鵠。長笑秋蘭馨，四體美豐玉。顧我粲然笑，長跪授秘籙。其語可得聞，其人誰能逐。願爲飈車輪，展轉竟心曲。

述遊

規步無捷徑，匏繫豈達情。學稼力云疲，斧藻竟何成。厭抑居人世，悲哉日月征。大丙既非我，陰陽成寇兵。春華感過目，振耀仰貞明。思假垂天鵬，高峰遺此生。虎鹿不同遊，寒蟲豈疑冰。物性有固然，抑之誰爲更。

雜詩

浮坳豈方舟，食餌非巨鱗。鳳兮不在苞，所貴鳴及辰。當門蘭蕙鋤，何况在野芹。擁腫雖可羞，美材祗爲薪。促促歲陰生，感念增苦辛。

道路古事三首

偓佺采藥父，松實欲遺堯。物微不足道，其意亦誠勞。與君結明信，山嶽記久要。逆耳非訣言，一旦棄下交。本圖朝陽鳴，何意比鴟鴞。薄終古有明，君子永攸操。日昃悔冥途，何不作晨朝。

喬松生峻嶽，修幹概青宫。被蒙棟梁會，斧鋸運成風。翻跡浮江漢，辟易上方供。斫以公輸子，丹漆百千重。美材施壯麗，通天守高崇。白茅亦何須，傾根俟卑宫。

秋氣感長門，出門觀列星。東井聚五緯，玄象豈非明。鳴鶴思晨集，鸏鳩迅宵征。徘徊白露下，傷我美人情。踽踽回空房，彼彗見西方。

我生行

我生不死命在仙，從師遠嶽方來旋。皇天未許斬蛟鱷，腰蟠龍劍徒蹁躚。塵心洗盡五湖月，意氣散作六合煙。揭來人間四十年，布袍高格惱市廛。羞稱歲星謫下土，誰道許令長後賢。漳濱老子舊令尹，幾歲相識梅溪邊。歌鐘秀水動豈料，大笑箕踞當瓊筵。酒酣吴松誇星命，指卿指相大醜妍。勸我不合甘雲泉，玉禾且輟鍾山田。吴松吴松聽我言。君不見明時治曆四海傳，日至歲差過千載，司天觀星多失躔。正德戊寅三月建小大，己巳庚午朔晦遷，毫厘參錯繆恐千。君不見五星宫次本贅牽，堯舜之世實不然。何况邇來星變不似前，撒沙百萬赴海死，妖彗三掃誰咎愆。我命當自造，古人徒可憐。洛閩一行聖皆死，邪律子平巧莫全。富貴豈真我輩設，魚鱉要救生人懸。功成便放壺中鶴，會自扶摇上九天。

中秋烏石山

良夜孤峰頂，秋天陰復晴。大江煙下滅，低月雨邊明。雁過聲猶濕，雲收意未平。狂歌誰獨和，漁笛隔洲鳴。

岁崱峰酬陳子惟浚

秋日同高望，秋空指顧間。白爲溟海浪，青盡島夷山。逐客停杯酒，悲風動壯顔。去天雖不遠，誰扣紫皇關。

喜少谷歸

一笑春初盡，南歸意已勞。王風時不競，人事日相高。地濕菰蒲氣，風生鸛鶴毛。柴門近湖水，知上釣魚舠。

南峰庵庵徑有古榕樹懸枝對峙宛若闕門

古樹上危根，依天巧作門。雲飛不在外，虎過定消魂。野客逢迎少，山僧出入尊。朋遊坐不厭，葉落滿金樽。

同陳明水鼓山詩

入洞風初定，乘橋日半明。斷巖流水轉，低樹濕雲行。林缺呈江練，皇香長石英。誰憐去國者，猶聽暮猿聲。

夜雨鄭給事宅

戀闕未毁車，還山祇結廬。暫中千日酒，遲上萬年書。野樹鳴乾葉，晴潭響暗魚。别君何所望，占氣斗牛墟。

聖水峻山多古黄楊樹予爲置二株庵前

閏厄無人見，山深携汝回。暮蟬哀不去，秋草喜同來。梁棟隨明世，茅茨合短才。千年如礙日，能記野翁栽。

陳子兩湖草堂

東挹匡山洞，西凌嫵姥雲。酒船終日至，漁笛幾江聞。扶病思留客，藏身俟報君。交深忘去住，秋葉點鷗群。

七日夜女會文

雕鵲架銀橋，靈孫步玉霄。月疑加鏡彩，雲似助衣嬌。燕樂方牛渚，鸞歌已鳳簫。但知天地久，詎嘆别離遥。

赤松詠

赤松五千丈，一丈一雲生。蛟龍分葉卧，雷雨抱枝鳴。陰好鶴長在，巢居仙自營。斸苓須指夕，輔取九丹成。

九日蔣樓

菊日紅圓斂，鵝山翠仄流。過風高動樹，出月直窺樓。浪跡無關世，羈心不共秋。明朝渌水泛，别與白雲留。

弋山眺和

峰青畫龜石，水麗控龍沙。楚樹懸猿直，衡雲帶雁斜。笙歌塞江縣，琴響徹山家。思君整飛舄，待此步飄霞。

遊玉笥山

玉笥開山遠，金壇瞰谷重。靈光流世界，瑞氣渾春冬。險濯千盤磴，參差百轉峰。宿雲長抱殿，遊鶴不歸松。虎澗泉爲雨，鯨樓石作鐘。韭抽堯葉浄，桃發漢花濃。道士隨黄犢，仙人駕赤龍。丹爐七焰滅，瓊籙九霞封。亂竹通飛佩，繁芝礙放筇。愧爲福地客，叨躡羨門蹤。

同諸子秋夕尋雲谷晦翁讀書臺

看山午發澄溪滸，度嶺鐘鳴日已曛。百里川原平入眺，九霄星斗倒垂文。短袍度映疏林月，高枕窗含疊嶂雲。欲訪遺祠悲草木，早衰真愧道無聞。

宿少谷墓下作

良友竟亡悲鳳死，遺編雖在泣麟窮。休論十載追趨地，祇漫千山夢寐中。青草漸生今日雨，白楊時動故園風。撫墳豈稱酬知己，愁絶春原薜荔叢。

澄卿罷令後常見過答焉

不應山雨夜頻過，豈爲茅堂隱薜蘿。霄漢幾年勞日月，江湖隨地足風波。長沙謫去君恩重，彭澤歸來酒債多。即看才高終濩落，古今賢達總如何。

聖水山月下

行尋流水從吾好，卧看青山奈爾何。永夜松風掃星月，經旬衾枕傍天河。身閒漸與仙人似，地静頻聞山鬼過。短劍秋深思故國，白雲回首萬峰多。

月下

月明坐空山，不覺石苔冷。猿嘯摇藤蘿，亂我松桂影。

追送趙子後以病止龍城寺因寄趙此書

揚絮飄花怯遠人，荒山古寺閲殘春。他鄉惟有前朝柏，得見躊躕送客身。

衡獄原事

扶桑枝上交王父，七鳳車前謁羽君。天遣玉笙誰得弄，時時吹起掌中雲。

高布衣瀫一首

瀫字宗吕，侯官人。父鑒，字孔明，明經，爲學官，退而結庵，以老工水墨山水，自號種蘭道人。宗吕不樂進士業，結霞上之居，自號霞居子。善隸草八分，書畫居逸品。家貧嗜酒，日酣飲狂叫，醉甚即散髮赤脚，又號羣仙子。詩與傅汝舟齊名，時稱「高傅」。畫自取適意，不受促迫，遇其酣暢，以絹素投之，雖小夫稚子可掩而得也。邑子宋生者，病瘧，宗吕過之，酒酣潑墨，寫菊數本，復寫奇石修竹，寒香飄拂，涼風颯然，宋躍起視之，病霍然良已。人謂霞仙畫真不減少陵詩也。宗吕詩有集在閩中，余從《晉安風雅》録得一首。

岳陽樓

巴陵城上岳陽樓，樓外長江日夜流。殘雨數峰衡嶽曉，暮雲孤樹洞庭秋。仙人夜奏沙邊笛，估客春移樹杪舟。十二危闌閒極目，滿汀楊柳不勝愁。

臥芝山人傅汝楫六首

汝楫字木剡，汝舟之弟也。貧而博學，州縣辟爲黌宫弟子，不就，一意詩歌，時稱二傅。汝楫早卒，詩學晚唐，如「野人臥酒翻荷爵，山鬼縫衣傍荔墻」，又如「沙際學書尋鳥跡，林間會意解禽言」，又如「幾處姓名留洞府，十年瓢笠任風煙」，皆佳句也。

移家

世情那可問，青歲欲移家。魚得陶公法，耕燒龐老畬。種桃求漢核，食棗慕齊花。醉臥滄浪曲，科頭日看斜。

雨中宴集棲霞樓感懷

他山十日此樓居，感昔懷今夢不虚。半榻流雲愁雁遠，一簾飛雨聽鶯疏。閒敲詞客金聲賦，静讀仙人玉字書。身世自慚如櫪馬，路迷空禮白雲車。

沙溪獨坐有懷霞居亡友

尺五樓開鳥石尊，桂枝梅樹浄柴門。壺觴旦日家中宴，衣服秋冬海上村。沙際學書尋鳥跡，林間會意解禽言。奇蹤忽憶霞居子，淚落溪流過竹根。

暮春雨集四山堂晚晴登烏石懷往東一山古逸二子

雨罷山堂宴未休，烏山醉傍晚晴遊。隔江雲樹翻殘照，到石風花减客愁。祠殿草荒中使返，姓名苔蝕古人留。空傷往事論今夕，倚杖聽鶯憶酒儔。

過石田草堂因哭石田

頻年我理吴航楫，幾度相逢笑口開。沙雨江風今日淚，歲寒愁絶是重來。

閉門

頻年罷釀老愛酒，客至無錢强出賒。落盡庭梅三日雨，香風閒對一甌茶。

方副使豪四首

豪字思道，開化人。正德戊辰進士，知崑山縣，陞刑部主事。諫武宗南巡，杖幾死。起湖廣僉事，進副使。思道負才磊落，曠達不羈，探奇歷勝，與鄭善夫同好，歸隱棠川，以詩酒自娱。詩多率易，信口急就，似又出善夫之下。

故國

故國春猶好，晨風送馬蹄。四山花氣雜，萬竇水聲齊。舊木鶯初出，新畬犢正肥。老翁閒倚仗，白髮照清溪。

送章子發至雷嶺

山中春獨早，枕上雨初晴。泉響妨人語，花明照客行。野老杯盤潔，溪風杖履徑。孤琴餘萬里，此別最關情。

贈陳生

老農深住石溪傍，赤日蒙君過草堂。若問生涯無可答，梅天猶有曬書忙。

常山卧雪亭

卧雪常山館，孤吟氣轉雄。若逢洛陽令，閉户不相通。

人瑞翁林春澤七首

春澤字德敷，侯官人。正德甲戌進士，户部主事。疏諫南巡，遷員外郎。司藏失盗，謫寧州同知，遷通判吉安，同知肇慶，陞南京刑部郎中，出知程番府，以大計免歸。生於成化庚子，萬曆己卯年百歲，有司爲建人瑞坊。子應亮，以户部侍郎侍養，亦年七十矣，起拜矍鑠如少壯。癸未十月卒，年百有四歲。少與鄭少谷、方棠陵、張崑崙爲詩友。應亮則少谷之婿也。有《人瑞翁詩》十二卷。

居庸歌贈張心齋侍御

居庸城堞摩青穹，關門跨峙虎豹雄。千巖蕭蕭響戍柝，萬木慘慘回悲風。上谷雲中出三輔，北門鎖鑰金湯固。飛巒峭壁蒼翠寒，迅湍驚濤雷霆怒。憶余昔度關頭雲，邊烽初息無嬌氛。兒童走卒手加額，爲説潞陽張使君。往者先帝事西巡，翠華晨渡榆河津。六軍腰横白羽箭，八駿身被金龍鱗。駕言遥遥向西指，使君閉關不肯啟。赤心獨把逆鱗批，勁氣直作神羊抵。群小口噤不敢言，乃挽六轡回東轅。使君六月霜風冷，即今凜凜横關門。君不見朝廷有道單于款，土木之監猶未遠。穆王馬跡窮崑崙，千載祈招徒懇懇。嗚呼！張公之力能回天，况當攬轡澄九埏。吾將望爾於泰華之山巔。

九月二十四日早期

走馬出東署，承明漏向殘。月華分曙色，霜氣重秋寒。車駕榆林道，衣冠玉筍班。小臣金鑒録，何處達龍顔。

中秋清源公署

萬里秋光旅夜清，空庭倚杖轉傷情。月明偏照干戈地，風冷惟聞鼓角聲。東海魚龍俱寂寞，南枝烏鵲尚飄零。天衣欲把思無力，愁絶長安北斗城。

謝劉中丞商侍御建百歲坊

翠旗谷口萬松風，喘息猶存一老翁。詎意夔龍黄閣上，猶憐園綺白雲中。擎天華表三山壯，醉日桑榆百歲紅。願借末光垂晚照，康衢朝暮頌華封。

行宫二首

漢皇車駕擬南巡，河上行宫處處新。楊柳堤邊含雨色，翠眉愁結未舒顰。
驛卒征夫旦復休，鸞輿未必竟南游。見説江淮民力困，行宫風雨使人愁。

宫詞

沈香亭北夜爐熏，自撥琵琶向夜分。豈是玉顔偏寂寞，君王原不識昭君。

附見　林侍郎應亮五首

應亮字載熙。嘉靖壬辰進士。歷官户部右侍郎。程番之子、鄭善夫之婿也。故其爲詩頗有師授。子如楚，官至工部尚書。

落花篇

東鄰昨夜飛紅雨，落花如霰隨風舉。千叢綴綺謝繁枝，九陌垂青隱芳樹。憶昨芳妍乍放時，含娟凝艷騁容姿。盈盈絳幘承曦暖，燁燁瑶英泛露滋。地擬昆溟霞作幄，門連閶闔玉雕題。崑溟閶闔非人境，喜得繁華薦清景。共訝同心照日開，坐憐並蒂臨風整。鳴絃伐鼓鬬春菲，列彩飛觴延晝永。爲君催曉下朱樓，爲君歡燕淹華省。華省朱樓春晝遲，雕欄色色自稱奇。蝶翅輕穿翡翠筠，龍柯誤觸秋千絲。名園豈辨煙和樹，名卉難分菌與芝。名園名卉色非一，奪目瑶華紛轉日。總多富貴衛張門，不讓風流王謝室。風流富貴擅誰家，照耀縱横本自誇。別有仙葩吐仙種，疑從瓊島泛瓊華。緑畹斜攢珠蕊樹，玉盤遥掛赤城花。萬斛香中貯甘露，五雲芝上護流霞。霞飛露染春光暮，東鄰遠客西鄰戍。鸞鏡佳人愁裏看，雁門征客暗中度。此情難語北征人，此情偏入東家婦。百囀鶯呼作怨聲，一葉花飛減妝素。鶯花歲暗可重新，節物朝來已非故。簇陌遊絲逐飆空，垂堤空梗向流東。含香故弄妝臺上，襲暖偏留舞袖中。含香襲暖竟何處，乍入東墻復西署。悠揚未識飄零歸，寂歷如隨風雨去。乍驚葉蕚忽辭叢，何況飄廊兼委路。隨蓬不戀故根春，衝燕寧知託巢羽。梧桐井畔映光寒，桃李蹊陰暮色闌。蟋蟀機殘催錦字，鳳凰樓迥乏青鸞。青鸞錦字總迢絶，見此令人心欲折。敗葉逢君可贈題，孤條感妾能生櫱。掇葉攀條聊自持，迴簪轉黛顧容儀。茱萸錦上紅塵恨，楊柳聲中玉笛悲。三千圖畫憐芳跡，十二闌干凋翠眉。青苔忍誦蘼蕪調，紅樹曾題芍藥詩。題詩欲寄遠行客，春風相憶故園陌。瑶池千歲始重看，錦瑟三春勿輕擲。

昌平道中晚作

歲晚昌平道，千官歷翠微。霜封陰殿瓦，雲染祀臣衣。騎火通幽谷，巖鐘散御幃。仙遊憶空樂，杳杳六龍飛。

溪上

清溪流不極，林際帶疏鐘。鳥道連山屋，灘聲落水春。漲消新有岸，雲起本多峰。愁對猿啼峽，鄉關煙樹重。

春情

雕欄朱箔澹池塘，旭日鶯啼出洞房。初服已從千蕊麗，新妝猶帶百花香。鬬成百草遺金釧，彈罷孤桐倚玉牀。更道春宵閒弄笛，相將明月舞鸞凰。

秋後經廢寺

露槿霜楓秋滿寺，瓦煙疏冷石牀隈。蕭條更值寒風後，黃葉深於舊路苔。

許給事天錫一首

天錫字啟東，閩縣人。弘治六年進士，選庶吉士。歷吏、工二垣給事中，居諫垣七八載，諤諤敢言。嘗因天變建言兩京五品以下官六年一考察，内官敕司禮監會同内閣考察，嚴加裁革，於是京官考察著爲令，惟内官不行。正德初，進都給事中。《武廟實録》云：「正德三年六月己巳，命錦衣衛查點六科給事中，奏天錫不至，詢其故，則初一日已縊死矣。」逆瑾方羅織文臣，故天錫懼禍而死。林文安撰行狀云：「天錫憤逆瑾肆惡，具登聞鼓，狀千餘言，藁成以首觸柱不死，遂目經屋梁。妻孥無從者，惟一蒼頭在旁知狀，次日潛懷其鼓狀亡去。嘉靖十七年，其子詣闕訴冤，詔賜祭葬。」嘉靖十七年《實録》則云：「天錫以查盤内庫，發逆瑾姦狀，瑾矯詔逮問，遣人殺之。」傳聞異辭，不可考也。天錫在詞林，以能詩爲李長沙所知，嘗題詩車盤驛丹青閣上云：「青山當面似無路，黄犢出林還有村。」鄭繼之題其後云：「風流不見許黄門，文字丹青閣尚存。最憐佳句車盤驛，黄犢青山何處村。」今閩中諸集皆不載黄門此詩，故知先輩名章麗句湮没不傳者多矣，爲之三嘆。

晚次安南吕塊站

瓊雲歸路正匆匆，十里官亭坐晚風。何事最關孤客思，數聲啼鳥木綿紅。

方處士太古二十首

太古字元素，蘭谿人。少受經於章楓山。年十八，走南海，謁陳公甫。歸而廢經生業，讀書學古。已而復出遊，弔公甫於江門。泛彭蠡，陟三天子障，縱遊金陵、吴會，與楊君謙、沈啟南、文徵仲暨孫太初結詩酒社。正德初，隱於玄英先生之白雲源，會乘輿南狩，江楚騷動，慨然曰：「嗟乎！此一壺千金之日也。吾其爲不才之瓠乎？」自號一壺生，作《一壺生傳》。嘉靖初，徙金華之解石山、茅山之金筍庵。晚歸谿上故里，自號寒谿子。不應徵召，以終其身。負氣慷慨，高自位置。尤迂緩好潔，雖出宿不假衾裯。嘗與吴人徐緋宿黄姬水家，姬水以父友事之，謹薦以新裀席，乃自解其篋，出所攜白褚藉之寢，質明視之，褚宛然初置，無痕襞積，若無人藉焉者，不知何以身輕若此。出遊，冒大風雨，揭泥淖者數十里，衣履皭然不滓，人或疑其有異術焉。

歸解石山雜題

山高日出遲，雲重天寒早。源遠斷人煙，木落驚啼鳥。南斗雁峰坳，北極玉欄杪。下界隔中天，陰陽別昏曉。

夜坐喜晏伯謙談禪

海月未出山，清宵起燈燭。草坐偕道流，談禪暢幽獨。雲巖一何深，心遠境自足。泠然忽成悟，風吹隔窗竹。

隨處

隨處自丘園，無心計子孫。江清平見寺，山小遠連村。野況家常飯，真情故舊尊。興來唯嗜酒，意到已忘言。

簡良通

幽人秋雨後，懶出鳳山門。藜杖空雲氣，葛巾多雨痕。輪蹄悲市井，水石夢江村。白酒還君醉，陶然卧竹根。

撥悶

浪遊何處是天涯，回首無成百念差。可笑滿懷常酒盞，不知春事已桃花。雙臺山下漁翁艇，獨樹江干野老家。書卷釣竿清似水，浮生從此不須嗟。

寒食思獻小酌

已買桐江舊釣船，清江白石趁鷗眠。風前轉眼逢寒食，時事驚心豈少年。故國梨花千樹雪，小堂楊柳一枝煙。夜來有夢高陽侣，覓得村沽飲十千。

社日出遊

村村社鼓隔溪聞，賽祀歸來客半醺。水緩山舒逢日暖，花明柳暗貌春分。平田白洫流新雨，絶壁青楓掛斷雲。策杖提壺隨所適，野夫何不可同群。

寒食

春光二月忽三月，天氣單衣又夾衣。樹樹梨花相鬭發，家家燕子欲偷飛。客懷不慣逢寒食，世路還堪住翠微。溪上柳條新弄碧，軟風晴日待儂歸。

穀雨

春事闌珊酒病瘳，山家穀雨早茶收。花前細細風雙蝶，林外時時雨一鳩。碧海丹丘無鶴駕，緑蓑青笠有漁舟。塵埃漫笑浮生夢，峴首於今薄試游。

江中晚泊

風急水欲立，日暮山争深。雙席落洲渚，幾家新柳陰。

寄　意二首

春風吹柳枝，遊子别家時。壩上多楊柳，春風吹不吹。
春風吹桃花，遊子未還家。洞口桃花片，多人未曾見。

放　船二首

放船春水漫，繫纜柳條青。去去江村近，風吹魚網腥。
蘭橈迴白鳥，青草破塘灣。醉怯新羅薄，春山帶雨看。

題鼓山廨院壁

十年寶劍行邊友，半夜寒燈夢裏家。細雨短墻新佛院，小堂香滿荔枝花。

夜酌清白亭同鄭繼之過黄用光看新竹

移燈半醉看琅玕，夢裏瀟湘月影寒。記得題詩傷縹節，鷓鴣啼斷粉痕乾。

十五夜飲王敬止園亭

客子未歸天一涯，滄江亭上聽新蛙。春風莫漫隨人老，吹落來禽千樹花。

玄墓山上方

危欄倦倚帶斜陽，今夜禪牀借上方。七十二山何處是，洞庭煙水正茫茫。

客　散

客散書堂秋日凉，山風吹雨葛花香。竹牀藤簟茶初熟，消受山人午睡長。

崑崙山人張詩五首

詩字子言，北平人。故民家李氏子，衡州同知張君抱以爲子。父衡州二十年，衡州歿又十年，始知爲李氏子，訪得二兄弟，哭諸其父母之墓，而衡州卒無子，乃仍爲張氏。學舉業於吕涇野，學詩於何大復。順天府試士，令自負卓凳以進，拂衣而去。北渡滹沱，陟太行，廣覽黄河素汾，遍遊雒川、伊、闕，南走留都，上金、焦，歷吴會，探禹穴，還大梁，晤李空同於吹臺，哭大復於汝南，乃旋京師。所居一畝之宫，擇隙地種竹，風雪飄蕭，欣然相對。興至，跨一蹇驢，信其所之，風雨饑寒，必窮極佳山水而後反。在武林與孫太白論詩，太白自誇其「青厓貼天日，下照芝草斑」之句不減曹氏父子，子言掉頭大笑，太白爲之奪氣。子言笑謂坐客：「今日崑崙山壓倒太白矣。」狀貌魁傑，戟髯如武夫，人以燕山豪士稱之。著《罵鬼》、《詰發》、《笑琳》、《七子》等文，曼衍譎怪。草書狂放，有筆力，李中麓嘗戲之曰：「君書揭之壁間，不獨驚人，亦可以驅鬼也。」岳氏《今雨瑶華》以崑崙爲首。

遊嵩華值岳子還吴中賦贈

歡悰眷春陶，悽愴感秋别。日予嵩華遊，子亦返吴越。江海壯煙帆，山川險轅轍。雖殊水陸途，共抱辛勤轍。風濤各一方，雲壑每同月。龍鶩迥莫攀，鳳舉渺難掣。高情逸松喬，孤懷挺倪缺。遠遊信昭曠，獨往慚薄劣。歷覽窮幽奇，嶇嶔足怡悦。睽攜何日并，努力崇令節。

偶題

我是襄王作賦臣，曾攀蘭茝楚江濱。多愁多病春如酒，爲雨爲雲惱殺人。

崔西峨山中别起樓臺寄贈

山人習静謝氛埃，甲第遥從天上開。流水自然成澗壑，閒雲終日護樓臺。珠簾度鵲窺金篆，璧月穿花送玉杯。鞭石不勞蓬島去，吹簫時引鳳凰來。

候玉樵子

注酒攀花長候君，城邊芳草已斜曛。登樓數向西林望，祇見青山擁白雲。

過抑齋先生

偶過維摩宅，悠然南郭陲。閉門芳草合，入室白雲移。塵俗了不染，道心閒自怡。焚香素饌罷，斜日下花枝。

程布衣玄輔八首

玄輔字叔朋，歙人。自邑之季父也。自號龍谷老人。先自邑稱詩十年，從孫太初遊三吴最久。自邑遊梁，其詩以李獻吉名，而叔朋人無知者。萬曆間，潘之恒景升序而傳之。

雪後次吴江

北風吹短日，孤棹倚松陵。城郭留殘雪，江流走白冰。新詩歌自慰，好夢笑無憑。故舊吴山下，山陰興欲乘。

舟次京口逢故人

相逢一曲酒如澠，京口留歡去未能。波影滿船煙雨散，瓜洲晚見隔江燈。

登越王城懷古

霸業今何在，行成計亦深。秋風吹海水，寒日下山陰。野燎餘荒草，孤城帶遠林。吴仇終克復，不負卧薪心。

盂城晚眺

高堞邗溝上，清秋夕眺中。遠煙千樹碧，落日半湖紅。歲月空歌鳳，音書久斷鴻。干戈正多事，何日到江東。

懷楊儀部君謙

故人久無書，山川隔淮楚。相思不可攜，獨卧江東雨。

過澱湖泊石浦

沙蒲偃秋風，湖雲藏夕雨。何處遠行人，飛帆下石浦。

石浦偶占

石浦潮自回，緗簾風欲舉。一洗草堂清，過雲灑疏雨。

館邸紀事

柴門一月南京雨，斗帳半牀西晉書。藜杖日晴初出户，園林落木已蕭疏。

汪本八首

本字以正，歙人。正德丁卯鄉薦，卒業南雍。卒於北門橋寓舍，羅鶴子應爲誌其墓。歙人王寅仲房撰《新都秀運集》，采弘治、正德、嘉靖三朝之詩人滿百人，詩逾三百，以正居首。仲房曰：「以正童稚，性解爲詩，弱冠挺興，遂傳高唱。若『愁邊草木歇，夢裏關山多』、『有懷成遠詠，無伴趁幽行』、『野草不媚世，沙鷗寧近名』，然皆潛思取境，不落常情。新都自程學士克勤名家，而人爭相師法，君獨尚友古人，天不愛才，壯即夭折，惜哉！」仲房自負知詩，而序言明詩始自弘治，則猶未免爲俗學也。

晚興寄羅子應程師魯

白日下平野，長風起層波。美人不可見，消息今如何。愁邊草木歇，夢裏關山多。惜哉歲云晏，回首鬢將皤。

溪行呈元之族祖

雨濯山光潤，風吹溪響清。有懷成遠詠，無伴趁幽行。野草不媚世，沙鷗寧近名。歸來卧松石，新月西林生。

邊夫怨

一枝長戟六鈞弓，千里山河百戰中。惆悵故園衣不到，邊城容易起秋風。

春日睡起有懷張廷毓評事

睡起西林日又曛，嚶嚶啼鳥隔窗聞。吴山越水人千里，楊柳桃花春八分。

客歸

十年辛苦厭塵沙，衹見秋風不見家。今日歸來籬落下，肯將醒眼對黄花。

夜宿蘆潭

石尤風動駐征帆，千里孤光月正南。翹首故林天一角，水禽相伴宿蘆潭。

春暮

轉壑穿林駕小車，曈曨初日散平沙。春光恰似秋容淡，處處春風吹落花。

舟中有成

故鄉南望渺無涯，水面雲深日又斜。欲問浮生何所似，試來風處看楊花。

汪生民二首

避雨山寺

偶逐荷鋤入，松關犬吠頻。山僧買藥去，風雨自留人。

芙蓉山居

孟夏林木茂，緑蔭吾廬繁。石牀枕道書，獨卧盡日閒。仙源最深處，無人扣柴關。夢中見羲皇，乃笑塵世顔。微風吹夢覺，正見白雲還。

程節一首

字志堅，號松丘，休寧人。

賣花吟

妝罷幽閨坐，門前叫賣花。春光用錢買，那得到貧家。

鄭　崑四首

崑字子西，號古岑，歙人。王寅曰：「詩罕獨解，兼以天然。盡削凡姿，不媚時眼。若『吾嗟不如女，曾見古人來』，正謂斯品。先生丘原真隱，宜造玄音，求之它人，豈暇冷語。」

青　山

把酒對崔嵬，青山顏亦開。吾嗟不如女，曾見古人來。

老　人

手裏支藤長過肩，月明扶醉步村前。後生共說先朝事，及見英皇北狩年。

送族孫時敬遊大梁

白頭不厭監門役，虚左常承公子迎。此去梁園須訪古，相煩爲我弔侯生。

寓意

錦衣公子意翩翩，下馬人争接玉鞭。昔日青娥今白髮，强操檀板向歌筵。

佘育二首

重過大梁坡臺廢寺有感

古寺無僧門半扃，重來往事暗傷神。一株殘柳猶青眼，似識當年繫馬人。

貧女吟

舊絲織盡復新絲，辛苦終朝不下機。衹恐與時花樣别，不堪裁作嫁人衣。

汪衢三首

王寅曰："「世亨縱酒玩世，博學能詩，不事冥搜，每見天趣。若『梅花枝上曆』句，可稱奇有。」祖

徵君敬，詩名重於天、順間，則世亨之詩爲家派矣。徵君詩有「如今閒到無閒處，不愛孤雲不愛僧」，

不徒以詩人評之。

獨飲效陶

開軒對嘉樹，散髮坐清陰。鄰家送美酒，一笑還自斟。聊兹舒性情，豈復較淺深。凉風樹上至，爲吾絃素琴。

謝人惠壬辰曆

唐虞今聖人，巢許余前身。梅花枝上曆，自識山中春。

過太湖

玻璃萬頃水雲鋪，大半人家住近湖。捕得細鱗才出網，兒童穿柳賭呼盧。

方廷璽一首

廷璽字信之，歙縣人。山陰知縣。

白水寺

石徑逢僧一話間，白雲深處不知還。松陰日午茶煙起，不有客來僧更閒。

【補人】

施舉人侃四首

侃字邦直，吴興人。即以其妹妻孫太初者也。陸崑、吴琉皆有詩而不工。

宴陸氏莊

惡雨忽云止，高雲招可來。農移虹外笠，兒跪掌中杯。竹亞鳥雙落，歌清漁獨迴。稍聞幽愜處，鞋脚即相催。

登瓜州南樓

金焦壁立原無地，吴楚中分獨此門。萬里風清悲白鳥，六朝蹤跡倚黄昏。山光隱見雲邊寺，日氣霏微海上村。聞道長安應不遠，野人端欲獻江蘩。

歲暮

陰風激人山雪動，空村入暮歲事微。饑鳥挾子抱寒樹，農夫牽茅遮壞扉。塞北蒲宫何燥燥，城東草堂聊依依。青燈照影忽不愜，却走出門月滿衣。

庵中寂無一人童子覓酒未至

數盡歸鵶酒未來，佛香伴我信悠哉。忽驚門外歡聲過，鄰父叉魚得雋回。

列朝詩集丙集第十四

顧尚書璘一百四首

璘字華玉，吴縣人。國初隸匠籍，徙居金陵。弘治丙辰進士，知廣平縣。徵入，爲南京吏部驗封主事，知開封府，降全州知州。起知台州府，累遷至浙江左布政使，擢右副都御史，巡撫江西。乞終養忤旨，落都御史，致仕。再起，巡撫湖廣，顯陵工竣，加工部尚書。還朝，改南京刑部尚書。罷歸，卒，年七十餘。有《息園》、《浮湘》、《憑幾》、《歸田》諸集。華玉少負才名，舉進士，即自免歸，與陳侍講沂、王太僕韋肆力爲詩文，時稱「金陵三俊」。官留曹六年，學益有聞，所與遊若李獻吉、何大復、徐昌穀，相與頡頏上下，聲名籍甚。詩矩矱唐人，才情爛然，格不必盡古，而以風調勝。延接勝流，如恐不及。詔修承天大志，聘楚名士屏棄者王延陳、王格、顔木分任之。書成，不稱旨，士論以此益附之。晚歲家居，文譽籍甚，又居都會之地，希風問業者户屨恒滿，構息園，治幸舍數十間，以待四方之客。客至如歸，命觴染翰，留連浹歲無倦色。即寸長曲技，必與周旋款曲，意盡而後去。喜設客，每張宴必用教坊樂工，以箏琶佐觴。最喜小樂工楊彬，常詫客曰：「蔣南泠詩所謂『消得楊郎一曲歌』者也。」正奏樂時，每發一談，則樂聲中闋，談竟樂復作，議論英發，音吐如鐘，每一發端，聽者傾座，咸以爲一代之偉人。處承平全盛之世，享園林鐘鼓之樂，江左風流迄今猶推爲領袖也。金陵傳華玉二事：一在浙物色孫太初不可得，稍聞輒道衣幅巾，放舟湖上，幾行求得之月下。有舟泊斷橋下，一僧一鶴，一童子煮茗，笑曰：「此必太初也。」移舟就之，遂往還無間；一在楚欲見王稚欽，稚欽固不肯見。稚欽有狎客二人，日共鬭鷄走狗，不去左右，使人劫之曰：「若朝夕與王公遊，而王公固不見撫公，若兩人死無日矣。」兩人大恐，曰：「敢不如命。雖然，必以計掩之可也。」候稚欽狎游時，趣報華玉，華玉疾趨而至，稚欽遑遽將走匿，二人夾持之不聽去，乃强留具賓主，自是遂定交。前輩之風流好士，良可書也。華玉長子曰嶼，字懋涵，少年文譽騰踴，督學蕭鳴鳳試《鳳臺春眺》詩、《唐初四子贊》，援筆立就，蕭嘆賞，謂東橋有子。累試弗利，遂自放於聲伎，以歲貢卒。懋涵《白牡丹》詩云：「玉妃罷醉春無暈，素女凌波夜有香。」《天闕山》云：「山深六月藏寒霧，地迥諸天散曉鐘。」懋涵之子秀才應祥，字孝符，《過龍山別業》詩云：「雲起移山色，風鳴亂鳥音。」《江上曉行》云：「曉行江路月，人語夜船燈。」《送朱子價》云：「人去天涯春草緑，望迷江上莫煙平。」《遊棲霞寺》云：「流泉激石常飛雨，靈草經寒不斷香。」《除夕》云：「今宵對雨娱殘歲，明日逢人説去年。」《登樓》云：「宫闕半從雲裏出，山光多自雨餘來。」孝符父子之詩，宛然華玉家風。余遊金陵，託與治求其家集，遍訪之不可得，可一喟也。

登高丘而望遠海

登高而望遠，不見天地端。日月互上下，東西如跳丸。長風自何起，瀛海翻波瀾。六鼇正抃舞，五嶽無時安。恍惚青天中，仙人跨飛鸞。邀我謁帝室，金門鬱盤桓。青龍對人怒，玉女傾笑歡。彷徨返路故，北斗方闌干。坐地仰天嘆，三日不能餐。

傷歌行

青春欲去不可留，白日欲落花含愁。銀鞍白馬分明別，故苑夫容傷素秋。不惜紅顔坐凋歇，可憐君恩難再得。夜篁香銷巫峽雲，寒衣淚落秦關雪。掩却青銅鏡，不忍生塵埃。且留蘭膏燭，有心莫成灰。風吹蓬枝往復回，去年團扇今年開。小物無情尚如此，何獨君恩無去來。買賦無黄金，挑絲不成錦。欲因魂夢逐車輪，願君莫惡珊瑚枕。

春日行

漢家三十六離宫，桃花樹樹摇春風。武皇當年正好武，天馬七尺如飛龍。清晨蹋蹴過新市，薄暮鳴鞘入禁中。中人盡戴鵔鸃冠，猛士半坐黄金鞍。彎弓向雲仰射雁，一發兩禽皆道難。大官賜酒碑磲甌，一春擊盡千肥牛。撞鐘伐鼓獻奇舞，燈前變幻魚龍浮。宫門沉沉金鑰收，明月掛在城西樓，東方漸高復來遊。

獨漉篇

獨漉獨漉，水多泥滑。泥滑道阻，傷我車轂。持膏作燭，將以照夜。虚花掩光，不逮槃下。猛虎在山，百獸畏威。陷阱三日，垂首訴饑。鐵生礦中，人冶爲器。劍負威神，錘則委地。男兒生身，萬事綱紀。突梯無施，不如女子。

塞下曲

千里驊騮丈八矛，男兒畫地取封侯。黄昏塞上傳烽火，一夜吹笳坐戍樓。
百戰摧胡未許强，馬前生縛左賢王。麟符鵲印須臾事，祇博凌煙字一行。
黄河冰厚馬横行，朔氣棱棱古鐵明。恨殺夜來風雪緊，匈奴逃出受降城。

古壯士歌

山西壯士何才雄，虬須燕頷生英風。青春挾槊三邊外，白晝探丸九市中。一身列侍麒麟殿，跨出龍駒萬人羡。狐腋朝裁趙客裘，鵜膏夜淬吴王劍。生年十五事横行，肯學操觚記姓名。當衢賈勇萬乘避，臨危重義一身輕。田文鷄狗真餘子，有足不曳春申履。眼前國士稍傾心，慷慨橋陰爲君起。

長相思曲

長相思，在何處，吴岫雲深隔江樹。江樹臨春花正榮，人今已向天涯去。瓊樓繡户横蘭煙，中有緑鬟金骨仙。星河隱約秋期杳，坐捲朱簾望月圓。

懊惱曲效齊梁體 四首

小時聞長沙，説在天盡處。人言見郎船，已過長沙去。

家鷄各有塒，海燕各有窠。郎家撲天屋，作底愛風波。

玉刻蓮花斝，碧酒湛若空。與郎雙杯送，出門耐霜風。

春風上燕京，秋風下湘渚。黄鵠有六翮，定自不及汝。

夜雨嘆

朔風吹雨西北來，南山晝晦夜不開。寒聲悲凄雜霰落，暮色黯慘兼雲回。仰窺箕斗不辨影，俯眺八極彌黄埃。群鷄啁啾登樹語，城角斷續餘音哀。此時野人正愁鬱，短漏頗奈銅龍催。殘燈微明鼠上下，兀坐自畫爐中灰。北漠群胡踐邊壘，西江狂賊生禍胎。主上動色念溝壑，何况司馬諸行臺。長星流天火墮地，熒惑擾紀何爲哉。去年三吴遭赤旱，萬户鬻子無遺孩。今年州司索官帑，肉瘠不救瘡痍災。

空田蒼茫飛鳥盡，野水震蕩驚鱗摧。備民誰繼子産智，足國正望夷吾才。龍鳴劍匣壯士老，黄金臺古空雀鬼。海内故人掩關坐，尺書累歲誰爲裁。陽春何時動群蟄，九域浩蕩揚風雷。江河倒洗皇路净，臺省洞達無嫌猜。花明草媚日杲杲，男耕女織天恢恢。野人多病有歸處，養鷄牧豕王城隈。

武皇南巡舊京歌十一首

紫蓋黄旗擁六軍，金陵王氣日氤氲。龍君涉海移三島，鳳女排空結五雲。

北固江濤控海門，南都山勢叠崑崙。金宫暫啟雙龍見，玉帳遥臨萬馬屯。

緑水朱樓佳麗城，君王行處彩雲生。煙花一望三千里，遥送春風入鎬京。

千年寶曆自南開，八葉神孫暫北來。日月更臨龍虎阜，雲霞重抱鳳凰臺。

青龍山北接飛猱，白鷺洲東射海鰲。不爲芳春浪行幸，寢園聊待薦含桃。

金陵千古帝王州，高廟衣冠月出遊。傳語三邊貔虎士，莫須喧近鳳皇樓。

舊都何讓古新豐，父老稱觴拜舞同。金馬詞臣休候直，獨宣説兆問民風。

白髮梨園老樂師，錦胸花帽對彈絲。行宫祇奏中和調，解厭南朝《玉樹》詞。

石壁斜臨玄武湖，中開天府貯民圖。文魚在藻承皇澤，來傍龍舟夜吐珠。

朱雀橋連翠柳衢，銀鞍絲鞚錦模糊。君王行樂千人出，遥認飛龍天馬鈎。

六代繁華何足跨，而今四海共爲家。暫看吴苑環城水，終憶燕臺夾路花。

宫中詞四首

太液紅雲重，昭陽素月斜。龍香浮蕙草，鳳輦過桃花。翠扇摇歌席，銀屏隱卧車。雙雙紫鸞羽，飛上玉皇家。

復道通瀛海，周垣隱洞天。雲隨珠珮女，霞覆羽衣仙。秀艷疏丹粉，潛悲咽管絃。春風閒永巷，愁坐惜流年。

詔省長楊獵，虞人夜啟關。霜鷹騰紫籞，天馬躍朱閒。寶劍秋蓮色，雕弓朔月彎。非熊誰協兆，看載後車還。

綺閣延朱夏，花陰晝漏長。研砂養蜥蜴，刺繡學鴛鴦。細字中官扇，奇熏外國香。午窗蘭玉夢，驚起謝君王。

擬宫怨七首

水殿夫容隱暗霜，夜臨新月自焚香。窗間畫扇含秋思，帳裏華燈隔御光。四壁椒塗花靄散，六宫蓮漏水聲長。君恩未必緣歌舞，無那昭陽掌上狂。

紫殿繁華夢已沉，掖庭苔色晚陰陰。浮雲變態隨君意，朗月流輝鑒妾心。屈戍横門金鎖冷，轆轤牽井玉瓶深。空將錦瑟傳哀怨，寂寞誰聽空外音。

翠靨金蟬入帝家，擬將新寵屬鉛華。君王自信圖中貌，静女虛迎夢裏車。帳殿秋陰生角枕，屧廊空響應琵琶。含情獨倚朱闌暮，滿院微風動落花。
漢皇宫殿月明時，曾侍宸遊百子池。舞馬登牀春進酒，盤龍銜燭夜觀棋。御前却輦言無忌，衆裏當熊死不辭。舊恨飄零同落葉，春風空繞萬年枝。
咫尺長門萬里遥，耻將裙綬曳纖腰。盈盈璧月沉鸞鏡，渺渺銀河斷鵲橋。上苑旌旗回夜獵，建章鐘鼓散晨朝。此身不及雙棲鳳，處處隨君聽九《韶》。
流蘇帳冷瑣窗虚，雲月差差度玉除。百歲精靈悲故劍，九重恩寵附前魚。蓮花有恨凝芳履，竹葉無光引屬車。人意已疏言更淺，莫將詞賦倚相如。
不見彤墀日月旗，庭隅草木掩清輝。金輿到處無新故，玉皃從來有是非。暮雨樓臺雙燕入，春寒池館百花稀。監宫一去無人語，獨自含顰詠緑衣。

擬夏日宫中行樂詞三首

紫霄不與下方同，秋爽常回六月中。風羽對摇雲母榻，冰池全浸水晶宫。
玉面朱唇映月明，影娥池畔繞花行。夫容不耐凋殘色，衹恐新凉一夜生。
霧縠雲綃細欲無，倚風臨水弱須扶。玉魚療渴辭盤露，紈扇傷秋對井梧

東郊田園四首

璘本江東腐儒，無廊廟之骨，從宦三十年，濩落不就，謝歸秉耒，遂與野人相親。養鷄牧豕，能任蓑笠，擊缶醉歌，禮法俱廢。或肅容對客，如猱狙御衣冠，隨即褫去，聞談官政，如爰居聽鐘鼓，目掉心眩，乃知情質煙霞，不可以强變也。新營田園，輒賦此篇。

陶公歸桑里，謝客營石門。於世既無競，努力事田園。春還理荒穢，良苗應時繁。豈不念歲豐，天道難預論。列槿藩草屋，藝蔬備晨飧。郊居漸成趣，益厭城市喧。菽水苟無闕，萬事奚足言。

出門見青山，幽意日瀟灑。修竹繞舍東，流水在田下。衣冠不須着，犁鋤亦時把。日與山翁遊，禮貌樂疏野。風俗重時令，相邀作鄉社。濁醪滿浮蟻，蛙魚剖新鮓。交酬各酩酊，至樂絶無假。長笑宇宙間，誰是忘形者。

刈麥思時暘，分苗望時雨。彼蒼於農人，遷就亦良苦。好雨從東來，原田白膴膴。老稚荷蓑出，緑縟紛可睹。引耜驤且鳴，餘歡及家牯。連歲荒負租，頗遭官長怒。今幸占有年，且願給公賦。絮酒兼炙鷄，殷勤祝猫虎。

散步龍山麓，石馬高嶙峋。蕪没野田側，行列不復陳。不知何代墓，感嘆爲霑巾。慨昔六代交，紫宫架天津。虎鬬盡英辟，鷹揚皆貴臣。回眸耀白日，吐氣貫青旻。見者恒辟易，况敢託交親。詎知百世下，骨肉化飛塵。樵牧無人禁，姓名亦已湮。念此返田舍，秫酒正芳醇。傾壺且一醉，兀兀忘吾身。

行藥至溪南偶成

抱疴掩荆扉，出户已寒節。新晴步南溪，草際見殘雪。仰視日光微，始驚天氣冽。敝裘有餘温，濁酒堪獨啜。羸軀苟能存，暄月會當别。

碧溪

落落高梧陰，俯瞰寒流碧。微雲過疏雨，秋容淡無跡。魚游緑藻晴，鳥下青蕪夕。興至每垂綸，歌罷還岸幘。漁父兩三人，時來共争席。

贈孫思和

東林一片石，緑蘚生秋痕。時招葛巾客，對坐傾匏尊。俯愛澗下水，仰觀枝上猿。誰能策羸馬，日夕依朱門。

東鄭生

圖史聊足娱，胡爲苦多營。經旬謝賓客，春草當門生。白髮午未櫛，青山時獨行。蕭蕭樹上飄，莫與風俱鳴。

贈吴山人

昔遊洞庭麓，蘿陰覆君堂。開窗湖水緑，舉酒橙花香。别來嬰時網，欲濟苦無梁。東風送君至，煙霞滿衣裳。泠泠泉石談，洗我塵土腸。山僧忽已化，階樹今漸長。嘆息浮世事，因之念滄浪。

薔薇洞

百丈薔薇枝，繚繞成洞房。密葉翠帷重，穠花紅錦張。對著玉局棋，遣此朱夏長。香雲落衣袂，一月留餘芳。

柏屏

壁立青玉屏，下見古柏根。相憐歲寒葉，鬱作蒼雲屯。貞姿洗霜雪，老氣横乾坤。名園非此種，誰可當君門。

蕉石亭

怪石如筆格，上植蕉葉青。蒼然太古色，得爾增娉婷。欲攜一斗墨，葉底書《黄庭》。拂拭坐盤薄，風雨秋冥冥。

和涇川公納凉以五平屬上去入聲作三詩

煩心如枯魚，展轉想斗水。凉飆從西來，猛雨爽我耳。初臨前軒看，返灑已滿几。青松披鮮雲，野景晚轉美。庭花瑶簪長，韡韡擬縞李。誰懷逢秋悲，且展解暑喜。涇川神仙才，匪與朽腐比。新辭敷煙霞，縹緲起短紙。

勞勞南州符，詎遂閉户卧。休衙經旬居，茂樹恣意坐。生涯嗟蓬飄，世事付甑破。民憂瘡彌深，歲序夢易過。江鷗邀東還，戲棹見萬個。長風驅洪波，聚散互蕩簸。高人逃深巖，静嘯厭衆和。陽城何其愚，計駕奏下課。

蓬萊從靈仙，絶粒食白石。何如臨清秋，忽釋觸熱厄。江雲翻鳴濤，洑沫雪一尺。疏篁摇凉飈，隔屋葉摵摵。清泠留侯居，月閣闢七夕。陶情時開尊，博劇或設弈。伊余嬰離憂，契闊薄物役。公毋懷南征，卒乞别北客。

答徐昌穀博士

前年共飲燕京酒，高樓雪花三尺厚。酣歌徹夜驚四鄰，世事浮沉果何有。一爲法吏少書來，心結愁雲慘不開。昨傳學省移新籍，坐嘯空齋日幾回。

周别駕宅看花

周侯方庭大如案，四敘種花香不斷。日高散衙一事無，手汲清池自澆灌。鮮英的皪赤瑛珠，密萼紛披紫絲幔。芳根異種多難識，粉蝶黄蜂暗相唤。西鄰迂叟饒閒情，叩户時來索花看。一來一醉酒千鍾，月俸依稀費多半。君侯莫厭頻來過，人生樂少憂患多。與君聚散同落葉，不醉花前將奈何。

張司徒所畫山國圖歌

滇南一道盤雲上，永昌巍巍更西望。水流直下洱海深，陸地夫容矗相向。小石紛磊磊，大石高盤陀。連空互撑叠，仰睇青嵯峨。攢峰插牛斗，飛澗縣天河。崩崖傾斷下無地，但見猿猱掛罥號煙蘿。丹砂空青，的皪巖阿。寶玉夜炯，靈光蕩摩。天門洞開，紫宫逶迤。玉女對侍，星官駢羅。至高之極始見此，遼絶下奈諸方何。馬蹄絨鐵尚不得度，行人跛鱉焉能過。我生水國多見水，不圖山高乃如此。畫家山水貴相半，吁嗟誰悉寰區理。南園大老司徒公，維山降神爲世雄。晚張能事發新格，盡吐魄礌之心胸。引縑迅掃鳴長風，顛林倒壑貌不同。蒼雲黯慘喧霹靂，白日照耀開鴻蒙。蛟龍盤拏古木死，蝀蝃漂疾飛梁通。千巒萬嶂堆墨華，忽然平曠披風沙。棵榆開鑿嶲君國，桃源點綴秦人家。孤城四面削玄壁，危樓仄立明丹霞。時清頗知官府静，化遠亦愛蠻夷嘉。老翁戲獵逐黄犬，嬌女明妝簪素花。形勝分明在指顧，風俗想像增咨嗟。騰衝靡莫餘千里，部落微茫分遠邇。更揮淡墨灑餘姿，遂使天涯窮尺紙。昨逢伯子示此圖，瞠目驚嘆從前無。乃知山嶽氣碕礴，不用濫漫談江湖。今之好山有二老，太原司馬吴門都。見此寄書定相索，公乎公乎，須寫數本萬里絡繹傳吾徒。

八月十三夜與文濟時范質甫城西泛舟達秦淮二首

落日清川裏，輕風已自凉。秋懷生白舫，山翠撲胡牀。問路疑天上，停杯待月光。何人横鐵笛，吹過斗牛傍。

六代煙華地，狂歌得夜遊。山河横王氣，水月弄清秋。木落長干寺，雲殘太白樓。共君須痛飲，沉醉傍滄洲。

吴都臺東湖書屋

水匯蒼梧郭，天開緑野堂。雲山秋滴翠，冰井夏生凉。藥滿尋詩徑，花垂點《易》牀。少須康濟罷，散髮任徜徉。

贈何司空子元

白日難回照，丹心盡此生。司空官豈左，集議禮多名。國是歸牽引，皇衷自聖明。玉階霑泣日，真見老臣情。

贈徐堂

小阮龍駒子，長途拂劍歸。毗陵三尺雪，寒滿黑貂衣。骨肉行蹤散，風塵客鬢稀。平原招不起，豪士竟誰依。

除夕和邊太常庭實

守歲椒盤宴，歡然傍老親。誦詩從稚子，分肉遍鄰人。菽水慚三釜，柴荆寄一身。青燈能送喜，金蕊夜開頻。

正　旦

乾坤仍獻歲，車騎正歸休。禮樂今王作，門庭舊客留。老餘耽酒癖，貧有賣書謀。所願皇輿正，吾生豈浪愁。

宿宜興東坡祠下

先生聊一念，遺廟竟千年。不返遼東鶴，長悲陽羨田。月高群木影，人語一溪煙。世事皆春夢，吾今且醉眠。

贈子魚

與子三年别，重來鬢已蒼。論心風雨夕，下榻水雲鄉。畫閣燈花暖，秋杯竹葉凉。匆匆行止意，相對兩彷徨。

共泛東潭餞望之

高人同野興，移棹水西東。岸仄垂蘿古，沙虚積蓼紅。哀箏凄斷壑，輕幘倚秋風。更有浮萍感，俱忘痛飲中。

庚辰元日

諸侯玉帛會長安，天子旌旗下楚關。共想正元趨紫殿，翻勞邊將從金鞍。滄江飲馬波先静，黄竹回鑾雪正乾。北極巍巍天咫尺，五雲長護鳳樓寒。

奉憶野亭少傅

夷門回首限風煙，遥夜天涯有夢懸。頌德敢言三代下，受恩今憶十年前。安危海内占容鬢，貧乏山中倚俸錢。早晚上書辭郡紱，野堂還借片雲眠。

侯城里二首

萬壑千厓控海門，愁雲不散晝長昏。王裒枉積林間淚，荀息難招闕下魂。直以孤忠懸日月，不勞遺草落乾坤。椒漿欲奠知何處，古木含風自吐吞。

一點麻衣入帝庭，九天風雨晝冥冥。雲迷杜宇遊魂黑，草染萇弘野血青。四海衣冠收節概，萬年宗社屬神靈。英雄已去心難死，長倚南箕化列星。

寄許州七弟瑮

千官扈從羨能文，謫牧新聲天下聞。落魄吾家蘇季子，風流南郡小馮君。魚龍路怯黄河險，鴻雁聲愁碧海分。莫上吹臺瞻越嶠，五湖回首隔重雲。

登清凉寺後西塞山亭

晚上高亭對落暉，萬山寒翠濕秋衣。江流一道杯中瀉，雲樹千門鳥外微。古寺頻來僧盡老，重陽欲近蟹争肥。霜楓惡作蕭條色，故弄殘紅繞客飛。

試院呈同事陶判府

歸心遥下楚江東，塵鞅猶牽粤徼中。興在山林如倦鳥，老持文墨愧雕蟲。流光坐數經簷日，秋思争隨落葉風。不有多情陶判府，雅吟高論與誰同。

歸自灌陽望湘山口占

十日别湘山，見如故人面。何況石頭城，是儂舊鄉縣。

遣懷絶句七首

月落猿聲苦，風高虎氣腥。山雷春送雪，江霧夜藏星。

花豹金錢背，文鵰蜀錦毛。厨泉山筧細，江稻水車高。

猺女招歌劇，蠻郎步射强。花環垂耳大，竹弩掛腰長。

澗冷菖蒲翠，山春躑躅紅。草驚秋盡火，樹厭夜深風。

夜静雲生室，春深水到門。松高多繡頂，蘭古自懸根。

野鮮蒼兕猛，山鮓鷓鴣香。市筭撏芭出，倉禾帶把藏。

不忌梟鴟暮，何悲杜宇春。蛩催山月織，鷄報二更晨。

山行絶句

槎丫半折樹，傾欹欲墮石。行人如飛仙，渺渺下青壁。

寄和趙户曹叔鳴西寺遊矚

水香花氣鳳樓西，宿雨初晴御苑泥。萬柳曉含蕭寺暗，五雲春壓漢宫低。行經繡陌啼鶯滿，迴望蒼郊遠樹齊。獨念江南愁病客，竹窗斜月卧聞鷄。

度楓木嶺

初謂山拂天，飛鳥不可度。逡巡躡危磴，乃即我行路。百折頻攀援，十步九回顧。高林忽在下，衣襟有雲霧。倒景猶照人，平地黯將暮。方當日月過，似可捉烏兔。飛瀑如天河，所少鵲成渡。東北望故鄉，江流莽傾注。長風動萬里，獨立難久佇。

蕉溪嶺

蕉嶺何嵯峨，峻極侵漢聳。巖巒勢崚嶒，草樹影蒙茸。羊腸仄徑迴，螺髻尖峰擁。危訝天與摧，突疑地俄腫。曦輪僅平過，星緯翻下供。罡風勁而衝，遊氣蓊以壅。循厓必蹲躬，躡級難舉踵。聯升貫行蟻，雖謝疲卧縮僵蛹。高隼翮每搶，健馬息亦悤。韓愈豈虚哀，王尊乃真勇。輕輿苦陟降，牽掣資衆捧。胸脾勞，屢動毛髮竦。昏黄履坦道，虩虩抱餘恐。

宿排山道院二首

苦厭塵纓縛，歡投道院清。不逢黄石異，唯見紫芝榮。澗水增茶品，山光冷宦情。寒宵得洗耳，金磬雜經聲。

動静不可執，山深生暗喧。霜寒警怨鶴，風遠嘯哀猿。供飯誇雲子，爲官號漆園。儒家衡斗政，莫與道人言。

入寶慶

林稠廬落聚，壟斷路歧分。曠野迎遲日，長天失過雲。金湯城據險，斥堠野屯軍。長吏岑曦似，邊笳夜不聞。

武岡道中雨

界石記州名，旗亭報客程。山行頻陟降，春雨易陰晴。樹引荒塗直，花撩客眼明。鑾方行欲倦，翻憶武昌城。

初出岳陽期登嶽有賦

浮湘未了岳峰緣，夢寐煙霄二十年。問俗再遊荆楚路，乘風須到祝融顛。神馳滄海看紅日，路指朱陵上碧天。赤帝肯分賓友席，莫教雲雨暗山川。

宿雲開堂

難逢魏母彩鸞車，聊試彌明石鼎茶。翠羽金支雲縹緲，紫厓丹洞石崚岈。五峰黛色消晴雪，萬木靈暉散晚霞。願借雙公玄鶴羽，月明騎上太清家。

半山亭

雲爲衣履石爲梯，白日青虚步可躋。天近祇疑三界合，煙開渾見四方低。寒松掛雪明前嶂，瀑水轟雷下別溪。早晚臺端捐珮去，誅茅來與道人棲。

晚投高樓寺讀石沙王侍御詩愛其奇戲擬四韻

乘春問俗行何遠，望寺停車興亦奇。激澗水喧高下石，晚林鴉競後先枝。巖藏峭閣鳴鐘隱，雨濕流雲出樹遲。一樣江南風景好，踏青難共美人期。

出靖州

黄鶴秋雲已隔年，五溪春色異風煙。池心濺墨生科斗，花血流紅綻杜鵑。孤負江南挑菜會，了還天外掛弓緣。比來濕病全拋酒，且喜家貧省秣田。

松塢草堂新成雜興四首

野日遲遲陰更晴，山人睡起絮袍輕。松稍宿露因風墮，草際浮雲傍水生。一壑無多堪獨往，百年强半復何營。神仙服食長相誤，不及清尊對客傾。

衰年多病自宜休，避地棲巖事事幽。風檻落花催釀酒，雨窗啼鳥唤梳頭。柴桑剩著陶元亮，款段何孤馬少游。野衲村翁俱接近，茗杯香篆足淹留。

郭外新移野老家，舊書猶載兩牛車。樽空北海虚眈酒，地薄東陵漫種瓜。小徑衝門分野竹，短籬臨水透溪花。優遊行樂元無盡，落魄浮生詎有涯。

手種桃花傍短墻，老人殊自愛年芳。風晴數蝶穿紅葉，日出孤鶯囀緑楊。薄飯時兼芝菌味，春衣渾帶薜蘿香。前朝戴墅知何處，芳草還生麋鹿場①。

① 原注：「舊名戴野村。」

同陳魯南雨飲永寧寺

南山飛雨滴殘巵，野寺鳴鐘客散遲。醉眼耐薰紅杏色，韶華催换緑楊絲。衰年感舊重重恨，故苑尋春步步宜。擬上花臺觀淑景，濕雲横路正低垂。

遊丘常侍山園

采芝深谷賦歸休，幸有鄰莊水竹幽。畫障日開山九疊，素封秋倚橘千頭。長懸片月延僧住，滿放閒雲伴客遊。桐葉已齊春去久，翻階紅藥爲誰留？

山莊即事和周子庚

十年無夢到東周，坦腹高眠杜若洲。狂吐肺腸投甕盎，老持骸骨付菟裘。當樓月上山回晝，接畛風鳴麥弄秋。笑坐胡牀歌散調，不須吹笛也風流。

漫　吟

萬事浮雲莫問天，髮毛元解記流年。春秋按節投花種，兒女分畦理芋田。闢地多方求怪石，買山初意爲流泉。城闉自古稱佳麗，獨笑先生野性偏。

柴門

翠蓋平遮松柏林，畫屏分映兩青岑。坐收粳稻三秋色，行踏垂楊一徑陰。雨突煙沈人卧穩，風簾花落燕巢深。幸無奇字藏書篋，不惹輶軒使者尋。

顧副使璟一十三首

璟字英玉，華玉之從父弟也。正德甲戌進士，授南京工部主事。武廟南巡，欲擇一通敏有識者侍左右，備倉卒顧問，衆以推英玉。一日，上注目久之，曰：「女管船官耶？」英玉頓首，上謂侍臣曰：「甚爽俐，可著充護衛官。」遂護蹕還京，陞南京武選郎。奉旨革冗員，雖居梓里，直行其意，不避貴幸，喬白喦爲司馬，亦所不樂。考察補外，謫知許州，遷温州同知、山東僉事，歷官河南副使。居官日用百須取給常禄，出納以吏，高自負許，與物多忤。坐同官媒孽罷，歸橐蕭然，無以給昕夕。臨街一小樓，扁曰「寒松」，訓蒙童數人以自給。東橋初闢息園，賓朋滿坐，妓樂雜作，所居間一墻，招之飲，多不赴。嘗絶糧，華玉饋以斗粟，不受。霍渭崖爲南宗伯折毁庵院，以廢寺田百畝資之，堅拒不納。鄰家二老人，舊酒徒也，每召之，典衣沽酒，三人相對，盡三四甕而去。縱飲窮日夜，晚得末疾，不良於行，作《酒隱詩》以見志。文徵仲爲東橋志曰：「雅知英玉之志，雖日與親接，而不輒饋遺。」亦徵仲之微詞也。

夜泊

乍客情如何，歸心坐超忽。舟行苦淹程，復此江上月。落帆具午炊，露坐待星沒。市遠燈火微，促裝暗中發。

遊西山宿廣智寺待月

本來遊客意，欲與月明期。碧海深何許，清光望轉遲。草香聞露墜，林暗見星垂。幸對尊中酒，殷勤坐不辭。

寄鄔大經

殘年江上雪，猶記別君初。回首更新歲，相思怨索居。長貧知有味，病目近何如。惟有庭蕉葉，朝朝對讀書。

曉發沂州

鷄唱五更中，嚴裝犯朔風。苦寒欺病骨，勞役減衰容。積凍封僵柳，連沙捲斷蓬。馳驅還自笑，有底太匆匆。

獨酌

青春爲客晚，白日閉門幽。短榻能供卧，單醪不遣愁。苔衣新雨浄，雲葉晚陰稠。故國蒼山外，長歌獨倚樓。

隱吏亭雜詩

卷幔青山入，抛書白日長。苔茵承屐穩，竹粉惹衣香。病喜諳禽戲，貧嗔減鶴糧。自堪稱隱吏，不用問行藏。

春日與張萬里城南訪阮仁卿

春事已如此，郊行亦偶然。芳筵甘野蔌，輕服快晴天。谷静聞流水，江寒起暮煙。病軀登頓倦，藉草即思眠。

王司訓聰投詩見訪不值次韻爲謝

閉户妨迎客，空勞枉駕過。清詩充謁刺，塵榻愧行窩。世久輕魚服，君能問雀羅。無由挽高躅，日暮碧雲多。

幕府山泉

隔嶺能江脈，分爲石上泉。聲兼松韻爽，寒浸月華鮮。列籍依沙净，浮杯逐浪圓。清泠聊一酌，塵意已倏然。

乙酉除夕二首

不恨年華速，其如漸老何。宦情隨地改，鄉夢入春多。柳色分金縷，江流起碧波。當杯應取醉，且莫嘆蹉跎。

忽看年又盡，更問夜如何。宦拙青雲遠，心危白髮多。物情憐歲序，世路足風波。滄洲終有託，吾道未蹉跎。

雪晴發鄒縣

雪霽雲猶凍，朝寒酒倍香。珠林風縹緲，銀海日光芒。騎馬遊真快，呼鷹興不忘。故園無限好，却滯嶧山陽。

清明效白體

四序無如春最好，一春最好是清明。海棠欲放留鶯語，楊柳初齊趁馬行。風定鞦韆時自動，月高絃管夜還鳴。老來減盡少年興，對酒當歌尚有情。

朱參政應登二十六首

應登字升字，寶應人。弘治己未進士，除南京户部主事，知延平府，以副使提學陝西，調雲南，尋陞布政司左參政。罷歸，卒，年五十。升之舉進士年才二十三，是時顧華玉輩稱江南三才子，升之後出，遂與齊名。執政多北人，忌其文，曰：「此賣平天冠者。」於是凡號文學士，率不得列清銜。升之爲外吏，廓落易直，恃才傲忽，卒坎壈投荒以老。何元朗曰：「空同作朱菱溪志，其言是賣平天冠者與？」「詩至李、杜，亦一酒徒。」此劉晦庵語也。晦庵北人，樸直不喜文士，故有此語。同時惟西涯長於詩文，以主張風雅爲己任，後進有文者如邵二泉、錢鶴灘、顧東江、儲柴墟、汪石潭、何燕泉輩，皆出其門。而李、何、康、徐及菱溪輩，自立門户，不爲其所牢籠，諸人在仕路亦偃蹇不達。顧華玉曰：「升之才華彪發，泉湧錦爛，或當人落筆，一掃千言，旁觀奪氣。宴次賦詩，在坐者竟日不得交一言，故一時僚友見妒，飛語騰起。指袖歸田，益窮詞奥。以彼易此，又豈娼嫉所能知乎？」子曰藩，亦有名嘉靖中。

北風行

昨日南風揚，今朝北風急。南風吹山山不移，北風吹海海欲立。嗟哉！南風不與北風競，物理自爾非相襲。軒轅臺前燭龍晦，紇千山頭冷雀泣。黄鵠摩空不得下，蒼鷹鬭水愁枯濕。行人戢足不敢行，但聞竽籟相宣翕。川無梁，水增級。林木哀訴，其聲四集。噫！我獨何爲衰居向原隰。豺狼虎豹不可以託處，溯回澶漫皆憂悒。田父停歌向我笑，笑我投簪滯鄉邑。然桂作薪炊玉粒，空囊無錢太羞澀。我云蓼蟲之性甘習苦，亦聞龍蛇歲晚當深蟄。行藏得失本天道，古來賢哲何嗟及。君不見北風雨雪洛陽城，袁安卧内無人入。

恭陪郊祀

陛戟森相向，鑪煙細不流。慶雲團御蓋，璧月抱圜丘。吉協牲牢卜，馨將秬鬯浮。郊禋天子禮，分獻及公侯。

哀谷亭三首

聞道團營將，前茅未進師。居民坐塗炭，揮淚望旌旗。柳色烽煙外，鳩聲榖雨時。移家若飄梗，誰暇念東菑。齊魯何多盜，冬春未解圍。元戎休按轡，黎庶待宣威。戍久軍芻竭，城寒士氣微。猶聞按撫使，先已獻俘歸。有客來傳語，紅巾更渡淝。蒼茫連夜遁，不暇戀春衣。樓觀憐焦土，陽和感殺機。道逢鄰舍女，新向賊中歸。

褒城道中

蒼莽晝難分，崎嶔自昔聞。巖居低附谷，磴道直披雲。馬踏經寒雪，雅翻未夕曛。西夷通蜀路，因詫長卿文。

同州道中

華嶽連馮翊，黄圖别附庸。長風開萬壑，落日隱三峰。野望浮埃合，鄉心遠樹重。幽求今未得，猶自抗塵容。

繇金州舟行至洵陽

理棹出山阿，迴舟泝渌波。廣煙交遠樹，飛嶂隱懸蘿。地域經秦少，江流入楚多。青樓臨廣道，已聽大堤歌。

再過同官道中作

浮雲細細雨還晴，客思車塵喜暫清。山館重來應識面，野花空好不知名。長林樹轉迴征蓋，遠戍煙消出候旌。日落興闌猶信馬，荒城夜火斷人行。

夏日遊德山乾明寺追和宋丞相周公必大之什

寺門高敞接層山，殿角低垂瞰碧灣。涼意自生祇樹底，塵心先墮翠微間。風摇朱實僧前落，路繞蒼崖鳥外攀。雲榻放參仍假卧，暮天涼月未能還。

將從衢州陸行至常山

江鄉二月欠芳菲，白霧黄雲慘不開。石碓自舂知水長，布帆初飽覺風來。旗亭唤客春嘗酒，驛路懷人曉見梅。世味已諳灘百折，山行明日又千迴。

秋興二首

金陵王氣即非遥，龍起濠梁表聖朝。御道北來瞻日月，神宫東望切雲霄。花明天闕春遊寺，柳暗秦淮夜渡橋。陶謝並驅知忝竊，別來人事轉蕭條。
胡騎憑陵八月風，羽書朝暮九華宫。金吾宿衛臨關外，宣府遊兵集禁中。燕塞河山天下險，泰陵恩德衆心同。誰能補衮供臣職，莫遺宵衣損聖躬。

大駕東巡野語

聞説天王西狩頻，翠華今日又東巡。泰山重被登封頌，梁父親承羽獵塵。曉日霏煙開帳殿，朔風寒雨暗楓宸。江都十月花零落，莫遣龍舟望幸新。

騰陽元夕

殊方節序漫相親，又見春燈照眼新。秦苑煙花三輔夢，梁州風俗隔年身。千門宛轉迎華月，九陌透迤起暗塵。淮海路迷何所處，孤城深鎖獨愁人。

起坐

窗含曉日尚熹微，起坐從容意不違。寒菊抱花餘舊摘，慈鴉將子試新飛。久知初服無羈束，始信浮名有是非。暫欲展書還棄擲，閒心已習静中機。

次韻奉答東橋

張衡未老賦歸田，斸地燒畬理術阡。世路風波甘息足，貧家衣食願逢年。窗臨茂樹清陰直，門對斜川小徑偏。愛逐西鄰沮溺飲，巾車乘醉穩如船。

擬古巡幸詞五首

微行小隊幸居庸，天馬新調玉臂弓。不是繡衣能直指，即教黄蓋出臨戎。

張灣鄚縣總離宫，衣宿民間似禁中。莫遣逸熊攀檻入，曾聞複道與天通。

西山西望轉堪愁，原廟蒼茫宿草秋。車駕邇來方數蹕，衣冠向後合常遊。

黄衫罩甲動成群，鞢韅分排獸面文。未向九關瞻聖表，即從三輔識官軍。

京觀高築石頭城，大旆雙懸日月明。西内舊誇提督府，南都今有外家營。

社燕吟

不忍輕飛去，低迴繞井欄。情知歸計決，祇爲别巢難。

哭泉曲三首

築城千仞山，崩城一瞬間。城崩見戍骨，骨上有創瘢。
千里負骸歸，萬里不唾井。井水清且寒，照見單人影。
哭骨骨已靈，哭泉泉亦見。幸逢泉下人，不愧泉上面。

附見 朱江陵訥一首

訥字存仁，應登之父也。舉成化丁酉鄉薦，知郅縣令，調長陽。復薦知江陵，以母憂去，遂不仕。嘗語人曰：「文不限世代，豈必專師馬遷；詩欲近性情，豈必止範漢、魏。」以上壽終於家。

燕

三月巢乾雛未成，茅堂來往日營營。説殘午夢千聲巧，剪破春愁兩尾輕。宫柳陰濃金鎖合，水芹香細緑波晴。畫闌十二無人倚，一半梨花一半鶯。

王少卿韋一十八首

韋字欽佩，上元人。父徽，憲宗朝給事中，直諫有聲。欽佩弘治乙丑進士，改庶吉士，授吏部主事。歷河南提學副使，召拜太僕少卿。以母喪毁瘠卒。顧華玉曰：「少卿論詩專尚才情，其言曰：『唐風既成，詩自成格，不與《雅》《頌》同趣。漢魏降於《雅》《頌》，唐體沿於《國風》。雅言多盡，風辭則微。今以雅文爲近詩，未嘗不流於宋也。』故其詩婉麗多致，雋味難窮。或者謂爲纖弱，豈知所操之殊向哉？」子逢元，亦能詩。

閣試春陰詩

皇都三月春正深，東風釀暖淑氣侵。曙光溟蒙露華滿，輕雲閣日天沉沉。野色垂垂十餘里，草緑柔茵低迤邐。半空落絮濕未揚，百丈遊絲寒不起。鵓鳩枝上相踏鳴，若與此景偏多情。空庭簾捲晝亦瞑，隔墻惟見桃花明。小院門閒鶯自語，畫棟泥香燕初乳。苔花蒼潤上簾櫳，濛濛經雨還未雨。含情佇立憑闌干，遠峰漠漠登樓看。碧窗窈窕銀屏冷，金帳促回翠袖單。簷影頻移暝雲動，曲枕悠然醒午夢。起來小步傍閒階，花霧襲衣寒氣重。生意亨嘉春正時，造化於物若有私。明日晴光緑蘋轉，吾與萬物俱熙熙①。

①原注：「欽佩爲秀才時，夢中聞人誦詩云：「起來小步傍闌階，花霧襲衣寒氣重。」弘治乙丑閣試《春陰》題，以夢中句入之，李長沙批其卷云：「二句如有神助。」遂登上選。儲静夫讀《南原》詩至「朱樓十二晝沉沉，畫棟泥融燕初乳」，擊節曰：「絶似温、李。」陸子淵在坐，笑曰：「分明王、韋，何止温、李乎？」於時以爲善謔。

遊天寧寺

問年看井幹，結夏閉山門。路夾雙峰起，泉流百道喧。葡萄纏廢棟，蛺蝶舞荒園。窈窕堪棲隱，逢人未可言。

澄江臺

混合開天塹，蒼茫壯帝畿。帆檣移夕景，樓殿動朝暉。落日波濤隱，浮煙鳥嶼微。登臺歌古詠，長憶謝玄暉。

芙蓉閣

緣曲疑難至，馮虚恐未安。狻猊金鎖冷，鸚鵡雪衣單。竹倚琅玕聽，雲移罨畫看。如何翠微上，猶自着塵冠。

懷師文

幽薊多北風，塵埃旦暮起。嚴冬十二月，積雪亘千古。落落高樹摧，靡靡勁草死。中夜獨彷徨，念我同懷子。遥遥涉玄冰，單車渡易水。歲幕人閉關，何爲遠遊此。

春草

帶雨和煙未可名，春風處處不勝情。於今南浦知多少，都向王孫去後生。

柳枝詞二首

却笑梁園事已非，梁王去後燕空歸。可憐園上多情樹，風絮紛紛學雪飛。
渭水西來萬里遥，行人歸去水迢迢。垂楊不繫離情住，祇送飛花過渭橋。

三月晦日送致仁南歸

今日城南路，楊花已不飛。夢隨家共遠，春與客同歸。酒氣薰杯淺，棋聲隔院微。韶華如别意，猶自戀餘暉。

問柳

爲問故園柳，春光幾許深。未忘攀折處，猶帶別離心。疏雨一川暝，輕煙兩岸沉。主人歸未得，惆悵五株吟。

與陳宗虞夜坐

不知秋已晚，忽見菊花叢。獨坐閒亭上，相期細雨中。燭融蘭焰紫，杯泛杏膏紅。未聽歌鐘罷，蕭然動北風。

秋居雜興

池面迎秋爽，山腰落暝陰。鷺窺霜藻立，蟬抱雨枝吟。不競銷棋癖，多憂損宦心。捲簾通夕照，端坐看楓林。

攝山道中

旭日晴光轉，重城曙景迷。稻荒寒蟹出，竹暝曉禽啼。古社栖危堞，碑殘倚斷畦。秋風振原野，疲馬亦能嘶。

和翟仲鳴

翛然一榻愧端居，未許鴛駘駕鼓車。勝事都歸鄉夢裏，幽懷更在客愁餘。别離門户從秋掩，契闊尊罍盡日虚。寄語多情翟廷尉，莫將交態向人書。

新嘉驛遇顧九和

下馬郵亭若有期，南還北去各凄其。殷勤野老來相饋，邂逅壺漿坐不辭。雪滿效園埋宿草，風吹林麓墮寒枝。十年離索驚回首，却恨逢君是路歧。

李少卿宅薔薇

柔香弱蔓不勝寒，十二闌屏錦繡攢。秦殿曉妝俱窈窕，習家春事未闌珊。憐將清奏愁中聽，競折高枝醉後看。好待詩成酬勝賞，東風休遣露華乾。

春　盡　日

滿院楊花雨後稀，緑陰清晝思依依。小園風暖櫻桃熟，曲岸泥融燕子飛。北闕明時開王氣，南山青處藹晴暉。眼前風景皆堪賞，莫道韶光夜已歸。

與衛南英玉圍爐

圍爐曾共訂幽期，底事今年寒較遲。却喜草堂初雪後，更逢梅樹欲花時。鐘聲遠度啼烏壘，燈影頻驚凍雀枝。細茗清薰供樂事，短吟長詠勝彈絲。

西堂偶興

曲檻迴廊處處通，深深簾幕暗花叢。一春人醉斜陽裏，三月鶯啼細雨中。柳絮不飛粘草白，櫻桃初熟亞枝紅。門前若有求逋客，爲說西堂夢未終。

除夜

遠宦攜家任路歧，夷山猶未是天涯。愁中抱病還增劇，客裏逢春不自知。好記流年收柏葉，乍消殘雪見梅枝。朝來百歲過強半，惆悵穠華負盛時。

新春試筆

宦情離思近何如，半夜青陽到敝廬。鵲噪謾傳新歲事，雁歸應帶去年書。乍開簾幕知寒退，剩得風烟愜閏餘。一樹杏花猶未發，欲嘗春甕更躊躇。

寄題劉東之園池

杜史園池萬竹斜，小羅山下岸烏紗。晚畦刈罷還抽葉，秋徑歸來未着花。不用平泉繁草樹，誰言蓬海剩煙霞。平生賦詠多休暇，更種東陵十畝瓜。

附見　王秀才逢元四首

逢元字子新，欽佩之子也。秀爽異常，藻性溢發。博究群籍，妍工詞翰。書初學王右軍、永禪師，晚出入山谷老人。詩學杜，文學六朝。畫學趙松雪，疏秀可愛，乞者填户，意所不欲予，雖重購弗顧也。欽佩殁，東橋卯翼子新，同於己子，愛其詩畫，作《過秦樓》詞以誇之，廳事書室屏障中必子新之詩與字，以張其名。人有丐文者，輒以潤筆資遺子新。子新多狹邪遊，緣手付去，赤貧如故。性不羈，工諧訕，人畏而遠之。毁垣敗屋，蓬蒿滿門，不以置意，竟以是終。

和人無題二首

晴綻東墻杏子紅，露溥南内牡丹承。叢恩未必因詞客，捐寵何勞怨畫工。獨聽遠鷄啼曉月，幾隨孤燕領春風。瑣窗寂寂眠初定，夢見笙歌在别宫。

兩日閒心夢裏寬，一春花事雨中殘。垂楊不解青絲結，明月先虧白玉盤。琴調思長和淚鼓，鏡銅衰盡帶愁看。頻過女伴顛狂甚，故着羅裙刺合歡。

對酒

抱病逢春亦暫歡，芳時對客更加餐。即看乳燕雙雙入，無那飛花片片殘。潦倒不忘桃葉句，蕭閒應戀竹皮冠。莫論往昔清狂事，且醉荒亭苜蓿盤。

泛舟

五月浪平江可憐，諸公容與共樓船。得隨莊叟逍遥興，來醉襄王玳瑁筵。紫袖不離垂柳下，青山祗在把杯前。君看走馬長安道，此日飛塵正滿顛。

陳太僕沂二十八首

沂字魯南，鄞縣人，以醫籍居南京。五歲能屬對，八歲能摹古人畫，十歲能詩，十二歲作《赤寶山賦》，傳誦人口。正德丁丑進士，改庶吉士，年已四十有八，爲宿名士矣。授編修，進侍講。忤張永嘉，出爲江西參議、山東參政。入賀，遇永嘉長安道上，抗論不屈，卒爲所中，左轉行太僕卿，抗疏致仕。杜門著書，絶意世務。書學大蘇，旁及篆隸，繪事皆稱能品。所至好遊名山水，皆有詩記。晚與顧華玉遊歷長干諸寺，賦詠尤多，文采照映一時。有《拘虚詩集》及《詩話》若干卷。魯南論詩專以唐人爲宗，謂少陵七言聲洪氣正，格高意美，非小家妝飾，但才大不拘，後學茫昧，持拾其粗耳。於時大江南北文士，稱朱、顧、陳、王四家。朱、顧皆羽翼北地，共立壇墠，而魯南能另出手眼，訟言一時學杜之敝，欽佩亦與之同調。江左風流至今未墜，則二君蓋有力焉。

宫柳

裊裊春聲裏，陰陰曉色中。縷垂金屋暗，花散玉樓空。凝露啼秦苑，因風鬬楚宫。不知行輦處，幾樹近簾櫳。

大駕夜出南郊干端門内奉送書事一首

輦屬前旌盡，香聞後殿來。寶韉千騎合，金闕九城開。天象乘微月，皇衢隱薄雷。但知心目眩，無復賦昭回。

還宫

寶騎出長楊，金輿入建章。池煙香暝合，宫燭月籠光。鼓角春城閉，樓臺夜曲揚。從兹罷巡幸，四海奉時康。

内苑涵碧亭

苑入黄金塢，橋迴碧樹灣。龍池觀九島，鰲禁覓三山。溜轉雲車急，花深月殿閒。從來人罕至，御榻在中間。

芭蕉園

雨後芭蕉苑，春深楊柳宫。倚雲懸碧蓋，縈霧閉雕櫳。輦路回天上，歌臺出水中。久無人笑語，沙畔忽驚鴻。

平臺

海氣生華蜃，天光落采虹。穹階曾帝陟，飛觀有仙通。燕士何年召，周民不日攻。禁西傷舊事，七校指離宫。

龍舟塢

帝舸頻催發，初開水殿時。蒼龍出海國，紫鳳浴天池。奪錦星橋斷，空楊月樹披。於今芳塢閉，聞自内家知。

正旦即事

帝輦時巡久未回，天門遥拜重徘徊。封箋自向慈宫進，方貢還同異國來。春轉青旂開羽仗，日臨金榜上樓臺。帷城尚在燕山外，誰獻正元萬壽杯。

武皇上賓同百官哭臨於思善門外

帝寢重扉寂寞開，鼎湖龍去可能回。芙蓉内殿初成後，虎豹離宫不再來。三月麻衣明曉雪，萬聲號動隱春雷。巡遊幸返蒼梧轡，供奉猶存玉幾哀。

憶昔四首

清宵藜火帶星光，天禄曾爲著作郎。門下候朝深坐館，殿前回院曲通廊。群公次第多含笑，滿袖氤氳尚有香。黄屋朱扉照初日，中官兩兩玉闌旁。

紫宸朝退下青扉，侍從花間過錦衣。金吐鳳皇香不發，玉傾鸚鵡醉方歸。榼高甲帳雲霞色，官冷牙牌冰雪輝。一自夢回天萬里，長安空見塞鴻飛。

宫扉無禁往來宜，内使垂髫許侍隨。清清夜聲歸扆帳，紫毫朝綵隔罘罳。窗籠樹色瓊花島，砌入荷香太液池。天上祇聞人共羡，不緣塵世竟何知。兩朝稽古備詞臣，上逼仙班壓縉紳。避路火城傳衛士，具餐晨館候庖人。春深玉署翻紅藥，日晚金河出素鱗。莫爲涼飆惜團扇，向來供奉受恩頻。

江上呈華玉

龍江東下水疑空，飛鳥流雲落鏡中。千里晴光遥漾日，滿船秋色澹無風。青山舊國知何處，芳草離情去未窮。晚折蘋花思對酒，燈前還有故人同。

吹角

南樓吹角正黄昏，城郭千家早閉門。嗚咽未成初似語，凄涼三疊轉消魂。胡兒入塞應長泣，老戍臨邊幾尚存。腸斷關山今夜月，梅花落盡楚江村。

春草

夜雨江南夢，春風陌上情。東皇如有意，移向玉階生。

大駕西狩還京百官出候於德勝門 四首

遥聞振旅出居庸，八駿歸來御六龍。莫道榆關消息近，沙河一水更千重。

直望氤氳紫霧遥，萬重飛鞚馬蕭蕭。鴛班虎隊皆戎服，兩度迎鑾德勝橋。

天王自納簡書回，神武將軍可汗才。仙仗不須陳輦路，籠街喝道數聲來。

逐隊緋袍引上公，當街行酒獻成功。人人識得君王喜，醉入仙桃兩朵紅。

宫詞 六首

瓊島春泉下玉溝，年年歲歲御前流。無端夜雨生新漲，流出宫墻是外頭。

翠荇紅蓮水殿香，不知簾外易生凉。夜來許賜金莖露，明日驚看玉樹霜。

後庭仙樹是誰栽，春盡重門鎖緑苔。聞説翠華籠燭過，上陽宫裏看花來。

金屋藏春春已歸，鉛華還似落紅飛。自憐不及花零散，猶逐香塵上御衣。

涙横香粉揾雙痕，怨管悲絲祇爲恩。多少春風不相屬，落花啼鳥自黄昏。

不識君王寵愛偏，却將濃淡誤争妍。監宫密密來相告，切莫多言在御前。

放内苑諸禽

多年調養在雕籠，放出初飛失舊叢。祇爲恩深不能去，朝來還繞上陽宫。

蔣參政山卿 五十二首

山卿字子雲，儀真人。正德甲戌進士，授工部主事。諫南巡，拜杖，謫南京前府都事。嘉靖改元，復官。歷刑部郎中，出知河南府，改潯州，再改南寧。時有詔討思田土官岑猛，調度軍興，以功進廣西參政。總督林富雅重其才略，擬以方鎮擢用，竟坐讒言罷。其詩集自序，謂髫年學詩，弱冠渡江，見東吴顧吏部、寶應朱户曹，教以讀漢、魏、晋、宋、唐人之詩，年二十九舉進士，始與同年亳州薛蕙研工古作。顧華玉序其詩，以爲天才溢發，可歌可感，使將來者見之，則凡餖飣其字，雕刻其文，艱深其思，拗曲其體，不發於情而併氣格音節亡之者，皆可怛然省矣。以其時考之，子雲之詩發源於金陵，成就於亳州，主於學唐，不爲剿杜，其亦生於北郡之後，而不墮其雲霧者與？

王昭君

拭淚新裝束，朝來殿裏辭。何堪辭訣日，却是見憐時。漢騎臨關少，胡笳出塞遲。琵琶寫哀怨，悽切轉添悲。

梅花落

才見梅花發，飄零樹又空。蕭蕭愁對雪，片片恨因風。塞外春應少，閨中信未通。誰家吹玉笛，明月滿簾櫳。

烏夜啼五首

門前楊柳樹，借汝烏夜棲。郎眠夜未半，無奈汝爭啼。
郎起見月光，綺窗白如曙。儂歡不成寐，郎起渡江去。
月明潮欲生，三江風浪惡。勸郎且遲留，莫便將衣着。
長帆百幅餘，大舸夾雙櫓。回頭欻不見，儂心苦復苦。
從勸出門去，天寒獨自宿。門外單棲烏，夜夜啼上屋。

採蓮曲二首

翠袖雙雙並，紅妝面面開。數聲摇櫓過，一道唱歌來。葉密藏難見，花深去不回。小姑相結伴，夫婿莫疑猜。

蕩槳誰家女，嬉遊入浦深。搴花憐並蒂，拾子愛同心。回腕垂金釧，低鬟墮玉簪。相期未相值，歌曲不成音。

採菱曲二首

鷲舲乘滉漾，弭棹弄漣漪。拾葉縈荷蓋，牽絲亂荇枝。比鏡那能照，爲盤詎易持。望美徒延佇，日暮重相思。

新妝麗且鮮，越女鬬嬋娟。飄風落紅粉，濺水濕花鈿。紫莖牽更直，碧葉聚能圓。采摘將誰寄，私心祗自憐。

雜　感三首

漢武昔好道，燕齊方士來。縱横獻迂怪，信之無嫌猜。遥臨太一壇，高起通天臺。金枝殿上陳，芙蓉掌中開。竹宫遥望拜，炯炯神光回。流連王母宴，詭譎方朔諧。崑崙九萬里，瑶池安在哉。幻妄竟何成，荒淫誠可哀。

吾聞青海外，赤水西流沙。神人生鳥翼，蓬首亂如麻。出入乘兩龍，左右臂雙蛇。中有不死藥，奇麗更紛葩。琅玕墜珠英，玗琪散瑶華。雙雙相合併，文文自交加。我願從之遊，萬里迹非賒。但恐非人類，壽命其奈何。

帝堯讓天下，許由去洗耳。仲父牽牛過，不飲下流水。榮華若塵垢，富貴等泥滓。王陽始彈冠，貢公胡爲喜。古今不相及，何啻千萬里。

禁城雪霽望西山

積雪帶迴嶺，素華麗高闕。玉掌對嵯峨，珠櫳共鮮潔。振風向林杪，哀鳥下城堞。徘徊英英雲，掩映纖纖月。幽賞慮自澄，曠望情彌愜。雖異梁園遊，行吟良未輟。

夏日田園即事五首

沉沉夜來雨，泱泱川上平。田家趨時作，驅牛急晨耕。遥遥阡陌間，肅肅老少并。札札耒與耜，呷呷桔槔聲。紆回野水入，綿延禾稼盈。劬苦事一時，倏忽見秋成。四體雖云疲，所貴惟此生。此生各有分，胡乃不自營。寥寥千載下，寧知沮溺情。

斜陽倏西下，片月已東出。鷄犬各還家，柴荆晚飯畢。鄰舍語依然，兒女相牽率。鳴蛙水上喧，流螢花外疾。夜色向沉沉，曠望彌蕭瑟。

種瓜東門外，種豆南山下。遺榮等糞土，屏跡在田野。自昔有達士，而我非作者。偃息任疏頑，得性非虚假。不覺歲月遷，青春復徂夏。是時農務忙，盡日賓明寡。新竹帶可圍，青荷手堪把。於焉以永日，冲襟一瀟灑。

立身本疏慢，罷官實所宜。追思十年往，猶是歸來遲。聊租二頃田，以爲三徑資。故人有裘羊，旦夕與娱嬉。即看花滿園，但要酒盈巵。高歌任性情，放言罕文辭。邈與世相絶，俯仰復何爲。東菑耘事畢，老翁自閒閒。鼓腹何所知，徘徊墟落閒。斜日上高原，一望江南山。搴林玩柔荑，涉澗弄潺湲。欣然適其適，日黑始來還。了無一可説，呼兒掩柴關。

田園秋日雜興四首

曲徑入林丘，柴門野水流。松間還倚杖，石上復垂鈎。借問家中婦，今朝有酒不？前山夕陽下，吾意正悠悠。

板橋横浦直，籬舍傍堤斜。年熟村多釀，秋深菊始華。溪魚寒聚藻，田蟹夜行沙。野趣渾無厭，吾生即有涯。

久作山林客，虚爲野老知。鶴衣行曳屣，烏帽坐彈棊。煮茗頻燒竹，炊羹旋刈葵。來朝菊花節，相約過東籬。

清夜耿不寐，端居興杳然。蛩吟入牀下，葉落墮階前。麥隴耕殘月，茅簷炊曉煙。祇緣高卧穩，自覺懶情偏。

春夜佴參戎見過

蒼梧春欲暮，旅況復何如。上客煩驃騎，中厨具鯉魚。流雲城樹暗，過雨徑花疏。相過休言數，高談賴起餘。

花殘

寂寂門空閉，菲菲花欲殘。賞心不相見，對酒若爲歡。小徑芳煙靄，疏簾細雨寒。一年春小謝，惆悵思無端。

曉雨

卧聽春園雨，虚幃寒氣侵。閒愁亦底事，祗覺擾余心。楊柳交黄鳥，池塘遍緑陰。興來思蚤起，回步一相尋。

吴水部客中除夕爲賦此詩

客思鄉心此夕并，蕭條官舍若爲情。筵前柏葉金杯淺，院裏梅花粉署清。門掩疏燈人語寂，山留殘雪夜寒生。起來遥祝君王壽，却憶鵷鸞一字行。

夏日田居即事四首

草堂聊藉竹爲門，花塢從將槿作垣。長日鳥啼紅蘂盡，夕陽人坐緑陰繁。愁多非爲逢時歎，住久應知隔世喧。賴有青山如舊故，年年相對兩忘言。

偶攜藜杖過橋東，曲港潮流處處通。溪上閒花多覆水，村前垂柳半含風。黄昏鳥宿輕煙外，青野人耕細雨中。莫怪移家來畎畝，欲將遺事學龐公。

水榭風亭取次開，新凉應有客同杯。樹陰深處黄鸝語，溪水平時白鳥來。葵扇偶從鄰嫗買，荷衣旋學野人裁。花間蝴蝶雙飛去，正是山翁午夢回。

兩過苔荒石徑微，林園一向掩柴扉。柳堤潮滿魚苗上，麥隴風晴雉子飛。花暝更教移晚酌，竹深猶遣著寒衣。老人本自心無事，不爲投閒始息機。

戊申正月初宿休園

江村物候又驚新，月色花香併换春。自笑無能惟野性，熟知有味是閒身。茅簷遲日遍宜懶，竹院風清不受塵。終日閉門常謝客，只應酒伴得相親。

贈別孫刑部還京次衡山韻

早因休沐出承明，又見彈冠上帝京。芳草五湖初放棹，華林三月細啼鶯。浮雲莫嘆當時事，零雨還傳舊日名。二十年前題漢柱，爲君飛動不勝情。

奉送白嵓相公扈蹕凱旋三十韻

帝室何多故，親藩自取亡。從教賜幾杖，詎意缺錡斨。氛祲霾彭蠡，妖星孛豫章。官寮甘就戮，郡縣泣罹殃。百姓爲魚肉，宗人化犬羊。漫看傳羽檄，安欲改冠裳。司馬當分閫，留都况接疆。算籌期克勝，師旅素張皇。掎角遥成勢，風聲孰敢當。焚舟才走敵，掃穴已擒王。北闕紆憂切，南征獨斷剛。六軍行自將，千乘擁前行。事異熒離斗，時維律應商。投戈回落日，出號肅秋霜。露布收江右，行宫入建康。威儀喜重見，禮數覺周防。奠廟金扉啟，朝正玉珮鏘。轅門簪履集，陵寢旆旌揚。山在瞻龍虎，臺荒識鳳凰。煙花春爛熳，霧樹晚蒼茫。法駕還京早，樓船跨海長。承恩仍扈蹕，激賞更登牀。凱奏清飈急，笳吟白露凉。風雲隨浩蕩，日月共翺翔。劉向論思暢，楊雄賦頌光。經綸才必異，畋獵兆非常。世想更絃轍，朝思引棟梁。中興宜陋漢，舊俗好歸唐。幕府空留滯，詞場屢激昂。騫騰瞻事業，徙倚卜行藏。

送林以乘赴任江西僉憲

正德己卯，上將南巡，予與以乘、孟循同上疏，忤旨下獄，且被責貶，而孟循死矣。今上即位，召還京，方欣會晤，而以乘有茲擢。感舊叙别，愴然興懷，凡二十六韻。

先帝昔巡幸，小臣同上書。事危攀折檻，情切止乘輿。未得陳丹悃，空令伏玉除。天心那可問，皇怒竟何如。氛霧昏霾久，雷霆震擊餘。傷魂逮囹圄，鞭血濺衣裾。半刺猶憐爾①，孤遊孰起予。聯翩嗟去國，蕭索苦雖居。聖哲臨宸極，清明開太虚。王綱重照洗，姦孽盡誅鋤。紫詔恩初降，蒼生憤始攄。逐臣皆見召，舊故復相於。禁闥還通籍，官曹並直廬②。感時唯涕淚，嘆逝重欷歔③。從宦心俱懶，求名術本疏。祇應旋進退，敢望獨吹嘘。翻怪無鳴鶴，堪憐似戲狙。十年才易組，六月便驅車。去作長途别，行將大暑祛。凉雲停碧樹，淥水泛紅渠。南國秋風早，西江白露初。霜威迎獬豸，月令改蟾蜍。世路多欹側，斯文有卷舒。身須混涇渭，譽欲等璠璵。霄漢看鷹隼，江湖覓鯉魚。與君生死分，分手一躊躕。

① 原注：「以乘謫判夷陵。」

② 原注：「以乘與予同改刑部。」

③ 原注：「哀孟循也。」

北狩凱旋歌三首

帳下親軍盡虎貔，辮垂結束學胡兒。銜枚夜斫陰山寨，殺向平明虜不知。

羽蓋誇胡獸獵行，龍旂出塞犬羊平。宣府開爲射熊館，洋河築作受降城。

紫雲雪後繞關山，聖主巡遊尚未還。風起滿城聞鳳吹，日高平地識龍顔。

從軍行

雪嶺愁雲凍不飛，黄沙白草路人稀。邊城春色惟看柳，看到青時春已歸。

宫詞八首

君王親著紫霞裳，白玉冠簪八寶光。夜半碧壇星月冷，九天仙樂下鸞皇。

離宫復道接蓬萊，雲繞千峰五色開。香輦無塵球箔卷，後宫遥從上陵回。

令節繁華燕賞新，太平天子重詞臣。詩成總是宫娥品，度上驚看奪錦人。

小年選入蕊珠宫，紫閣玲瓏十二重。日侍上真修法事，水晶盤捧玉芙蓉。

風捲珠簾月上鉤，篋中紈扇不宜秋。炎凉祇在君王手，莫擬承恩到白頭。

碧殿瑶壇禮上清，桂花凉露浸銀屏。雙雙玉女扶青案，跪啟琅函諷道經。

一夜梅開上苑東，淡煙斜月影朦朧。青魂願逐香魂去，飛入君王曉夢中。
香添沉水爇金爐，翠幕斜張繡被鋪。却略挑燈試裝束，夜深前殿有傳呼。

金陵覽舊

小飲東山憶謝公，傲然攜妓醉春風。即今桃李花間月，照入遊人尊酒中。

劉氏水南亭子

洛水橋南學士家，青林遥對碧山斜。春風細雨柴門閉，一樹鶯啼杏子花。

郡齋五日柬劉子

郡齋五日思依依，客裏清尊興自違。微雨隔簾人不見，滿庭蕉葉落花稀。

泛　舟

柳邊深繫木蘭橈，錦石青莎映畫橋。夜半夜河不破碎，浪喧風起欲生潮。

林副都大輅五首

大輅字以乘，莆田人。正德甲戌進士，除刑部主事，歷工部員外郎。歲己卯，兵部郎黄鞏等諫南巡，拜杖繫獄，偕同舍郎蔣山卿、何遵論救，曰：「罪不及臣，臣亦耻之。」得旨杖繫如鞏等。旋詔謫外，行有日矣。以乘之入獄也，妻黄氏留邸舍，朝夕吁天，爲其夫祈免，緹騎偵得之，以祝詛告，上震怒，併逮入詔獄。以乘受訊，楚毒備至，不肯承。主者危詞怵黄，黄慷慨對曰：「妾夫被繫，妾焚香告天，幾幸皇輿不出，忠良獲宥，則誠有之，庸敢有他？妾以兒女子無知，使吾夫重獲罪戾，妾惟有一死，以謝官家，并謝吾夫。妾方有身，分不任受刑，請速賜之以死，則徼惠於執事多矣。」主者口噤而罷。居五月得釋，夫婦偕出獄，都人夾道聚觀，爲嘆而下泣焉。謫判夷陵州。嘉靖初，起江西僉事，轉副使、河南按察使、右布政使。拜副都御史，巡撫，會水災，抗疏引咎切責，罷歸。居家二十七年，以養親賦詩自娱。扼腕時政，酒後輒拊膺慟哭，其忠赤如此。

不寐

擁被息塵想，瀟瀟雨到蓬。孤城連禁柝，永夜動悲風。往事疏燈裏，新愁濁酒中。南歸稀信使，明發報征鴻。

浮蹤

浮蹤甘屏裔，簿領亦閒閒。虎跡村間路，猿聲郭外山。四愁仍欲結，雙鬢漸成斑。長見乘槎者，天風萬里還。

雨中懷鄭成昭

徑竹色逾净，窗蕉聲轉寒。流年頻閉户，世事偶憑闌。繞郭見秋水，喧江聞暮灘。石村雲卧者，遲爾話悲歡。

暮春直省

旅夢醒啼鳥，晴窗日欲斜。還將多病眼，閒看續開花。

長沙道中

紅紫山中野草花，三湘愁鬢倍年華。放臣消息春來好，月白千峰夢到家。

趙副使鶴五首

鶴字叔鳴，江都人。弘治丙辰進士，授户部主事，歷郎中，出知建昌府，左遷南安同知，遷金華府，進山東提學副使。叔鳴歷官皆有聲跡，在山東嶷然執法，蜚語汹汹，上章氣歸，不俟命而行。歷官二十餘年，家無餘貲。平生嗜學，迨老不衰。顧華玉《國寶新編》曰：「叔鳴詩耻凡語，於古愛謝靈運，於唐愛孟郊，於元愛劉因。嘗曰：『此道不宜淺，淺則庸茸下矣。』嚴滄浪有言『僧人宜取心肝』，喻于立命處殫力耳，毛膚焉足試乎？」登泰山、金、焦諸篇，言言自作，更不隨人，真凌駕千古膽也。晚注《五經》，考論歷代史，刊正先誤，自信彌篤。有集若干卷。

登岱四首

分明蒼秀拔雲開，誰鑿當年混沌胎。山壓星辰從下看，海浮天地自東迴。一時岱狩雍容禮，千古崧高製作材。載説皇朝稱祀詔，始知神哲奠三才①。

①原注：「自注云：『革前代瀆加封號。』」

一上遥岑萬丈蒼，天風應爲襲衣裳。鷄鳴往往看東日，人語時時到下方。雲暗鐘聲連海樹，春浮花氣入山堂。四時未歇登遊興，翻説崖禽唤客忙。

轉轉官旌度幾峰，不知花外有鳴鐘。春空一望青蒼裏，曉殿齊開紫翠重。山鳥歸時知雨意，崖松到處換雲容。平生奇賞輸今日，便欲淋澆浩蕩胸。

東皇祠下走靈氛，今古祈靈剩有文。不斷香燈千里至，有時鐘磬四山聞。雨聲直過僧家竹，鴻影平低客路雲。却愛三人花底飲，不妨對影到斜曛。

登州蓬萊閣觀東海

蓬萊閣下晚凉開，倦客乘凉坐未回。不住鳥聲衝雨過，有時龍起帶潮來。愁雲尚識田横島，仙月還虚漢武臺。回首夕陽瀛海上，一尊懷古獨徘徊。

景中允暘 一首

暘字伯時，儀真人，流寓南京。正德戊辰進士，廷試第二人。仕至太子中允。事母至孝，目盲數歲復明。好學無怠，文法左氏、司馬，不尚鈎棘，字順語圓，具有繩準。詩主盛唐，蕭散遺俗。善書，初工真行，後師周伯琦，小篆頗得風骨。有集若干卷。中允詩入選者寥寥，《金陵瑣事》載其佳句，如《憶蔣水部》云：「雲竹晴還雨，風花落更飛。」《送沈華父》云：「情深惟縱酒，髮亂似驚秋。」《夜酌對曹十四》云：「風簾分坐月皎皎，夜榻剪燭花紛紛。」亦恨未得全什也。

噪鵲行

鵲鵲復鵲鵲，春明飛向深樹落。樹邊人家懷抱惡，去年征夫從衛霍。邊頭烽火接回中，羽書晝警清夜同。一自將軍度河曲，天山萬里風雲空。邊頭戰血赤河水，戰士磨刀寒落指。天子深坐甘泉宫，回頭北顧常拊髀。樹頭鵲噪如有知，朝來蟢子簷前垂。夫君封侯應有期，鳳奩鸞鏡當窗移。

王西樓磐四首

磐字鴻漸，高郵人。身富好學，襟期瀟灑，著《西樓樂府》。工題贈，善諧謔，與金陵陳大聲並爲南曲之冠。詩律亦流麗，有《西樓集》，婿張綖爲之序。相傳嘉靖初，李空同就醫京口，遇人故自矜重，元夕飲楊文襄，西樓短衣下坐，空同傲不爲禮，西樓分賦得「老人燈」，應口而成，云：「形骸憔悴不堪描，還自心頭火未消。自分不知年老大，也隨兒女鬧元宵。」空同心知其嘲，默然而罷。

同友人泛湖

細柳新蒲緑未齊，樓船春泛五湖西。帆檣影裏魚争躍，簫鼓聲中鳥雜歸。宿雨暗添山色重，晴雲輕度水容低。人家祇在風煙外，面面天開罨畫溪。

元宵漫興

天風吹散赤城霞，散落人間作九華。夾路星球留去馬，燒空火樹亂歸鴉。笙歌醉月家家酒，簾幕窺春處處花。一派雲《韶》天外迥，不知仙馭過誰家。

雨中同古淮作

東風小閣陡生涼，盡日濃薰柏子香。好雨逡巡留客住，浮雲南北爲誰忙。青春未老看花眼，白首猶抄種菊方。湖上草生堤柳活，酒魂詩夢兩茫茫。

寄陳光哲

煮雪爐邊夜坐癡，踏青驢上曉行遲。不知多少相思味，換得春來兩鬢絲。

張光州綖五首

綖字世文，高郵人。正德癸酉舉人。八上春官不第，謁選爲武昌通判，遷知光州，罷歸。少從王西樓游，刻意填詞，每填一篇，必求合某宫某調，某調第幾聲，其聲出入第幾犯。抗墜圓美，必求合作。著《詩餘圖譜》，詞家以爲指南。喜作艷體詩。有《南湖集》四卷。

香奩詩三首

翡翠籠深燭影昏，當時一見已銷魂。歌殘玉宇雲千葉，醉損珠簾月一痕。欲説竟成閒撚袖，偷看多是半銜樽。而今惜蕊憐花意，祇有垂楊半倚門。

行遍迴廊小立時，輕風吹動隔墻枝。年光荏苒偏傷客，往事參差欲怨誰。繡被香温催解珮，綺窗月淡稱彈棋。釀成一種風流病，對月看花總淚垂。

飛絮遊絲舞作團，小樓春事又闌珊。錦鱗青羽書難覓，寶唾珠啼跡未乾。蛺蝶芳魂花裏瘦，蟾蜍清影月邊寒。嗟予苦乏如皋技，莫怪蛾眉一笑難。

詠行

紈扇輕裾到處宜，暖風摇曳細腰肢。相逢綺陌回眸處，瞥見雕欄轉角時。零亂珮環來冉冉，飄摇羅帶去遲遲。東昏未識凌波趣，枉着金蓮步步隨。

詠芭蕉

長葉翩翻緑玉叢，植來况是近梧桐。美人閒立秋風裏，羈客孤眠夜雨中。情逐舞鸞偏易感，事隨夢鹿渺難窮。太湖石畔新涼院，何處吹簫月滿空。

癡翁史忠〔一〕五首

史癡翁者，名忠，字廷直，金陵人也。少不慧，年十七方能言。忽通詩詞，畫山水樹石，縱筆揮寫，不拘家數。性豪俠不羈，負氣高抗，不謁權貴，人有不合，輒引去。自號癡翁。樓近冶城，署曰卧癡。引客談笑呼盧其中。酒霑唇輒醉，醉則搦管爲新聲樂府，略不構思，或五六十曲，或百曲方閣筆。其愛妾何氏，名玉仙，號白雲道人，能篆書及小畫，解音律，癡求兩京絶手琵琶張禄授以南北曲，閒自度新詞被之，醉後倚歌，絲肉交奮。同時陳大聲、徐子仁皆嘆羡以爲弗如也。時時出遊，不問所往。邳州湯指揮慕癡名過訪，方盛暑，散髮披襟，笑語甚適，徑攜手登舟，遊下邳，家人不知也。女笄當嫁，婿家貧不能具禮，詭祠攜之觀燈，與其婦送之婿家，大噱而去。嘗訪沈石田於吴門，沈他出，堂中有素絹，潑墨成山水巨幅，不通名姓而出。石田曰：「必金陵史癡也。」要之歸，留三月而别。石田來金陵，亦館卧癡樓，爲作癡翁詩曰：「我顛與翁癡，癡顛相比肩。約爲老兄弟，逍遥覓彭籛。」又贊其像曰：「眼角低垂，鼻孔仰露。傍若無人，高歌闊步。玩世滑稽，風顛月癡。灑筆淋漓，水走山飛。」癡每自詫曰：「石翁爲我寫真也。」年八十餘，精强如少年，自知死期，預命發引，命親朋歌《虞殯》，相攜出聚寶門，謂之生殯，至期無疾而逝。

〔一〕原刻卷首目録作「史癡翁忠」。

雜　詩四首

萬樹深林凍欲僵，高人吟雪坐寒窗。漁翁蓑笠歸來晚，欲買前村新酒缸。

二月江南花正開，山光欲翠水浮苔。緑陰到處還堪賞，不厭扁舟日日來。

雨晴江館洞雲歸，桑落人家半掩扉。好是癡翁真不俗，揮毫便作米元暉。

癡老平生性癖疏，胸中塵垢半星無。歲寒起坐燒銀燭，寫個江山雪霽圖①。

① 原注：「癡翁喜畫雪景，李空同有《題癡翁雪景》一則。」

丁巳正月琵琶張教師來江東白雲更與證之

忽雷曾説鄭中丞，不似女郎樓上聽。此日白雲推却處，癡翁清賞倚銀屏。

金秀才琮二首

琮字元玉。嘗遊浙之赤松山，愛其佳，徘徊不能去，因自號赤松山農。居常遐嘯清視，人莫能窺。處己接物，高簡粹白，王公大人非先施，不造其門。倪青谿參贊南京，擬薦於朝，不果。以弘治辛酉卒。元玉書初法趙子昂，晚年學張伯雨，精工可愛，文待詔極喜之，得片紙皆裝潢成卷，題曰《積玉》。畫梅有逃禪老人筆。弟璿，字元善，精于醫，旁及繪事，嘗畫袁安卧雪景圖，元玉題其後。盛仲交嘗匯元玉及史癡翁詩，題曰《金陵二隱》。元玉《丹陽道中》云：「丹霞推日出，陰壑帶冰流。」仲交所亟賞也。

送别史癡翁分得塵字

酌酒題詩送故人，卧癡樓上宴殘春。誰能老去身無事，我愧年來鬢有銀。楊柳風輕渾是夢，杏花雨細欲成塵。行裝乘貯金壺墨，處處湖山爲寫真。

自題畫梅

一别西湖未得歸，孤山風月近何如。春來剩有看花興，又向君家寫折枝。

徐髯仙霖七首

霖字子仁，其先姑蘇人，徙金陵。七歲能詩，九歲能大書，操筆成體，善畫松竹花草蕉石。長而跅弛自放，謝去學官弟子，精研六書。嘗得篆法於異人，李長沙見之曰：「此周伯温之流，吾不及也。」築快園於城東，極游觀聲伎之樂。善製小令，填南北詞，皆入律，棋酒之暇，命伶童侍女被其新聲，都人競傳而歌之。武帝南巡，伶人臧賢進其詞翰，召見行宫，試《除夕》詩百韻及應制詞曲，皆立就，雅俗雜陳，語多譎諫，上屢稱善。嘗午夜乘月幸其家，夫婦蒼黄出拜，上命置酒，家無供具，以蔬笋鮭菜進御，上大喜，爲之引滿酣暢而去。已而數幸其家，御晚静閣垂釣，得一金魚，宦官争買之，上大笑，失足落池中，衮衣霑濕。快園中有宸幸堂、浴龍池，紀其遇也。賜飛魚服，扈從還京。每夜宿御榻前，與上同卧起，將授官禁近，固辭，會上賓而罷。歸里二十餘年乃卒，年七十有七。子仁少時雅從沈啟南游，江夏吴偉寫沈，徐二高士行樂圖，楊君謙、祝希哲爲贊，文徵仲寄詩曰：「樂府新傳桃葉句，綵毫遍寫薛濤箋。」其爲名流傾慕如此。及其自應召罷歸，世廟繼立，威武近幸及待詔公車者皆逮治坐罪，而子仁獨超然無所連染，天下高之，以謂吴生之題目，庶無愧焉。

次楊南峰題畫

白雲載青山，山氣隨雲浮。山人樂在此，終不厭丹丘。時愛前溪水，亦或擢扁舟。問渠何所似，口誦《逍遥遊》。

題周東村畫

古松連茂陰，長日憩其下。便此幽閒地，樂得人事寡。老已厭琴書，閒即弄杯斝。幸隔城闉遠，目不觸車馬。世自與我違，我非忘世者。

題畫

香爐峰高天削出，湖面蒸雲欲吞日。列仙上鑿煉丹臺，高人下築藏書室。盤紆一道行者通，民居僧寺有無中。斜陽影射樵斧白，疏星光雜漁燈紅。樓船風高殷簫鼓，去急不須人奮櫓。栖禽驚散苦無情，斷林賴有蒼煙補。人間此景何處看，慘淡今從畫中見。小皴大染設色真，粉本徒令工作眩。書畫長留歲月過，怪來歐公悔無多。南堂一賞到白髮，快雨時晴縱嘯歌。

除夕禁直書事

夜色浮宮殿，星河耿不昏。御香飄十里，銀燭照千門。祇覺天顔近，俄承詔語温。遍書春帖子，知是沐殊恩。

舟中雜詠二首

緑樹坐黄鸝，青秧點白鷺。睡起倚船窗，知是江南路。

今夜河西宿，無眠但數更。並船何處客，吹笛到天明。

題石睿學士圖

歸來厩馬踏堤沙，回首彤樓路漸賒。遥想禁門金鎖合，一庭月浸紫薇花。

謝秀才承舉二首

承舉字子象，初名璿，字文卿，夢神授以今名。八歲賦《暮秋》詩，有「紫塞風寒雁叫霜」之句。儲柴墟在南考功，引與同社。累十舉不第，退耕國門之南，自號野全子。顧華玉誌野全墓云：「成、弘間之詩，李西厓主清婉，尚才情，陳白沙主沈雅，莊定山主渾雄，並尚理致。金陵有二才子，曰謝子象、徐子仁，凌踔詞苑，陶冶其模廓，謝得其雄，徐得其婉。然徐之學西厓與謝之學白沙，皆虎賁之似中郎耳。」子少南，自有集。子象有《遊寺》詩云：「春雨洗山諸寺近，秋花熏夢一樓空。」集中如此句絶少。

恭題靈羊圖

宣宗御筆也。羊圖三頭，坡下一犬，有欲搏之狀，而羊意馴擾，感賦長句。

塞上春深草初緑，黄河套邊堪放牧。何來羌羚攜乳畜，旁有韓盧將搏逐。群羚不奔且不驚，輶車無影鸞無聲。持旄已歸蘇子卿，挾册未見黄初平。羊何安閒盧何猛，以静制動清邊境。我皇執筆發深儆，意在和雍化强梗。是時賢相惟三楊，昇平輔理稱虞唐。九重優游翰墨場，天與人文垂四方。

題畫陶靖節

彭澤歸來菊滿籬，停雲榮木已成詩。晚風散步前溪路，正是先生半醉時。

陳指揮鐸六首

鐸字大聲，下邳人，家於金陵。睢寧伯文之曾孫，都督政之孫。以世襲官指揮，風流倜儻，以樂府名於世。所爲散套，穩協流麗，被之絲竹，審宫節羽，不差毫末。居第之南，有秋碧軒、七一居，精潔絶塵，通人勝流過從談宴。山水仿沈啟南，自爲詩題其上。人知大聲善樂府，不知其能畫，又不知其工於詩也。成化中，江陰卞華伯序其《香月亭詩》，以爲用意和平，不務雕刻，深入虞、楊、范、揭之閫奥，而漸登盛唐作者之階梯。廣陵張佐曰：「大聲屏紈綺之習，耽於吟詠，其於經傳子史百家九流，莫不貫穿。嘗見《可齋樂府》有甲乙交叉之句，出於《珞琭子消息賦》，非但求爲押韻，而拾此成語，貫之詞意，不加雕琢，非所藴淵博能爾哉？」周暉《金陵遺事》載其《齋居》詩云「晚樹低分齊，春雲淡隔城」、《夜行》云「山月巧窺人影瘦，夜凉先向客衣生」、《送毛都督》云「刁斗夜嚴山月冷，旌旗晴散夜雲平」，皆可誦也。又有景卿，字夢弼，善小景花草，自寫杏花，題一絶句云：「晴團紅粉護春煙，仿佛江村二月天。記得景卿回首處，一枝斜拂酒樓前。」其詩甚佳，今白下無知之者矣。

宿牛首寺

到寺萬緣絶，蕭然宿峰頂。蒼蒼野色新，漠漠秋煙暝。相期話三生，夜坐石根冷。微涼入虛闌，老鶴語桐井。支郎翻經處，松子落古鼎。白露下高空，濕雲壓幽境。望極顛厓前，寒籬眇村徑。談久明月來，照我天地静。自汲石泉水，同僧瀹佳茗。天風在林末，空翠散復整。一乘演微機，開豁自惝省。疏竹何蕭蕭，雲房亂燈影。

遊清涼寺次藻庵韻

夕陽峰頂一攀躋，萬里川原望不迷。帆影遠來江樹外，山形多在石城西。苔荒輦路人稀到，花近禪房鳥亂啼。直到翠微亭子上，漫吟重續舊時題。

春晚過程竹溪用韻

春日春盤薦白魚，地幽全勝野人居。詩篇静閲新晴後，茶臼閒敲午夢餘。花落語鶯還在樹，竹深流水細通渠。將軍莫厭過從數，幾日東橋有報書。

春日喜程大祥見過

金石交情老不移，尊前重睹舊豐儀。清風竹徑臨茶竈，細雨鄰墻見酒旗。世事且歸胡蝶夢，春情多寄海棠枝。西齋兩月無清興，病起逢君一賦詩。

次與仲和聯句韻

卧病經年喜遇君，草堂清話到斜曛。濁醪拚取尊前醉，險韻何妨席上分。冷雨小蛩鳴切切，輕風殘葉下紛紛。也知别後還相憶，何處鐘聲隔暮雲。

用韻寄張文昭

舊盟疏闊冷鷄壇，風雨清尊負四難。忙裏寄書多草率，病中抛藥賴輕安。幾宵夢去清江迴，五月愁深白雨寒。清寂一官甘守拙，逢人彈鋏笑馮驩。

附見　景　卿一首

寫杏花自題絶句

晴團紅粉護春煙，仿佛江村二月天。記得景卿回首處，一枝斜拂酒樓前。

羅主簿燾二首

燾字元溥，金陵人。以歲貢授光澤縣主簿。有集二卷。玉泉陳鳳《落花唱和詩序》云：「吾鄉羅淵泉氏，自髫年即好聲律，旁啇群籍，牙籤滿架，偶得石田翁《落花》詩，憑几酬和，得二十首。玉岑王子、懷荃楊子，江東文士也，亦次韻屬和焉。」元溥《晚過東山寺》云「聞鐘知寺近，逢鹿覺山深」、《宿高座寺》云「月來半榻寒松影，風送滿山秋葉聲」，爲集中名句。

追和石田翁落花詩二首

花隨流水去悠悠，幾日傷春欲白頭。絮繫遊絲腸百結，瓣浮細雨淚雙流。鞦韆院落人孤立，杜宇枝頭月一鉤。過眼韶光無計挽，年年空抱別離愁。

堆紫堆紅曲徑邊，飛來飛去小庭前。隨風入户最難定，送雨過林真可憐。青帝不能留一日，玄都重到又經年。芳菲去去無存跡，恰似生前未結緣。

王秀才建極七首

建極字□□，湖州人。

和石田翁落花詩七首

翻紅墜素兩悠悠，王謝門前古陌頭。鎮日縈懷驚驟雨，一時和淚逐東流。鶯將春色侵棋局，魚襯寒香上釣鈎。此際有人披繡閾，斂眉無語獨含愁。

惜花彩筆爲傳真，畫就還驚花有神。月照空枝無那夜，風飄殘蕚奈何春。香魂應弔綺羅客，麗質終爲蘭麝塵。一度看來一惆悵，未知誰是不愁人。

風浄雲和雨意新，殘紅點點委芳塵。眼穿此日憑欄客，腸斷當年勸酒人。紙上祇能添麗句，枝頭無計駐殘春。落英狼籍那堪觸，密掣金鈴鳥莫嗔。

煙雨欺花肯放晴，落紅日日唤愁生。已拚引被蒙頭卧，更起巡簷信步行。蝴蝶夢寒雙睡燕，杜鵑枝老獨啼鶯。緑陰冉冉天涯遍，十二樓頭空月明。

看花興懶厭追陪，門掩春光强半迴。紅着樹時風已妒，緑成陰處雨猶催。盈盈堆徑阿誰惜，款款敲窗若個來。攬得情懷無可奈，呼童且覆掌中杯。

萬樹飛花繞碧空，韶光應與昔年同。朱簾半捲胭脂雨，繡幕輕摇蘭麝風。燕拂林霞分嫩緑，蝶翻草露濕妖紅。玉人推枕春眠起，玉減金松一顧中。

片片飛來東復西，倚門東望欲成迷。臨風漫作開顔笑，帶雨還爲半面啼。狂罥遊絲縈醉客，巧隨流水賺漁媛。須知欲盡猶堪惜，隨處芳叢酒可攜。

楊秀才穀二首

穀字惟五。上元尹以役困其父兄，穀往訴之，尹心輕之，以衣巾生員爲題，令其作詩。穀援筆成詩，有「草中射虎心猶在，天上屠龍事已非」之句，尹改容謝焉。穀有《宿大城山莊》云「隔樹林穿暮，披榛徑轉微」，又云「敗壁青苔應殢雨，寒潭碧水似澄霜」，皆佳句也。

落花次石田翁韻二首

典衣問酒午橋西，團雪紛紛路已迷。鈿破寶釵難寄恨，骨埋青冢半封啼。銜空百匝憑馴雀，掃去千回賴老媛。樂事暫違風物改，畫竿紅燄更誰攜。

月缺良宵尚半規，花殘無復昨看時。飄飄入座霑衣濕，細細迴簷額遲。衝曉馬蹄先踏破，趁晴蛛網漫縈垂。雕紅刻紫都成夢，一段春情欲訴誰。

陳指揮節一首

節字伯玉，合肥人。

落花次石田翁韻

群芳無力愛春眠，倦倚闌干似醉然。漢女琵琶應飲恨，楚宮粉黛不勝蔫。燕銜零玉遺書幾，蜂帶餘香過酒船。欲爲癡兒時洗面，杖藜閒到短籬邊。

【補詩】

顧副使瑮三首

獨夜

相思此夕渺星河，絡緯聲寒夜雨多。咫尺便成千里隔，寂寥無奈五更何。熏籠衣漏消香灺，篋扇秋塵冷畫羅。玉札緘愁知幾許，祇應難託戲魚波。

憑橋爲張以誠作

青溪曲繞帝城遥，處處垂楊接畫橋。春色十分金谷酒，月明五夜玉人簫。鵶翻夕照傷心麗，馬蹀香塵滿目驕。誰識年年倚闌客，長陪鷗鷺戲秋潮。

六兄宅聽妓

三十年前夢裏過，重將白髮對青蛾。祇應酒量詩情在，消得筵前一曲歌。

列朝詩集丙集第十五

楊修撰慎一百七十九首

慎字用修，新都人。少師文忠公廷和之子也。七歲作《擬古戰場文》，有曰「青樓斷紅粉之魂，白日照青苔之骨」，時人傳誦，以爲淵、雲再出。正德辛未，舉會試第二，廷試第一，授翰林修撰。武廟閱天文書，星名「注張」，又作「汪張」，下問欽天監及史館，皆莫知，用修曰：「注張，柳星也。」歷引《周禮》、《史》、《漢書》以復。湖廣土官水盡源通塔平長官司入貢，同官疑爲三地名，用修曰：「此六字地名也。」取大明官制證之〔一〕。嘉靖癸未，修《武廟實録》，總裁二閣老，盡取藁草屬刊定焉。甲申七月，兩上議大禮疏，率群臣撼奉天門大哭，廷杖者再，斃而復蘇，謫戍雲南永昌衛。投荒三十餘年，卒於戍，年七十有二。用修在滇，世廟意不能忘，每問楊慎云何，閣臣以老病對，乃稍解。用修聞之，益自放。嘗醉，胡粉傅面，作雙丫髻插花，諸伎擁之遊行城市。諸夷酋以精白綾作裓，遺諸伎服之，酒間乞書，醉墨淋漓，諸酋輒購歸，裝潢成卷。嘗語人曰：「老顛欲裂風景，聊以耗壯心遣餘年耳！」著述最富，詩文集之外，凡百餘種，皆盛行於世。用修垂髫賦《黄葉》詩，爲茶陵文正公所知，登第又出門下，詩文衣鉢實出指授。及北地哆言復古，力排茶陵，海内爲之風靡。用修乃沈酣六朝，攬采晚唐，創爲淵博靡麗之詞，其意欲壓倒李、何，爲茶陵别張壁壘，不與角勝口舌間也。援據博則舛錯良多，摹仿慣則瑕疵互見，竄改古人，假託往籍，英雄欺人，亦時有之。要其鉤索淵深，藻彩繁會，自足以牢籠當世，鼓吹前哲。膚淺末學，趨風仰止，固未敢抵隙蹈瑕，横加訾謷也。王元美曰：「用修工於證經而疏於解經，詳於稗史而忽於正史，詳於詩事而不得詩旨，求之宇宙之外而失之耳目之前。」斯言也，庶哉楊氏之諍友乎！

〔一〕「明」，原誤作「名」，據小傳本改。

西征夜

寒重旅衾單，默對燈花謝。亂山荒壘間，獨客孤眠夜。寂寞與誰同，尋思似夢中。勞勞無止極，去去忘西東。故鄉孟冬别，有約仲冬返。人願天不從，長征日以遠。異縣多相知，樽酒話心期。含悲不能語，淚爲生别滋。

擬青青河畔草

河水清且漣，河上多芳草。春風二月時，千里交河道。交河漢家營，荒莽少人行。日暮凄風起，黄沙與雲平。雲間有孤雁，附書自鄉縣。翩翩欲下來，聞弦却驚散。草青雁北飛，草枯雁南歸。雁飛有歸時，征人無還期。

雙燕曲

有鳥名飛燕，雄雌自相將。飲君玉池水，巢君文杏粱。美人當軒坐，恐涴羅衣裳。請君驅除之，君憐不忍傷。雛生八九子，嬌愛比鳳凰。嗚聲何啾啾，聞我庭東廂。習飛還不遠，墮墜雙扉房。主人戒廬兒，毛羽無摧戕。不啄五株桃，不啑五畝粱。秋風從西起，翩翩向南翔。昔爲黄口兒，今爲烏衣郎。辭巢謝主人，華屋恩難忘。願主壽千歲，歲歲巢君堂。

扶南曲四首

美人辭曲房，羅綺雜花香。遠思河邊草，柔情陌上桑。歸來庭下路，羞見紫鴛鴦。

清歌開笑齒，一夜足歡娱。誓好同心結，迎祥百子圖。千金當一刻，城上莫啼烏。

游賞上春時，踟蹰望所思。花嬌初學臉，柳淺未成眉。問訊溝頭水，微波可致辭。

淇上輕盈侶，巫陽縹緲仙。晚歸因鬭草，春困爲鞦韆。羅帳含雙笑，燈昏尚未眠。

垂楊篇

楚雄苴力橋有垂柳一株，婉的可愛，往來行之，賦此志感。

靈和殿前艷陽時，忘憂館裏光風吹。千門萬户笙旗色，九陌三條雨露滋。蒼凉苑日籠燕甸，縹緲宫雲覆京縣。芳樹重重歸院迷，飄花點點臨池見。臨池歸院總仙曹，應制分題競彩毫。詔乘西第將軍馬，詩奪東方學士袍。金明緑暗留煙霧，舊燕新鶯换朝暮。祇知眉黛爲君顰，肯信腰肢有人妒。從此沈淪萬里身，可憐憔悴四經春。支離散木甘時棄，攀折荒亭委路塵。摇落秋空上林遠，婆娑生意華年晚。腸斷關山明月樓，一聲横笛清霜坂。

青海引

長白山前號黑風，桔槔火照甘泉紅。五千貂錦血邊草，單于夜帳移湟中。華林酒艷長庚醉，沉香春濃海棠睡。金馬門如萬里遥，那知青海城頭事。

明月篇

桂樹生銀漢，菱花掛玉臺。山明姑射雪，川静海童埃。北户燭龍蜇，南枝烏鵲來。清光殊窈窕，流影自徘徊。樓上盈盈女，樽前灎灎杯。孤桐不須薦，錦瑟正相催。

大堤曲

大堤二三月，垂楊千萬把。上枝堪藏鴉，下根堪繫馬。藏鴉繫馬晚樓邊，沉水香焚清酒傳。紅霞宛宛歌聲外，漢水團團明鏡前。夜飲朝眠歡不足，秋去春來芳草緑。祇知郎橐盡黄金，不道妾顔銷白玉。

江有方洲岸有沙，牙檣絲纜各天涯。釵橫花困鶯殘夢，不信行人不憶家。

新曲古意

淩波洛浦遇陳王，躧步邯鄲綴舞行。鸞尾鳳頭争嫵婉，麝臍龍腦鬭芬芳。巫陽臺上春先到，漢月樓中夜未央。結網嬉蛛垂藻井，營巢睇燕宿梅梁。金仙素掌晞金露，玉女青腰褢玉霜。翠織屏風交屈戍，紅羅斗帳掛香囊。膩鬢斜墜烏雲滑，脂體横陳白雪光。詞賦楚王憐宋玉，畫圖天老教軒皇。生憎露鶴催宵急，死恨星鷄促曙忙。肯信王嬙嬪絶國，紅顔清淚泣玄羌。

養龍坑飛越峰天馬歌

高皇御天開大明，龍馬出自養龍坑。房星夜下鹿盧寨，天駟曉來驃騎營。殿前重瞳回顧盼，奚宫仗外争相迎。鷄鳴牛首試控縱，鳳師麟儀無逸驚。歸風絶塵羡迅疾，逮日先影羞翾輕。四蹄翩然不躡地，六飛如在空中行。是時雄酋有奢香，左驂牡驪右牝黄。貢上金陵一萬匹，内厩惟稱此馬良。宸遊清燕幸鸞坡，學士承旨贊且歌。飲以蘭池之瑶水，秣以芝田之玉禾。飛越峰名自天錫，駿骨雖朽名不磨。至今百七十歲時，山頭猶有養龍池。方經地志或遺漏，箐苗洞獠那能知。吾聞天下有道，飛黄伏皂。又聞王良策馬，車騎滿野。前時吉囊寇大同，烽火直達甘泉宫。近水莫瀛亂交趾，羽書牙璋遍南中。安得將星再降傅友德，房宿重孕飛越峰。一月三捷獻俘馘，千旄萬旟歌熙雍。嗚呼！將相寧有種，龍駔豈無媒。經途訪跡一興慨，郭隗孫陽安在哉，長歌終曲長風來。

題夏仲昭竹寄陶良伯騤

太常胸次瀟湘寬，少年愛寫生琅玕。白頭藝苑更入妙，筆法近追王孟端。兩家名藻雄吴下，品題未覺風流亞。一紙能令百世傳，兩竿不啻雙金價。人言畫竹非畫工，草書結構將無同。誰家高堂名寶繪，徐熙花鳥迷青紅。玉人佳興松江東，寄圖索賦隨長風。遥知把玩清香裏，正是相思明月中。

擊壤圖

陶唐天子調八風，鳳儀獸舞明廷中。誰知鼓腹行歌者，復有山中擊壤翁。短袖單衣露兩肘，野狀村容不自醜。掀髯笑傲肩相隨，共道帝力我何有。柳谷餞日暘谷賓，老翁那記昏與晨。一作一息有出入，時耕時鑿無冬春。蓂莢開殘又朱草，生來未識平陽道。海隅赤日燒九州，寰中息壤汨洪流。已見天戈揮丹浦，更聞風伯殪青丘。老翁其間百不憂，直從紅顔到白頭。君不見許由逃堯勞步履，巢父洗耳污清泚。華封老人費言辭，康衢小兒强解事。姑射豐姿雖可珍，神仙仿佛信難真。君看擊壤千年後，多少行歌帶索人。

離席行送彭二

昔子從軍巴蜀山，横戈千里何間關。坐使麒麟日月焕，行收魚鳥風雲閒。文武才名歸一姓，兄弟勳華許誰並。起晚已謝時運傾，當陽再睹乾坤正。陟岡在原來復返，海水天風歲將晚。行行白馬燕雪深，飛飛黄鵠秦雲遠。離堂命酒羽觴疾，畢昂盈軒月東出。主人留連客離席，慷慨爲子歌今夕。

錦津舟中對酒别劉善充

錦江煙水星橋渡，惜别愁攀江上樹。青青楊柳故鄉遥，渺渺征人大荒去。蘇武匈奴十九年，誰傳書札上林邊。北風胡馬南枝鳥，腸斷當筵蜀國絃。

過駐節橋讀東皐劉遠夫公碑文有感

溪尾水沄沄，峰頭正夕曛。含凄經駐節，灑淚讀遺文。橋南花如浣花好，橋北油油生碧草。草色逐年新，花開又一春。可憐東皐客，今作北邙塵。憶昨錦江離别處，江邊手折垂楊樹。千里還鄉不見君，斷腸鄰笛山陽賦。

普市

孤城比屋雪封瓦，重露濃嵐冪四野。飄飄風凹巧回鳶，凝涸冰槽工溜馬。倦客落日投主人，冷突無煙炊濕薪。敢辭白首禦魑魅，眼見木夫尤苦辛。

宿金沙江

往年曾向嘉陵宿，驛樓東畔闌干曲。江聲徹夜攪離愁，月色中天照幽獨。豈意飄零瘴海頭，嘉陵回首轉悠悠。江聲月色那堪説，腸斷金沙萬里樓。

送余學官歸羅江

豆子山，打瓦鼓。陽坪關，撒白雨。白雨下，娶龍女。織得絹，二丈五。一半屬羅江，一半屬玄武。我誦綿州歌，思鄉心獨苦。送君歸，羅江浦。

惡氛行

金碧山前惡氛起，虜馬來飲滇海水。城西放火銀漢紅，炎焰塵頭高十里。兩重日暈圍白虹，萬家仰首呼蒼穹。相顧慘然無顏色，嗚呼寄命須臾中。賊徒渾幾個，枕戈臨水卧。我軍屯北門，分明不敢過。

土酋脅盟來索官，城上無言騎堞看。父老倉忙雙涕泗，細説去冬尋甸事。絃急柱促柄倒持，首禍今朝竟何自。堂堂之陣誰主兵，喁喁公等皆儒生。賊來不肯令出哨，賊去但解擡空營。豈無雄武士，奮身思一決。咫尺轅門不肯前，怒髮衝冠氣填咽。況聞千金逐日費，連月公儲已傾竭。土兵抄掠盡村園，升天無梯地無穴。熙皞閭閻逾百年，太平官府真神仙。紫薇迢迢華蓋遠，虚將敲撲威窮邊。邊隅一旦紛解瓦，喑嗚變作擎拳者，喑嗚擎拳兩奈何！君不見建武年中任校尉，又不見開元年中張乾陀？

三岔驛

三岔驛，十字路，北去南來幾朝暮。朝見揚揚擁蓋來，暮看寂寂回車去。今古銷沉名利中，短亭流水長亭樹。

送樊九岡副使歸新繁

別君於南雲碧鷄之澤，追君於東城金馬之坡。酌君以蓮蕊清曲之酒，侑君以竹枝巴渝之歌。天涯歧路鎮長在，故人零落渾無多。憶昔君爲漢陽守，滄浪之清古無有。拂衣掉頭不肯顧，飲水舊謡在人口。明詔復起句町行，官突未黔先濯纓。宦遊不博歸故里，榮禄何如全令名。九隴高岡白雲野，吾廬世耕在其下。清泠好結鷗鷺盟，春秋願醉鷄豚社。蛋雨蠻煙老玉關，小山叢桂不同攀。愁心如月何時掇，夜夜隨君夢裏還。

舟中閲唐詩紀事王起李紳張籍令狐楚於白樂天度上賦一字至七字詩以題爲韻遂效其體爲花風月雪四首宋人名一七令

花。摛錦，鋪霞。邀蝶隊，聚蜂衙。珠瓔姹女，寶髻宫娃。風前香掩冉，月底影交加。緑水名園幾簇，青樓大道千家。謝傅金屏成坐笑，陳朝瓊樹不須誇。

風。偃草，飄蓬。過竹院，拂蘭叢。柳堤摇緑，花徑飛紅。青缸殘焰滅，碧幌嫩涼通。漆園篇中竽籟，蘭臺賦裏雌雄。無影迴隨仙客御，有情還與故人同。

月。霜凝，冰潔。三五圓，二八缺。玉作乾坤，銀爲宫闕。如鏡復如鈎，似環仍似玦。蘭閨少婦添愁，榆塞征人怨别。漢家今夕影娥池，穆穆金波歌未闋。

雪。凝明，澄徹。飛玉塵，布瓊屑。蒼雲暮同，巖風曉别。深山樵徑封，遠水漁舟絶。南枝忽報梅開，北户俄驚竹折。萬樹有花春不紅，九天無月夜長白。

燕麥謡

馬牙冰，滿林白，損我苦蕎傷燕麥。甲子陰，烏無食，山頭農甸心客睆。睆荒眼，雙流血。臘馬躓，春牛吼。瘸象來，窮軍走，括金使者空城守。

衍古諺漢時諺云殺君馬者路傍兒其言雖小可以喻大衍爲一篇感時撫事方有諷云

天馬龍爲友，來自渥窪池。青絲爲之絡，黄金爲之羈。圉人新承命，剪拂下瑶墀。騎出横門外，茸茸春草時。東城接南陌，觀者咸嗟咨。弄臣矜迅足，長鞭終日施。汗血忽憔悴，筋力盡驅馳。未樹邊隅績，徒馬冶遊疲。始信殺君馬，端是路傍兒。

秋風引

霜凛銜蘆急，秋深懸炭輕。觱篥吹籥響，熠耀傃階明。盧女流黄色，班姬搗素聲。誰教《明月引》，翻作《苦寒行》。

宋玉

文藻三閭並，幽懷《九辯》知。雲爲巫峽賦，雪作郢中詞。茅屋還遺址，蘭臺異昔時。鴻裁誰獵艷，空自拾江蘺。

夕泊江陵

西陵白雪晴，南浦緑波生。海燕先春至，沙禽恒夜驚。竹房燈下市，菱舫月中箏。且醉桑郎酒，休傷萍客情。

梓潼道中

小市孤煙起，平岡落日斜。素林驚夕鳥，錦石戴寒花。悵別關河晚，憑高眺望賒。土亭今夜月，流影夢還家。

早發解州

旅宿先鴉起，歸心與雁争。冰霜殘臘路，花柳上春城。隱士嘲西笑，騷人感北征。勞生應物理，奔走愧虚名。

乙酉元日新添館中喜晴

白日臨元歲，玄雲放曉晴。城窺冰壑迴，樓射雪峰明。客鯉何時到，賓鴻昨夜驚。離心似芳草，處處逐春生。

層臺驛

徒坡千百磴，破店兩三家。濕竈薪無焰，磽田飯有沙。瘦兵宵泣血，猛虎晝磨牙。行路難如此，羈愁一倍加。

硤石道

石壕環陜驛，澠水帶崤關。東望封泥谷，南運積甲山。秦輪無隻返，趙璧有雙還。陳跡虛無裏，荒臺蔓草間。

青橋

閣道盤雲棧，郵亭枕水涯。猿猱臨客路，鷄犬隔仙家。風起青丘樹，春迷玉洞花。旅懷今日豁，停幰問褒斜。

九日微冷

巴諺教移火，邠風戒授衣。病嫌添夜漏，寒覺愛朝暉。弔月吟蛩苦，迎霜候雁稀。黃花羞白髮，不肯放荆扉。

感通寺

嶽麓蒼山半，波濤黑水分。傳燈留聖製，演梵聽華云。壁古仙苔見，泉香瑞草聞。花宮三十六，一一遠人群①。

① 原注：「寺有僧無極者，洪武中首率僧衆歸附，朝京，御製十六詩送之還。詔云：『衆僧經通佛旨，語善華云。』華云，華言也。」

竹户

竹户少塵埃，濃陰鬱不開。静聞清露墜，凉送好風來。鳥下彈瓊粉，蟲行篆紫苔。無人共欣賞，坐嘯獨悠哉。

次張大理文柔别後見寄韻

垂老雲南戍，逢君海上州。桂招非小隱，萍泛是同流。江漢詢幽側，關山慰阻修。欲酬平子贈，空有畔牢愁。

出塞　地名，六朝體也。

峰火照甘泉，刁斗出祁連。錦車衝鳥穴，翠旄度鷄田。高柳分斜月，長榆合遠天。交河冰正結，心斷玉門前。

春江曲

時女玩春翹，新梅發遠條。風香隨步步，雲彩艷朝朝。悵望迷晴浦，音書候晚潮。玉輪江上水，心斷木蘭橈。

折楊柳

白雪新年盡，東風昨夜驚。芳菲隨處滿，楊柳最多情。染作春衣色，吹爲玉笛聲。如何千里別，衹贈一枝行。

贈別陸後野

邂逅葉心期，燈花對酒卮。浮雲遷客夢，明月美人詩。館曙鳴鷄早，關寒度馬遲。行過宜祿驛，好寄世南碑。

候朝簡王舜卿

文華接武英，鳳吹應鷄鳴。月晃牙牌字，風傳玉珮聲。天香飄左掖，宮漏隔西清。不是班行迥，焉知夙夜情。

舟曉

羈心厭漏遲，未曉命舟師。樹過如人立，帆開覺岸移。天梭星落織，霞錦日舒絲。漸喜漁村近，炊煙出竹籬。

渡黑龍江時連雨水漲竟日乃濟

飛鷁朝暾霽，停驂午漏分。客心隨水急，人語隔江聞。雨過添清氣，風生愛縠紋。中流歸棹穩，跂望有來群。

沙河縣

空磧少人煙，孤城大道邊。平沙盤馬路，殘雪射雕天。野日三竿上，河冰百片穿。條風將變柳，客思感流年。

十二月朔旦南郊扈從省牲

天仗雲門外，宵衣曉漏前。蒼龍旂影動，朱鷺鼓聲傳。星爛甘泉燭，霜清泰畤煙。南郊新警蹕，重睹孝皇年。

初寒擁爐欣而成詠

閉户當嚴候，圍爐似故人。故桃無賜炭①，榾柮有窮薪。兒免號寒喜，翁便永夜親。焰騰金菡萏，灰聚玉麒麟。剪燭休論跋，傳杯莫記巡。煎茶浮蟹眼，煨芋皺蚪鱗。一點那容雪，千門預借春。灞橋何事者，凍縮苦吟身。

① 原注：「宋世御炭以胡桃文鵓鴿色爲上，以賜内直學士。」

答彭子冲

異縣悲南國，同車感北風。霜清淮浦闊，木落楚江空。危坂難迴馬，炎方少去鴻。望歸天共遠，惜别歲將窮。海曲飛鳴隔，山梁飲啄同。從軍古云樂，況復九夷通。

送毛東鎮往臨安

縹縹碧鷄使，蕭蕭斑馬群。離亭方禁酒，征路正炎氛。水弩含沙影，天鳶墜火雲。歸音期蟋蟀，莫待海花紛。

送張惟信册封唐邸因歸省母

鳴玉遥持節，分圭重剪桐。騂騮開蜀道，蟋蟀采唐風。税駕雲山外，迴船月峽東。還將《南陔》什，一奏北堂中。

高嶢卧疾喜簡西嵒至自滇城

隔户聞來屐，移燈坐對牀。澄心披樂霧，點鬢訝吴霜。便欲開棋局，還思减藥囊。天涯故人少，且願駐飛航。

近歸有寄

禄品宵征路，堂川暝問津。凉風吹遠思，新月照歸人。未醒鷄邊夢，猶驚馬上身。明朝攜手地，先醉雪梅春。

寒夕《七十行戍稿》。

東西垂老别，前後苦寒行。旅鬢年年秃，羈魂夜夜驚。春鉏胸内貯，石闕口中生。讀書有今日，曷不早躬耕？

八月二日經筵紀事

經帷當日表，講殿直天中。鵷鷺隨多士，貂蟬列上公。墀聲分噦噦，櫺影辨瞳瞳。湛露晞蘭省，卿雲爛桂宫。蟻浮仙酒緑，鶴翥錫袍紅。晉晝延三接，堯旻達四聰。衣香芬玉藻，履跡印璇穹。觀易三陽泰，陳詩萬國同。寵高梁授簡，恩邁漢臨雍。奎聚占乾象，研書識帝鴻。羽陵無蝕蠹，玄閣謝雕蟲。瑩德同金礪，温規借玉攻。扆瞻休氣近，鐘叩德音隆。卷帙叨從事，簪裾儼在躬。涓塵何補助，海嶽自深崇。敢詑桓榮力，還歌吉甫風。

詠猴子

鼍記軒轅鼓，黿升夏禹圖。兜零清紫塞，寓望拱皇都。水隔生煙直，山遮落照孤。遒人春振鐸，亭長晚吹菰。原樹遥分薺，城荒遠辭蕪。淋鈴蜀棧雨，疲旆楚江艫。客思虚悲梗，吾生實射孤。驂騑逵自達，兔鹿徑休迂。

晨霧

安寧之境，杪秋初冬，天將晴霽，晨必大霧，千里一白，如銀色界，須臾日出，霞彩暉煥，亦奇觀也。

玄冥當凛節，白霧翳晨朝。明月朦朧閣，清霜曖𣊬橋。冰澌工織水，花淞慣封條。嵐市天褰幕，煙坰陸湧潮。鳧疊迷獨釣，鹿徑滑歸樵。文彩南山豹，威凌北塞貂。駟星收閃閃，曦景焕昭昭。梅信懸知近，憑他酒帘招。

雨中夢安公石張習之二公情話移時覺而有述因寄

滇越鄰天竺，邛來隔夜郎。五離殊畛域，一别異炎凉。竄逐他時並，羈懷此夕長。歡娱漸迢遞，晤語落冥茫。嵐靄歊蒸國，煙波瘴癘鄉。秦關生馬角，蜀嶺斷猿腸。折坂沉黎壁，懸繩沐若梁。南盤堆枸醬，西髳緝桄榔。羅漢標孤檜，觀音映遠楊。街淜龍簇市，海貨貝投莊。卉服喧叢薄，雕題列太荒。逡巡《烏爨弄》①，噭咷白狼章。霄漢鳶飛站，星坻蟲飲光。堢風氛甚惡，菌露毒仍防。樹偃申家屋，荷凋屈氏裳。獨愁吟皚雪，九辯感清商。水晝消棋陣，流年付酒狂。抨弓穿鴶鶡，鼓柮泛螳螂。康樂吴趨激，鍾儀楚奏傷。盼歸頻握稰，憶舊幾停觴。夙昔交遊日，峥嶸翰墨場。金蘭通氣味，桑梓借徽芳。健筆夸鸚鵡，靈陶戛鳳凰。執鞭從李杜，傾蓋許班楊。賈誼三書切，相如四賦良。軼塵追騕褭，缺岸倚跨跱。百斛扛文鼎，千帆掣駃檣。仙才輕紱冕，公望重圭璋。蒲席青規地，薇垣紫界墻。璇閨高曳履，瓊澀儼分行。笏捧綈囊奏，衣飄晝省香。輦花簪矗矗，墀草珮瑲瑲。儤直承明下，經過韋曲傍。翠微橫半岫，白水溢方塘。暝宿招提境，雲眠薈蔚房。樵歌搴薜荔，漁影照滄浪。倏忽嗟歧路，參差散頡頏。薰華晨逗雨，蓂莢曉凌霜。拂鬱干將劍，聯翩戍客裝。峨嵋臨絶頂，瀼瀵宛中央。樾蔭江楓赤，庭蕪塞葉黄。閉門非泄柳，偎壘詎庚桑。紛緒琴心懶，衰顔鏡匣藏。屏居親猰㺄，坐嘯和蛩螿。張敏情還劇，安期好不忘。形骸元脱落，身世且徜徉。蚓壤甘怡槁，鴻冥豈慕粱。艱虞寧暇問，吾道任蒼蒼。

① 原注：「烏㸷弄，唐世取入樂府。」

雲中十二韻

天子雲中狩，將軍久未還。律吹玄兎塞，旗繞白狼山。風火燒荒急，星辰過隊閒。燕支留馬首，蘇絡醉龍顔。清樂千門動，黄金萬鎰頒。雪深懷纊絮，月滿憶刀環。牙鳥嚴宵仗，宫鴉捲曉班。奏回青瑣闥，捷報紫金關。膂力休明鎧，歡聲洽禁闤。功牌銀爍爚，賀障錦斒斕。日轉虞巡外，春流鎬宴間。戢戈行有頌，神武遍人寰。

寒朝早起即事

籬頭篳栗競發，爐心榾柮通紅。煨香蹲鴟已熟，流澌凍醴方融。小窗一梳新月，影在梅花樹東。

燉煌樂

角聲吹徹梅花，胡雲遥接秦霞。白雁西風紫塞，皂雕落日黄沙。漢使牧羊旌節，閼氏上馬琵琶。夢裏身回雲闕，覺來淚滿天涯。

禺山傳五嶽山人任少海書札兼致問訊因憶

五嶽山人相憶，八行書札遥通。吹簫夜郎月下，採藥白帝雲中。塵世英雄易老，浮生蹤跡難同。張衡《四愁》吟斷，宋玉《九辯》悲窮。

長干三臺四首

雁齒紅橋仙舫，鴨頭緑水人家。邀郎深夜沽酒，約伴明朝浣沙。桃葉波横風急，梅根渚遠煙斜。日出秦樓南畔，春深宋玉東家。簾細眼波易透，窗疏眉語難遮。莫問河陽消息，不是長安狹邪。絳樹纖腰鬭柳，碧玉芳年破瓜。波上襪羅回雪，風前唾袖生花。自有石城艇子，不須油壁香車。二月稍頭豆蔻，五更風外楊花。殘香尚留翠被，餘粉猶霑絳紗。樓上曉鐘催起，岸邊柔櫓咿啞。

會津門觀江張望小市人家戲作

渺渺波環紫貝，蕭蕭風起青蘋。花市寧非海市，美人疑是鮫人。眉嫵春山學翠，臉疑秋水爲神。銀漢雙星漫渡，石城兩槳無津。

歸田四詠爲憲副卞蘇溪賦 卞名□。

五風十雨樂歲，東皋西崦人家。水心魚浮菖葉，屋角鳩鳴杏花。餉隴青梅煮酒，訪鄰緑笋烹茶。問津寧知沮溺，祠田但祝污邪。

右春耕。

長夏泠風清唰，新晴丹鉛緑疇。山高羊群似蟻，水闊牛背如舟。半幅生煙冪冪，三腔短笛悠悠。柴扉歸來早掩，斜陽影在簷頭。

右夏牧。

日出煙消露晞，百丈清江釣磯。船似天邊穩坐，魚若空行無依。襖靄歌星獨往，婆娑舞月方歸。兆熊不夢渭叟，狎鷗久忘漢機。

右秋漁。

城闕軟紅塵遠，林巒空翠嵐深。丁丁鳥驚斧重，霏霏雪壓擔沉。沙明東郭履跡，谷響南華足音。歸去自换村酒，不須解却貂金。

右冬樵。

詠梅九言 元僧高峰有此作。

昨夜小春十月微陽回，緑萼梅蕊早傍南枝開。折贈未寄陸凱隴頭去，相思忽到盧仝窗下來。歌殘《水調》沉珠明月浦，舞破山香碎玉凌風臺。錯恨高樓三弄叫雲笛，無奈二十四番花信催。

寄徐用先程以道

軒轅臺畔雪霜寒，陰磧茫茫萬里寬。夢繞盧龍明月易，書隨鴻雁朔風難。天涯好在崔亭伯，海上終還管幼安。應念瘴鄉孤戍者，自將形影弔衰殘。

至前二日朝天宫習儀

緋袍玉珮過長安，紫府琳庭引百官。一代威儀非漢蕝，三成氣象是周壇。城頭暝色籠輕霧，樹杪新陽破早寒。聞道宫衣添一綫，恩光請向衮龍看。

過南溪懷劉參之承之兄弟

京國交遊四十春，劉家兄弟最情親。風流雲散三生夢，水逝山藏一聚塵。沙步維舟催解纜，鄰村聞笛倍霑巾。可憐煙草江安樹，愁見當年送別津。

贈永寧白參戎

貴竹新疆古藺州，分弓上將擁貔貅。笙歌城郭天無夜，耒耜郊原歲有秋。界首江清春洗馬，海漫山翠晚當樓。鋭頭勳業君家事，四十登壇早拜侯。

春興六首

遥岑樓上俯晴川，萬里登臨絶塞邊。碣石東浮三絳色，色峰西合點蒼煙。天涯遊子懸雙泪，海畔孤臣謫九年。虚擬短衣隨李廣，漢家無事勒燕然。

昆明初日五華臺，草長鶯啼花亂開。探禹穴遊今已遂，弔湘累賦未須哀。巢雲獨鶴時時下，傍水群鷗日日來。散地幸容高枕卧，清朝豈乏濟川才。

諸葛提兵大渡律，河流禹鑿迥如新。彩雲城郭那無跡，黑水波濤亦有神。象馬遠來銅柱貢，犬羊不動鐵橋塵。靈關有眼平於掌，歲歲蒲桃首在春。

帝里朝辭供奉班，客程宵濟洞庭灣。湘靈鼓瑟清泠外，鮫女鳴機縹渺間。青草波光連夢澤，蒼梧雲物隔疑山。故園亦有岷江水，垂老生涯釣艇閒。

平沙落日大荒西，獨立蒼茫意轉迷。蕙畹蘭皋愁晚對，竹垣花掖記春棲。摧頽杜甫歌朱鳳，憔悴王褒望碧鷄。白首艱難隨去住，青雲容易墜攀躋。

天上風雲此際多，山中日月竟如何。争傳鳴鳳巢阿閣，又見飛鴻出尉羅。宣室鬼神思賈誼，中原將帥用廉頗。難教遲暮從招隱，擬把學涯學醉歌。

聽歌

彩雲天外駐行杯，明月樓前引上才。紅頬綻時銀燭爛，翠眉低處玉山頽。飄飖俠客遊燕市，窈窕仙娥下楚臺。千載王郎風韵在，倩君重唱夕陽開。

詠霧淞有序

甲寅歲秋冬久雨連月，十一月廿六日甲子曉，籠霧微淞，蓋晴兆也。俗諺云：「霜淞打霧淞，貧兒備飯甕。」往歲在北方，寒夜冰華著樹若絮，日出飄滿庭階，尤爲可愛。曾南豐詩云：「園林日出静無風，霧淞花開樹樹同。記得集英深殿裏，舞人齊插玉瓏松。」又曰：「香銷一榻氍毹暖，月映千門霧淞寒。」韻書謂之凍洛，洛音索，冰著樹如索也。

怪得天鷄誤曉光，青腰玉女試銀妝。瓊敷綴葉齊如剪，瑞樹開花冷不香。月白詎迷三里霧，雲黄先兆萬家箱。貧兒飯甕歌聲好，六出何須賀謝莊。

六月十四日病中感懷《七十行戍稿》。

七十餘生已白頭，明明律例許歸休。歸休已作巴江叟，重到翻爲滇海囚。遷謫本非明主意，網羅巧中細人謀。故園生隴癡兒女，泉下傷心也淚流。

楊林病榻羅果齋太守遠訪《七十行戍稿》。

荒店晨炊冷竈煙，忽聞五馬暫流連。關山盡是銷魂路，樽酒翻爲迸淚筵。遥想生還成幻夢，縱令死去有誰憐。眼前難縮壺中地，何問靈均楚國天。

次雲樓上公韻五月十九日魚池雅會

環衢窈窕錦亭東，珍樹留春綴糝紅。鳥度屏風青嶂裏，魚窺明鏡碧瀾中。賓筵鄴下詩篇盛，軍次漁陽鼓角雄。獨有白頭虛授簡，梁園應愧長卿工。

五丁峽舊傳爲力士開山之地據史秦用張儀司馬錯之謀以珍器美女賂蜀侯而取之小説迂怪傳疑可也遂賦此詩

峽形千仞立蒼顔，開闢從來有此山。自是美人傾絶國，不緣壯士啟重關。蔡蒙早入梁州貢，庸蜀曾陳牧野間。謡俗流傳難借問，丹青遺跡尚班班。

郫縣子雲閣

落景登臨縣郭西，坐來結構與雲齊。平郊遠訝行人小，高閣迴看去鳥低。林表餘花春寂寂，城隅纖草晚萋萋。酒闌却下危梯去，猶爲風煙惜解攜。

中丞白泉汪公生辰值安南款報至

金瀵銅柱貢函來，象渚龍编道路開。上將簡書回北極，中丞勛業冠南臺。擬將萬舞排家宴，欲取鐃歌戲壽杯。節鉞可能淹衮舄，明年何地望三臺。

春夕潘園

雨砌風簷墮楝花，蟲書鳥字遍晴沙。春山載酒馳朝馬，江閣邀賓起暮鴉。陶令葛巾從滲漉，管寧紗帽任欹斜。殊方未覺追隨盡，韋曲風流更爾家。

寄用貞弟

杜陵巴國苦寒行，李白梁園昨夜情。山葉早梅心萬里，雪窗風竹夢三更。河橋晨别南梟影，江漢春催北雁聲。回首長安當日下，感時懷汝總難平。

嘉陵江

嘉陵江水向西流，亂石驚灘夜未休。巖畔蒼藤懸日月，崖邊瑶草記春秋。板居未變先秦俗，刳木猶疑太古舟。三十六程知遠近，試憑高處望刀州。

無題

石頭城畔莫愁家，十五纖腰學浣沙。堂下石榴堪繫馬，門前楊柳可藏鴉。景陽妝罷金星出，子夜歌殘璧月斜。肯信紫臺玄朔夜，玉顔珠淚泣琵琶。

出關 擬唐人。

狼狐芒角正彎環，虎落連營又出關。漢使征鴻何日至，胡兒牧馬幾時還。千重紫塞迷青冢，九曲黄河繞黑山。飛將殊勳猶下吏，書生乘障敢辭艱。

與諸弟别樂庵弟約有江陽之會

中宵風雨早來凉，謝草春池别夢長。緑野開筵聯玉樹，紅亭離思結垂楊。通波直下無千里，明月何曾是兩鄉。白晝看雲何限意，佳期良晤在江陽。

重寄張愈光

海裔江湄獨倚樓，瑟居匏繫又驚秋。菊花黄處回青眼，楓葉紅時對白頭。少日聲名追杜甫，暮途羈絆脱莊周。九龍尚有臨池興，一雁能忘遠札投。

泛蓮池晚歸

桂檝蘭舠泛碧漪，芰塍蓮蕩倒芳巵。十三雁足傳情遍，二八蛾眉度曲遲。玉樹風前人散後，金波水上月明時。良辰勝會應難續，風雨連宵惱别離。

丁丑九日

燕臺九日罷登臨，節物蕭條入楚吟。關塞驊騮迷去路，朔風鴻雁滯歸音。仙遊御宿山川遠，白露清霜日夜深。雲際側身愁北望，天涯懷抱可能禁？

中秋禁中對月

漢家臺殿號明光，月滿秋高夜未央。銀箭金壺催漏水，仙音法曲獻《霓裳》。路車天遠鸞聲靜，宮扇風多雉影涼。千里可憐同此夕，美人迢遞隔西方。

春夕聞雨坐至曉寄熊南沙

半夜風聲似水聲，五更春雨徧春城。被提芳草茸茸暗，鏡渚夭花灼灼明。墻過村醪仍凍蟻，窗臨海樹已暄鶯。天涯節物催華髮，同是懷鄉去國情。

次韻奉酬中丞劉公侍御謝公除夕聯句見懷

歲夕遥憐誤憶家，月毫聯錦燦缸花。戍樓曉角傳清燕，歸棹寒江夢斷鴉。彩燕西飛邊候改，碧雞東望蜀雲賒。不知卧病衡天柱，何似窮愁瘴海涯。

冬甲子晴江亭小集

晴意初從甲子回，江亭更集暖寒杯。笑看裾帶憐芳草，喜向釵粱見早梅。潘兵不勝金谷罸，嵇康已覺玉山頹。石苔可踐城隅路，細把青溪古句裁。

寒垣鷓鴣詞

秦時明月玉弓懸，漢塞黄河錦帶連。都護羽書飛瀚海，單于獵火照甘泉。鶯閨燕閣年三五，馬邑龍堆路十千。誰起東山安石卧，爲君談笑静烽煙。

詠　柳

垂楊垂柳管芳年，飛絮飛花媚遠天。金距鬬鷄寒食後，玉蛾翻雪暖風前。别離江上還河上，抛擲橋邊與路邊。遊子魂鎖青塞月，美人腸斷翠樓煙。

風　雨

羅甸愁山雨，滇陽怯海風。可憐風雨夜，長在客途中。

思波池别劉潤之

酌酒臨池水，回船拂芰荷。匆匆上馬去，留興與烟波。

答段水部德夫

天涯戎旅春，一十五回春。多情花與鳥，歲歲肯留人。

唐僖宗行宫柱礎

唐帝行宫有露臺，礎蓮幾度换春苔。軍容再向蠶叢老，王氣遥從駱谷來。萬里山川神駿老，五更風雨杜鵑哀。始知蜀道蒙塵駕，不及胡僧渡海杯。

宿華亭寺二首

花樹高于屋，紅霞夜照人。聲聲枝上鳥，也似惜餘春。
天風與海水，嗚籟隔山聞。半夜衣裳濕，清朝樹樹雲。

青橋夜宿

驛亭臨白水，石榻滿蒼苔。遠客渾無夢，江聲枕上來。

夜行安慶

風順月仍明，扁舟半夜行。鷄鳴問前路，已近九江城。

青橋驛早發

遠客貪晨發，三更夢已回。江聲如驟雨，吹到枕邊來。

渝江登陸

來往舟如屋，相隨一月期。登途不忍去，翻似別家時。

春二首

海風吹梅樹，十日閉門中。坐惜繁花過，墻頭數落紅。

行樂三春好，春來轉劇愁。鄉心悲望遠，莫上最高樓。

春日過山家

山牀壓春酒，滴作澗泉聲。與君終日醉，松風吹復醒。

雨後見月

雨氣斂青靄，月華揚彩雲。戲魚蓮葉北，鬭鵲樹枝南。

鴇衣杵 山東女子趙小錢，年十五，爲賊所掠，罵賊不從，以擣衣杵擊賊，遇害。事聞，詔旌其門。

戕賊金鈷鉧，擊賊擣衣杵。今見趙小錢，昔聞楊愍女。

出郊

高田如樓梯，平田如棋局。白鷺忽飛來，點破秧針緑。

妙湛寺

廢刹臨官渡，香臺夜景澄。僧言龍火焰，却是打漁燈。

玉臺體

流盼轉相憐，含羞不肯前。緑珠吹笛夜，碧玉破瓜年。滅燭難藏影，洞房明月懸。

調絲曲房下，援鏡綺窗西。妝罷金星出，歌殘璧月低。留歡夜未足，恨殺汝南鷄。

紺甲麗人

銀甲御彈箏，花從玉指生。逡巡捲羅袖，掩抑捧金觥。莫摘相思子，瓊枝最有情。

楚江曲

巫山花已紅，楚水波新緑。兩兩浣紗人，照影鬭妝束。笑問《竹枝詞》，何如《採蓮曲》？

于役江鄉歸經板橋

千里長征不憚遥，解鞍明日問歸橈。真如謝脁宣城路，南浦新林過板橋。

丘鴻夫蘇時霖楊元達聯席同宿廣心樓枕上口占

六齒瓊頭飲百甌，水樓寒榻話綢繆。祇須棋局銷長夜，何用埋憂與寄愁。

謝平江送至廣通

明月清風渡兩橋，相隨百里不辭遥。共憐話别無長夜，紅燭清樽碧玉簫。

詠　史

月仗雲門五彩毬，御前争賭最先籌。須臾贏得西川印，便脱青衣擁碧油。

青蛉行寄内

青蛉絶塞怨離居，金雁橋頭幾歲除。易求海上瓊枝樹，難得閨中錦字書。

毛園萃芳亭與沈中白丘月渚同賦

繚垣洞屋鎖煙霞，五色離披百種花。客子看來猶駐馬，主人何事不歸家。

四月二日雨中撥悶

零雨崇朝不下樓，開窗煙外見漁舟。今年四月寒猶在，坐擁紅爐送酒籌。

星 回 節

忽見庭花折刺桐，故園珍樹幾然紅。年年六月星回節，長在天涯客路中。

聞笛

江樓寒笛起春聲，蜀客扁舟萬里行。吹盡落梅還折柳，新春殘臘正關情。

贈箏人二首

綺筵雕俎換新聲，博取瓊花出玉英。肯信博陵崔十四，平生願作樂中箏。

玄的檀痕畫未成，翔鸞屏裏鬬輕盈。羅虬若向今宵見，不比紅兒比玉英。

中秋

四壁蛩吟白露團，西園清夜爲誰歡。千家門閉中秋月，祇有愁人獨自看。

三閣詞二首

桃根桃葉鬬春葩，《水調》河傳穆護砂。無限江南新樂府，君王獨賞《後庭花》。

夜籤聲斷燦朝霞，翡翠三千擁麗華。舞罷《前溪》明月夜，白門楊柳起藏鴉。

楊柳枝詞二首

漢東門外柳新栽，拂曉長堤露眼開。野老攀條相向語，去年曾被賊燒來。

臨水臨風漾碧漪，含煙含霧一枝枝。戰塵收後無離別，又見長條到地時①。

① 原注：「張禺山云：『此紀彭幸庵平藍、鄢二賊事。』」

早　春

江暖波光映日光，幾家同住水雲鄉。槿籬茅舍繁花裏，也有秋千出短墻。

竹枝詞九首

夔州府城白帝西，家家樓閣層層梯。冬雪下來不到地，春水生時與樹齊。

日照峰頭紫霧開，雪消江面緑波來。魚腹浦邊曬網去，麝香山上打柴回。

江頭秋色换春風，江上楓林青又紅。下水上風來往慣，一年長在馬船中。

最高峰頂有人家，冬種蔓菁春采茶。長笑江頭來往客，冷風寒雨宿天涯。

清江白石女郎神，門外往來祈賽頻。風颭青旗香雨歇，山姜共開瑶草春。

紅妝女伴碧江濵，蕳草花簪茜草裙。西舍東鄰同夜燭，吹笙打鼓賽朝雲。

神女峰前江水深，襄王此地幾沉吟。暖花温玉朝朝態，翠壁丹楓夜夜心。
上峽舟航風浪多，送郎行去爲郎歌。白鹽紅錦多多載，危石高灘穩穩過。
無義灘頭風浪收，黄雲開處見黄牛。白波一道青峰裏，聽盡猿聲是峽州。

滇海曲八首

碧鷄金馬古梁州，銅柱鐵橋天際頭。試問平滇功第一，逢人惟説潁川侯。
化城樓閣壯人寰，澤國封疆鎮兩關。雲氣開成銀色界，天工斫出點蒼山。
沙金海貝出西荒，桃竹橦華貢上方。香象渡河來佛子，白狼槃木拜夷王。
碉房草閣瞰夷庭，側島懸崖控絶陘。鷄足已窮章亥步，鷲頭空入梵王經。
湖蕩魚蝦晨積埸，市橋燈火夜交光。油窗洞户吴商肆，羅帕封頭僰婦妝。
蘋香波暖泛雲津，漁枻樵歌曲水濱。天氣常如二三月，花枝不斷四時春。
煮海鹺郎暝漉沙，避風估客夜乘槎。雪浮粳稻壓春酒，霞嚼檳郎呼早茶。
海濱寵柿趁春畬，江曲魚村弄晚霞。孔雀行穿鸚鵡樹，錦鶯飛啄杜鵑花。

春望三首

春風先到海東頭，春興催人獨上樓。最是晚來凝望處，曲堤煙柳似皇州。

滇海風多不起沙，汀洲新緑遍天涯。采芳亦有江南意，十里春波遠泛花。
古岸新花金碧叢，昆池三百水煙通。梁王閣道青蕪國，漁父帆檣白鳥風。

貴州雜詠

綺繒纏髻作雕題，鐵距穿鞋學馬蹄。清曉樵斤控虎穴，黄昏汲甕下猿梯。

八月十三日夜夢亡室安人驚泣而寤因思去年丁丑是日在京師安人未明興告予曰今日趨朝不可如常日之宴蓋其日警蹕值新狩還也今遇是日感其賢淑又小子周二歲之晬重感賦絶句

五更殘夢正迷離，窗紙光明燭焰遲。却憶去年當此日，催人晨起早朝時。
稚子今朝是兩周，新衣戲舞拜前頭。傷心孺慕聲聲切，母在重泉聽得不？

贈宋文百户石岡舍人

七十從戎鬢已斑，勞君相送出滇關。過家兒子如相問，爲報衰翁二月還。

柳枝詞

結根元自在青冥，裊裊依依映紫庭。怪得古來天帝醉，柳邊高揭酒旗星。

征人早行圖

杜鵑花下杜鵑啼，烏臼樹頭烏臼棲。不待鳴鷄度關去，夢中征馬尚聞嘶。

海估行二首

海估帆乘錦浪飛，綃宮夜取萬珠璣。翻身驚起蛟龍睡，血污清冷竟不歸。

偃月堂空罷舞塵，靖安坊冷怨佳人。芙蓉蓮子隨他去，不及當年石季倫。

王子淵祠

瑋曄靈芝發秀翹，子淵擒藻掞天朝。漢皇不賞《賢臣頌》，祇教官人詠《洞簫》。

張舉人含二十六首

含字愈光，永昌人。父志淳，南京户部右侍郎，舉鄉試不第，遂不謁選，年八十餘乃卒。愈光少與楊用修同學，丙寅除夕，以二詩遺用修，文忠公極稱之，謂當以詩名世。嘗師事李獻吉，友何仲默，然其平生知契白首唱酬者，用修一人而已。愈光詩行世者，有《禺山詩選》、《禺山七言律鈔》，皆用修手自評騭云。

複字閒詠六言絶句五首

花影重重叠叠，風聲刁刁調調。日暖群蜂釀密，春寒獨鳥栖巢。

蒼松錯錯落落，桃花灼灼盈盈。樹老雲盤睡鶴，春殘雨咽啼鶯。

丈夫磊磊落落，下土戚戚營營。獨勘莊周蝶夢，不聞祖逖鷄鳴。

浮生泯泯默默，荒村闃闃幽幽。遠避塵中車馬，獨尋月下沙漚。

人世匆匆擾擾，天道汩汩悠悠。但得釣漁避世，從教屠狗封侯。

代古明月子娟娟篇

南國多傾城，娟娟況有名。舞腰楊柳細，歌掌楚雲輕。池月摇花影，簾風弄竹聲。衡臯秋水净，洛浦曉霞明。仙苑籠金瓦，候門醉玉笙。人間亦天上，莫憶董雙成。

岳陽樓晚眺

凉風八月秋，獨倚岳陽樓。水自鼉叢國，山含鸚䳇洲。過雁防湖闊，哀猿動客愁。龍歸錦雲散，鐵笛起漁舟。

秋夜

霜雁孤鳴際，秋宵獨坐情。隙風微燭焰，寒雨翳鐘聲。六十無官職，詩書有弟兄。雕蟲真未技，潦倒負平生。

離夕有贈二首

仙子武陵溪，春深歸路迷。翠翹迎露濕，羅袖避風啼。留佩花籠玉，分釵月印犀。金杯延落日，酒醒各東西。

南浦盈盈淚，東風小小年。迴鐙窈窕夜，分鏡泬寥天。銷骨驚花箭，離腸泥酒船。可憐明月子，依舊影娟娟。

讀亡友何仲默無題詩繼作二首

曉日昭陽燕子斜，香塵不到緑珠家。翠裙楚岸江蘺葉，紅袖唐宫石竹花。寶鏡玉龍羞珮璲，檀槽金鵲澀琵琶。洗妝夜拜瑶池月，悵望神仙萼緑華。

結綺臨春照晚霞，瓊枝璧月鬬妍華。雙歌共醉瑶池酒，萬舞齊開玉樹花。合浦明珠穿蹀躞，中山文木斫琵琶。可憐一笑傾城者，猶自江頭浣越紗。

開　懷

城内溪園有釣臺，青叢花盡蝶還來。百篇詩律抒孤憤，千卷書籤换舊裁。山客每過評藥價，寺鐘初發赴僧齋。松心鶴性清如水，逗雪盤雲共老懷。

潁川侯祠　點蒼山、白石江皆潁川戰地。

野老争傳傅潁川，當年功業建南滇。平蠻營壘蒼山外，破虜旌旗白石邊。祗見荒祠通落日，不聞遺像照凌煙。陰風古樹無窮恨，常爲英雄弔九泉。

遣興

蒙舍秋風不作凉，少陵何詠灑衣裳。青青古樹如張蓋，熠熠流螢欲近牀。城接銀河通沆瀣，江連鐵柱鎖封疆。蟾光不蔽名山色，望里悠然見鳳皇。

春日村居閒作

庭草初齊巷柳斜，暖風晴旭野人家。山中夢破尋蕉鹿，杯裏弓疑避酒蛇。棋局交情空點檢，機關世道重吁嗟。閒陪白晝馴階鳥，歸數黄昏卜樹鴉。

除夕次用修韻

新歲重賡往歲詩，壯心寥落憶南郵。東風消息誰先得，客子光陰我自知。芳草已回迎步處，梅花又滿斷腸枝。明朝莫負城西約，踏遍郊原問酒旗。

寄升庵長句三首

别路歸鞍金屈巵，瑶華篇贈欲秋時。青山倦鳥憐幽獨，白日寒花怨别離。狡兔共稱三窟好，鷦鷯惟許一枝宜。嚴冬鱗羽頻相訊，迷霧牽雲夢不遲。

霜月娟娟鼓角清，連然回首夢魂驚。舞筵尚想鵾鳴酒，棋陣渾防鶴唳兵。鳳闕雲寒迷北顧，龍關風暖護南征。徒令白首攻文事，鑄錯難消鐵滿城。

連然醉折荷花別，過眼那知紅葉殘。甸尾海雲隨雁過，蒼顏山雪照城寒。欲撚錦瑟黄金盞，旋買青驄白玉鞍。弦滿清光今夜月，可憐君在異鄉看。

無　題

維摩丈室散花回，公子華筵向晚開。錦里詞華薛洪度，秦川歌舞趙陽臺。顏雲宫髻籠香界，纖月城眉照玉杯。舞罷羅裳《小垂手》，一枝豆蔻薄寒催。

得少海遺謫歸蜀消息寄贈

文章聲價冠東曹，海上傳聞復釣鰲。白帝雲中須採藥，夜郎月下得吹簫。古來直道猶三黜，今日憂時枉二毛。濯錦江頭非澤畔，揮毫何用賦《離騷》。

懷用修仁甫

廿年蹤跡遍雕題，傳道重遊洱水西。離夢獨牽張半谷，風流惟共李中溪。鄭玄耐可箋浮蟻，王勃何須檄鬭鷄。紫菀丹丘曾有約，赤松黄石肯相攜。

寄升庵二首

東觀聲名北斗齊，鳳皇蹤跡戍雕題。八千里外潮陽馬，十九年來海上羝。銅柱蒹葭鴻雁響，鐵城煙雨鷓鴣啼。連宵數有懷人夢，記得分明錦水西。

璧玉津輝錦里間，龍堤池水故潺潺。雕磨荆石劉公幹，蕭索江干庾子山。四海英雄空迸淚，一林猿鶴共愁顔。宴遊盡日東山妓，誰道懷情善閉關。

寄升庵 近撰海口碑文，極奇。

公子思歸幾歲華，王孫芳草遍天涯。樓頭艷曲包明月，海口新銘蔡少霞。光禄塞遥空遞雁，上林枝好衹棲鴉。夢中記得相尋處，東寺鐘殘北斗斜。

幽居感事兼懷升庵

陳編歷歷復悠悠，蕉萃榮華一轉頭。秦客已遊黄犬市，齊奴還起緑珠樓。君從海上尋方朔，我向山中覓許由。好學四禪同結夏，不須《九辯》獨悲秋。

己亥秋月寄升庵

金馬秋風十載餘，芙蓉深巷閉門居。登樓莫作依劉賦，奉使曾傳諭蜀書。卧病可憐天一柱，獨醒無奈楚三閭。北來消息風塵動，白首滄江學釣魚。

懷　歸

九龍池上有高臺，池下芙蓉臺上開。錦鯉不妨仙客跨，白鷗須望主人回。青山緑樹孤猿嘯，黑水黄雲一雁哀。戎馬西南經百戰，夕陽銅柱鎖蒼苔。

甲申仲冬聞雷兼得北來消息

荒城冬仲尚鳴雷，萬里驚傳邸報來。祭馬天驕兵甲動，織衣中使錦帆開。江湖白髮交遊淚，霄漢孤臣獻納才。短景更催傷歲暮，南鴻應伴北鴻哀。

安給事磐四首

磐字公石，四川嘉定人。弘治乙丑進士，改庶吉士，授兵科給事中，進都給事中。議大禮，被笞免官。萬曆改元，贈太常少卿。公石著《頤山詩話》二卷，嘗與楊用修論詩曰：「論詩如品花木，牡丹、芍藥，下逮苦楝、刺桐，皆有天然一種風韻。今之學杜者，祇牡丹、芍藥耳。」用修以爲知言。

絶　句二首

折竹聲乾萬壑虚，晚風江上有歸漁。閒來祇共梅花笑，雪裏何人到草廬。

竹杖綸巾避俗翁，閉門終日坐高松。抱琴却是無彈處，流水高山一萬重。

過印上人故居

振策當年詣遠公，袈裟相見坐從容。向來彈指空千劫，今日低頭禮萬松。小院影堂無客到，繩牀蒲坐有坐封。可憐月色還如舊，淚下西樓夜半鐘。

題　畫

百里同雲雪滿蓬，冥冥那復計西東。輕舟不畏邪溪水，向曉南風暮北風。

蘭隱士廷瑞一首

廷瑞，滇中人。詩出楊用修集。

枕上口占

枕上詩成喜不勝，起尋筆硯旋呼燈。膽瓶滴取梅花水，已被霜風凍作冰。

麗江木知府一十三首

木公字公恕，世居筰國，稱摩些詔元有麥宗。生七歲，不學而識文字，旁通吐蕃、白蠻諸家之書。其後麥得，頴川侯下雲南，遣使間道歸附。上嘉之，賜姓木。世授麗江府知府。七傳生公恕，英毅有幹局，綏輯諸夷，以忠順自勵。世廟親灑宸翰，有輯寧邊境之褒。性好讀書賦詩，於玉龍山南十里爲園田五畝，枕經藉書，哦松詠月，中土賢士大夫無以過也。嘗以詩求正於永昌張司徒及其子愈光，又因愈光以質於楊用修。用修在滇，獨愈光能與相應和，公恕希風附響，自比於長卿之盛覽，斯可謂豪傑之士也。用修録其詩一百十有四首，名曰《雪山詩選》，叙而傳之。公恕五世孫增，字生白，以忠順世其家，既傳位於其子，章疏屢上，不忘敵愾，先帝命加右参政銜致仕。博學通禪理，多所撰著。雪山之詩得傳中土，增之力也。國家泰階隆平，聲教四訖，嘉、萬之間，酉陽、水西諸夷酋靡不户誦詩書，人懷鉛槧，而麗江實爲之前茅。今録其詩，登而進之，不使與蒙詔齒，俾後世知有明之盛，非漢代白狼槃木之可比也。

杜鵑詞

山前杜宇哀，山下杜鵑開。腸斷聲聲血，郎行何日回？

春居玉山院

玉嶽崚嶒映雪堂，年年有約賞春光。飛紅舞翠鞦韆院，擊鼓鳴鉦蹴踘場。遲日醉聽郡鳥哢，暖風時送百花香。好山好地堪爲樂，莫厭尊前累盡觴。

華馬國　巨津州名，昔元世祖駐蹕於此而封。

政暇西巡華馬國①，鐵橋南度石門關②。北來黑水通巴蜀，東注三危萬里山③。

① 原注：「麗江府近西域烏思藏。」
② 原注：「橋在金沙江，隋史萬歲及蘇榮所建。」

③原注：「升庵云：『《書經纂言》注引攀綽書：「麗水爲黑水，一名禄禪江。」羅些城北有山，即三危山。其水從羅些城三危山西南行，上流出於西羌、吐蕃，下流南至蒼望城，又南至雙王道勿川，有彌渃江西南來會，南經驃國之東而入海。羅些乃南詔、吐蕃南北相距之地，雪山世守此土，知之必真，三危之山在麗江無疑矣。』」

飲春會

官家春會與民同，土釀鵝竿節節通。一匝蘆笙吹未斷，蹋歌起舞月明中。

春遊即事

金狨緩拽紅衢膩，叱撥頻嘶緑巷深。嚼柳穿花還未遍，夕陽又抹樹頭金。

席間即事

春宴英蕤載滿頭，玉船横舉較詩籌。雙鬟撥盡《鞶婆曲》，復聽蠻童唱石榴。

採蓮詞二首

石榴裙捲足如霜，折得紅蓮滿抱香。羞向人前女兒貌，手遮西日看湖湘。

弱袂長鬟蕩水中，釧文釵影入荷叢。嗚榔驚起韓朋鳥，一箇西來一箇東。

自種柳

雙楊初種幾經春，始見長條已拂塵。萬縷緑陰堪作帳，一枝不許贈行人。

冬日喜飲

暖閣熏香雪未晴，淺斟膾炙舞茵横。侍兒斜立朱幃下，十指紅𩊠弄錦箏。

覽鏡

借覽青銅鏡，香奩出繡櫳。喜看今日面，不改舊時紅。

病起

臨曉新梳髮，呼兒捲幔紗。平生行樂慣，病起即看花。

春日曉起有感

牀側支頤憶故情，忽聞簷外有啼鶯。夜來記得遊春夢，柳下花前一字行。

附見　木青一首

青號松鶴，公恕之曾孫也。能詩善書，年二十九而没。子增，刻其詩曰《玉水清音》。如云「輕雲不障千秋雪，曲檻偏宜半畝荷」、「含煙翠篠供詩瘦，啄麥黄鷄佐酒肥」、「堤柳緑銷應有恨，渚蓮紅褪豈無愁」，皆中土詩句也。

太素軒

磐陀石畔看雲屋，一一軒窗面水開。不是避門妨俗客，愛閒能有幾人來。

【補詩】

張　含一首

龍池春遊曲

紅心草茁紅桃開，龍池淼淼春水來。春鳥啼不歇，春燕語更切。少婦踏春遊，傷春無限愁。紅蕖蹀躞曳羅襪，羅襪塵生暗香發。密意難傳陌上郎，含羞折花空斷腸，踥（蹀）行路側盼斜陽。

用修柬云：「吾兄《龍池春遊詩》，艷而有諷，與江淹《春遊美人》同調。詩有出於率易而初妙者，如西子洗妝，王娥卸服，固勝於羅紈綺繢也。」

蘭廷瑞二首

夏日

終日憑闌對水鷗，園林長夏似深秋。槐龍細灑鵝黃雪，凉意萋萋風滿樓。

題姮娥奔月圖

竊藥私奔計已窮，槀砧應恨洞房空。當時射日虧猶在，何事無能近月中。

楊用修云：「滇中詩人蘭廷瑞，楊林人也。余過其家訪遺稿，僅得數十首。」

【補人】

程御史啟充一首

啟充字以道，嘉定州人。中呂柟榜進士，任御史。

塞下曲

黑龍江上水雲腥，女真連兵下大寧。五國城頭秋月白，至今哀怨海東青。

彭提學綱一首

《升庵詩話》：「雲南提學彭綱《詠刺桐花》云云，風韻可愛。刺桐花，雲南名爲鸚哥花，花形酷似之。彭公此詩本四句，命吏寫刻於匾，遺其一句，復誦之，自覺意足，乃不更改。」

詠刺桐花

樹頭樹底花楚楚，風吹緑葉翠翩翩，露出幾枝紅鸚武。

列朝詩集丙集第十六

韓參議邦靖三十七首

邦靖字汝慶，陝西朝邑人。南京兵部尚書邦奇字汝節之弟也。汝慶生三歲，能哦詩百餘首，十四舉鄉試，二十一與汝節同舉正德三年進士，爲工部都水司員外郎。乾清宫灾，詔求直言，汝慶上言朝政不修，盤遊無度，狎近群憸，閉塞諫諍，百度乖違，閭閻流散，危亂之形已成，社稷之憂方大。上震怒，繫錦衣獄，奪官爲民。家居八年，起爲山西布政司左參議。嘉靖二年，年三十六，以病自劾，歸。歸四月而卒。汝節奇偉倜儻，譚理學，負經濟，海内稱苑洛先生，以地震死。汝慶才藻爛發，風節凛然，關中至今稱二韓子。汝節爲汝慶立傳，而謂其友樊恕夫曰：「世安有司馬遷、關漢卿之輩，能爲吾寫吾思弟痛弟之情乎？」王敬夫曰：「五泉子古詞歌，浸淫唐初、逼漢、魏；七言絶句詩，類少陵；《朝邑志》，其文章之宏麗者。」

弄玉篇

南天鵬海飛難盡，北極鰲峰鎮不摇。玄圃三山金作殿，青溪百仞玉爲橋。千春翠樹玄霜落，九夏洪厓紫雪飄。桃花零亂常迷路，彩鳳翩翩不易招。十年不得青鸞信，一旦還吹碧玉簫。窗前度曲通真訣，竈下修丹悟浪燒。飄飄翠袖空中舉，白日于飛作仙侣。騎鶴雙雙閬苑來，乘虬兩兩天台去。緱山初月似梳明，洛水清波雜佩聲。雲車並駕朝王母，霞帳聯絲伴許瓊。人間滄海塵將滿，天上朱桃果未成。弱水圜州三萬里，方壺絶頂九千坪。飛去飛來煙霧裏，爲雨爲雲朝暮行。翡翠蘭苕不獨栖，玉杯金案學齊眉。豈知寶殿嫦娥怨，翻笑銀河織女思。同是神仙不同樂，掩淚年年傷寂寞。玉指終朝虚度機，金圭往歲空餐藥。不如且斫瀟湘竹，相隨共奏鸞凰樂。

採蓮曲

江南七月蓮花開，江上女兒採蓮來。桃頰雙垂映秋水，菱歌一曲望春臺。春臺一望隔千山，征客秦關更楚關。妾意如舟元不定，郎行似水何時還。若耶溪，雲門島，江水何茫茫，江風何浩浩。暮雨朝雲江上樓，春蘭秋蕙江邊草。遠樹千重屬目頻，歸帆一片憂心擣。一片歸帆望不來，誰家簫鼓畫船開。還看柁底鴛鴦宿，又見檣頭鴻雁回。一溪還一曲，採蓮採未足。水清石磊磊，採蓮意已怠。越女長歌不肯休，吴姬輟棹猶相待。去年儂採蓮，今年蓮復採。年年江上花朵鮮，歲歲花中苦心在。中有苦心君不知，請君但看並頭枝。可憐片片同心蕊，但作悠悠藕内絲。官道採桑勞妾身，西湖採蓮傷妾神。雲窗織罷愁長日，煙嶼歌殘望遠人。遠人不可見，且唱採蓮歌。桂楫蘭橈下極浦，青樓朱箔此山阿。芙蓉苑外金鞍度，楊柳堤邊玉騎過。紅塵駐馬非無意，白露沾裳將奈何。將奈何，採蓮歸，明月前溪一鏡飛。珠翠綺羅紛照耀，吴謳越吹相因依。明年倘若蓮花發，蕩子關山莫更違。

玄明宫行

長安送客城東道，柳葉楊花春正早。玄明宫前下馬時，一片煙光長萋草。宫中道士邀我入，素果清茶日未昃。白河東下楚城西，指點湖山三嘆息。正德三年與四年，劉瑾專權斧扆前。可憐帝主推心腹，縱有丘張豈比肩。帷幄空多戚里恩，論思無復侍臣尊。千官盡走東河下，庶政全歸左順門。震主傾朝不自知，回天轉日更誰疑。金貂滿座銜恩日，朱紱升堂頌德時。翻嫌仇李光榮薄，却笑曹侯意氣卑。謀生意拙還謀死，更起玄明作蒿里。甲第侯王已莫倫，陰山將相那堪比。土石西山半欲摧，棟梁南國萬牛回。虚閣平臨金闕杪，假山下指鳳城隈。琪花瑶草尋常得，萬户千門次第開。千門萬户誰甲乙，玄明之宫推第一。金碗常思埋甲盾，銅駝不解生荆棘。自古威權不到頭，九重一怒罪人收。幾人烈焰俱灰滅，一旦冰山作水流。冰山烈焰事俱非，座上門前客盡稀。須臾蔓草縈枯骨，宛轉佳城屬羽衣。門掩宫河十里長，山藏隴樹一千行。今古誰存三尺土，姦雄空作百年忙。春風有客時雙入，寒食何人奠一觴。卧牛不得歸崗勢，怨鶴空聞繞夕陽。夕陽漠漠鶴歸遲，却憶玄明全盛時。千人舉杵萬人和，九仞爲臺十仞池。雨露霜霾歸喜怒，層青丹碧豈珍奇。萬民累足臣屏息，四海離心主不知。從來偏重多憂患，自古末流難障捍。東京政事三公缺，閹宦專權禍尤烈。正統王振擅權時，先朝李廣亦恣睢。只今不獨劉瑾盛，帝主旁前安可知。倚社難熏古如此，操刀必割誰能已。三穴那能窮帝旁，萬機況復歸司禮。救枉扶偏本不同，更張琴瑟始成功。還期聖主思前事，莫遣玄明有别宫。

南山有虎北山有烏行寄對山康先生

南山有虎不避賢，君乃以手摩其顛。北山有烏文彩鮮，君之毛羽何翩翩。昔人曾忌直如弦，况有高才朝士前。時若憐才更容直，請子横飛上九天。

長安宫女行

長安城頭夜二鼓，力士敲門稱太府。爲道君王巡幸勢，選取嬌娥看歌舞。應酬未得話從容，階除早已人三五。倉皇便欲將我行，那肯相留到天曙。平昔嬌痴在母傍，黄昏不敢出前房。如今却向何處去，似墮淵海身茫茫。四更未絶五更連，父母相隨太府前。頃刻回頭同伴至，亦有爺娘各慘然。雖同閭里不曾親，那得相逢及此辰。清淚俱含未妝面，愁魂不附欲傾身。天明却轉雙輪疾，送我城東坐宫室。生來雖在咸寧城，目中誰識京兆驛。已看閨閣隔重天，乍度昏朝似千日。中有數人不甚愁，問之乃是勾欄流。平生謔浪輕去住，却説能覩五鳳樓。望承恩寵心雖别，思到家鄉淚亦流。才言欲去去何忙，翠幕油車已道傍。少小生離還死别，傍人見我空徬徨。嬌憐姊妹不得訣，父母送我滻水陽。相看痛哭各捨去，此時欲斷那有腸。城裏家家錦繡簾，我輩姿容豈獨妍。東家有女如花萼，旦入黄金名已落。西家有女如玉瑩，夜剪烏雲晨不行。我輩無錢兄弟劣，坐使芳年成訣别。渡河渡渭還渡汾，千山歷盡雪紛紛。江流山館猿常哭，葉落郵亭雁屢聞。自從墮地誰窺户，此際無家却望雲。迢迢千里還歲窮，大同才得到行宫。常言朝見何曾見，深院蕭蕭盡日封。當今天子説神武，時向三邊乘六龍。近時雙蹕駐榆塞，不知何日來雲中。轉眼還成正月末，忽然大駕還沙漠。見説天壇禮未修，還兼太廟春當禴。京師暫欲駐鑾旗，屬車還載蛾眉歸。却向豹房三四月，欲近龍顔真是稀。宫中景色誰曾見，宫外楊花徒撲面。有眼但識鴛鴦瓦，有身那到麒麟殿。鳳舟時泛西海渚，採蓮不唤如花女。鑾駕常操内教場，何曾湯火試紅妝。茶飯每排新寺裏，不用明眸兼皓齒。空有娼家色藝高，隨人望幸亦徒勞。宫花枉自羞妝面，御柳何人鬬舞腰。君王不御人轉賤，盡日誰來問深院。日給行糧米半升，大官空有珍羞饌。旁人見我入天閽，謂我將承帝主恩。豈知流落不愁恨，榮寵何曾但淚痕。妾家雖貧未甚貧，絲麻布帛亦遮身。有時亦繡鴛鴦枕，翠綫金針度一春。一春鑾鏡不停妝，機杼言忙苦不忙。寒食清明邀等伴，銀釵羅髻亦風光。父母如同掌上珠，去年才許城東夫。乘龍跨鳳雖未必，並宿雙棲亦不孤。百年光景誰曾見，一旦榮華土不如。當時同輩聞我説，珠淚人人落雙頰。亦有因緣與恩愛，誰無父母同家業。可憐抛却入君門，九夏三秋那可言。風雨苑深同白晝，星河樓淺共黄昏。我曹豈是無傾國，聞道君王不重色。宫禁幽深誰不知，踪迹民間頗堪測。漢家多欲稱武皇，玄宗好色聞李唐。衛氏門前誇揖客，楊釗海内無三郎。主上今來十四年，劉瑾朱寧並擅權。往時勢焰東廠盛，近日威名游擊偏。丘張谷馬紛紛出，那有皇親得向前。又聞親受于永戒，大輦不御思長年。更寵番僧取活佛，似欲清浄超西天。君王賤色分明是，那用當時詔旨傳。當時陝西有廖大，此事恐是兹人專。滔天罪惡思固寵，逢迎却乃進嬋娟。去年氈帳云欽取，狗馬年來俱奉旨。何曾竟有君王詔，此曹播弄常如此。自從陝西有斯人，災禍年來何太頻。閭里已教徒赤壁，閨闈還遣閉青春。青春零落不須論，别有凄凉難具陳。同來女伴元不少，一半已爲泉下塵。妾身雖在那常在，溝渠會見骨如銀。誰家願作朝天户，此世空爲墮地人。中朝高官氣如虎，朝廷有闕争拾補。近時叩闕諫南巡，何不上書放宫女。先朝罷殉有故事，萬一官家肯相許。

中秋同何大復望月二首

燕地中秋月，仍看此度明。照人愁白髮，爲客嘆浮名。空闊無霄漢，清光接楚城。中原有戰士，今夕最關情。

令節他鄉酒，關山獨夜情。看花秋露下，望月海雲生。碧漢通槎近，朱樓隔水明。南飛有鴻雁，作意向人鳴。

病中送人入陝

渭水潼關北，吾親舍在茲。君行須此路，我往未知期。但報平安日，休言疾病時。丈夫憐少子，恐遣鬢成絲。

憶馬百愚

雨雪思良友，深懷復此斟。風烟遲暮歲，關塞别離心。岸柳行將發，賓鴻去益深。祁寒勞撫字，或恐廢高吟。

飲興隆寺分韻

萬里煙城暮，相逢老衲衣。盤餐無肉食，生計有柴扉。病骨春仍健，浮名静覺非。紛紛明日事，潦倒夜深歸。

聞　雁

嗚雁蕭蕭下，寒燈故故明。角聲傳細雨，雲色渡高城。兄弟無書信，乾坤有甲兵。秋風歸未得，見爾不無情。

雲中九月八日同張年兄字川登高

佳節明朝是，邊寒花未開。愁心看極塞，鄉思上高臺。對酒清笳咽，當歌白雁來。天涯難會面，風雨復相催。

憶馬侍御

濁酒對清夜，停雲懷古人。才高翻不偶，多難轉相親。鴻雁看南國，風雲望北辰。莫因秋節至，傷爾别離神。

關　中二首

不得秦中信，今傳關内兵。饑荒失撫御，盜賊遂縱横。渭北何由定，商南豈可行。不知今日將，誰是漢長城。

濁寇金州入，胡兵鐵騎連。風塵迷故國，消息斷殘年。劍月明三輔，烽雲散八川。西征推總制，勿使聖心懸。

寄苑洛兄

兄弟江南北，時違悵望深。共爲糊口計，常有畏人心。但可開家釀，無勞問遠岑。團圓歸計是，早晚與同尋。

席上聞歌分韻

絃管青春劇，長安好事家。已聞音振木，知有面如花。院静來疑近，風迴去轉賒。朱樓在縹緲，空復側烏紗。

破　賊

破賊安平日，俱傳靡孑遺。近聞屯霸上，復似渡淮時。平野旌旗合，川原鼓角悲。中丞欲全勝，且未發偏師。

葉家樓武皇北巡曾此駐蹕

一曲朱欄倚緑楊，葉家樓閣本尋常。曾看萬國來佳麗，不信當年駐帝皇。花繞香雲還五色，草和秋露但斜陽。江南江北無窮恨，八駿原誰馭穆王。

秋　日

水瘦江空潮漸平，即看秋色老霜橙。雲籠淡日晴無定，風剪疏林寒有聲。殘菊蕭條他自發，暮煙飄渺傍愁生。朱欄欲共何人倚，萬里長天一雁横。

感　事二首　正德丁卯。

東南民力知全竭，西北長城更欲修。定有壯丁填野壑，况兼新麥在平疇。尋常功業人知好，十萬人心或可憂。白屋書生真過計，便因家國淚横流。

落落乾坤一病身，偶聞時事倍傷神。内批時復傳中旨，故里尤多賜老臣。敢謂履霜憂杞國，已從人日驗今春。匡扶未有纖毫力，名位誰居第一人。

北　上

萬木蕭蕭共别離，此行未敢卜歸期。還鄉夢怯關山遠，戀土情深花竹知。滿榻閑雲憐去後，半窗風雨憶當時。不知他日庭前鳥，還上空槐第幾枝。

秋雨

雨到秋深易作霖，蕭蕭難會此時心。滴階響共蛩鳴切，入幕涼隨夜氣侵。江闊雁聲來渺渺，燈昏官漏夜沉沉。蕭條最是荊州客，獨倚高樓一醉吟。

送周世寧還

離亭落日照秋杯，愁共寒花各暫開。别去幾時還再見，交遊如子實多才。洞庭木葉秋仍下，巴峽猿聲今正哀。鴻雁南飛還北上，可能無意寄書回。

谷太監出軍歌

五千精鋭下良鄉，雲裏旌旗鬬日光。諸將不知中使貴，夜來馬上别君王。

聖上西巡歌八首

宫車七月度居庸，天子巡邊御六龍。胡虜還藏三萬里，却鳴金鼓下雲中。

海日遥凝上將袍，胡霜不及侍中刀。兵臨瀚海冬無雪，騎轉陰山馬正驕。

聖皇神武自天成，遊擊兵威舊有名。一騎獨馳三百里，日斜同上廣洋城。

内髻宫釵出近臣，娥眉處處捧龍鱗。北京雖有中秋月，西上還看十月春。
邊軍隨駕盡鷹揚，馬上文臣亦武裝。雲繞旌旗來五柞，春隨簫鼓到長楊。
渥窪龍馬屬天閑，沙苑牛羊入大官。八府三邊俱望幸，九重十月未回鑾。
去年宣府建行宫，今歲榆林駐六龍。聞道巡關張御史，曾回聖駕在居庸。
文皇宗社萬年長，形勝幽燕天下强。西伐東征俱已了，好揮千羽坐明堂。

漫成二首

漆沮河邊兩岸沙，繞堤十里盡桃花。春風縱使隨流水，落日猶堪鬭彩霞。
沙苑煙光近白樓，黄河清渭兩交流。牛羊落日新丘壟，楊柳春風古渡頭。

春　興

十里晴煙散薜蘿，輕寒乍暖試清和。柳眉杏臉桃花淚，各有春愁誰最多。

常評事倫一十首

倫字明卿，山西沁水人。正德六年進士，除大理寺評事。謫壽州判官，遷知寧羌州，未上卒，年三十有四。明卿多力善騎射，時馳馬出郊，與侯家子弟俠少年較射，問知爲常評事，奉大白爲壽，輒引滿揮鞭馳去。又時過倡家宿，至日高舂徐起赴朝參，長吏訶之，敖然曰：「故賤時過從胡姬飲，不欲居簿耳。」中考功法調判，庭詈御史，罷歸。益縱聲伎自放，酒間度新聲，悲壯艷麗。善書畫。好彭老房中法，謂神仙可立致。從外舅滕洗馬飲，大醉，衣紅，腰雙刀，馳馬渡水，馬顧見水中影，驚蹶，刃出于腹，潰腸死，平陽守王溱爲收葬之。有《常評事集》四卷。其《弔淮陰侯》詩，中原豪俠，至今猶傳之。

採蓮曲三首

素月開歌扇，紅渠艷舞衣。隔江聞笑語，隱隱棹歌歸。
棹發千花動，風傳一水香。傍人持並蒂，含笑打鴛鴦。
沼月並舟還，荷花隘江水。笑擘菡萏開，小小新蓮子。

大醉後題大雲寺閣柱上

謝公昔高卧，挾妓東山遊。豈縈黄閣貴，不顧蒼生憂。簪紱聊暫出，江漢乃安流。國器良有待，局促非吾儔。

望山有懷故人

羈步局重城，流觀狹四野。高高見西山，鄉愁冀傾寫。天際望不極，延佇一瀟灑。落葉歸故根，山雲滿楸櫝。無情尚有適，何以慰離者。

玉清宫戲題

玉函金簡數行書，鶴背飄飄上碧虛。群仙瑶殿收封事，應笑人間久謫居。

和王公濟過韓信嶺

漢代推靈武，將軍第一人。禍奇緣躡足，功大不容身。帶礪山河在，丹青祠廟新。長陵一抔土，寂寞亦三秦。

經海子

積水明人眼，蒹葭十里秋。西風揺雉棨，晴日麗妝樓。柳徑斜通馬，荷叢暗度舟。東鄰如可問，早晚卜清幽。

琵　琶

紅袖揮金撥，朱絃繫玉肩。團圞懷夜月，幽咽瀉春泉。《白雪》調終宴，青雲遏遠天。悠悠時斷續，引恨似當年。

玉泉亭

武帝時乘輿，金輿駐翠微。至今看草樹，猶似被光輝。泉迸聞仙樂，雲流見畫旂。亭高重回首，冉冉下斜暉。

王裕州廷陳七十九首

廷陳字稚欽，黄岡人。父濟，弘治間進士，爲吏部郎。稚欽穎慧絶倫，髫年綴文，不假師授。好粘竿風鳶諸童子戲，父抶之，輒大呼曰：「大人奈何虐海内名士耶？」正德丁丑舉進士，選翰林庶吉士。翰林故事，兩學士典司教習，體貌嚴重，稚欽俟其退食，栖院署樹杪，窺見其起居狀，大聲叫呼，兩學士無如之何，徉弗知也。解館拜吏科給事中。毅皇帝將南狩，修撰舒芬、庶吉士江應軫要衆伏闕請留。石薰城爲館師，危詞沮之。稚欽賦《烏母謡》，大書玉堂之壁，薰城大慚。執政聞之皆怒，諷吏部，出爲裕州知州。稚欽既不習爲吏，訟牒堆案，漫不省視。左遷失職，怏怏無所發怒，有所案治，榜掠過當。御史監司行部，不出迎謁，亦不屬疾。有分司鞭撻州吏，錮其門，絶饘食以窘之，久之乃引去，自是相戒莫敢道。裕州州民被案者，佚出詣闕下，訐奏稚欽不法事，收捕下獄，削秩免歸。屏居二十餘年，嗜酒縱倡樂，益自放廢，達官貴人相慕好請謁者，延見之，多蓬發跣足，不具賓主禮。時衣紅紵窄衫，騎牛跨馬，嘯歌田野間。嘉靖初元，搜訪遺佚，顧華玉撫楚，以稚欽及隨州顔木應詔，不果用，賜縑帛，老於家。稚欽有《夢澤集》十七卷。其詩婉麗多風，爲詞人所稱。而文尤長於尺牘，皇甫百泉稱其《與顧中丞陳監察書》若嵇康之絶山宰，寄余懋昭、舒國裳二札即楊惲之報會宗，君子讀而悲之。顔木字惟喬，稚欽同年進士，知許州，亦以州民詰奏，下獄免官，任誕自放，其蹤跡亦略仿稚欽，兩人聞之，交相得也。惟喬詩質率，了無才情，而其名亞於稚欽，撰《隨志》雜用史法，體例踳駁，而顧華玉推其有良史才，殆名過其實者也。

白紵辭五首

高堂邃宇施翠帷，蘭膏明燭散朱輝。二八接武步舒遲，被服姣麗光陸離。彈箏鳴瑟商羽移，喜溢歡恣不自持。轉盼含嬉屬所私，累觴勸君君自知。主人既醉客不辭，燭滅纓絶珠履遺。

朝露未晞夜霜零，衆芳凋歇鶗鴂鳴。逝者如斯不復停，人生百年命忽傾。爲君秉燭縱遊行，三星在户參差明。騰觚飛爵何縱横，垂羅映縠耀珠纓。衆中不言懷隱情，色授神馳流目成。士女雜坐交和歌，河轉參横奈夜何。

投君漢濱之玉佩，獻君洛浦之明璫。感君提携祝壽昌，舜日堯年樂未央。爲君楚舞紈袖揚，乍開乍合低復昂。矯若白鵠雲中翔，雕楹綺閣迴素光。竽瑟會節間笙簧，樂極悲來起徬徨。共指皎日輸肝腸，烏白馬角誓不忘。

吴歈蔡謳調不同，衆伶合作如一宫。流鄭激楚溯迴風，姱姿修態紛追從。人聲絲竹各競工，燕趙齊秦射代供。曜靈西藏曲未終，繁燈列炬亘筵紅，皎如初日輝簾櫳。

娱酒沉歌費白日，絶代佳人何可失。若戀似矜態非一，持觴遞進嬌相迫。左推右引俠氣溢，簪珥墮落寧復索。文窗朱綴開洞房，錦衾瑶席施象牀。五色雜組繫流黄，復帳中薰百和香。層軒曲檻俯回塘，鴛鴦鸂鶒羅成行。生丁盛世福運昌，四時爲樂允無疆。

擬矯志篇

龍虬雖困，不資鱔鰍。鸞鷟雖孤，不匹鶩雛。雖有香草，當户必除。雖有仁人，在敵必誅。狐白雖美，炎暑必置，舟車之用，易地則棄。蕙蘭不採，無異蓬蒿。干將不試，世比鉛刀。以驥捕鼠，曾不如狸。餓夫獲璧，不如得糜。郭生純臣，魯連高士。彼乃登臺，此則蹈海。寧直見伐，無爲曲全。寧渴而死，不啜盗泉。

放歌行

竊鉤者誅，竊國者王。仁義資亂，道豈不臧。一解　代秦者吕，襲楚者黄。巍巍國君，大盜在傍。二解　謂尺何短，謂寸則長。此不可度，彼胡可量。三解　獸殪罟裂，鳥盡弓藏。智勇既殫，軀乃見殃。四解　讒巧爲忠，直夫稱狂。出門異趨，毁譽何常。五解　樂不可極，憂來無方。游心冲虚，以保壽康。六解

閶闔行

閶闔開，賢人庸。鳴鼓間擊鏞，貢術蓄指微哉同。汲清亦附滓，鮮株稿荄粉以供。背叛腹，媪逐翁，如葦之矢十斛弓。俄逐而西，頃却以東。退乖妄侣，進喪貞朋。捷徑窘疏武，仁軌罕哉通。孰爲雌？孰爲雄？朝譽曰堯，夕詆則蹻。梟妃鸞，蕭艾生蘭叢。蒙首以征，吾將奚從？

行路難五首

北風蕭蕭雨雪滂，辭我親友之朔方。中閨少婦走徬徨，勸君斗酒牽衣裳。道路縱横多虎狼，歲暮天寒百草黄。結發本期不下堂，君獨何爲慕他鄉。東流之水不西歸，宛轉蛾眉能幾時。人生富貴亦有命，辛苦馳奔空爾爲。縱令鼎食有别離，賤妾但願共餔糜。

磁石引鐵金不連，餌可得魚龍不吞。蠟戟雖妍不可刺，明珠雖貴不可餐。水中之車，何殊陸地之船。玉巵無當不以注，白刃倒持安用銛。手中雖有丈八矛，試之井底難迴旋。輕輿駕良駟，途窮日暮安能前。丈夫雖有磊落才，生不逢時終蒿萊。面不同兮心亦殊，執一求之君何愚。星有好風或好雨，世人豈得均所圖。孔贊《韶》兮墨非樂，遵叱馭兮陽回車。林中亦有嗜腐鳥，海上猶聞逐臭夫。此欲前兮彼則却，彼所吐兮此復餔。促席接襟議靡愜，異域殊疆志或投。達人曠視任自然，小儒曲士競區區。忠信不獲顯，衆人害其上。世事風波紛蕩漾，變化無方何可狀。公旦金縢功罔刊，伏波銅柱師何壯。周公漢帝豈不明，讒言入耳心不諒。骨肉天親尚有疑，他人豈得無遷放。生命飄蓬隨所向，繁華誰保不凋喪。何爲坐嘆行復嗟，鬱陶終日憂讒謗。四坐且莫喧，聽我促節歌路難。我今四十迫衰殘，盛年一去何當還。昔斥爲遭絳灌怒，今來豈受金張憐。泰山可移志不徙，寒爐從知無再然。但願長隨擊壤民，優遊鼓腹歌堯年。

詠　懷一十六首

兩儀立樞要，萬事具紀綱。智士運機權，一童驅百羊。羽重金或輕，尺短寸有長。壯夫苟失據，反爲豎子傷。獨繭引六鰲，纖繳連雙鶬。操持貴不謬，得失詎有常。始悟制人術，豈在多與强。

儒生峭崖岸，抗顔論詩書。磬折周倫類，直方向朋徒。吐辭厲信義，皎日耀天衢。外表高潔談，腹内蘊穿窬。命侶發瘞子，探口出含珠。金椎碎腐頰，青青歌應臚。聖言豈不偉，反爲行劫需。誦説苟非人，階亂豈勝誅。

擊鼓以求亡，疾馳以逃影。驅介以乘高，驂蹇以求騁。揮刃喪其柄，振衣失其領。趣舍昧良圖，存亡在俄頃。

夸名非己有，禍患在須臾。生命無延期，昏旦有不虞。拂衣舍之去，矯步升天衢。陟降太微堂，上帝授靈符。六氣備朝餐，雙虬結飈輿。消玉饋我漿，馮雲構我廬。聖真進杯觴，靈妃奏笙竽。三光代列炬，四海注一盂。抗臂抑羲和，六龍且徐徐。微瞬市朝易，日月曷云除。名漏泰山録，鬼伯無迫驅。舉手謝世人，安能與爾俱。

姬旦制冠裳，萬古承其賁。偶以衣狙猿，奔騰裂且棄。承雲本妙音，鱗羽爭辟易。魯門鐘鼓聲，轉使爰居悸。物類何繽紛，人已非一致。韙哉尼父言，盍各言爾志。

京洛冶遊子，浮湛聲色場。青驪服文輿，丹組綰羅裳。翺翔狹邪間，順風揚芬芳。高堂置廣宴，曲榭開閑房。分曹效百戲，作使徵名倡。良庖膾肥鮮，珍饌溢圓方。朱華忽西逝，蘭膏嗣其光。客醉賦無歸，宵分歌未央。爲樂自今日，千歲固其常。安能轉多忌，嘆息懷虞殃。

達士志慷慨，貪夫思保全。有身則有患，消散固其然。伏波甘馬革，莊周快烏鳶。用意匪一趣，大要歸明賢。愚者暗桑榆，鬱鬱坐自煎。思慮損眠食，恐懼懷冰淵。蹙邀向賓客，劻勷終歲年。多圖寡攸成，繁辭累其愆。展轉不獲紓，賚恨瘞重泉。木槿榮一朝，日夕用長嘆。

河清不可俟，川逝誰能止。朝露忌太陽，夕日愁濛汜。歌舞化塵埃，都邑生荆杞。大運厄陽九，銷毀固恒理。填海精衛勞，逐日夸父死。齊景悲牛山，晏嬰笑未已。彭殤孰短長，無生悟方始。

梧宫肆詰辯，齊楚兵始連。弦高犒晉師，鄭國賴以全。齊樂不可犯，范昭知有賢。誰云制勝術，乃在樽俎間。君子慎幾微，禍福基一言。覆水各自流，事去誠可憐。

言笑色雖親，致毒乘其昧。一旦弛周防，勺水成湍瀨。禍亂在須臾，何有細不大。牧視後者鞭，蟋蟀思其外。舟壑竟難恃，軒駟何足賴。先民亦有言，高明鬼所害。慶弔非異門，驕蹇詎能會。

元化運天地，碩輔須英雄。草昧若無俟，大業何由隆。匡時各有人，如雲附飛龍。二八贊虞庭，胥靡翊殷宗。周公出天屬，鼓刀應非熊。爲猷苟切施，疏賤靡不庸。下世忺舉肥，斥異多引同。豈乏倜儻士，無媒終固窮。

僶俛信無當，躑躅常苦憂。傷哉世路交，同源終異流。執手愛不淺，轉面起見讎。傾側忍負欺，怨毒生綢繆。彎弓日相向，乘利來迫遒。薛公一獲罪，賓客誰顧留。炎炎廷尉門，灰寂令人愁。胡越使相爲，安危在一舟。輕薄市中童，反復誠獨羞。煩思發憤懣，自玆絶交遊。

日月亘天涂，照耀各有時。榮枯若循環，智巧難控持。賈生愁遇鵩，莊周憚爲犧。糾纏誰不嬰，文綉焉能辭。放言用自慰，虛無誠我欺。得失去來間，北叟乃深知。

昔聞有遊女，逍遥翔碧潯。交甫下請佩，解贈情亦深。可遇不可持，變化愁予心。影滅佩亦失，漢廣無由尋。眄睇絶彷彿，徘徊逮夕陰。青鳥忽來過，貽我金石音。憂思耿難忘，寫意于鳴琴。自傷非儔類，上卿屬稚齒，郎署淹窮達有自然，鬼神柄其施。安坐值渥恩，周旋失所宜。佩玉乃不兆，壓紐襁抱兒。上卿屬稚齒，郎署淹龐眉。巧宦目馬安，斯言恐亦非。豈無多智人，往往困蒿藜。感激長悲吟。

茲歲忽云暮，駕言出城闉。楊柳翳白日，岡岑蔽玄雲。荒原離獸馳，寒鳥鳴索群。上有百尺臺，下有千古墳。登高一騁望，思我平生親。延佇久不至，俯仰懷酸辛。萬物靡不化，千載猶茲辰。驅馬復來旋，詠歌聊飲醇。

遣興二首

八方異風土，百里殊陰晴。夷夏殆天設，終古難合併。權家但好勝，持議乖群情。孤軍病深入，問罪慮無名。客主既不如，師老功難成。當恐强弩末，遂令小國輕。安得長者言，立談罷交兵。皇惠均萬物，各各遂其生。

南裔雖一區，險阻紛可憑。民居寄溪谷，霧雨常晝冥。妻子像蛇虺，魑魅冒人形。沙蟲潛射影，觸之喪其生。古來域稱絶，何足煩天兵。吾聞王者師，無戰唯有征。一卒不備歸，良已虧威靈。地於東南缺，天乃西北傾。二儀有不足，并包人豈能。

雜　詩五首

絺綌寒不求，纊絮暑不御。當其不切施，棄置若弗顧。時節忽復及，效用乃如故。冥運不無代，物理豈常遇。功成互見奪，乘時各有騖。嗟哉團扇姬，怨歌良已誤。

手持一杯水，覆地東西流。榮悴有自然，萬卉同一秋。翩翩者誰子，作色矜遨遊。朝見馳華軒，日暮歸山丘。憂來不可知，爲慮何能周。貪夫昧成理，磬折將焉求。天命無改施，智巧誠足羞。

日月競馳邁，一夕復一朝。臨鏡失故吾，壯心潛已消。聖朝棄賤士，九牛亡一毛。豈不希末榮，所苦術不饒。無能令身貴，何爲使心勞。莊生誠我師，大鵬寓逍遥。

中園種桃李，不言下成蹊。凝霜被原野，零落愁安歸。盛年有銷鑠，窮達在一時。便嬛途路子，俯仰乍榮輝。誇名何足賴，怨毒常苦滋。靈龜歎在塗，雄鷄憚爲犧。膏火忌自煎，斯言誠可悲。

羲和馭六龍，馳光耀萬里。一潛濛汜間，沉淪不自理。楚宫在昔時，繁華照江水。歌鐘日夕聞，閒榭屯羅綺。運徂謀亦屈，巍構積傾圮。當晝狐兔翔，洞房生荆杞。朝雲不可招，逝者誰能止。流觀天地間，庶悟達生旨。

別張子言四首

我友駕言邁，去去之朔方。晨起趨中厨，爲我具酒漿。長别在須臾，且願盡杯觴。昔爲骨肉親，比翼雲中翔。今當承乖違，邈若參與商。出門異鄉縣，居世如朝霜。世途轉傾側，良會安可常。羸馬感人情，哀鳴衢路傍。悲風振喬林，瑟瑟傷肝腸。執手不能辭，淚下霑衣裳。恨無凌風翰，送子還故鄉。故鄉豈不思，臨發中徘徊。借問欲誰須，重與心知違。山海高且深，見面未有期。有懷今不盡，相思亦何爲。豈無絃歌曲，調促令心悲。言語未及終，白日奄忽移。安得魯陽戈，揮景使東馳。馳景不少待，客子何可留。相送不覺遠，行行至河洲。中有雙黄鵠，飛鳴諧匹儔。驚風揚洪波，散失焉能求。雌雄相背飛，影響日以遒。鳧鷖豈不多，嗟哉非我仇。願言樹萱草，以解心煩憂。煩憂動我神，悲歌仍躑躅。鬱鬱道傍柳，垂蔭昔何緑。嚴霜日夜寒，枝葉不復屬。四時相推斥，變化一何速。俗子騖聲華，世儒矜結束。立身多所乖，年命傷局促。子其愛景光，抱道在白屋。

别曹仲禮四首

與君一爲别，晷度逝不停。奄忽二十載，親串日以零。短者已物化，存者非壯齡。况復異鄉縣，散處如晨星。但言長相思，豈意今合併。顔鬢各已改，不易惟兹情。孤鴻號朔風，黄鳥聲嚶嚶。飛鳥戀儔匹，况乃稱友生。

别子大河側，見子長江濱。對面但疑嘆，含意慘莫陳。豈無新知歡，念此同袍人。扳留不須臾，羲陽所以淪。奮身思繫日，天路邈無因。安能附高翮，一舉摩青旻。飽者豈念饑，貴者羞賤貧。薄終古所尤，交誼貴在伸。故心苟不移，何必會合頻。慷慨即長路，無爲兒女仁。

中夜起相送，白露塗我襟。低頭惜分手，舉頭傷辰參。斗酒良不薄，對之不能斟。唧唧草間蟲，助我揚悲吟。爲君拭緑綺，彈作清商音。物理關人情，淚下不可禁。谷風刺小怨，孔公贊同心。延陵輕寶劍，高義垂至今。親交信不薄，先民良可欽。

泠泠山下澗，童童山上松。粼粼澗中石，瑟瑟松上風。波逝石不俱，飈奔松莫從。物理相倚藉，動息難可同。與君遊宛雒，矯若雙飛龍。中道悵相失，末路欣此逢。既逢不須臾，去復當嚴冬。霜霰集衡軛，虎豹啼林叢。子其慎桑榆，勞謙以令終。

園亭言懷

駿死骨誰象，市焚齒自累。棄置悲團扇，齟齬嘆方枘。耻隨荆橘化，樂與魏瓠棄。素無金張援，焉取丘園賁。農圃衍世業，桑麻綜歲計。實飽三士桃，芳引八公桂。春原露未晞，秋皋霜已被。偶緣物態感，遂與神理契。晷度無能淹，金石亦善敝。願言齊得喪，庶以紓勞瘁。

歲暮雜興十首

年往志亦減，譽來毁乃加。遂初困無悶，善後生有涯。永年慕樗櫟，存身悟龍蛇。大隱但城市，嘉遁豈煙霞。

孔公深贊螻，賈生虛忌鵩。屈伸在一時，憂喜本同域。河清豈能俟，途窮安足哭。久息漢陰機，莫問成都卜。

一斥壯齡改，相知白首疏。干時計轉拙，好客資苦無。飯牛當落日，牧豕入平墟。行年忽老醜，何意逐名譽。

人情皆喜新，世路惟嘉壯。鵠寵遠見珍，薪積後居上。前魚龍陽悲，遺簪少原悵。盛年亦有移，溢恩何可仗。

寡欲處易安，抗行俗難合。巢林祇一枝，繞樹猶三匝。竟日伯陽書，經年幼安榻。閉門客座空，啟徑朋簪盍。

昔惟樂遊衍，今已識耕耨。連畛東陵瓜，一頃南山豆。坐久林壑暝，歸晚妻孥候。倚樹見墟煙，就枕聞山溜。

日月處無恒，俯仰情非一。蟠泥乏龍德，悅草愧羊質。周周尚慮危，鶼鶼猶慕匹。紛紛馳突子，何不虞顛躓。

偏才互短長，名家殊去取。連城償燕石，千金享弊帚。不識東家聖，翻謂西施醜。定價豈目前，知己俟身後。

讒毀行見迫，愁思坐不開。含垢長者仁，懷璧匹夫災。在鳥愧能言，處木甘不材。終謝金籠閉，幸免匠石猜。

景曜一何速，志業百未酬。所願則學孔，吾衰不夢周。智愚各有營，貴賤孰無憂。松子久我欺，萱草爲誰求。

發裕州短歌

黠卒前來意氣雄，當階縛我囚車中。颯颯驚飆動地至，城捲赤霧摧丹楓。城中之人走相視，城外蕭蕭嘶曉轡。道上殘楊掃凍帷，過雁鳴蟬雙迸淚。人生作吏何太苦，囊無一錢身被虜。可憐妻子盡畏途，南征白髮愁豺虎。古來玉石怨俱焚，骯臟安能就圭組。

楚岸吟寄牟子

楚岸長楊垂至地，百鳥嬌啼春自醉。晴絲冉冉墮碧空，風光頗爲遊人媚。我家黄子國，君住鄂王城。大江東下雲霧接，滔滔應瀉故人情。憶初同領南宫宴，白馬青袍花映面。本期霄漢並翺翔，寧知世路多更變。我歸十年前，君歸十年後。榮華顛倒若夢中，人情翻覆無不有。安能顧墮甑，自令心不開。陰岩積古雪，白日何當來。我將振衣從子遊，請君灑掃鸚鵡洲。遲日經行桃竹杖，烟波摇漾木蘭舟。須令漢水變春酒，更遣大别爲糟丘。蛟龍自吟鶴自舞，仙人鐵笛沈高樓。留連坐待明月上，翠娥勸飲來沙頭。竹林諸賢真瑣瑣，高陽酒徒安足儔。吁嗟此會難即得，使我悵望無時休。君不見楚宫寂寞臺殿荒，歲歲東風開野棠。三閭憔悴行吟處，千古猶傳杜若香。丈夫眼底安足計，君行采采莫相忘。

豪士吟贈王氏

君家高樓臨漢水，落日悲風白雲起。門垂楊柳千萬株，長條直拂洪波裏。我來繫舟古楊下，秋深岸東蒹葭靡。此時歸思正鬱陶，偶爾逢君行且止。邀我置酒開綺筵，庖子擊肥兼割鮮。海榴新擘寶房碎，湘橘旋摘金子圓。翠袖成行獻歌舞，授色知心次第前。堂中食客多且賢，寶刀錦帶光接聯。持觴遞進勸我酒，四座爲壽俱萬年。平原十日飲未足，白首酣歌凌紫烟。自矜膂力莫與我，俠氣翩翩尤擅武。角弓十斛左右張，蛇矛丈八盤旋舞。櫪上生駒六駁姿，猛士如林不敢騎。控鬣鳴鞭一躍上，疾馳緩步衆稱宜。男兒身手有如此，壯節奇功皆可爲。君不見道阻天寒行旅苦，水有毒蛟山有虎。請君殺蛟兼射虎，惡少紛紛安足數。

少年行

長安本俠窟，烈士多英風。殺人帝輦側，射獸上林中。金羈及狡兔，珠彈落高鴻。歸就博徒飲，酣歌意難窮。

春歌

初華錦繡舒，千林望如一。懷春廢機杼，縑素難成匹。

艷歌行

青樓臨廣陌，楊柳當窗垂。飛來雙白鵠，一步一徘徊。一解　今日樂相樂，置酒臨前池。下有菡萏花，上有松柏枝。二解　與君初結婚，不意當乖違。讒言使親疏，兩心當自知。三解　君爲東流水，出門不顧歸。妾爲北辰星，終身無轉移。四解　君當萬里行，妾當守中閨。生歸重合歡，死與黄泉期。五解

妾薄命

春風轉蕙披蘭，高臺曲榭中連。經堂入奥張筵，秦筝趙瑟俱前。鳴絃度曲雙妍，輕奉紈袖禠禠。宛若遊龍翔鸞，翠盤金爵闌干。呈能角技爲歡，種種厭射更端。眼看陽景西馳，高張蘭燭承暉。車倦馬怠不辭，但歌不醉無歸。夜深坐促尊移，含悰送意向誰。衆中色授君知，願言並蔕雙栖。惡聞易别輕離，佇立不勝彷徨。獨宿寤言難忘，何以報君明璫。起視銀河爛光，牛女咫尺相望。終夜不成報章。

大祀

香殿裊氤氲，鈞天九奏聞。帝臨趨窈冕，神至各風雲。肅肅宫壇啓，依依黍稷芬。甘泉稱賦頌，吾已愧雄文。

駕幸南海子

南郊初禮帝，上苑復誇胡。虎兕先聲伏，車徒翼輦趨。網羅張一面，部曲用三驅。侍從君臣在，應知諫獵無。

駕入

鐃音傳晚甸，芝火動春城。一路青陽送，千門紫氣迎。龍鸞迴國步，星月扈天行。大内通宵入，祥烟達旦生。

溪邊晚興

萬井皆秋色，千巖盡落暉。谷喧鄰牧散，溪響夕漁歸。初月懸楓岸，餘霞戀竹扉。坐來憐夜永，霜露入人衣。

送王知事還蜀

佐邑已三載，還家無一錢。苦心成白首，達命任皇天。峽束秋江怒，雲盤古棧懸。歸來揚子宅，寂寞守吾玄。

春盡

春盡人將老，庭閑晷獨遲。絮飄兼鶴毳，花落罥蛛絲。石溜依琴瀉，雲陰入户移。幽懷偏水竹，晚步故臨池。

春日郊遊同所知

芳郊聯騎出，竹苑聽鶯遷。共酌陶嘉月，相看憶昔年。病因春事減，窮益故人憐。祇恐聞鶗鴂，花間拚醉眠。

聞箏二首

楚館名娃出，秦箏逸響傳。徘徊芳樹側，掩映雜花前。雁促玫瑰柱，鶯喧錦繡筵。年來哀怨切，復此感繁絃。

花月可憐春，房櫳映玉人。思繁纖指亂，愁劇翠蛾顰。授色歌頻變，留賓態轉新。曲終仍自叙，家世本西秦。

春日山居即事

草動三江色，林占萬壑晴。籬邊春水至，簷際暖雲生。溪犬迎船吠，鄰鷄上樹鳴。鹿門何必去，此地可躬耕。

夜坐

生事日蹉跎，將如落景何。馬蹄持自誦，牛角扣仍歌。把燭秋蛾集，開簾夕鳥過。長風自寥闊，颯颯振庭柯。

陳叟

生事緣儒誤，傷心近老貧。一餐資弟子，數口仰交親。身屬工詩病，鄰譏貰酒頻。時瞻户外屨，多是問奇人。

閒步

卜築蒼巖畔，爲園碧水涯。浴童依淺瀨，浣女散晴沙。中散林惟竹，東陵圃是瓜。村頭歸欲暮，巾服映殘霞。

病起

經旬伏枕艷陽天，病起藤蘿繞户縣。少日親交魂夢裏，一春花鳥淚痕邊。緣溪力薄依人步，課圃情多警豎眠。天遣此生無俗累，書籤藥裹任年年。

遣悶

病起衰顔聊自媚，春深笑口向誰開。五男不學從渠懶，三徑俱荒阻客來。日展琴書娱潦倒，雨抛巾舄漬莓苔。交遊物化今餘幾，倚杖看花首重回。

夏日宴集宋寶山别墅留贈

先生堪擬葛天民，築室郊原遠市塵。客款閒門驚稚子，自分餘酌到農人。朱華冒日明棋局，翠竹含風撼角巾。不睹少微雲霧裏，楚江誰信有垂綸。

燕京元夕曲

香車一一渡星橋，翠袖引雙雙玉簫。但訝遊人争辟易，不知夫婿漢嫖姚。

江僉事暉三首

暉字景孚，仁和人。文昭公瀾之次子也。正德丁丑進士，選翰林庶吉士。與同館舒芬等抗疏諫南巡，拜杖幾斃。館事竣，當授編修，以前言事授廣德州知州。召爲編修，進修撰。世廟用言者議，簡侍從，使吏民事，擢河南僉事。未上，痰疾盛作，特旨許養病。歸二年，卒。景孚爲文鈎玄獵秘，雜以古文奇字，聱牙詰曲，令讀者謬根眩霿，至莫能句，隱口汗顔而罷。徐而繹之，卑之無高論也。與汴人曹嘉、東楚王廷陳、秦馬汝驥齊名，一時有「曹、王、江、馬」之稱。集名《亶爰子》，取《山海經》「亶爰山有鳥，食者不妒」之義，以自寓也。王稚欽有詩嘲之云：「江生突兀揚文鋒，千奇萬怪誰與同，博物豈惟精《爾雅》，識字何止過揚雄。求深索隱苦不置，一言忌使流俗同。令弟大篆逼鐘鼎，絶響耻作斯邕等。生也爲文遣弟書，一出皆稱二難並。縱有楚史不可讀，滿堂觀者徒張目。少年往往致譏評，生也不言但捫腹。好醜從來安可期，豪傑有時翻自疑。請君寶此無易轍，聖人復起當相知。」

前上陵德勝門

先皇巡狩日，此地即行宫。拜舞千官肅，飛揚八駿雄。雕弓開塞霧，鼉鼓振山風。今日繁華歇，重過恨不窮。

謝政志喜

雲户焚魚佩，烟汀放鷁舟。寂寥傷白石，浩蕩想丹丘。掛席牽風穩，垂竿揚月流。故園松竹在，聊得慰窮愁。

送巨石弟還京

曉麓柴扉寂，秋江檜鷁催。别離經落葉，衰颯已寒灰。露浩翔梟迴，雲凝斷雁哀。騰騫羡修羽，聊得慰摧頹。

胡副都纘宗一十二首

纘宗字孝思，一字世甫，鞏昌之泰安人。正德戊辰進士，三甲第一人。傳臚之日，與二甲第一人焦黄中並特授翰林檢討。黄中，焦芳之子也。芳敗，黄中編管爲民，孝思與庶吉士邵鋭等俱外補，判嘉定州。移守潼川，入爲南京户、吏二部郎中，出知安慶府，移守蘇州。在郡才敏風流，前後罕儷，觴詠留題，遍滿湖山泉石間。爲參政於山東、浙江、山西，爲布政於河南，以右副都御史巡撫山東，改理河道。乘輿南狩，迎駕于磁，復改河南汴城。行臺火，引咎乞歸。家居數年，而有詩案之獄。户部主事王聯者，孝思在河南時所荅貪令也，爲户部主事，犯法當死，思告許以自脱，從獄中上書指孝思聞大駕幸楚詩有「穆天湘竹」之語，爲怨望咒咀。世廟大怒，捕下獄，嚴分宜、陶恭誠力救乃得解，杖三十遣歸。孝思在獄中，取錦衣獄中柱械之類，作制獄八景詩，衆爭咎孝思，掣其筆。孝思笑曰：「坐詩當死，不作詩得免死耶？」出獄時，謝棒貽之詩云：「白首全生逢聖主，青山何意見騷人。」孝思將八十，病杖創甚，呻吟間，猶口占韻以謝。人謂孝思意氣殆不減蘇長公也。

登天柱閣

與客上江樓，横江山欲浮。雲當天柱出，月傍小姑流。帆外收吴楚，尊前落斗牛。彌漫忽千里，倚檻思悠悠。

太湖 三首

茫茫四郡塵囂外，渺渺五湖煙霧中。若更無山天地溷，縱還有石水雲空。澄潭日出漁帆集，遥浦潮平賈棹通。爲謝東莊王相國，金庭玉柱屬三公。

即看鶴駕盤湖上，擬有仙曹集洞中。日月隔橋生碧海，星河當户點瑶空。天圍春樹千村合，山漏秋濤十郡通。獨放扁舟領丹詔，白雲深處問三公。

傍海月生潮不出，緣江路隔水還連。兩山雲出東西樹，五夜星摇上下天。洞口鱗鱗千頃玉，水心皛皛萬家煙。鳥喧花發壺觴亂，太守頹然醉欲仙。

林屋洞

繫馬靈宮第幾天，紫霞丹竈坐群仙。金庭空闊蛟龍門，玉柱玲瓏日月懸。改火欲烹山乳食，掃雪初藉石床眠。隔凡不隔岳陽水，黃鶴飛飛何處邊。

擬古四首

驚喜君王至，西華夜啓扉。後車三十乘，載得美人歸。

收犬海子北，放鷹海子南。馳輦且歸去，今朝獵未酣。

迎佛何年至，駝經事恐虚。行宫方聽法，休上退之書。

上馬入皇城，嫖姚典禁兵。猶言恩寵薄，下馬坐團營。

聞大駕幸楚恭記

聞道鑾輿曉渡河，嶽雲縹緲護晴珂。千官玉帛嵩呼盛，萬國衣冠禹貢多。鎖鑰北門留統制，璇璣南極扈羲和。穆天八駿空飛電，湘竹皇皇淚不磨。

上之回

上之回，自回中。隴山晴，秋雲空。上之回，自終南。罷期門，調雲驂。上之回，自岱宫。帶三觀，盤六龍。上之回，自汾河。泛樓船，横棹歌。上之回，自灊岳。射赤蛟，導神雀。上之回，自大宛。駕龍駒，飛鳳轤。居九重，垂衣裳。一人端拱，千祀無疆。

東飛伯勞歌

東飛伯勞西飛雀，佳人兩兩春相約。長安遊子紫霓裳，垂柳飛花空斷腸。墻頭桃李争紅白，朱甍翠檻誰家宅。雨餘緩轡踏芳辰，急管繁絃無那春。紫騮嘶入晴煙去，窈窕秦娥隔花語。

許副都宗魯一十首

宗魯字東侯，咸寧人。正德丁丑進士，改庶吉士，授監察御史。歷僉事副使、太僕、大理少卿，以右僉都御史撫保定，罷歸。十七年，會庚戌虜警，起經略昌平，進副都御史，巡撫遼東，致仕。東侯才氣宏放，開府雄邊，多所建置。在遼東，奏寢三衛北虜門市，遼人賴之。家本秦人，承康王之流風，罷官家居，日召故人置酒賦詩，時時作金、元詞曲，無夕不縱倡樂。關中何棟、西蜀楊石，浸淫成俗。熙朝樂事，至今士大夫猶艷稱之。

十七夜雨坐

秋雲滿空塞，夜景生寥廓。開簾對零雨，客思轉蕭索。燈明虛室幌，月暗高城柝。天際聞遠鴻，琴中悲怨鶴。佳人不共賞，感嘆秋懷惡。側想明月輝，梧桐坐來落。

渡白溝

昔運遘屯厄，恒紀變參商。南風日不競，朔吹益遠揚。英雄各乘御，龍戰血玄黃。矯矯平將軍，獨立當中央。張弧射九日，撫劍盼四方。事去績故隳，志伸願已償。朅來歲月久，道里未能忘。仲生固有爲，忽死亦其常。停驂覽故壁，雪涕履戰場。清川帶縈紆，白骨浩縱橫。惋嘆不能發，總轡歌此章。

至日偶然走筆

去年冬至堯母城，城頭較射角弓鳴。今年冬至毗陵館，凍雨寒雲歲華晚。江南塞北風土殊，何地何年是家居。愁端豈只如宮綫，一日長添千里餘。

零陵西亭同朱大參袞楊僉憲材賦

八洞探幽賾，登臺散遠心。雷聲帶雨重，虹影射江深。山羣三苗國，天低八桂林。來遊陪二妙，詞賦總南金。

遼左雪中登樓

歲杪崇朝雪，天涯絶塞城。凍雲連海色，枯木助風聲。懷土情無已，登樓賦未成。梅花南國思，笛裏暮愁生。

三月三日作

上巳今朝是，風光異往時。海雲成雪易，塞柳得春遲。目極關山道，情懸曲水詩。誰能修禊飲，一溯望鄉思。

醫閭春望同李户部諸君子

醫閭登眺倚胡天，遼左封疆指顧全。山勢北來連靺鞨，海雲東盡辨朝鮮。巖花競暖霏香雪，塞草留春藹翠煙。公暇暫同淹永日，喜無烽火報甘泉。

春日園居雨中作

南山雲霧暗長安，坐惜芳菲欲向闌。海燕歸遲春色暮，谷鶯愁劇雨聲寒。柔添柳綫垂金水，濕重花梢壓綉欄。安得東風開暖霽，曲江走馬恣遊觀。

登湖山樓 樓在齊山。

近郭危樓俯碧湍，倦遊孤客倚朱闌。淮肥山色尊前出，吴楚江流畫裏看。旅思逢秋增短鬢，鄉心隨雁過長安。黄花白酒登高日，玉笛金笳起暮寒。

城南遊覽懷古

楊柳今無渚，芙蓉舊有園。請看蒿里地，即是樂遊原。

馬侍郎汝驥 一十六首

汝驥字仲房，綏德州人。正德丁丑進士，選翰林庶吉士。正德己卯，當授官，值威武南巡，率同館士六七人赴闕請止，罰跪闕下五日，拜杖，出知澤州。世廟即位，録諫官，召還爲編修。歷修撰南北司業、南京祭酒，陞禮部右侍郎。上方興禮樂，創改促數，諸公日聚講議。仲房博覽典故，平居恂恂不出言，遇集議則矢口駁正，斧劈理解。分宜數言之上前，將大拜，以病肺卒官。死無以爲斂，屬吏醵錢爲庀喪事，贈禮部尚書，謚文簡。有《西玄詩集》。黄河水曰：「仲房詩整煉，似法顔、謝，隊仗森然，雖求之聲律未見其深，亦不失爲高流也。」

邵園行

君不見漢家八葉神靈主，繼世天平身好武。誇胡罷獵長楊宫，廣苑還開上林土。上林奢麗帝城東，剌號新莊錦繡叢。連袤雖無百里大，嶕嶭亦有三山崇。雄模遠勢跨京闕，萬户千門通日月。松閣平臨北斗回，蓮池倒映西山没。周流一水錦帆揚，瑶草瓊花夾岸長。蛟龍晝舞丹青洞，翡翠春巢金玉堂。天子八鑾時不御，四馬奔馳欻風霧。回旌駐蹕人豈知，伐鼓撞鐘日云暮。五營萬騎羅九旒，掃除閣道雲霄遊。近侍誰陪柏梁宴，將軍獨拜富平侯。哀歌少壯秋風起，北伐南征心未已。雷驅火衛出三邊，虎驟龍騰歸萬里。自從七寶棄人間，桂楫蘭橈那復攀。鼎湖只挽遺弓泣，銀海難從賜劍還。一朝天地成翻掌，七貴上書要上賞。丁傅峥嶸肺腑深，金張園沼恩波廣。寂寞長思萬乘臨，龍文赤日轉銷沉。翠亭想像團華蓋，綵仗虚無排碧岑。四海爲家元不異，泰山之封七十二。意氣峥嶸父老嗟，年光變化兒童戲。登臨此地莫悲哀，請看昔日黄金臺。千金駿骨葬何處，滿目荒丘迷草萊。

西苑詩十首

萬歲山

在子城東北玄武門外，更出北上中門，爲大内之鎮山，高百餘丈，周迴二里許，金人積土所成。舊在元大内，今林木茂密，其巔有石刻御座，兩松覆之。山下有亭，林木陰翳，周回多植奇果，名百果園。

葱鬱倚青天，微茫散紫煙。祖瀛符帝宅，泰華鎮王川。樹裏西山對，花中北極懸。登封非遠幸，三祝配堯年。

太液池

子城西乾明門外，有太液池，周凡數里，水從玉泉流入，延竟大内，舊名西海子。上跨石梁，自承光殿達西安裏門，約廣二尋，修數百步，兩涯穹甃出水中，下斗門鯨獸楯欄，皆白石鎸鏤如玉。中流駕木貫鐵絳丹檻掣之，可通舟。東西峙華表，東曰玉蝀，西曰金鰲。其北別駕一梁，自承光達瓊華島，制差小。南北亦峙華表，南曰積翠，北曰堆雲。

碧苑西連闕，瑶池北映空。象垂河漢表，氣與斗牛通。鯨躍如翻石，鰲行不斷虹。蒼茫觀海日，朝會百川同。

承光殿

在乾明門外，圍以甓城，東西南隅闢二門。入，梯至巔。闌雉周迴，皆設睥睨。中構金殿，穹窿如蓋，雕櫳綺牖，旋轉如環，俗名圓殿。外周以廓，向北，皆金飾，垂出垣堞間，甚麗。北直瓊島，中有古栝二株，柯榦虬偃，蓋數百年物也。

堞繞門雙辟，梯懸殿一攀。飛甍承寶蓋，列牖轉瑶環。松古盤雲翠，苔新帶雨斑。三楊賜遊數，稽首憶天顔。

瓊華島

在太液池中，從承光殿北度梁至島，有巖洞窈窅，磴道紆折，皆叠石爲之。其巔古殿結構，翔起周迴，綺牖玉檻，重階而上，榜曰廣寒之殿。相傳遼太后梳妝臺，今欄檻殘壞，内金刻雲物猶彌覆榱棟間。下布以文石，傍一榻，亦前朝物。殿前舊有四亭，曰瀛洲、方壺、玉虹、金露，今惟遺址耳。詳見《輟耕録》。

碧池懸帝闕，瓊島入仙家。洞口流雲氣，星濤湧日華。桃源虚歲月，蓬海復塵沙。繡殿遊天女，燕支映夕霞。

藏舟浦

瓊華島東北過堰有水殿二，一藏龍舟，一藏鳳舸。舟首尾刻龍鳳形，上結樓臺，以金飾之。又一浦，藏武皇所造烏龍船。岸際有叢竹蔭屋。浦外二亭，横出水面。

鳳殿臨瑶水，龍舟鎖白雲。樓臺疑上漢，簫鼓憶横汾。池豈昆明鑿，波猶太液分。昔年浮萬里，蘭桂詠繽紛。

芭蕉園

承光殿南，從朱扉循東水滸半里，崇闉廣砌，中一殿，碧瓦穹窿如蓋，上貫以黄金雙龍頂，纓絡懸綴，雕櫳綺窗，朱楹玉檻，八面旋匝，曰崇智殿。殿後一亭，金飾，北瞰池水。轉西至臨漪亭，又一小石梁出水中，有亭八面内外皆水，云釣魚臺。殿前有牡丹數十株。園名芭蕉，豈昔有而今獨存其名耶？歷朝《實録》成，於此焚草。

輦道山樓直，宫園水殿低。碧荷春檻出，紅藥晚階齊。釣石蛟龍隱，歌臺鳥雀啼。翠華當日幸，花木五雲迷。

樂成殿

從芭蕉園南，循水過西苑門半里，有閘瀉池水，轉北别爲小池，中設九島三亭。一亭藻井斗角爲十二面，上貫金寶珠頂，内兩金龍並降，丹檻碧牖，盡其侈麗。中設一御榻，外四面皆梁檻，通小朱扉而出，名涵碧亭。其二亭，制少朴，梁檻惟東西以達厓際。東有樂成殿，左右楹各設龍床，殿後小室亦設御榻，皆宣皇遊歷處也。殿右有屋，設石磨二，石碓二，下激湍水自動，蓋南田穀成，於此舂治，故曰樂成。

金堤迴北拱，寶殿樂西城。舂急奔湍上，梁危架石行。池龍蟠九島，苑鳥下層城。帝豫因民事，長楊愧頌聲。

南臺

從樂成殿度橋轉南一徑，過小紅亭二百餘步，林木深茂，内有殿，曰昭和，皆黄屋。傍有水田村屋，先朝嘗於此閱稼。

灌木晴湖合，高花午榭移。堯茨元不剪，周稼欲先知。雨露懸蓬徑，風雲護竹籬。九重歡豫地，仿佛見龍旗。

兔園山

從南臺達西堤，過射苑，有兔園。其中疊石爲山，穴山爲洞，東西分徑，盤紆而上，至平砌，又分繞至巔。布甃皆陶埏雲龍之象。砌上設數銅甕，灌水注也。池前玉盆内作盤龍，昂首而起，激水從盆底一竅轉出龍吻，分入小洞，由大明殿側九曲注池中。殿傍喬松數株參立，百藤縈附於上，復懸蘿下垂。池邊多立奇石，一名小山子。

雲梯盤石迴，水洞穴山深。龍壑春雷門，鮫宮晝日臨。璧金翻竹色，檻玉落藤陰。誰作《梁園賦》，還來奏《上林》。

平臺

太液池西堤出兎園，東北臺高數丈，中作團頂小殿，用黄瓦，左右各四楹，接棟稍下瓦皆碧。南北垂接斜廊，懸級而降，面若城壁。下臨射苑，背設門牖，下瞰池。有馳道可以走馬，乃武皇所築，閱射之地。又後左門左翼室亦曰平臺，今上曾召見内閣諸臣，於内賜詩。

曲臺通太乙，復道肅鈎陳。虎旅歸營久，龍光繞禁新。柏梁開日月，蓬閣接天人。漢帝崇文化，賡歌奉紫宸。

文徵明《西苑詩》後記云：「嘉靖乙酉春，同官陳侍講、魯南馬修撰仲房、王編修繩武偕余爲西苑之遊。先是魯南教内書堂，識守苑官王滿，是日實導余三人行，因得盡歷諸勝。既歸，隨所記憶，爲詩十篇。竊念神宫秘府，迴出天上，非人間所得窺視，而吾徒際會清時，列官禁近，遂得以其暇日遊衍其中，獨非幸與？然而勝蹤難逢，佳期不再，而余行且歸老江南，追思舊遊，可復得耶？因盡録諸詩藏之，他時邂逅林翁溪叟，展卷理詠，殆猶置身於廣寒、太液之間也。是歲四月既望識。」

郊壇燕集

北極冠纓紫氣分，南郊樓閣坐氤氳。鶯啼苑樹瓊筵合，燕蹴壇花錦瑟聞。二月衣沾星殿雨，九天杯覆露盤雲。莫言詞賦甘泉絶，欲向仙都誦赤文。

北嶽二十韻

代郡高誰辟，恒山鬱自盤。頂浮天地闊，傍掩日星殘。形勢并門扼，威靈冀宅安。省方玄帝始，分野紫垣端。錦繡虚無出，銀鏐縹緲看。寶符傳七聖，玉檢奉千官。俎豆行冬殿，琴棋駐曉鑾。觀碑垂歲月，窟石鎮林巒。百里煙霞秀，三時雨雹寒。穴風生虎吼，岩瀑注龍蟠。横塞襟長白，穿胡帶紇干。魏遼曾甸服，燕趙自泥丸。氣滌腥膻雜，烽消岫嶺攢。東街滄海嶼，北控黑河湍。鐘乳猶懸穗，金芝即捧槃。薜蘿翻翠壁，松柏護瑶壇。雲步名仙會，脂圖大隱歡。障開峰繞碧，社入竈還丹。拄杖思黄鵠，飛車問赤鸞。真源何窈窕，不獲挂纓冠。

過玄明宫故址有傷往事六十韻

白日登遥陌，玄明問故宫。變桑徒靄靄，秀麥只芃芃。伊昔虞廷上，兹閹漢幄中。腹心推帝主，權位竊奸雄。《巷伯》詩篇重，門生禮數崇。閹臣行雅默，戚里坐昏懵。自恃回天勢，誰分轉日功。憲章更七聖，奴僕視諸公。左順衣冠謁，東河奏疏通。笑談傾海嶽，呼吸動雷風。鐵券銜恩異，銀璫拜德同。巖廊逢魍魎，國社倚猿狨。刃血陳蕃戇，囊頭孟博忠。急流翻俊乂，直道若愚曚。紈縠牢憎物，肥甘篋厭饛。珍奇重譯至，歌舞四方工。甲第聯岑崿，長安表鬱葱。弟兄爭閥閱，親昵獲帡幪。繡屋頻經始，琪園欲送終。夷墳開碧碗，奪宅失彤弓。南國楩樟盡，西峰土石窮。高居真玉帝，侍立儼金童。兩觀懸朱日，三梁架彩虹。蛟螭蟠棟赤，琥珀掛簾紅。鑿水規溟渤，爲山象泰嵩。千門迷紫霧，十閣概玄穹。丘壠圍丹竹，祠堂列錦楓。深林游鹿豕，仙域守羆熊。雹雨何靈怪，星辰欻杳濛。誥箋垂彩鳳，頌筆著雕蟲。碑字黄扉出，彝章翠殿充。人情知損益，天運驗衰隆。赫怒窺文勇，哀矜感舜聰。簡霜才肅殺，評月變矇朧。書記殊邦斥，謳歌一旦空。夏門題賊榜，陰闥繫官僮。火向寒灰滅，冰緣皎日融。臍間然董相，眼底見胡種。大市暄齏粉，佳城惜梓桐。暗檐惟雀網，廢井但麋罦。階澀莓苔迹，壇荒枳棘叢。香鑪沉縹緲，翠帳落玲瓏。怨鶴應歸柱，哀駝竟化銅。閹人稀陝洛，羽士合崆峒。傳舍存三島，陪陵罷九宴。紼頌元世改，巢破豈時蒙。黯慘無行馬，凄凉有去鴻。川迴沙苑外，臺圮堞樓東。嘯鼠穿殘瓦，啼狐出敗櫳。烟光浮宿草，風色斷孤蓬。衒達還重孽，恣睢更腐躬。群英虚寵貴，萬姓實疲癃。驥伏雲霄櫪，雕翻日月籠。操刀懷必割，奉璧恨難攻。斡頭憑機速，旋鈞借力洪。告猷多齷齪，布法或氄氃。音急看張瑟，詞繁想受筒。履祥攖虎尾，畜吉牿牛幢。望已銜留傳，占猶劍在豐。瑶編聞讜議，寶鑒仰宸衷。

擬古宫詞二首

上林羽獵載紅妝，内苑新開六博場。綵色滿盤消永漏，不知紈扇冷昭陽。
春夜鳴鑾幸狹斜，黎園歌舞妓如花。數聲羯鼓催瑶月，一曲《凉州》駐綺霞。

王僉事謳一十五首

謳字舜夫，白水人。正德丁丑進士，除工部主事。改刑部員外，遷按察司僉事，填宣府，引疾歸。卒年三十六。舜夫風神散朗，負氣任俠，有高才而無貴仕，故多煩促噍殺之音。五言隱秀，時可尋味。七言專力學杜。古體多率易而乖音節。今體每纏綿而乏神理。然其視關中同時許伯誠、馬仲房之倫，則已超乘而上矣。詩曰《彭衙集》，自正德戊寅逮嘉靖丙戌才九年，所作近千六百篇，漢東顔木爲序。

昌平道中

天地路何限，此生隨馬蹄。愁來思白髮，老去倚青藜。塞笛行殘月，山城起曙鷄。無才漸姓字，何事在金閨。

夜坐書懷柬劉伯叙

一官彌歲月，爲客久京華。道路愁長塞，田園憶故家。沉雲風散角，棲雪夜驚鴉。身愧虞翻老，疏狂祇自嗟。

黿山戰歌

黿蒙連天五百里，流賊薄人據山趾。白日公行誰復何，寡人之妻孤人子。數道分兵屢合圍，崛强衝突心甘死。緑衣繡夾紅裹頭，手劍鋒銛來仳仳。賊勢陸梁金鼓微，軍聲震喊旌旗靡。早北已敗揚將軍，兄弟二人化血水。青州鹽徒與賊通，千金賣却今如此。青草茫茫白骨寒，可憐爾命如蟲蟻。諸軍奔散似雲崩，解鎧揮戈無寸矢。天昏地黑少人聲，尚有歸魂哭戰壘。

秋夜聞雁二首

最苦思鄉淚，今宵爲汝多。秋陰連海嶽，歸路識星河。未信銜蘆葉，真能捍網羅。楚雲一萬重，故渚擬須過。

擬向江南去，能忘塞北居。清霜千樹殺，白髮一行疏。着眼江湖窄，傷心歲月虚。亂愁消短燭，深憶故園書。

新歲偶書

一身行遠塞，萬事付閒愁。獨坐看新歲，長歌感舊遊。雲生故國樹，角起夕陽樓。蹤跡憐方朔，乾坤世總浮。

立春後一日寄京中諸友

紫禁寒多未見花，萬年枝上散啼鴉。樓銜内制螭頭出，殿轉宫車雉尾斜。寶鼎晝薰香篆合，畫屏春簇漏聲賒。笙歌猶自迎王母，青鳥蟠桃共歲華。

卜　酌

有客素情好，過我持芳尊。秋月鑒幽賞，緒風開夕園。殷勤申款曲，歌笑屢飛翻。叨厠衣冠會，喜聞壟畝言。醉來不覺晚，相送出柴門。

汶上公署

百歲爲浮名，一身恒旅寓。鴉歸野樹昏，角散城雲暮。殘壁竄秋蛩，空階滴夜雨。愁心似繭絲，短髮變玄素。

偶成

茂林欝如蓋，雜花絶欲然。啼猿驚客散，舞鶴到尊前。蕙帳養霞影，竹窗照月妍。時有故夢人，伴兹清夜眠。

暮雨獨坐

夕雲起山澤，廣陌欝幽沈。北風吹雨雪，寂樹無歡禽。天涯莽寥落，行子斷歸心。却往盛年邁，潛來愁思侵。高樓厲清角，虧景蔽蒼岑。輕舉積淵抱，揭懷伸素襟。寒冬芳意歇，爐焰澄香陰。還憶故園夜，攜酒仍抱琴。

獨卧

獨卧轉病餘，褰帷懼寒入。林風鳥亂鳴，山雨夜來濕。爐薫壁景沈，曙啟簷光集。飲澗學長生，胡爲在城邑。

殘月偶興

霜露凄苦寒，殘月空城陌。愁客自無聊，閉門坐遥夕。乏歡尊委塵，暗影鐙摇壁。水氣浩林逵，帶月澄虚白。起視夜方中，孤雁東南適。

冬日閒居雜興

枯葉下風林，沉沉廣庭晏。衆鳥還故栖，浮陰相與散。霜清野水明，天遠連山斷。愁雲黯自銷，猿嘯驚還亂。獨坐閉蓬茅，淹留節序换。

夜行

夜行如在旦，殘月清林光。雲氣生深澗，露華從蚤凉。白沙鬱浩浩，翠壁凝蒼蒼。寂歷松柏徑，經過花草香。鷄聲互村落，曙色動柴桑。即事况多感，離心含永傷。

南紹興元善五首

元善字伯子，渭南人。正德辛未進士。歷户部郎中，知紹興府。從王伯安講學，復王右軍、謝太傅，爲權貴所疾。嘉靖丙戌大計，罷免。歸，構湭水書院，以教後學。有《瑞泉集》一卷。

和馬仲房出塞

虜騎還南下，王師復北征。旗翻滄海日，道出白登城。朔馬鳴新壘，胡姬指舊營。玉京雙鳳闕，空宿羽林兵。

前巡幸歌二首

翠華搖曳轉龍荒，宣府離宮面面長。代馬繁纓懸廣室，胡姬妝鏡挂連房。

鐵柱旌旗白晝懸，潯陽烟火上薰天。羽書夜報鷹房裏，駿馬朝鳴虎帳前。

閒居二首

落落新榆宅，深深細柳村。出門逢鳥雀，歸院見鷄豚。

碧窗紅藥砌，青簡緑牙籤。花落鶯啼樹，風迴燕入簾。

劉副使天民三首

天民字希尹，濟南人。正德甲戌進士，除户部主事。諫南巡，廷笞三十，改吏部稽勳。泣諫大禮，又答三十。歷文選郎中，調壽州知州，臺諫論救，不報。凡京官外謫，出都門，以眼紗自蔽。希尹過部門，選人數千，擁其馬不得行，擲眼紗于地，曰：「吾無愧於衙門，使汝輩得見吾面目耳。」累遷至河南副使，改四川。乙未考察，以貪罷。王道思序其詩，稱其爲豪隽倜儻之士，屢擯而稍進，一進而輒斥。晚年好爲詞曲，雜俗兼雅，歌者便之。李中麓云：「濟南劉函山以副使罷官，憤憤不平，作三胡十八一套仙吕，有云：『嚼口根青瑣郎，綽口氣黄閣老，把俺這無嫂嫂的陳平也，串下一個招。』又云：『鴒鶺林多大小，葵藿腸容易飽，擎一甌村裏茶，抹一篇窗下稿。』其託寄感慨如此。」

秋日與客入西安門達觀内苑望遼后妝樓作長句

朝退過西苑，仙遊歷尚方。彩雲迷禁籞，綺樹隱蕭墻。玉圯聯馳道，金鋪鎖洞房。路看張錦遍，水識棄脂香。傍岸蘭生殿，連巖玉鑿堂。雕龍凄霧雨，碧瓦浄煙霜。觀仄飛鳷鵲，樓高翥鳳凰。弋林通别館，釣渚接迴塘。虎氣騰深圈，鷹聲出内坊。露臺嗟盛代，供帳陋前王。萬歲名山地，千秋置酒場。參差圍寶靨，左右爛貂璫。負寵魚相貫，希恩雁列行。詼諧從曼倩，窈窕得毛嬙。芍藥翻新曲，芙蓉避靚妝。風塵驚澒洞，花鳥輟輝光。蝸篆封珠户，蛛絲絡象牀。藤蘿空冉冉，葭菼自蒼蒼。北葵更新主，南薰鼓舜皇。屬車停警蹕，貢使絶舟航。豈獨群工起，還令庶事康。太平真有象，聖壽合無疆。謁者秋容老，宫娃午夢凉。衹今懷短筆，詎用賦《長楊》。

春日周都閫招飲其宅蓋亡友梁國吏第愴然興感

樂事從於客歲違，賓筵嘆息主人非。平章宅舊花仍發，王謝簾閒燕自飛。寒火尚供沽到酒，春蛾争化舞殘衣。黄金莫惜沉酣盡，白髮何堪故友稀。

發草凉樓驛一十里飯一黎姓樓和壁間任少海韻一絶

紫巖山閣倚殘霞，素雪回看静碧沙。未有東風消不得，隔林猶似蕊珠花。

周按察廷用 三首

廷用字子賢，華容人。正德辛未進士，知宜黄縣。入爲御史，未一載補外爲僉事，參議福建，兵備四川，進江西按察使。請囑不行，入覲，都御史汪鋐摘黜之。顧華玉曰：「子賢才禀超融，文鋒迅涌，兼能博涉强記，滋培詞本，故援筆長賦，爛然成章。」氣倜儻豪岸，不宜於俗，爲御史言事，多觸時忌，及爲監司，不善遷合，失權近意。有《八厓集》若干卷。華玉於子賢極相推挹，今觀其詩，粗豪奔放，往而不返，蓋楚士之有才情而不諳於格調者。

春晚事隙偶作

吏道謝迫束，凝神悦閑敞。縱步緣階除，流目睇林莽。荃蕙吐芳蕤，山泉發幽響。風聲褰閑帷，月華洞虚幌。伊予奉王命，閱歲居邊壤。簪筆忝所荷，鼎食規厚享。英達久睽携，譾薄愈迷罔。且自飫丹經，聊以遂偃仰。

閒　詠

寂寂抱空虚，暇日阻遊豫。散帙散餘清，泛瑟銷遺慮。纖榮吐芳辰，弱華裛清曙。丹葩曜春曦，白楊號日暮。層空瞀歸雲，修岑曖行霧。引領洞庭涯，徘徊不能去。借問此何爲，嬰以世網故。柱下徒棲棲，功業未由樹。悵哉攬轡途，漠爾埋輪路。休浣循予躬，且誦《閒居賦》。

過倒馬坡

未識埋輪路，重經倒馬坡。赤霄開棧道，白日蔽雲羅。古磧羊腸繞，飛泉鳥背過。張生銘劍閣，千古仰嵯峨。

汪大理文盛三首

文盛字希周，崇陽人。正德辛未進士，除饒州府推官。入爲武選主事。諫南巡，拜杖。嘉靖初，出知福州府。歷副使、按察使、拜僉都御史，巡撫雲南，進大理卿。移疾歸，卒。

西　苑二首

萬年枝上露華清，百子池邊月色明。宫草經秋猶自碧，君王御輦不曾行。

昭陽歌舞正淹留，羌女新來勝莫愁。曲盡胡笳十八拍，争扶玉輦下瓊樓。

歲暮供事奉天門述

千里宸游幸舊畿，金陵長見五雲飛。隔年旌旆開玄武，永夜星辰動紫微。天苑塵隨司僕馭，御營花映後宫衣。荒村處處催夫役，悵望軍門消息稀。

胡判官侍〔一〕六首

侍字承之，咸寧人。正德丁丑進士，授刑部主事。歷鴻臚少卿。嘉靖初，追尊獻帝，議者力辯兩考之非，承之上言：「祖訓：兄終弟及。蓋嚴嫡庶，防覬覦爾。魯嬰齊不受命歸父，漢病已不受命昭帝，何以受命爲哉？唐睿宗不當兄中宗，宋太宗不當兄藝祖，以其爲君也。不當稱兄，則不當稱伯明矣。」上怒其狂率，出爲潞州判官。乙酉，下詔獄，除名爲民。戊戌，有詔追復。承之初以不附濮議謫官，厥後下獄，不知所坐，許伯誠誌其墓，駢語填塞，無所考焉。

〔一〕「判官」，原刻卷首目録作「同知」。

城夜

露下庭皋秋夜清，星河冉冉動高城。林烏自避厨煙宿，旅雁孤隨海月鳴。塞上風雲還澒洞。客中鐘鼓最分明。金支翠節歸何晚，璧水瑶山擁漢京。

扈駕郊壇陪祀

朱壇晴雪媚春空，雲從天行氣象雄。八駿宛迴黄竹路，六龍遥向玉華宫。爐煙半拂仙人掌，樹色微翻少女風。應有海神來候駕，南端非霧碧冥濛。

登漢武帝玄都壇

曲蹬迴谿數百重，漢皇行幸有遺蹤。海西不復來三鳥，岩畔虛傳駐六龍。碧露暗滋金洞草，紫雲常護石壇松。便應别著登山屐，策杖高尋玉檢封。

辛丑即事

亹亹孫吴略，人人衛霍才。衹能壁門里，目送虜群回。

採蓮曲

棹謳宛轉發中川，隊隊紅妝競採蓮。欲就前溪問名姓，蓮花當住木蘭船。

凉州詞

落日黄河水倒流，沙場旌旆風悠悠。新降胡奴不解語，笛中吹出古《凉州》。

敖布政英七首

英字子發，清江人。正德辛巳進士，由南刑部歷陝西、河南學憲，官至河南右布政。

塞上曲

軍中頻宴樂，醉後擁雕鞍。紫塞連天遠，黄雲拂地寒。羌兒叱撥馬，胡女固姑冠。兩兩三三去，營門倚笑看。

太嶽紀遊二首

千峰秀色倚天開，萬壑春流繞地迴。太子坡前一雙鶴，迎人飛過石橋來。

偶來雲卧紫霄宫，露洗瑶臺月浸空。夜半星官朝北斗，步虚聲在萬花中。

輞川謁王右丞祠

蜀棧青騾不可攀，孤臣無計出秦關。華清風雨蕭蕭夜，愁殺江南庾子山。

秋興呈華泉翁

池頭一雨送新凉，小坐茅亭月近牀。和得《竹枝》三百首，西風無雁寄瀟湘。

輓蕭南塘

哭君意不盡，觀化竟如何。擬結香山社，俄聞《薤露》歌。漆燈寒雨暗，鄰笛晚風多。他日南塘路，傷心不忍過。

輓符穎江

吾鄉無此老，故舊覺蕭條。刻竹曾聯句，尋芳憶並鑣。酒船虚問字，花月罷吹簫。何日遼東鶴，歸來感市朝。

齊按察之鸞三首

之鸞字瑞之，桐城人。正德辛未進士，改庶吉士，授給事中。八年，以考察落職，量移南刑部，遷陜西副使，督儲寧夏，氣致仕歸。瑞之早負時名，諫垣多所論列。在寧夏，嘗上蓬獻疏，剴切爲時所稱。

將至花馬池王參將郊迎設食

崗嵐迴合日光斜，毳幕金罍坐剥瓜。蔬徑潤含終伏雨，禾田青覆去年沙。虜庭北徙邊烽少，賓雁南飛朔氣加。驛使只今勞戰馬，兩池愁聽損鹽花①。

① 原注：「大小池鹽利，分給寧夏、榆林、甘肅三邊買馬。」

過田州故城　即唐朔方軍也。

河外軍藩麥秀中，唐兵昔數朔方雄。韓公北輯三城路，至德中興一旅功。番刻勁銷春蘚碧，漢花穠映寺門紅。高雲不罩田州塔，水鶴歸巢戛暮空。

赤木山下閱視新塹

山靈受塹劃龍沙，寡婦孤兒喜有家。碧草暗斑遺鏃血，黄雲平覆戰場花。歌風畚鍤穿林麓，接衽壺簞憩水涯。心悦子來延佇久，唐渠秋樹亂昏鴉。

張賓客邦奇一十六首

邦奇字常甫，鄞縣人。弘治十八年進士，改庶吉士，授翰林檢討。居三載，以親老乞便養，出補湖廣提學副使，再以病免。起四川、福建提學，遷春坊庶子、國子祭酒、南京吏部右侍郎。召還京，爲吏部左侍郎，以學士掌院，以太子賓客禮部尚書掌詹。以母老，數上疏乞骸骨，改南京禮部尚書。又改兵部，參贊機務，卒於官，贈太子太保，謚文定。常甫在史館，焦、段諸人附瑾熏灼，常甫以養親請外；在銓部，汪、霍争寵，張、桂驕横，雖上有意向用，而卒以母老乞南。張司馬時徹與常甫同五世祖，爲常甫立傳，論及出處之際，嗛嗛乎有未盡焉。

題　畫

鳩性愛雨花愛晴，同倚東風不同情。春光三月濃于酒，雙鳩醉寐不復鳴。雙鳩不鳴花相語，無令鳩醒叫天雨。

雲安仙客行贈王五峰都憲

放舟下魚復，勢與蛟龍争。緯繣雲摇三峽影，微茫月照萬川城。可憐萬里飄蓬客，蒼苔露冷東山石。

見説仙翁此結廬，暫向雲陽停掛席。是時邊關貙虎驚，朔風正攪黄沙磧。翁昔威靈遼海間，今皇拊髀興嘆息。問翁翁不言，舉觴視遥天。原續扶嘉隱，高歌郭子篇。青燈白髮照奇骨，永夜玄談真夙緣。五峰拔秀出浮堨，百壺雅致忘高年。君不見蓋世英雄固陵道，只今但見虞姬草。又不見揮金買賦悲長門，時違屏棄如孤豚。風塵廿載無寧處，黄鵠乾坤成再舉。一醉翁家麯米春，江皋細灑如酥雨。

三汀以荆門復會作詩識喜次韻

自笑疏狂甚，窮通不顧渠。隨緣關意馬，乘興解腰魚。世業遺殘硯，行資在券書。十年吴會想，今日并消除。

九日宿院

玉署逢重九，秋花傍苑墻。天涯來弟侄，客邸似家鄉。槁葉池魚響，深松海鶴藏。院虚宫漏永，趺坐月微茫。

送李巨川

高踪不可及，羸馬過溪橋。欲别青山暮，相看白髮饒。斷煙横遠浦，急雨亂春潮。望望仙旌盡，鳥鳴雲樹遥。

冬日雜詠三首

落葉打尊盎，空山酒自波。《九歌》凄宋玉，三易老田何。赤岸疏楊柳，高檐響薜蘿。歲寒心想絶，朋舊已無多。

草枯連野曠，牛飽背童歸。獨鶻饑偏厲，孤雲凍不飛。松風哀澗玉，苔石曳寒衣。霜白鳴鴻遠，潭光濺竹扉。

滿目悲生事，玄陰梗夕暉。對村燈焰冷，穿幄笛聲微。改火仍逋舊，饑年半習非。枉教啼絡緯，勤織也無衣。

夷陵山行至九灣絶糧

路險仍遭雨，人疲又絶糧。山花空的歷，我馬自玄黄。草屋家家破，秋田處處傷。昔年羈宦者，青史著歐陽。

述懷答東田弟

六十不歸去，八年空及瓜。何時觴北渚，陪汝弈東沙。仙構須依竹，吾廬亦寄槎。賡吟猶有日，棠棣正敷華。

上巳日周玉巖司寇拉遊蔣山柸詩見惠次韻

郊行長爲簿書遲，勝友壺觴已翠微。夾路桃花迷入洞，傍溪鷗鳥憶臨沂。松陰坐久還移席，草色春深欲染衣。紅日下春湖水碧，石橋齊踏彩霞歸。

次韻寫懷

春雨蕭疏老紫荆，磽田下潠自留耕。林中果熟呼兒摘，谷口人來聽鶴迎。江郭好風催月上，海樓晴日看雲行。關門令尹今誰是，隨處青牛得避名。

夏日村居二首

巴川日夜苦離愁，乞得歸來宿願酬。遍插園蔬防舊客，豫栽籬菊待清秋。池亭坐愛青田鶴，郊牧行牽甯戚牛。一着荷衣心似水，卧聽涼雨竹邊樓。

風摇蘞蔓響高檐，裝裹殘書手自籤。鳳管玉樓邀素月，碧筒深樹遣朱炎。東皋過雨施長屐，南畝逢秋試短鐮。筮仕廿年家食半，獨于山水性非廉。

午風亭爲序庵太史

青草池邊緑樹枝，晴空白日颺遊絲。湘簾半捲飛花入，正是午風吹客時。

建岙即事

亂峰堆裏禪居隱，落日松風興無盡。山僧乍喜遠客來，手把長鑱斸新笋。

潘侍郎希曾一首

希曾字仲魯，金華人。弘治壬戌進士，授兵科給事中。抗疏忤逆瑾，遣往湖、貴計處邊儲，復命下獄，拜杖，除名爲民。瑾誅，復官。歷陞工部侍郎，治河有功，改兵部，贈尚書。

岸　柳

岸柳緑絲絲，春風不斷吹。昨來誰此別，留得折殘枝。

汪侍郎玄錫一首

玄錫字天啓，婺源人。正德辛未進士，選給事中。駁奏偏頭關叙功，斥本兵王瓊以下有過無功。武廟親征宸濠，抗疏力諫。嘉靖初，陞太僕卿，廷鞫大獄，直言忤旨，廷杖。罷歸十四載，召爲都御史，巡撫江西，入爲户部侍郎。卒，贈尚書。

朝　鴉 此司徒初入掖垣託諭之作。

景陽鐘動曉鴉飛，漢殿千官拜玉墀。仙仗纔移東殿去，翩翩棲滿萬年枝。

戴給事銑四首

銑字寶之，婺源人。弘治己未進士，官南科給事中。以劾逆瑾，廷杖落職，竟卒，追贈光禄少卿。

出　塞二首

軍行入大漠，遥見胡騎來。死戰四五合，白日昏黄埃。戰敗虜星奔，血灑陰山隈。高功在主將，南向班師回。

漢家開疆土，窮兵逐天驕。後有竇車騎，前有霍嫖姚。明時重文教，邊功誰敢邀。邇來逐小醜，已覺戰士凋。

經古莫州

城勢尚蜿蜒，風光異昔年。民垣公署瓦，兔穴戰場田。古樹無秋色，殘碑有莫煙。廢興自常理，臨眺思凄然。

閨　情

春眠初起嚲殘妝，倦倚雕欄謾自傷。那得落花隨水去，爲儂傳恨與劉郎。

唐講學臯三首

臯字守之，歙縣人。正德甲戌狀元，授修撰，與修《武廟實録》，進侍講學士，未幾卒。學士老於場屋，暮年始登上第，爲文下筆立就，或求竄易字句，仲筆直書，不蘘一字，人咸服其才，惜未究其用也。

公莫舞

公莫舞，公莫舞，劍光飛，觀如堵。亞父誠有見，沛公不擊吾屬虜。豈知帝王自有真，誰能陰謀肆輕侮。君不見三章易秦法，何如一炬成焦土！爾謀非不精，爾黨自相拒。壯士擁盾入，怒髮衝青天。立飲盡巵酒，生啖盡彘肩。須臾間行去霸上，鴻門玉斗徒紛然。

楊白花

楊白花，飄飄落誰家？渡江江水闊，江岸多泥沙。歸來舊時樹，不妨舊栖鴉。楊花不來楊葉愁，江水晝夜隨東流。

明妃曲

黄金不買畫圖中，從此春花閉漢宫。到得君王識傾國，無人主議罷和戎。

蔡侍郎昂 一首

昂字□□，淮安人。正德甲戌探花，除編修。官至禮部左侍郎，贈尚書。

送劉希尹同年

冥鴻得意且高騫，鷙鳥高飛正刺天。元祐黨人滄海上，貞元朝士曙星前。烟花紫禁同遊少，風月孤舟別夢牽。遥憶政成多暇日，郡齋還紀著書年。

汪僉事應軫五首

應軫字子宿，山陰人。正德丁丑進士，選庶吉士。己卯與同館舒芬等七人疏諫南巡，跪闕，廷杖瀕死，出知泗州。武宗在留都，中使傳旨，令泗州進美人善歌吹者數十人，奏言：「泗州婦人荒陋，且多流亡，無以應敕旨。臣向民間桑婦，倘蒙納之宫中，俾受蠶事，實於治化有裨。」事遂寢。世廟登極，召復館中，出居諫垣。一歲中章奏數上，皆落落天下大事。以親老乞改南，與永嘉安仁同官南部。方講大禮，欲倚以爲助，議不合，即上疏請遵典禮崇大統，以安人心。張、桂並大用，出爲江西僉事，謝病家居。復起提學，父憂歸，卒於家。鄉人私謚爲清憲先生。有《青湖集》。

鳩　隱

鳴鳩拂其羽，四海皆陽春。秋風起鶺鴒，蓬棘深藏身。時哉有顯晦，微鳥靈于人。孰謂鳩性拙，而同鳳與麟。

送舒國裳修撰調閩舶提舉

庖祝有分守，而欲侵其厨。峨冠何如人，攜我相與俱。微哉烹醢身，誰爲蠲濯壺。芳臭自云薦，公尸色未愉。攝衣入廟門，匍匐投遐區。同愆不同謫，無乃矜庸愚。相期厲珪璋，臨别重踟躕。

題百雀圖

百雀不如鳳，胡爲占琅玕。朋雛碎語不可聽，六月攪動清風寒。我欲挾金彈，巧避千萬端。徘徊恐落一枝翠，矯首待鳳棲闌干。

望田家

數椽茅屋傍山開，横麓平簷雪滿堆。耳畔春風還料峭，田家錢鎛尚塵埃。鷄豚詫客穿籬入，牛馬馴人際晚回。何事鄰翁喧笑語，爲儲舊穀接新來。

書武陽驛

小驛春深屋半斜，東風開到刺桐花。夜來有夢難分别，半是長安半是家。

汪京府循一首

循字進之，休寧人。弘治丙辰進士，歷官順天府通判。

明妃

將軍杖鉞妾和番，一樣承恩出玉關。死戰生留俱爲國，敢將薄命怨紅顏。

李思恩汎二首

汎字彦夫，祁門人。弘治癸丑進士，歷官思恩軍民知府。

柳枝詞

不唱春風楊柳詞，繁華過眼已多時。於今楊柳非前比，無此繁華無此悲。

江上懷釣隱翁

向夕蟬鳴疏柳斜，煙光鷗外淡江沙。潮來月上無人釣，落盡西風白藕花。

黄長樂瑜 一首

瑜字廷美，香山人。以鄉薦入太學，上六事不報，知長樂縣。未幾歸老。著《雙槐歲鈔》十卷，紀載國事，四十年而削藁。孫佐，以諭德掌留院，於堂東櫃中得吴元年以來案牘，乃足而成之。

昌華苑 南漢劉鋹建。

江水東流西日斜，劉郎綦迹尚天涯。昌華苑外裙腰草，玉液池邊鼓吹蛙。隔壠牛羊聞牧笛，遥林燈火見漁家。當年翠輦曾遊地，留與東風長稻花。

黄侍郎衷 一首

衷字子和，南海人。□□□□進士，官至兵部右侍郎，致仕。

春思和峰湖

爲戰酣春止酒難，雲林懸愧竹皮冠。鳩緣報雨動相聒，風欲開花澹不寒。月俸贏錢炊桂了，夜堂燒燭借梅看。枕屏莫卜勞勞夢，我是空門古懶殘。

陳副使叔紹一首

名振，以字行，閩縣人。精《春秋》學。少無宦情，不就有司辟。劉忠愍與其兄叔剛善，勸之仕，補博士弟子員，年三十矣。正德十年舉進士，選監察御史，陞廣東副使。叔紹有孝行，母病，嘗糞以驗差劇，閩人至今稱之。

丹陽湖

積水涵太虛，一望何彌彌。風瀾漾輕縠，霞光映文綺。遥山鳥外横，孤棹沙邊艤。漁家夜語聲，深在蘆花裏。

李給事鳴鶴五首

鳴鶴字九皋，義烏人。正德丁丑進士，歷官大理寺丞，兵科左給事中，以剛直罷歸。

雜興

朱陽媚初夏，庭宇生閒情。幽禽奏新響，嘉木敷柔榮。餘寒逗春服，浮陰防晝晴。雲頹山翠重，雨過林香清。獨步還獨坐，取適夫何營。興至發高詠，澹然心自平。

秋思

燭暗夜已深，秋蟲競相語。驚風灑蕉葉，冷露散如雨。奈此留滯客，愁緒不可數。白髮日以繁，青山渺何許。

山居二首

石洞幽迴處，深林下鹿群。溪喧前夜雨，鳥語半山雲。樹暗聞嵐氣，岩明見溜文。藤花照潭水，風日共紛紛。

石壁日初上，春山風乍晴。偶隨黄犢出，閑傍緑溪行。幽鳥淡無語，落花如有聲。回看飛瀑下，樹杪白雲生。

題畫美人

一夜春風發，芳心不自持。侵晨携女伴，花下對彈棋。

朱員外琉一首

琉，瀘州人。正德十一年進士，南京户部員外郎。

舟曉

鸂鶒將雛護石根，莓苔綴纜雜衣痕。幾椽茅屋生春色，無數桃花燒野村。祈歲鄉儺簫鼓咽，坐風舟子笑歌喧。蓬窗興劇誰憐汝，唤取青峰映緑尊。

蕭　宗二首

宗字□□。

香嚴寺詩二首　岢嵐州。

方丈香銷客未眠，出城頓覺夜如年。烏啼霜落僧歸院，雲滿空山月滿天。

烏啼霜落夜漫漫，風入疏櫺客枕寒。戍鼓敲殘鷄亂唱，半軒明月照欄干。

列朝詩集丁集第一

高按察叔嗣一百一十一首

叔嗣字子業，祥符人。嘉靖二年進士。授工部營繕主事，改吏部稽勳，歷員外郎中，告歸。三年，仍起前官，出爲山西參政，陞湖廣按察使。卒年三十七。子業年十六，作《申情賦》萬言。十八舉於鄉。居官數忤時宰，引疾里居。參晉藩乞休者再，竟没於楚，生與僞漢友諒同支干，其卒亦友諒禁江之年也。自訂其詩文曰《蘇門集》，明州陳束約之爲之序曰：「洪武初，沿襲元體，頗存纖詞，則高、楊爲之冠。成化以來，海内和豫，喜爲流易，則李、謝爲之宗。弘治力振古風，一變而爲杜詩，則李、何爲之倡。嘉靖初元，後生靈秀，稍稍厭棄，更爲初唐之體，家相凌競，斌斌盛矣。然而作非神解，傳同耳食，得失之致，亦略可言。子美有振故之才，古雜陳漢、晉之詞，而出入正變。初唐襲隋、梁之後，故風神初振而綺靡未刊。今無其才而習其變，則其聲粗厲而畔規；不得其神而舉其詞，則其聲闡緩而無當。彼我異觀，豈不更相笑也。子業絶謝品流，因心師古，每有屬綴，伫興而就，寧復罷閣，不爲淺易，往往直舉胸情，獨妙閑曠，有應物之冲澹，兼曲江之沉雅，體孟、王之清綝，具岑、高之悲壯，詞質而腴，興近而遠，洋洋乎斯可謂之詩也。」子業少受知於李獻吉，弱冠登朝，薛君采一見嘆服。詩以清新婉約爲宗，未嘗登壇樹幟，與獻吉分别淄澠，固已深懲洗㧏之病，而力砭其膏肓矣。其意微見于《讀書園稿序》中，約之爲疏通證明，暢言其脉絡。世之君子，墮落北郡雲霧中，懵不知返，亦可以爽然而悟矣。李中麓曰：「何、李雖似大家，去唐却遠。蘇門雖云小就，去唐却近。蔡白石、王岩潭以蘇門爲我朝第一，其言雖過，要之未可盡非也。」余故録子業詩，取冠丁集云。新野馬之駿曰：「王元美評子業詩『如高山鼓琴，沈思忽往，木葉盡脱，石氣自青。又如衛洗馬言愁，憔悴婉篤，令人心折。』余舉羊孚語贊之曰：『資清以化，乘氣以霏。遇象能鮮，即潔成輝。』此四語可畫一子業也。」

《考功稿·自叙》曰：「嘉靖三年，余由工部營繕主事調補吏部稽勛，已而再調考功，時三原今光禄卿馬伯循爲郎中，鈞州今江西按察使張子魚爲員外郎，武城今國子祭酒王純甫同爲主事，海内方更化，學士大夫相與講文藝之事翕然甚著，而三先生皆當時號大儒，余日聞所未知，翰墨間作。其後各以官遷替去，而余出爲山西参政，蓋一紀於今。余於時取往日所爲詩讀之，凡所作裁，如旦夕間爾。精神憋怳，因以太息。何則？余少竊不自度，思建功業垂不朽之譽，今已稍陵遲，上睹日月之易邁，下悼齒髮之將衰。感古之豪士能自樹名，堅莫逾金石矣，豐碑彝鼎，一旦化爲砂礫，載績史册，後至有未嘗見其書者，名豈足言邪？且夫同室之人銜杯酒笑，語猶不能相信，而欲俟百世之後邪？年壯氣盛，回思頗自笑。此身譬如落葉，隨風東西，因時榮枯，草木何擇焉。方其吐英擢秀，流詫譜牒，與賢士何異，何所加損哉？固知亦不足嘆矣。時方徙居冀寧道，初秋朔，稍亡事，因次其語，載之篇首，觀者知余懷所繇起云。」

秋夜直省中

鵲繞瞻階樹，鷄棲入省臺。蒙煙仙署合，懸月瑣闈開。伏枕南天遠，聽笳北地哀。潘生應髮變，司馬倍腸迴。爲木同先伐，積薪異後來。無言秋夜永，申旦自徘徊。

再調考功作

引疾三上書，微願不克諧。徙官復在兹，心迹一何乖。軒裳日待旦，閶闔凌雲排。入屬金馬籍，出與群龍偕。積賤詎有基，履榮誠無階。但惜平生節，逾久浸沉埋。既妨來者途，誰明去矣懷。鳥迷思故林，水落存舊涯。唯當尋素業，歸卧守荆柴。

歲暮作

旦夕兹歲改，蕭條旅思多。雲物媚晴宇，氣候屬妍和。峥嶸新陽至，故景實蹉跎。感時豈不懷，二紀倏焉過。棲身慚擇木，望道嘆伐柯。如匏吾自繫，匪玉孰爲磨。有髮日就長，心短獨若何。但云畢夙志，唯力豈知他。

秋情

涼風吹庭樹，蕭然已暮秋。歲運空云往，客行胡久留。良時每易失，微志果難求。餘光儻可積，但恐成山丘。

生日

年往望空除，時來循虛至。明兩無留晷，吹萬有逸氣。我行淹一周，茲辰適再值。束髮歲更七，算齒紀將二。少懷滄洲心，壯損青霞志。淮禽終異化，魏瓠始同棄。五遊存予歡，三費亡吾忌。達生庶不疚，乘流隨所寄。

古歌

荆和當路泣，良璞爲誰明。茫然大楚國，白日失兼城。燕石十襲重，魚目一笑輕。古來共感嘆，今予益吞聲。

病起偶題

空齋晨起坐，歡遊罷不適。微雨東方來，陰靄倏終夕。久卧不知春，茫然怨行役。故園芳草色，惆悵今如積。

行至車騎關河南界盡處與親知别

山河未可盡，行處與春長。驛路沙俱白，關門柳欲黄。親知還自反，離别各相望。且緩征車發，中心戀故鄉。

安肅縣寺病居漢陽董玄亮見過時董奉使還闕

門前易水路，下馬漢陽人。野寺天晴雪，他鄉日暮春。相逢一尊酒，久别滿衣塵。不憚王程急，應憐伏枕身。

寓居慈仁寺遊覽

終日仙宫掩，青松繞殿遮。到來長春草，行坐落天花。閣上王城盡，門前官路斜。微身隨處是，何敢嘆無家。

與王庸之飲

旅舍背都門，春風酒一尊。坐看芳草路，回憶故山村。爲客誰稱意，逢人未敢言。留君須醉倒，無奈日黄昏。

歸自蕭氏園作

到來日已暮，歸去戀柴門。空自山當舍，其如酒滿尊。心知柳葉長，愁見桃花繁。立馬一回首，令人思故園。

毗盧閣上同伍疇中諸公西望

客來常一上，對此西山平。向夕簷楹立，憑空閣道行。楊花飛暮野，雨色動春城。却戀同攜手，都忘羈旅情。

寒食日毗盧閣上寄茂欽

高樓晴出帝城南，楊柳千家夜雨含。欲換春衣驚客久，況逢寒食思誰堪。門前歸路愁心繞，檻外群峰僻性耽。憑報故人應相笑，微身何事戀朝簪。

晚出都門登寺閣

柳葉桃花雨夜乾，今年寒食在長安。淹留不爲依雙樹，蹭蹬合應笑一官。行出都門常日暮，到來客舍已春闌。芳菲滿眼心無奈，祇上毗盧閣上看。

送别家兄張掖門時謫開州

垂泣一相送，臨途無限情。功名何物是，流落此心驚。夢裏窺鄉樹，愁邊滯帝城。終朝誰復語，猶去戀塵纓。

簡子陽廷評

終日祇緣此，微官奈若何。世情堪嘆息，身計任蹉跎。客鬢凉風早，鄉心夜雨多。故交誰復在，無厭數來過。

被言後作

高材多負憂，潔身易招累。余生本頑疏，何取當年忌。守官郎署間，恒若臨高墜。分過每自驚，名微久知愧。中歲反故丘，三載甘斥棄。秉操苟不堅，出處成二致。復此還京邑，長路果顛躓。赫赫明聖朝，賢俊駢足次。懸爵待天庭，但非通時器。人言敢誰尤，默默傷夙志。

簡袁永之獄中

本同江海人，俱爲軒冕誤。子抱無妄憂，余有多言懼。昔來始青陽，今此已白露。豈乏速進階，苟得非余慕。罪至欲何言，直以愚慵故。衆女競中閨，獨退反成怒。追誦古時人，蒙冤誰能訴。皇心肯照微，與子齊歸路。

送別永之

憐君方遷戍，況我嬰愁疾。一别若流雲，相從竟何日。生平託交遊，弱冠弄篇帙。書願藏名山，功期銘石室。安知事不就，跌宕情如一。已矣復誰陳，今亦反蓬蓽。

送别德兆武選放歸

燕郊秋已甚，木葉亂紛紛。失路還爲客，他鄉獨送君。罷歸時共惜，棄置古常聞。莫作空山卧，令人望白雲。

送皇甫博士重補曲周

辭邑初耽寂，攻詩每晏居。貧家滿坐客，閉户一牀書。襆被情何忝，腰章意已疏。問君趨府處，高興復何如。

中秋同栗夢吉飲

罷酒俱不樂，開簾望北軒。寒星出户少，秋露墜衣繁。散步憐新詠，平居想故園。空庭今夜月，客思豈堪言。

送管平田先生頒封秦府歸省

五等周分國，三王漢世家。日聞敦帝族，時見遣皇華。剪土仍鶉首，疏邦自犬牙。秦關通使節，灞水渡征車。過邑恩難屢，堂登禮更嘉。何如北山客，行役動長嗟。

送大宗伯介溪公南都十二韻

露板承歡渥，天書拜寵靈。春官典邦禮，風后佐王庭。出入登三事，遭逢起一經。持衡人莫眩，講殿帝親聽。妙思黄華句，雄篇繡補銘。龍文生赤汗，鸞翮奮青冥。暫枉神都遠，同追祖帳停。二京分化理，八座備儀形。仙棹花催發，官途柳爲青。微生荷剪拂，孤迹困飄零。空謝伸眉日，多愁短髮星。公還衆所祝，强飯念朝廷。

歲暮答許武部廷議懷歸

掩閤日愁晚，他鄉歲已深。未能逃世網，豈是戀朝簪。以我不如意，憐君同此心。故園春事及，歸路儻相尋。

再移居

僦居屢傍禁垣西，曲巷重渠路轉迷。萬事無能心盡懶，一官何補首常低。歸衝落日時驅馬，起伺朝天每聽鷄。濡迹自傷非宦業，綸竿終有故山溪。

送抑之侍御謫興國

别離無奈客心煩，直道南遷荷主恩。臨路加餐好自愛，平居握手更何言。連山楚雨迷官舍，隔縣鄉音認故園。君到江州定回首，同遊霄漢幾人存。

至日省中

慣逐官僚後，欣逢郊禮嘉。蒙恩賜冬假，拜手慶年華。暫亦休朝馬，閒唯待暮鴉。人言郎署好，畢竟未如家。

齋居偶題

自免知何病，重來尚此身。愁多長畏客，官拙竟隨人。日銷空庭印，風添滿皃塵。山田薄亦好，不去豈關貧。

壬辰生子

客賀當長至，渠生履歲和。更衣起自慶，醉酒坐同歌。身世浮沉甚，田園蕪穢多。吾今只若此，知爾復如何。

春夕同李考功道舊

下馬春庭夕，明燈夜雨深。人多新歲感，日有故園心。磨滅名題柱，凄涼賣賦金。十年同省舊，誰念各如今。

送陳永和鈞改官之真定學曩府君教處

厭事嘗疑抛縣印，之官又見向儒宮。城臨沱水新橋在，路繞恒山舊驛通。乍到士人應認姓，試詢父客幾成翁。經中更廢蓼莪講，坐處青氈恨頗同。

初去都夜

泛舟當日落，解佩及春歸。病比相如是，情方叔夜非。暖雲蒸海氣，殘月吐洲暉。今夕孤懷客，誰云伴少微。

《讀書園稿·自叙》曰：「《老子》有言：『知我者希則我貴。』夫人不期於世之知，而何較貴賤邪？余素弗攻於辭，戊子以吏部郎中謝病歸於家，開封當郡縣孔道，應接稱煩，余於是徙之城東田中，依舊廬稍葺治以居。家貧，遂力農事，月裁三四至城而已。當是時，李空同先生方盛，邑子之屬出其門，撰爲文辭，模放古人，若宋蘇軾、唐韓愈薄不爲也。余私心不能無慨慕，時時竊撰一二篇。庚寅歲，所著獨多。逾年，余既上京師，斯事乃罷。夫本非所長，而强力慕之，度必取譏於衆，然其篇笥中。甲午，余分守冀南，將按縣。晚出文水、方初冬，新雨已，車行村虛，景色如故園，余恍然太息。其夕宿汾州，燒燭披取笥中詩，事歷歷在目，低回久之，夜不能寐，非特感于詩也。曩者不能取容，故退而耕於野，丘園之樂，使人忘老。而余不自持，復日苟焉干禄，澳涊於今，犯詩人胡顔之誚，其知於人也蓋希矣。然則余豈貴邪？老子之言明其玩世也已。」

始至讀書園

疲薾違時好，歸來踐夙歡。田園深自託，朋舊肯相寬。挂壁尋耕耒，刈林選釣竿。亦知身寂寞。長冀賞心觀。

元日同谷子延賦

雄都盛賓客，車馬争馳騖。芳辰啟初年，宴飲多所務。不知灌園身，何爲迷方誤。郊館抗空壑，山扉啟峻路。良朋平生歡，就我今朝步。城因並舍登，徑爲穿林度。微陰原上明，片日雲中露。青霞照深池，白雪停幽樹。共貪歲欲新，不厭日旋暮。農田方在兹，君豈數能顧。

子脩侍御見過時謝病

郊扉臨巨壑，野日照晴空。柳色春衣上，波光曉鏡中。當軒留駟馬，出户倚雙童。欲問朝簪懶，人今卧病同。

酬蔚士量見過

勿以歸來早，其如疾病何。朝朝故園裏，寂寂古城阿。自入深林牧，閒當大道歌。知非蔣生徑，求仲爾來過。

移樹道上

春園就蕪穢，雜樹生蒙密。不知雨露功，長養何多術。娑婆使人憐，斬伐終余恤。乘時聊徙植，於以託吾室。交生兩相當,列映直如一。轉令門巷新,遂放鷄豚出。修修原上風,團團村邊日。紛吾本蹇劣,兼爾抱憂疾。敢學成都桑,而謀荆州橘。願及垂陰成,初志儻此畢。

寄亳州薛考功

少年不識字,持戟仕金門。萬事蹉跎豈自料,一官憔悴與誰言。上書昨日辭天子,還從闕下歸田里。束縛始自重爲人,激昂尚欲酬知己。不悟名輕世果然,翻嫌計晚身如此。便爾深林學遁棲,家貧那免伏耕犁。腰鐮暮向夷門北,倚仗朝過莘野西。伐木手營一茅宇,披榛力灌幾藥畦。篋中筆硯無時把,肘後詩書坐懶題。往往頑痴衆所疑,悠悠端合困明時。聞君解語五千字①,宅畔仙窟定所知。此日低頭應笑我,平時開口却爲誰?

①原注:「考功頃注《老子》。」

晚步

出門還自笑,復此欲誰親。惆悵村頭樹,歸來路口人。風聲兼亂葉,日氣抱遊塵。豈不躬耕苦,東看是有莘。

觀遊人

大道通遊遊，傾邑出車馬。玉管移高堂，金鞭臨曠野。盡踏芳草中，時歌花樹下。浩蕩春思盈，留連莫愁寫。回看巖石間，憔悴躬耕者。

寄憶茂欽員外

閒居已可歡，況復乘嘉月。山鶯日自鳴，園樹皆爭發。出從草際歸，行傍村頭歇。臨流或嗽齒，倚仗乃散髮。此時正憶汝，振珮趨丹闕。

霍開府載酒見過

列坐青郊映，容門畫戟雄。晴原獵騎外，春草舞筵中。玉珮遨皆至，金尊狎與同。無將灌園意，錯訝楚三公。

少年行

死士結劍客，生年藏博徒。里中夷門監，墻外酒家胡。有時事府主，無使擊匈奴。虎頸一侯印，猿臂兩雕弧。誓使名王侍，羞聞邊吏誅。長驅隨汗馬，轉鬬出飛狐。蒲類遂破滅，莎居不支吾。甲第起北闕，鑾邸開東都。豈學驃姚將，椒房仗子夫。

春日行

大堤花欲然，芳郊草不歇。冶服誰家子，良辰争馳突。寶劍本侯家，金鞭自俠窟。共矜百金裝，相誇千里骨。雲散歡未終，月明還城闕。朱門徒御稀，青樓歌管發。倡女盡朱唇，貴主俱鬒髮。衣向車中更，燭從坐上没。誰論墻東生，白面羞干謁。

與客遊宋戴樓城門九老泉上

草屩相携處，田家水郭間。林風動衣帶，泉色照容顔。軟草留堪坐，芳花折與還。春城一散罷，車馬更難攀。

答谷司僕見問

幸自返中園，非關逃微禄。方因疾病餘，黽勉供樵牧。春至東郭田，夏來北林木。時從遠原上，日縱平郊目。野老逢與言，道書間能讀。何爲共世人，無事相追逐。勞君問出處，日暮掩茅屋。

與客集和氏園

惟君遊每接，自余居多暇。留連上客筵，款曲中園駕。賦詩芳泉側，舉爵茂陰下。放心安知憂，携手不能罷。日氣淡將夕，雲影垂方夏。爲農信可歡，世自薄躬稼。

曉還城休左氏莊

與君枕堤口，共結東城廬。日出蒼林背，回看十里餘。柴門通大道，村巷隔平墟。主人心無事，見客頭未梳。累言惟農務，一飯但園蔬。方當數來往，肯爲容籃輿。

得張子家書

晚日照餘晴，荒亭暗復明。歸雲度深樹，飛雨過高城。蹇劣慚當代，棲遲笑此生。空持一書札，長嘆故人情。

東原晚望答李鴻漸

東原晚望草烟齊，久卧無心出路迷。閑立秋風看木落，獨行斜日聽烏啼。一官已謝於陵後，百畝纔開莘野西。此地故人應念我，逢人昨有數行題。

初秋谷司僕杏山別業

田廬元自接，談笑竟相從。是日當農暇，秋風動客容。開尊臨積水，解帶挂常松。欲去城東陌，留連聽暮鐘。

逢李淮安

悵别各千里，忽逢指寸心。明鐙不自意，故國乃相尋。寒館鳴秋雨，高城結暮陰。胡爲疇昔願，江海尚如今。

揚州門主人

空林一葉落，茅屋幾家秋。對酒凉風至，開簾古樹幽。相看還自笑，欲去爲誰留。正此夷門下，休猜姓是侯。

雨後有懷子延

驟雨新秋晚，微晴墟落間。悠然抱藜杖，率爾倚柴關。空壑纔容水，流雲故滿山。遥知城市裏，應羡此身閒。

和汝南見過

晚日留仙轡，涼風勸客尊。偶然擊筑伴，依舊抱關門。樹落千重葉，蓬吹萬里根。病身一如此，誰念在孤村。

東壁偶題

皂帽遼東客，青門漢代瓜。寧知汴水上，更有野人家。巾服臨秋换，壺觴自遠賒。閑身與逸興，並向物情誇。

九日登城樓宋故都門

佳節倚秋城，朋曹晚相逐。竊憐坎廪心，暫寓登臨目。日落故鄉杯，霜寒遊子服。百里覽山河，千年看陵谷。生欣盛時康，追嘆亡王促。帝功頹九五，霸氣消百六。猶能識宮觀，但見登樵牧。縱酒在高樓，悲歌對喬木。身同司馬病，懷異步兵哭。舉頭望長天，萬里來鴻鵠。默尋階除降，獨去歸茅屋。

友人設飲病不赴

荒村猶病卧，空愧故交深。復有高堂宴，無如伏枕心。寒郊懸日影，平楚帶秋陰。向夕東城望，寧知佇立吟。

送别蕭司勳

柴門夜語罷，惆悵出前林。曉日孤村映，秋風落木深。别來生白髮，歸去换思心。還復茅簷下，朝朝烏雀吟。

偶　題

久爲南畝客，况此北窗時。翻笑陶元亮，應多歸去辭。凉風昨夜起，殘雨夕陽移。坐卧身無事，茫然生遠思。

曉　起

惆悵空堂曉，蕭條秋氣陰。懸窗對疏雨，落葉滿重林。長往懷仙事，端居養道心。誰知歲復晚，高志莫能尋。

曉出前林

理櫛聽鳴禽，搴帷望朝旭。快然登前林，烟芳紛滿矚。秋晴帶餘陰，夜雨生新緑。道勝絶紛華，情愜闕幽獨。在天羡白雲，凌風慕黄鵠。賞心久已違，感此勞中曲。

夏夜同袁德延騎出宿村家

景落息炎氛，輕策稍相試。微風送林木，皓月臨平地。路遠忘前期，情愜隨所至。田父止我宿，茅屋勸客醉。起步叩天空，仰對明星次。一飡雞黍筵，三嘆前賢意。軒冕愁束縛，江海傷憔悴。且願爲老農，敢謂辭高位。明發返故墟，努力看身事。

酬左舜齊林中冬夕見寄之作二首

霜葉落漸空，暝鳥飛俱罷。出門歲已闌，倚樹人方暇。映月眺煙郊，了自見茅舍。下有飯牛朋，商歌滿初夜。

携手自京都，歸心乃疇昔。豈不戀明恩，久持金門戟。今日故園身，殘歲空堂夕。含情亦何言，麈末掛東壁。

晚出曹門北道

晚日郊關迥，寒冬筋骨勞。不知臨曠野，何事走平皋。斜路孤村引，空園亂木高。歲闌今去卧，誰認在蓬蒿。

西園再酬谷子延

茅屋還相見，冬郊那可聞。荒城連涷浦，落照與寒雲。遠樹行時倚，歸途到處分。留君終日語，猶自日思君。

谷司僕田黄門諸公見過

山林高士駕，鷄黍野人心。不避家貧饌，難忘歲暮尋。寒城雲際擁，晴樹雪中深。誰念平生意，幽棲獨至今。

次韻田水南見過之作

夜雪連窮巷，朝來片日暉。故人停駟馬，問我掩雙扉。自出知誰是，相看能爾稀。家僮釀酒熟，獵伴射禽歸。草具成賓饌，木綿對客衣。歲寒心不淺，日暮意難違。客興催花發，農功候鳥飛。期君前浦泮，預指釣魚磯。

晉陽稿

《自叙》曰：「嘉靖癸巳，余始出爲山西參政。春去都，繇漕河溯汳歸，上蘇門山，以其秋杪乃履官。屬歲饑，奉役往來遼、沁、汾、潞之間，無寧日。逾年冬，朝京師。其明年歸，復自汳入晉，軌轍所臨殆遍焉，亡不再至者。復逾年，乃轉爲湖廣按察使，可謂久矣。余本農夫，每造山田林壑，蓄志所感，慨然太息，歸心萌作，發爲篇詠。又多戎馬邊陲之警，其詩率著於驛壁，吏從旁書之，都爲一卷，略無去取，觀之可以考歲月動定所繇。自余之出，友朋亡省記余在山西者，縱記之，豈復知其勞且久者乎？雖余亦且忘其久，何則？居間亡事，優游暇豫，則視日舒長，今卒卒簿書，朝也疲於應事，夕則偃卧於室，擾擾不知夢所之，少暇不過玩日自解，如此而豈復知時久速耶？夫吾且忘我，而又誰之求。取觀所作篇，恍不自憶。雖然，苟書是以視同遊，庶嘗有省記余者。詩凡九十首。是歲丁酉仲夏望日。」

歸途大名晚行

客心冀早安，川塗争晚涉。水宿阻風湍，宵行問舟楫。時見遠村明，月出荒城堞。良時余幸遭，青瑣官常攝。已多絳灌毁，而無金張業。來往路將疲，出入心獨怯。夜夢守舊閭，勞懷先已愜。

至蘇門山

空山暑氣少，臨水夏雲多。照影人將老，愁心在夕波。

權店晚行

孤城吹角罷黄昏，歸馬蕭蕭向驛門。衰柳更添霜後色，殘流初耗雨餘痕。求田未果青山願，出守仍銜紫禁恩。轉入亂峰行不進，投身空館寂無言。

十一月朔孝義道

山城風物歲將闌，行縣初因問俗安。授曆漫驚違一載，趨朝尚記逐千官。煙鐘動闕天微曙，火樹熏庭夜不寒。久忝恩私今始悟，簿書催急驛程難。

文水縣驛壁讀王司僕德徵詩因和其韻

長途無驥足，短髮有漁舟。感嘆如同日，羈牽自去秋。寒燈知客意，鳴柝亂人愁。屏上山川記，何因認汴州。

交城縣壁

汲黯匡君意，顔延出守情。憑高無處語，寒日下孤城。

至日晉府拜朝同曹仲禮

王庭肅穆映朝暉，圭景才長暖力微。此日預沾新歲酒，同時應認舊朝衣。暫開宫殿陪仙仗，端望雲霄拜帝闈。不到邊城時作吏，向來恩遇未知稀。

靈石山行

長路天俱遠，高山日易昏。强餘疲馬意，垂首戀君恩。

再次權店

攝官强四月，被役乃三來。把炬尋山路，傳餐就水隈。憂荒早頭白，忍事竟心灰。客姓途人記，官程驛吏催。梁園即此路，何戀不南回。

褫亭聞邊事用壁間李川甫韻川甫大梁人

北來烽火震邊州，春興無聊客鬢秋。得喪此身真是馬，姓名與世任爲牛。晴天亂雪吹空壑，落日黄雲暗道周。但有鄉心隨處似，題詩人滿驛前樓。

奉酬姜侍御見贈之韻

探奇曾禹穴，能賦豈天台。長自羞知己，徒言謝上材。憂加年近老，名在毁重來。欲去猶增戀，歸心寄草萊。

寒食定興雪中

二月鶯花少，千家雨雪霏。可憐値寒食，猶未换春衣。積水生空霧，高城背落暉。忍看楊柳色，從此去王畿。

定州道

夾岸新楊映廣津，客行無緒獨愁人。故園亦有千頭樹，二月中旬汳水濱。

再次真定城別陳秉中時自京西還

經途雨雪涉冬春，倉卒重過奈此身。客舍留人酒甕熟，官橋繫馬柳枝新。河山半折北來路，烽火全驚西望塵。別去定知頭白盡，邊隅誰念一征輪。

星軺驛雨中別林八南還

驛外陰雲合，窗中宿雨含。深巖龍自鬬，險路馬能諳。短髮星星甚，長愁日日堪。休將南望淚，歸傍二親談。

避雨五巑山

鳴雨斷還續，連山下復高。疏慵元自慣，登頓爲誰勞。問館投身促，防崖著足牢。客程憐若此，終念反林皋。

再過紫巖寺

受事方從北，持車還向西。青林含日影，赤坂造天倪。宦味同鷄肋，官程任馬蹄。蒼崖摩遍認，隨歲幾行題。

太安阻雨有懷都下諸友

蒼蒼雲木變川原，黯黯客愁獨掩門。卧聽遠舂白日静，起看陰壁緑苔繁。官名薄劣慚新侣，郎署遲迴念舊恩。强欲題詩報同舍，便應投劾去鄉園。

雨後柏井同方體易

疏館餘晴片日暉，陰移高樹晚凉微。自窺水檻人將老，轉念山扉客未歸。天畔緑虹臨户映，風迴白雨過村稀。荒庭一醉拚君共，呼取村醪興莫違。

宿八角

嚴更金柝起，杪歲玉關寒。行侣時相問，邊城進更難。歸心惟日夜，客鬢已星殘。仰悟中林羽，投枝亦未安。

晚趨忻口

雲峰聊極目，立馬獨愁心。豈直關山遠，其如雨雪深。笳聲先入夜，邊氣迴生陰。疇昔長征意，蹉跎力不禁。

仲春山行

春事殆過半，客行殊未閑。流雲開白日，微雨點青山。身世本遲鈍，林皋當早還。煙郊草色長，感此奈愁顔。

三月二日交城大雪

建辰開此月，上巳預今朝。柳絮寒應未，雪花晚故飄。輕盈對山樹，點綴愛芳條。若伴邊愁客，經春總不消。

南關晚行

笳聲入晚不堪聞，驛路山腰向此分。洞壑空濛秋雨雪，岩崖突兀石生雲。愁心胡馬方頻入，寓目冥鴻定幾群。歸興轉從今日盡，將因沙塞著微勳。

沁州張源鋪

去國三年意，還家此日心。天寒客路永，日暮衆山深。沙塞人偏老，風霜馬不禁。如何更萬里，投迹楚江陰。

入楚稿

量移湖南用文谷韻

歲暮邊隅客，歸來見此身。馬蹄穿欲盡，虎穴到爲鄰。漳水經途舊，湘潭去路新。我生豈斷梗，逐處任飄淪。

陽曲灣作二首

閒庭芳草日分長，疏雨高槐夏轉凉。一片鄉心千里目，青山無數晚蒼蒼。
胡天杳杳夏吹風，凉雨濛濛夜已空。夢入梁園樵採路，覺來身在戍樓中。

襄縣城東即事

春晴汝岸曲，夜雨襄祠東。日出冥濛霧，天垂斷續虹。關梁臨水閉，馳道與山通。旦夕龍輿度，千城望幸中。

吕潭境

連山望不極，况復楚雲長。萬樹含春色，孤村帶夕陽。解鞍當古戍，投袂及空堂。去國日方遠，懷君意敢忘。

漢江春日

漢皋微雨點人衣，江路南衝雁北歸。寓目不堪愁遠涉，投身方自愧高飛。纜牽蘅杜多春氣，船泊雲霞變夕暉。未許笠蓑同楚父，來逃榮禄守漁磯。

軼稿

東郊雨中柬士量

閒居甘絶迹，疏雨對芳原。念欲開青眼，誰還共緑尊。林煙旁舍午，野色遠村昏。自笑平生意，無人空閉門。

秋郊雨後

空闊容秋望，虚徐步晚曛。夷門新夜雨，太室半晴雲。犢放前王地，身閒野客群。鳥來幽興愜，誰語遣相聞。

題東門壁

試走夷門道，徘徊念此身。抱關空有客，虚左竟何人。

駕出

帝出南郊日，言觀黄屋尊。選神役風伯，徙樂具《雲門》。馳道青陽麗，齋宫紫氣屯。九朝祠禮秘，歸待從臣論。

赴晉渡黄河

王程不可緩，去此故園難。晚日臨晴渚，秋風動早寒。山田十畝廢，蓬鬢幾絲殘。顧影真成笑，馳驅爲一官。

夏日雨後步至白石岡岡人争迎致知余卧前村姓名

落日長原獨客行，郊園暑歇正新晴。林懸宿雨千村似，禾入凉飆四野平。尊酒笑從田父飲，柴門静識古人情。翻愁人擬陶元亮，前徑初無五柳名。

秋夕憶兄

一樹秋風落漸多，高天窺鳥莫雙過。欲將遠字愁難送，正把新詩悶自歌。雲外楚山移使節，雨中梁苑對耕蓑。柴門此日誰憐病，情極湘江萬里波。

星軺驛

萬山詰曲此孤亭，遠客西行暫所經。生事不堪頭早白，世情無賴眼常青。深林落日憑軒望，亂葉吟風隔坐聽。寄謝蔚羅當日者，高飛今已入冥冥。

宿香山僧房

遽愁春草歇，驅馬春山中。夜宿香深處，聞譚夢復同。風生近谷滿，月照前湖空。明日西行去，回望此寺東。

陳副使束二十五首

束字約之，鄞縣人。嘉靖己丑進士。選翰林庶吉士，調祠部主事，改編修，出爲湖廣僉事，分司辰、沅，遷福建提學副使，改河南，卒於官，年三十三。初，會稽董侍郎玘有愛女，不欲與凡兒，甬川張尚書爲言約之曰：「陳生雖起寒微，其人才足婿也。」侍郎召見之，垂髫敝衣，膚神玉映，叩之無不響應，試之詩文，揮筆如雲煙。侍郎大喜，克日爲婚。約之脱身遊外家，讀書長安邸中，聲殷殷在館閣間矣。入中秘，與唐應德、王道思諸人刻勵爲古學。張桂受上殊寵，朝士咸奔走，約之獨不往。歲時上壽，遣吏投刺，馳馬過其門。諸老恨之，呼爲輕薄小黄毛，出之外藩，投置五溪蠻夷之地以重困之。稍遷視學，洊更繁劇，憤懣無聊，再疏求去，不得，縱酒屬疾，嘔血數升而死。應德與熊叔抑不遠數千里哭其喪於越，刻其遺文，而皇甫子循爲序，謂「早鑄四傑，晚熔二張，道軫平原，晞駕康樂。」而唐元薦論本朝之詩則曰：「明詩莫盛於弘治，藝苑則李懷麓、張滄洲爲赤幟，而和者多失於流易；山林則陳白沙、莊定山爲眉目，而議者或以爲旁門。李、何一出，變而學杜，正變雲擾，剽竊雷同，比興漸微，《風》《騷》日遠，箴其偏者，唐應德也。嘉靖初，更爲六朝、初唐，而纖艷不逞，闡緩無當，作非神解，傳同耳食，議其後者，陳約之也。」約之初與應德輩倡爲初唐，以矯李、何之弊，晚而稍厭縟靡，心折於蘇門。以元薦之論，合於約之《蘇門》之序，弘、嘉之間文章升降之幾會，略可睹矣。余故録約之詩次於蘇門之後，而詳著之如此。

神龍逝不返，永永淪赤山。九陰黯莫測，揚輝久矣難。瑆瑜馳十貴，十貴誰不然。魏父牀夜光，咄咄起憂患。楚王非賤貨，和氏坐摧殘。時議重瓴甋，焉用誇璵璠。懷璧已賈罪，況復滋琢刊。孚采乃憎命，明温以煩冤。傳語後世人，寶器無爲宣。

銅雀妓二首

疑陵那可望，催淚復催妍。飛花銷臉靨，拜月笑眉鈿。銜令死猶愛，緘情生自憐。無因憑李少，爲幻入君前。

銅羽溯秋風，金縷夜帳空。舞鸞君詎見，調鳳妾猶工。淚竹愁難滅，採菱歌易窮。翻憐秦帝寵，驪下許相同。

和王員外首夏遊南内

皇家秘苑自逶迤，標境煙霄迴蔽虧。縟翠千重縈雜樹，輕絲百丈繼交枝。當軒支石天潯取，繞徑瓊花月宇移。不羨汾陽風景麗，爲觀今日長卿詞。

高陽行二首

高陽年少事橫行，重俠由來不重生。奪得雕刀摇雪色，騎將飛馬蹙風聲。
北風吹隴簸黄沙，縱博千場日未斜。白劍殺人丹劍舞，笑歌踏入酒姬家。

返趙懷唐一學何體

蕭疏秋欲晚，辛苦客情違。龍分雙劍遠，雁阻一行歸。月色明疑見，風期邈難依。霜交白野合，露罷青林稀。羈候朝朝别，寒雲處處飛。兹時軫遠念，憶爾倦遊非。

詠神樂觀梅花

素質舒玄圃，清芬裊碧紗。自將幽獨意，不逐艷陽華。避暖遲開葉，凌寒早著花。瓣輕飄易墮，枝曲影從斜。雜雪明春砌，隨風入暮笳。何須飛寶靨，長此奉仙家。

春郊晚行

遲日出郊圻，悠然塵事稀。野陰堪結蓋，溝水欲流衣。俠客探丸返，佳人抱瑟歸。喧喧四鄰夕，徙倚向斜暉。

夕齋對月有懷唐一編修

終日滯飛濛，三徑絶來枉。檐溜一以捐，族雲漸迴蕩。長飈續河出，月華依波上。微微辨林柯，稍稍晰塵鞅。槿委猶餘泫，萱開更映幌。草螢掠明流，土蟲疑晝響。命酒陶清虚，解襟納新爽。懷人邈不御，樂來何由賞。沈思永終夕，景同神宜往。

都下秋雨夜飲王子長宅

闊别時何屢，蹉跎鬢已侵。還朝明主賜，卜夜故人心。凉雨杯初覆，空堂漏欲沉。安知非夢寐，相對帝城陰。

賦得上林雁贈吏部王郎中謫毗陵

八月凉風動雙闕，嗷嗷旅雁雲中發。遐飛遠響激清音，刷羽振衣度上林。天邊結字行難亂，風裏傳書力不任。詎意上林重毛色，抱奇區區不察識。凌寒不借一枝棲，能鳴轉被單絲弋。逸志由來耻稻粱，歸飛耿耿背金塘。水咽驚聲疑箭落，月明避影怯弓傷。遥遥關路長辛苦，蕭條爲向南中土。地闊山空不畏人，沙明水暖聊鳴舞。少年才客有王君，把袂愁爲失意分。南去祇應聞雁叫，臨風好是泣離群。

禁中對雪

禁裏霏霙朔氣饒，縈風飄度薊門遥。初翻金馬疑飛絮，漸集銅龍似薄綃。百子銀題全合色，萬年花發半封條。懸聞睿詔賡黄竹，佇待東曹染赤毫。

送唐子朝長陵

周王東定日，虞后北巡年。虎旅陰山轉，龍舟夜壑遷。珠丘開白壤，琳殿閟玄泉。示儉裁流水，崇威迥跨邊。雲中分地脈，斗極應星躔。弓墮天難陟，冠遊月尚還。光靈六聖扆，警蹕八神傳。南至恭明祀，東曹簡上賢。瞻依徒欲贈，悽惻未能宣。

送李郎中謫守吴興兼簡毗陵王别駕予與李邦良王道思同飲獲罪二君相繼譴謫而予塊然獨居京師情見乎詞

投轄本適意，何言吏道侵。謫承明主惠，别感故交心。垂耳君如驥，同翰我異禽。毗陵如問訊，道有《式微》吟。

贈汪御史山居

小山卜築背孤城，大隱青春早謝名。門長緑蘿時掛麈，溪分流水幾投纓。霜前鳥去收遺果，雨後鴟肥拾野羹。寂歷山亭無一事，時從羽客話長生。

春日渡漢陽

春風澹微雨，了了見前川。背水千家閉，連山百雉懸。鶯啼江上樹，人散渡頭煙。此日乘流者，羈思殊未捐。

楚門春興

帝在青陽念八區，傳聞東豫及春初。鶯花二月迎緹騎，龍檢千年望翠旟。衡陽刺史新除道，濟北藩王已上書。留滯周南知不恨，將因一得奉宸車。

過武溪楊隱君草堂

清溪幽隱處，白首性情閒。鶴起開松徑，風歸閉竹關。道書堆几上，耕耒掛牀間。坐悟忘言理，令人不解還。

入閩

海國深秋別，山關入望窮。人家青壁裏，鳥道綠蘿中。地暖收蒟葉，天寒折桂叢。嵐蒸晴亦雨，瀑落静還風。靈藥緐經識，訛言待驛通。問耕留野老，賦食與山童。直是忘機甚，非將大隱同。

石灘

石劣不受鑿，水歸時礙行。却令無競性，翻作不平鳴。逆折聲猶壯，崩騰色自明。我行殊昧險，於此獨嬰情。

病中張大見過

拙疾寧爲理，幽閑幸避喧。解巾看吏傲，罷牘聽禽言。霧委花餘泫，風歸葉暗翻。園林遲日意，一與故交敦。

過吳維新隱居

委巷疏塵宇，空齋問隱淪。應門兩童子，拄杖一閒身。下馬見深意，焚魚知久貧。相看祇有笑，握手更何陳。

泗鼎行贈戴水部

君不見周德中衰天命變，彝器飄零散區縣。郟鄏之鼎淮泗流，一没千祀無人收。秦皇得國心泰侈，虎視雄圖志未已。已訪仙源並海沂，還望瑶光浮泗水。畚鍤喧傳從百官，羽騎連延照千里。五夜齋供親祭祠，萬力咆勃鼎不起。始知鑄作通神明，入川尚自辟妖精。彼昏勞勞安可得，精靈變化固難測。没處空餘碧水流，蒸時無復黄雲色。古來神物俟明君，今上迎祥日佇聞，京洛芝莖日爛熳，彭城鼎氣想氛氲。法駕新傳下淮右，待幸山川望來久。才官獻瑞何代無，水伯呈祥理應有。治河使者試上書，爲言伏鼎今何如。

同李御史徐副使登廬山道中作

維舟問水境，振策躡奇峰。冥濛謝物外，孤秀絶區中。中峰連天自天直，石磴崎嶇路不極。開鑿空傳帝后功，陰靈自識神仙域。探靈勞頓登，捫險損心情。蒼崖忽轉萬仞仄，瀑水散落千巖聲。岩深生夏寒，澗複埋晝霧。幽花不記新，斷石偏宜故。時從樹底踐行雲，還向雲中辨來路。九派遥音漸細微，群巒下瞰如翔赴。别有青虹照碧川，香爐更在前峰前。凌風揮手招五老，煙霞却在衣衿間。玄實青谿不可測，紫芝白术行當餐。髓出何時遇，丹成幾日還。我生剩有高深意，結因况復逢初地。待問遠公可賣山，换却春衫作歸計。

集外詩一首

望湖亭遲唐子

策策下危磴，風前立小亭。獨遊坐超越，屬思臨深冥。野色向人盡，一湖含暉明。雲開知日處，其上峰遥輕。目送鳥漸遠，嘹然遺我聲。相感適無謂，於焉觀物情。坐念所期子，影影塵中行。

王參政慎中三十一首

慎中字道思，晋江人。嘉靖丙戌進士。年十八，授户部主事，改禮部祠祭司。上方興禮樂，改建四郊，道思博通典故，以稱職聞。朝議取部屬充館職，謝弗往，改吏部，歷驗封郎中，爲永嘉所惡，謫判常州。稍遷南户、禮二部，陞山東提學僉事，轉江西參政、河南左參政。辛丑外計，又爲貴溪所惡，内批不謹，罷歸。年五十一而卒。道思在郎署，與一時名士所謂八才子者切劘爲詩文，自漢以下無取焉。再起留曹，肆力問學，始盡棄其少作，一意爲曾、王之文，演迤詳贍，蔚爲文宗。唐應德初見之，議論不相下，已遂舍所學從之。嘗謂李中麓曰：「公但敬服荆川，不知荆川得吾之緒餘耳。」其自信如此。詩體初宗艷麗，工力深厚。歸田以後，攙雜講學，信筆自放，頗爲詞林口實，亦略與應德相似云。

送儀部二寅長充選送貴嬪使

春風滄蕩江如綺，樓船一道通易水。近川花柳盡容華，爲過佳人若桃李。節旄前路光輝擁，受詔採擇復充送。合相當知偃月形，問祥應有懷日夢。君王正在柏梁臺，歡進千年紫玉杯。太史占天先入秦，二星遥扈四星來。

松江莫生廷韓遠來見訪比歸賦贈

文采翩翩正少年，機雲以後仍生賢。已見馳聲嵩洛下，却來吟眺楚江邊。扁舟泊近西淮柳，客舍時沽南市酒。路果紛投駿馬前，山衣寄换新鶯後。風流絶世美何如，一片瑶枝出樹初。畫舫夜吟令客駐，練裙晝卧有人書。敝刺蒙茸懷袖裏，入門相訪眉間喜。非才遠謝漢中郎，率爾爲君行倒屣。

題 畫

綉壁峻嶒森怪立，虬松夭矯相攫執。修髯怒甲争奮躍，灑淅疑乘風雨入。蔦蘿蒙密晝長陰，雲氣淋灕晴亦濕。複澗兼藏嵌竇深，空林恍聽濤聲急。在谷幽人不可招，白日此中容易匿。

題孫宫允園亭用馬司業韻二首

敞閣偏臨壑，幽林復帶波。葉繁棲鳳竹，蔓結偃虬蘿。吴樹三春暗，江濤八月多。更憐垂釣處，鳧鷺静煙蓑。

避地歌招隱，耽幽此卜居。詞華二陸後，形勝六朝餘。山鬼窺青管，江妃戹赤書。悠然東壁下，宛掛兩銀魚。

柳湖亭宴遊

亭子水中洲，蘭槳美載浮。鷗翻當吹笛，魚跳近垂鈎。折藕憐絲細，探蒓愛乳流。更言明月好，中夜尚淹留。

春日永寧寺山亭顧中丞招遊

煙曉雨初晞，亭皋春日輝。相從窮宴賞，一倍惜芳菲。柔草纔勝藉，新條恰挂衣。謝公方愛客，日暮不言歸。

南康公署十五夜月

迢迢三五夜，江郡影星河。積水生凉氣，空齋興晤歌。心微千念寂，室淺一燈多。不酌盈樽酒，其如月出何。

宿湖中

蒼茫煙景晦，舟楫自如家。宿處隨鷗鳥，秋初惜月華。遥心連浦雁，歸蘿滯江花。爲客誰知者，疏燈水一涯。

劉函山田莊宴集同顧雍里

向晚西郊密，翛然野外秋。土膏含雨潤，山氣帶煙流。故道牛羊反，前林鳥雀投。猶言明月好，其奈促鳴騶。

晚行趙家園

川廣片帆懸，輕霞欲暮天。蓼花明遠岸，蘆葉隱低田。風起青蘋上，雲歸白鳥前。元多山水意，對此自悠然。

題徐氏溪亭二首

高亭虚出水，結構若天成。波蕩垂簾影，窗留過櫓聲。樹低看岸遠，風細覺潮平。自有芳洲杜，含滋日日生。

浯水日悠悠，虚亭壓水頭。棹歌喧極浦，峰翠漾中流。每夜偏多月，長天只似秋。更添幽事併，繫柳木蘭舟。

題張封君南圃池亭

别業借恩光，臺池草木香。玳梁棲燕子，錦石戲鴛鴦。荷密魚難聚，花繁鳥易藏。如何堪比勝，金谷在河陽。

輓周迹山周以諫杖死

降魄兹鄉返，精魂何所依。芻靈疑榜吏，幽域訝圜扉。白日終無照，青春更不歸。天心垂涕泣，寒雨載途飛。

輓蔡司成夫人丁氏

偕老願嗟違，兹辰遂並歸。劍從泉底合，燈向地中輝。山雨沾容翣，江霞變闕衣。如雲車馬從，其奈昔時非。

送蔡東洛赴銓改官

寒氣驚嘶馬，離人起戒晨。清霜沾勁草，修坂滅流塵。爲吏儒衣舊，謝官行李貧。長安留滯處，當路欲何因。

朔日昌平城登覽

宿雨山城浄曉暉，高樓憑眺思依依。仙人枕上雲初散，白馬關西雁自飛。古木寒鴉啼朔霧，荒隈曉日上征衣。天山直北誰傳箭，目斷秦兵未解圍。

金山雜詩

康定陵前棲夜烏，盤林鬱鬱鎖松梧。總聞再造驅戎虜，不見千官拜鼎湖。内使司香開寢殿，祠臣常祀掃金鋪。翠華縹渺空中度，絳節靈應群帝俱。

江上送毛太守入覲因寄舊遊三山諸友

念别須臾已歲餘，忽逢江上意何如。心悲不語傷時事，眼看雙分畏簡書。遠水片帆天際没，晴窗古木岸邊疏。故人相見倘相問，芳草閒門是謫居。

送郭世重出守南寧

郎寧荒絶不堪棲，遊客思鄉轉路迷。千嶺驟昏知瘴起，四時不斷有猿啼。編氓半是居蠻峒，行路相言避毒溪。十載播遷仍置遠，好憑鬼卜問南鷄。

移　居

栖栖微禄豈謀身，擾擾移家學避人。高柳欲栽當外户，青山依舊借東鄰。門無車馬何須僻，窗映圖書不爲貧。籍繫中朝心在野，誰知陸地有沉淪。

登江東城樓

花片飛飛柳色深，登樓一倍攪鄉心。長堤煙草迷人去，遠寺斜陽帶磬沉。江水無風時起浪，春雲不雨每成陰。躊躇滿目誰相會，惆悵前林倦翼禽。

省中

古木陰多鶯亂移，白雲不去伴留司。侵階草長閑終日，拂印塵深鎖幾時。散地非才容吏傲，低頭寸禄令人悲。頗耽恬曠頻欹枕，僕從翻嫌出省遲。

哭梁宅之

天道蒼茫不可知，重泉寂寞所從誰。祇餘蘭氣芳華省，獨有螢光識敝帷。無使求書忘舊草，何人脱劍贈枯枝。蕭條落日聞鄰笛，淚盡無由世上期。

寄錢洞泉以使事在嶺南

輶軒更爲遠遊輕，原隰光華阻使程。莫遣衣當犀瘴減，遥知句向蜃樓成。閒探仙籍朱明洞，弔訪圖經趙尉城。共説交南多寶玉，飲冰心膽自孤清。

紫騮馬

朱汗四垂碧玉蹄，繮絲陡勒不勝嘶。長安陌上催花雨，萬樹紅英踏作泥。

薊門行

置酒軍中舞又歌，雪花偏向薊門多。醉來欲取平胡印，報道天驕已請和。

涼州詞

莽莽平沙雁不飛，馬頭誰復寄征衣。欲看春色惟憑柳，柳葉初青春已歸。

滄洲道中寄蔡道卿

泠泠風舉碧羅裳，一曲焦桐月在牀。寂歷寒波兼墜葉，不知何處是瀟湘。

苕溪舟上懷蔡可泉

岸花夾水備芳鮮，愁思看時倍慘然。幾欲將愁寄流水，苕溪又不到桐川。

唐僉都順之六十首

順之字應德，一字義修，武進人。嘉靖己丑會試第一人。授兵部武選主事，改吏部稽勳，調考功。嘉靖初，更制取外僚入翰林，改翰林院編修，移病乞歸。永嘉惡其遠己，票以原官致仕。皇太子立，簡宫僚，起右春坊司諫。與羅洪先、趙時春上疏請朝東宫，奪職爲民。甲寅，倭寇躪東南，用趙文華薦，起職方郎中。巡視薊鎮，還視師浙直，又用胡宗憲薦，超拜僉都御史，巡撫淮揚。力疾巡海，卒於廣陵舟中。崇禎初，追謚襄文。應德於學無所不窺，大則天文樂律、地理兵法，小則弧矢勾股、壬奇禽乙、刺槍拳棍，莫不精心扣擊，究極原委，以資其經濟有用之學。晚而受知分宜，僇力行間，身當倭寇〔一〕，轉戰淮海，受事未幾，遂以身殉，可謂志士者也。正、嘉之間，爲詩者踵何、李之後塵，剽竊雲擾，應德與陳約之輩一變爲初唐，於時稱其莊嚴宏麗，咳唾金璧。歸田以後，意取辭達，王、李乘其後，互相評砭。吴人評其「初務清華，後趨險怪，考其所撰，若出二轍」，非通論也。爲文始尊秦、漢，頗效空同。已而聞王道思之論，灑然大悟，盡改其少作。其語詳載文集序中，不具列於此。

〔一〕「寇」，原作「奴」，據小傳本改。

寄周中丞備禦關口

牙旗高建白羊東，鼓角殷殷瀚海空。雪後錦裘行塞外，月明清嘯滿樓中。幕南五部思歸義，薊北諸軍盡立功。燕頷書生人共羡，一朝投筆去平戎。

張相公壽詩

帷中運策九州清，共説留侯在漢京。賜第近連平樂觀，入朝初給羽林兵。儒生東閣承顔色，酋長西蕃識姓名。却望上臺多氣象，年年長傍紫宸明。

奉命分祀孔廟作

後聖禮先師，斯文端在兹。將陳百官富，詎止一牢祠。入室瞻遺器，圜橋展盛儀。樂堪三月聽，奠想兩楹時。執鬯元公肅，捧璋髦士宜。鄙儒叨小相，端甫奉前規。

同院僚觀閣中牡丹作

西掖衡連翡翠城，籠煙裛露百花明。祇謂紫薇方吐萼，忽言紅藥已敷英。紅藥葳蕤艷盛陽，萬年春色在文昌。寧同鄴下芙蓉苑，詎比雒陽桃李場。裁成異瓣千般錦，縝就同心一樣黄。金閣披時渾是畫，綺樓凝處并疑妝。濯枝故向鳳池上，裛露偏依仙掌傍。仙掌嶙峋對鳳池，詞郎侍直鷺鴛齊。玲瓏玉珮花間映，飄曳羅衫葉下迷。花間葉下情無極，含笑含嬌似相識。羞將鷄舌鬭馨香，欲取驪冠並顔色。翠幕分看態轉新，朱欄斜倚不勝春。未採孤根助靈液，聊持芳蕊贈佳人。

贈南都莫工部子良夏至齋宿署中

萬乘親郊幸北宫，千官齋祓兩都同。靈光正想泥封上，清夢遥依輦路通。煙散玉爐知晝永，星分銀燭坐宵中。聞君已就汾陰賦，猶向周南嘆不逢。

元夕詠冰燈

正憐火樹鬭春妍，忽見清輝映夜闌。出海蛟珠猶帶水，滿堂羅袖欲生寒。燭花不礙空中影，暈氣疑從月裏看。爲語東風暫相借，來宵還得盡餘歡。

趙州懷古

千秋霸業消沈盡，風俗猶傳趙武靈。市上美人揮錦瑟，場中俠客舞青萍。雁門北去通沙磧，鳥道西來入井陘。欲向平原訪公子，蕭蕭賓館户長扃。

午日庭宴

南薰應律轉朱旗，火帝乘離錦席披。榴吐千花承羽蓋，蓂開五葉拂瑶墀。冰盤錯出仙人掌，金縷遥分織女絲。復道龍舟方競渡，銜恩共許向昆池。

陳渡草堂

皂衣非復漢庭郎，敝緼深冬卧草堂。貧薄不羞羸㹀計，沉浮也逐鬬鷄行。殘書閣盡經旬病，異味嘗來百草香。獨愧頑心猶未化，十年學道幾亡羊。

丹陽别王道思

久已廢逢迎，蕭然世外情。因君訪茅屋，相送到江城。遠岫雪中緑，寒流冰下行。可堪此時别，獨自返柴荆。

宿遊塘書懷

雨過草木好，夜來池館清。露蟲疑燭影，風樹答書聲。似瓠甘無用，爲膻厭有名。且師河上叟，毋使慮營營。

遊陽羡南山

到處暗杉松，多言路不通。却從青嶂外，轉入緑園中。谷口逢茶女，溪邊狎釣童。勿嫌疏散甚，吾亦是愚公。

題金山寺與僧惠傑

何處尋龍藏，停橈聽梵音。中流一塔影，遠樹萬家陰。僧定潮來去，月明江淺深。試將空水相，堪比慧公心。

暮春遊陽羨南山二首

洞口石縱横，流泉復有聲。柴門何處入，鷄犬自相迎。靈草知昏曉，時禽識雨晴。非因罷官久，誰得此閒行。

花落已成蹊，村村緑葉齊。一園通蝶戲，千嶂隔鶯啼。澗草多名蕙，山人舊姓嵇。窮歡猶未返，忽是夕陽西。

送白尉往湖州

君家太湖北，作吏太湖南。驛路鷄鳴近，山城樹影含。萬川疏沃野，百室競春蠶。幸此猶吾土，微官也自堪。

山莊閒居

身名幸自謝籠樊，白首爲農誓不諼。慣住山中知鹿性，數行樹下識禽言。巾車每許鄰翁借，書帙閒同道士翻。醉後漸看松月上，滿村鷄犬寂無喧。

再遊清溪莊值主人不在次韻

桃樹臨溪思不禁，扁舟重問草堂陰。西湖水落黿鼉石，南國霜清橘柚林。壟際流泉宜稻性，窗前過鹿解人心。憶君剪徑相迎處，今日蓬蒿又已侵。

題龍池庵

相傳伏虎禪僧開山處，山頂有龍井蜥蜴，見則雨。

遠遊爲訪白雲巖，轉盡孤峰路更南。龍見小身時出井，虎馴大士舊開庵。禪心客思俱潭水，古佛寒松共石龕。坐對老僧無一事，夜深相與説《楞嚴》。

贈庵中老僧僧解相人術少嘗遊歷江南晚歸庵中

早從祝髪事棲巖，爲禮名師每向南。業净六根成慧眼，身無一物寄茅庵。厨邊引澗寧須汲，松下翻經幾到龕。若使焚香能證道，前身應説是香嚴。

同萬鹿園宿工文庵次韻有贈

何處尋山不厭深，淡煙歸鳥暮鐘音。去家百里訝如客，別爾經年尚此心。宴坐清香滋夜氣，閉門殘雪映寒林。相從一宿應堪覺，機事何須問漢陰。

贈督府張半洲兼柬周中丞石崖

威名昔日動南荒，斧鉞重分定海疆。八鎮大臣承節制，六千君子備戎行。若營内險無如海，但練沙兵略用狼。師老寇深爲日久，佇看石畫一更張。

贈都督萬鹿園二首次思節韻

幾年枯寂學全真，一握兵機運鬼神。驕養義兒皆判死，灰心禪客亦投身。獨承利鏃生如剩，遍散黄金家益貧。直欲填橋跨滄海，先聲萬里走波臣。

寒宵清嘯雜征鼙，撫劍劉琨本善詩。開幕待降收死力，隔江遣諜刻還期。功須因敗番成巧，算恰當機不見奇。長子帥師今在爾，道傍築室莫輕爲。

贈俞虚江參將三首

將軍意氣夐無倫，感激寧辭血戰頻。手搏鬼夷嘗百種，身懸鯨海歷三春。掃空巢穴多深夜，奪得艅艎祇數人。此日渠魁當授首，策勛早見上麒麟。

昔破交夷尚少年，秘經曾自白猿傳。一軍盡署滄溟里，百戰常居士卒先。龍爲求群窺劍匣，蜃因吐氣護樓船。尋常嚙齒非無爲，不蕩三韓誓不旋。

絶島諸蠻次第芟，中宵蓐食理征衫。艙通木井三年水，檣轉銅烏萬里帆。軍斗稀鳴人莫犯，身衣常解士争銜。功成他日誰能頌，海上磨厓大字嵌。

楊教師槍歌

老楊自是關東客，短衣長軀棗紅面。千里隨身丈八矛，到處尋人鬬輕健。謂余儒生頗好武，一揖滚滚發雄辯。坐驚平地起波濤，蠕蠕龍蛇手中現。撥開雙龍分海嬉，攢簇兩蛇合穴戰。争先盡教使機關，縮退誰知賣破綻。目上中眉①猶自哂，綿中裹鐵那能見。滿身護著不通風，百步擲來激流電。飛上落下九點丸，放去收回一條綫。問君何爲技至此，使我凴軒神覞眩。答言少小傳授時，五步七步畫地踐。邇來操弄三十年，渾身化作枯樹竿。心却忘手手忘槍，眼前只見天花旋。乃知熟處是通神，解牛斫輪安足羨。因君亦解草書訣，君槍豈讓公孫劍。

① 原注：「《左傳》事。」

峨嵋道人拳歌

浮屠善幻多技能，少林拳法世希有。道人更自出新奇，乃是深山白猿授。是日茅堂秋氣高，霜薄風微靜枯柳。忽然竪髮一頓足，崖石迸裂驚砂走。去來星女擲靈梭，夭矯天魔翻翠袖。翔毯含沙鬼戲人，髬髵磨牙鷙捕獸。形人自詫我無形，或將跟絓示之肘。險中呈巧衆盡驚，拙裏藏機人莫究。漢京尋撞未趫捷，海□眩人空抃擻。翻身直指日車停，縮首斜鑽針眼溜。百折連腰盡無骨，一撒通身皆是手。猶言技癢試賈勇，低蹲更作獅子吼。興闌顧影却自惜，肯使天機俱泄漏。餘奇未竟已收場，鼻息無聲神氣守。道人變化固不測，跳上蒲團如木耦。

日本刀歌

有客贈我日本刀，魚須作靶青絲綆。重重碧海浮渡來，身上龍文雜藻荇。悵然提刀起四顧，白日高高天冏冏。毛髮凛冽生鷄皮，坐失炎蒸日方永。聞道倭夷初鑄成，幾歲埋藏擲深井。日淘月煉火氣盡，一片凝冰鬬清冷。持此月中斫桂樹，顧兎應知避光景。倭夷塗刀用人血，至今斑點誰能整。精靈長與刀相隨，清宵恍見夷鬼影。邇來韃靼頗驕黠，昨夜三關又聞警。誰能將此向龍沙，奔騰一斬單于頸。古爲神物用有時，且向囊中試韜穎。

海上凱歌二首贈湯將軍

偃旗休角寂無猜，百丈樓船泊不開。夜半賊營流矢滿，纔驚漢將是飛來。
錦紈愛子亦從軍，長鬣蒼頭總策勳。誰奪强王萬金首，帳前齊説小郎君。

南征歌六首

詔錫彤弓出禁城，良家六郡總從行。將軍舊佩平蠻印，校尉新開横海營。
漢皇有道伏羌胡，南粤何知擅一隅。萬里出師將問罪，不因大海富明珠。
月明吹笛武陵川，馬上行人望跕鳶。莫怕炎洲饒毒癘，一冬飛雪似胡天。
草木千山鼓角風，將軍牧馬夜郎東。靈臺向夕占星色，已報欃搶墮海中。
牂牁南去亂峰連，滇海藤江一帶懸。縱謂蠻封堪畫地，不知漢將若從天。
奏凱歸來拜冕旒，霍家襁褓更封侯。因風爲報單于道，漢闕方梟越尉頭。

塞下曲贈翁東厓侍郎總制十首

四月旌旃出白狼，千山晴雪照油幢。預知水草軍無乏，試辨風雲虜欲降。
三晉連年苦被兵，九重拊髀憶豪英。詔書更不從中御，萬里長城一委卿。

千金買士却何爲，一間過於十萬師。黠虜欲逃頭可購，名王未獵客先知。
太師昔日定南荒，親把長纓繫莫王。寄語老胡須自愛，射飛休得近邊墻。
梯懸半綆哨臺高，胡漢鄰家隔一壕。數日虜中無動静，吉囊東去戰黄毛。
虎翼龍蟠大將旗，逆驅流電走妖魑。陣前捉得胡王女，賜與營中厮養兒。
健兒白馬紫金鞦，不向沙場便酒樓。夜來一賭青錢盡，尚有囊中血髑髏。
邊人大半能胡語，胡騎年來亦漢裝。誰向青紅氈帳裏，單身縛得不花王。
少年意氣王千斤，鐵棒曾穿萬虜群。壯士從來不病死，孤兒今屬羽林軍。
君侯生長在炎洲，塞外層冰草木愁。祇憐軍士猶寒色，臘盡轅門不御裘。

古北口觀降夷步射復戲馬馳射至夜 古北有降夷十數家，男婦可四五十人，並潮河墻内居。

潮河北來幾千里，夾岸窟廬雜軍壘。傳聞漢官旌節至，驚咄歡迎競羅跪。抹額貂皮并繫腰，胡婦赤脚胡兒履。中有老胡能漢語，辮髪一條銀鼠尾。告言天暖弓力弱，箭垜乞移三四咫①。蹲腰搦目滿彎弧，箭箭齊奔月兒裏。當軒賜與錦纏頭，漢人喝采胡人喜。自矜長技正未竭，一躍上馬事馳突。珠帽半仄賣鼓邪，鐵驄驕嘶弄觥飢。可憐人馬如争巧，人藏馬腹馬人立。翻身倒卧馬背上，馬尾鬅鬆亂人髪。忽然馬去不聞聲，一路驚塵向空没。滿眼流星透煙霧，道是胡兒飛箭發。想見天山射雕時，意氣雄豪誰可越。騎歸人散悄無喧，卸却牙旗捲秋月。

①原注：「胡精於射，而不能遠。又弓解膠之時，跪告移垛稍近，蓋摸寫實也。」

山海關陳職方邀登觀海亭作

萬里群山盡海頭，誰築關城控上游。巨靈劈山鬼鞭石，英雄作事與神謀①。水壓蛟龍蟄深窟，陸斷貙虎潛遐陬。司馬分符來作鎮，坐銷奸宄護神州。夜半鳴鷄空獻計，橐中置人仍被搜。深秋邀我觀海樓，水潦初清海霧收。風恬浪細魚鱗起，隔岸隱隱見東牟。百年海禁頗嚴密，煙波莽闊無行舟。聖明弛禁濟饑窘②，米船銜尾浮群鷗。百船到岸一船覆，大利小害誰能周。遼人生不識舟楫，雲帆錯指旗上旒。午炊且飽盈瓶粟，夜卧免唱量沙籌。幾時醜虜忽東徙，遼薊騷然鬬不休。關外胡笳關内柝，婦女乘障夫虔劉。鴟蹲蛆食安可長，瘜肉不剪成懸疣。會須驅逐遠漠北，安得猛士挺長矛。昔人失却榆關險，腥穢中華千古羞。

①原注：「此關徐武寧築。」

②原注：「時遼人大饑，弛海禁，載米。」

喜峰口觀三衛貢馬

貢道走東胡，關門控北都。每逢金鏡節，來獻玉驄駒。酋長花當後，山川松漠紆。天衣沾蚪蟒，國馬出駒駼。乞賞孫隨祖，專兵婦代夫。珥璫珠錯落，褪褓錦氍毹。槃舞呈鞮革，侏言譯象胥。白狼回右衽，黑水作通衢。□□□□□，□□□□□。明堂端拱日，王會正堪圖。

石塘道中

高城落月雁飛斜，數畝沙田稻亦花。路繞曲河十八度，人棲磧石兩三家。堠煙山靄爭明滅，戍笛秋聲并慘嗟。聞道松亭遺探騎，時時愁被熟夷遮。

古北口城此城雄據山川蓋徐武寧之經略也

諸城皆在山之窈，此城冠山如鳥巢。鼓角千峰虎旅散，漢胡一路犬牙交①。熟夷生虜遞番覆，怪石崩川争怒號。到此令人思猛士，天山萬里縱鳴弰。

① 原注：「薊鎮一道，漢地與虜盡相交叉，如之字。」

宿黄厓營

棲棲終日旅邊城，夜向黄厓問古營。幾家戍鼓《漁陽摻》，聯騎鐃歌《薊北行》①。峽束雨湫高怒水，山凹樹竅激秋聲。躍馬壯年微志在，不緣此地客心驚②。

① 原注：「《漁陽摻》、《薊北行》皆樂名。」

②原注：「唐人薊門詩云『燕臺一去客心驚』，故反其言以爲結。」

曉發喜峰

客心流水與争馳，寒壘疏星度峽時。未返王孫猶草色，初來戍卒是瓜期。去鄉祇覺蟬聲似，出塞方知馬脊危。辛苦下情何計達，早年曾誦《采薇》詩。

入秋久矣餘熱尚在閏月十五日太平寨始見秋色

漫漫嵐氣半晴陰，摵摵庭柯葉亂吟。始覺孟秋雲物至，因知宴歲旅情深。孤鳶影跕寒岩草，鳴蟈聲連野戍砧。戈甲滿山乘塞卒，天驕何處欲相侵。

夜上石塘嶺關

白河入口石塘城，上流元自古開平。岩立星辰孤墮影，野清刁斗空傳聲。戍樓倚月横吹動，虜帳燒腥遠火明。魏將殞身曾此地，邊人話及尚沾纓①。

①原注：「正德末，魏參將祥被難于此。」

月下小坐書懷

滿庭圓月坐孤松，聊息塵機長道容。任俠早知同畫虎，談兵晚更笑屠龍。支離避疾猶分粟，洴澼乘時亦請封。蕙帳故山應待久，尚從長樂聽鳴鐘。

寄姜白二子

日閲軍容夜馬蹄，孤懷猶畏簡書稽。眼中親識皆夷貊，夢裏經營亦鼓鼙。畫省薰香行載槖，石渠校籍坐然藜。寄語雍容鳴玉子，可能相念到遼西。

副總兵馬芳芳陷虜中十二年而歸在虜中亦稱爲驍將

穹廬元以射雕稱，一騎常先萬馬騰。意氣肯甘胡地老，勳名終屬漢壇登。斫殘右臂方揮刃，殪盡追鋒未釋冰。歸自虜中還破虜，古來名將亦誰曾。

順義公館次壁間韻

虜入山前山後州，控弦萬騎此屯留。四郊壘壁猶餘警，十載瘡痍尚未收。野長蒿萊仍課馬，兵僉子弟更防秋。使臣多愧詢民瘼，自詠小東誰爲酬。

羅贊善洪先三十首

洪先字達夫，吉水人。嘉靖己丑進士，廷試第一人。授修撰，進左春坊贊善。疏請預定東宮朝儀忤旨，罷爲民。隆慶初，贈太常少卿，謚文恭。達夫罷官後，杜門講學，攻苦淡，煉寒暑，彎弓躍馬，考圖觀史，以經世爲己任。年垂五十，絶意仕進，默坐半榻，不出户者三年。事能前知，人奇而問之，曰：「偶然耳。」聞唐應德訃，哭始下榻。年六十一，疾作，危坐斂手而逝。於詩文，取材不遠，而託寄可觀，時人謂其早經廢棄，久處民間，往往深於致情，易於興感，殆亦近於言志者也。達夫没，人言其仙去不死，又數言見之燕、齊海上。蜀人馬生，好奇恢怪之士也。余遇之京口，謂余曰：「念庵先生不遠數千里訪公於虞山，得無相失乎？」余歸問之，果有西江老人，衣冠甚偉，仗策扣門，不告姓名而去。

昭君詞六首

長秋才引到簾前，名姓誰知外國傳。記得君王回盼處，肯令相識不相憐。

使臣何日發長安，乍到邊頭可奈寒。多謝監宮頻慰藉，得恩何似得歸難。

愁向胡天別塞垣，一聞南雁一銷魂。妾心縱得隨明月，解近君王不解言。

髑髏泉上髑髏殘，滿地黄雲覆草寒。遇得花枝那忍棄，棄時容易遇時難。
馬前雙臂海東青，擒得哀鴻不忍聽。我欲南歸無羽翼，問渠何事度龍庭。
黄金縱買毛延壽，玉貌當如薄命何。多少佳人怨憔悴，算來不屬畫圖多。

歸　田

疏賤何心與物猜，敝廬歸去正蒿萊。灌園漸解憎多事，種樹方知養不才。手録道經閒自誦，門臨秋水晚慵開。過從亦有鄰翁語，又喜寬租詔令來。

石屋贈彭翁　名簪，靖州守。

先生豈無慕，終歲卧丘樊。傍石結山屋，爲園近水源。春來時抱犢，月出自開門。再見三年後，嗒然忘所言。

輓羅汝奎兄弟

白雲已逐水東流，空有啼鵑送暮愁。窮巷誰題凡鳥在，殘書應伴蠹魚休。雙墳寂寂青峰雨，一夢悠悠素草秋。爲見桃花倍惆悵，春風何事不相留。

聞虜犯保定

天險飛狐道，人傳戎馬過。桑乾不可塹，三輔竟如何。晚戍烽煙隔，秋郊苜蓿多。無才資理亂，擊劍自悲歌。

雙江公分粟

一室蕭然不恨貧，生平意氣耻謀身。三年獨學非緣穀，八口爲家半仰人。博弈無能悲向老，輕肥與共愧推仁。盤餐何敢專來賜，分少還期遍比鄰。

壽外父太僕曾符翁時年七十九

十五年前學二疏①，自甘白首棄金魚。閒推《易》數因留住，懶對鄉人故索居。冠制喜從周禮後②，人材愛説孝皇初。伏生强健斯文在，暇日頻來問尚書。

① 原注：「公年六十五，九疏致仕歸。」

② 原注：「公戴復泰冠，云周時所制。」

重别何谢二子羅漢寺

寒催歸思欲辭君，去去臨歧不忍分。言向同心那有盡，酒當垂别自難醺。岸邊斑竹初收雨，江上青山已散雲。此地知君重往過，定攀庭樹憶離群。

别荆川

懷君歲歲苦相望，一月春風去住忘。臨發幾回留解橐，無言還似待傾囊。幸俱見索形骸外，恨不同生寂寞鄉。家住名津書易寄，莫緣諱姓懶題將。

訪隱原

入谷無機事，邀逢任所之。獨沿溪澗往，忽至夕陽期。峰影遥能辨，松陰坐屢移。暝來山下宿，殘月二更遲。

柬葉洞庵

江南煙艇十年餘，鼓枻寧嗟未得魚。淺水荻花閒自照，虚庭蕉葉卷仍舒。子桑無用悲餐飯，仲蔚還知愛敝廬。惟有故人稀見面，篋中時檢舊來書。

訪兩峰師泉梅園三舍山中

二月松華未上枝，石橋流水去遲遲。東家酒熟西家醉，山下客來人不知。

李將軍歌

五溪西南山刺天，千盤萬箐幽且堅。嵐腥水毒不可渡，昏昏白晝沉烏鳶。帝竄三苗曾此地，或云槃瓠居仍傳。魑魅過從喜得侶，山川感召生何偏。窄衫鬌髻號鬼國，腰鐮挾弩親農田。邇來跳梁犯楚塞，下令用兵垂十年。武陵屢奏南征曲，畢口頻移上將權。已聞調發牽兩省，況復節制同三邊。未見瀘水走孟獲，空留銅柱鐫文淵。將軍胄出西平王，忠武世業何煌煌。生來相貌似熊虎，口談韜略虯髯張。往時提軍入鎮筸，叱咤諸蠻如犬羊。時危正藉酬恩力，志奮寧須絶技長。即今頭銜比都統，兼報開府臨辰陽。胸中礌嵬富群策，胡爲噤不呻蘇吭。豈欲萬全報天子，伐心在謀不在强。老我無能抱圖史，梁翰濡毫發語狂。擬作五溪旋凱賦，且待將軍投報章。

春遊

春日川原曉望濃，東南山色翠重重。劉伶遊計常攜鍤，陶亮歸期每候鐘。四壁有家還似寄，一身多病遂成慵。臨蹊欲問漁郎路，落盡桃花但古松。

丙辰十一月六日與田莆洪元修王生養明族叔爾相族弟惟亨至洞别去幾二年矣慨然有懷

巖棲擬遠人間世，翻爲山深到日稀。石室雨苔還繡几，洞門秋草欲鈎衣。舊鄰餉客穿松至，幽鳥驚人繞竹飛。留謝煙霞寫青壁，此身來去本忘機。

寄朱鎮山中丞巡撫山東

青春瓊樹麗彤庭，玉斧登臺鬢未星。日近泰山多曉色，風行東海少塵冥。得年不用移齊粟，考牧還聞頌魯駉。鎮撫正資清静理，片言肯向蓋公廳。

有　喜

憶昔暗塵辭旅舍，三更羸馬踏冰川。豈知食藿言仍鄙，猶幸垂楊臂可全。萬事升沉千慮外，幾人離别廿年前。風波乍息漁歌起，誰向滄浪共扣舷？

新　正

鄰家爆竹五更殘，虚閣深松一榻寒。花勝又將春色至，蒲團只道共心安。篋餘舊曆身同棄，囊入新詩客未看。見説場師重梧檟，後園須更補闌干。

京貴書數至

無能自合老幽居，語及憐才只愧予。盡道惡聲麾仗馬，豈知察影縱淵魚。山中一飯嗟誰力，窗下多年伴古書。黄葉乍飛紅蕊發，春風何意費吹噓。

官軍謡　段都閫所將省兵四百，無一人援白沙者。

官軍四百數不足，衣甲鮮明好皮肉。朝遊江上簇軍營，夜向城頭攫人屋。縣官供應問遲速，虎符日日相迫促。白沙鄉兵禦奔突，兵家勝負多番覆。月落荒村鬼夜哭，橋頭一炬明於燭。剪衣誰作招魂曲，鈴閣將軍睡方熟。

永市　七月朔。

晚燒色何赤，愁如烽火然。幾人家尚在，百里信難傳。夕鳥孤飛處，秋山斷影邊。攙搶何日掃，不敢問遥天。

送女兄夫周龍岡

結茅依野樹，巷僻少來車。落葉滿庭下，寒山半雨餘。忽言京邑去，因憶貴交疏。問訊休相及，爲農久廢書。

後　園

南村雲雨北村晴，晴鳩雨鳩更互鳴。東風吹雨衣不濕，我在桃花深處行。

歲暮有懷聶公

野郭風煙歲又除，迢遥憐爾鬢毛疏。緹縈尚幼身難代，鮑叔相知力不如。酬酒但期强健在，沾衣時憶别離初。飛霜暈日千年事，槲葉窗前屢廢書。

山中雜詩

問我家何在，山深多白雲。巖前泉溜下，對語不相聞。

任司直瀚七首

瀚字少海，南充人。嘉靖己丑進士，廷對獻替剴切，天子親題其制策，一旦名動天下，與羅達夫、唐應德相上下。已而自吏部考功主事補春坊司直，兼翰林簡討，於是與應德、陳約之、李伯華肆力爲詩文，無何皆被譴去。少海閉門讀書，時從幽人文士徜徉山水間。道士彭幼朔告我曰：「少海入青城山，遇異人授鴻寶修煉秘法。家故貧，盤盂盆盎，皆點化汞銀爲之，燦然滿室，雖陶猗不是過也。同時熊過叔抑，亦好道家，服食煉形之書私諸篋衍者，家人莫得見。晚年目盲，世廟購求符法秘書，蜀撫臣訪之，熊氏叔仁紿其家，舉所藏悉焚棄之。至今蜀人談玄怪者，皆本任氏、熊氏。」

元日禁城十八韻

御律迴天紀，宸歡被物華。才人矜六博，貴主狎長斜。狗監通侯第，鷄閽内寺家。金鋪明屈戍，寶勝照流霞。闘舞文姬妙，徵歌小玉嘉。雄城森列戟，武帳匝高牙。建禮中郎署，鈎陳上漢槎。皺枚專代草，房魏並宣麻。都護弓捎月，嫖姚劍拂花。皇威清虎落，朔氣淨龍沙。包貢通蠻表，朝正度海艖。陳人藉靈寵，弭節奮幽遐。畫省新休沐，青門舊種瓜。星精躔五緯，澤國貫三巴。簡受文園賦，丹飛勾漏砂。棄繻終帝闕，伏枕即天涯。塵尾長門賜，詞頭近侍誇。草《玄》或不愧，音賞賴侯芭。

宿州陳愚猛士歌

君不聞夷門老生破萬卷，白首不入明光殿。南陽屠沽提數兵，轉盼揮戈下百城。桃哀國士兩丘土，鄧霍元功千載名。清朝明主重文事，七聖臨軒親賜制。暉章坐閱董南書，鹵簿導歸燕許第。武皇末年收官軍，上意不喜談空文。江東諸兒始講武，撚箭颯沓愁胡雲。宿州陳愚萬人敵，陰山射雕回霹靂。野戰才人百將壇，名家世捧降王檄。腥風西吹酒泉郡，胡沙犯月三重暈。安得突出一騎殺萬虜，生奪班超虎頭印。

病　懷

海甸逢南菊，殊方也自花。江淹新卧病，王粲老無家。皓月千門夜，秋風雙鬢華。還持石函記，勾漏訪丹砂。

留别岐州翟千户

岐侯拔劍舞清宵，秋滿樊川萬木凋。老去自吹秦鬣簗，西征曾比漢嫖姚。玉關許割桓伊郡，宣室難容賈誼朝。莫遣音書太寥落，世情人事正蕭條。

五丁峽別衡崑

峽天猿嘯萬山秋，御宿相逢轉别愁。後會知誰先白髮，清時勞汝問滄洲。胡牀對月此村夜，霜杵搗衣何郡樓。聞道西京最蕭瑟，可堪歸路曲江頭。

諸陵望幸

翠華巡幸寢園通，甲帳旌旗御氣中。河嶽萬靈隨駐輦，衣冠千仗扈行宫。詔傳梁甫親埋璧，聞道潯陽自射龍。海國天吴莫愁思，聖躬還似厭東封。

陳使君招飲閬州王宫

使君張樂前王地，廢殿秋生凈綺羅。蟲網階除聞玉馬，棘林風露見銅駝。霓裳響屧雙成舞，畫舸鳴榔百丈過。正自獨愁愁不歇，江關蕭瑟聽驪歌。

李少卿開先三十四首

開先字伯華，章丘人。嘉靖己丑進士，授户部主事，調吏部，歷文選郎中，擢太常少卿，提督四夷館。罷歸家居近三十年，隆慶戊辰歲卒。伯華七歲能文，博學强記。弱冠登朝，奉使銀夏，訪康德涵、王敬夫於武功鄠杜之間，賦詩度曲，引滿稱壽，二公恨相見晚也。嘉靖初，王道思、唐應德倡論，盡洗一時剽擬之習。伯華與羅達夫、趙景仁諸人，左提右挈，李、何文集幾於遏而不行。雅負經濟，不屑稱文士。在銓部，謝絶請託，不善事新貴人。已遷太常，會九廟灾，上疏自陳，竟罷歸。歸而治田産，蓄聲妓，徵歌度曲，爲新聲小令，搊彈放歌，自謂馬東籬、張小山無以過也。爲文一篇輒萬言，詩一韻輒百首，不循格律，詼諧調笑，信手放筆。嘗自序《閒居集》曰：「年四十，罷官歸里，既無用世之心，又無名後之志。詩不必作，作不必工。」自稱其集曰「閒居」，以别於居官時苦心也。所著，詞多於文，文多於詩。改定元人傳奇樂府數百卷，搜輯市井艷詞、詩禪、對類之屬，多流俗瑣碎，士大夫所不道者。嘗謂古來才士不得乘時柄用，非以樂事繫其心，往往發狂病死，今借此以坐消歲月，暗老豪傑耳。世宗皇帝幸承天，命少傅翟鑾巡九邊，議自遼東始，伯華請間曰：「京師密邇邊塞，藩籬單弱，虜飈迅可至。今車駕在江漢，公奈何遠去京師，令緩急不相及，豈主上倚任之意乎？公宜往白宣、大，次及諸邊，此聲實相副萬全之畫也。」翟公矍然拊手謝曰：「老悖不知大計，微君幸教，幾失之。」卒改行，如其策。曾兩使上谷、西夏，訪問軍情苦樂、武備整廢，慨然欲以功名自見。罷歸衰老，不勝慨嘆，作《塞上曲》一百首。又通集古人塞上詩爲一編。其老而益壯，不甘自廢如此。

富村翁

家世本山丘，事業惟田疇。經年一到縣，半生不到州。赴齋乘牝馬，宰社椎肥牛。熯乾一雨足，談笑復歌謳。多收十斛麥，心輕萬户侯。黍穀歸倉廩，高聲便唱籌。曆書不會看，何以辨春秋。花開是春種，花落是秋收。晦前月如盤，朔後月如鈎。胸中無别慮，身外復何求。吾惟曾作吏，浸淫有智謀。若是終田舍，此老共爲儔。

歸休家居病起蒙諸友邀入詞社

諸友俱能作，如吾何所知。强推爲會長，深愧不相宜。《玉樹》多悲調，《竹枝》亦俗詞。口占南北曲，即席付歌兒。

范張二姬彈箏

豢養小雙鬟，搊箏特入玄。雁排金粟柱，鶴唳紫絲絃。誤免周郎顧，音由秦女傳。席前看指撥，纖手更堪憐。

春夜

寶鴨香初泛，銅龍點漸加。睡輕聞雨竹，情重惜風花。無語梁間燕，未啼城上鴉。春宵太寂寞，攲枕待朝霞。

春日雪宴

雪宴聚名姬，旋教春雪詞。歌喉雜鳥弄，舞態蕩蛛絲。樂歇呵纖指，軒明映玉肌。煙花卿寄興，良友莫相疑。

鞦韆

索垂畫板横，女伴鬬輕盈。雙雙秦弄玉，個個許飛瓊。俯視花梢下，高騰樹杪平。出遊偶見此，始記是清明。

早春即事

柳半青黄葉欲舒，雪殘又是雨晴初。帶耕且讀陶潛傳，種樹頻翻郭橐書。每撫雄心還自笑，羞將鶴髮對人梳。真如生計惟春日，罷吏爲農十載餘。

元夕邀客賞燈兼聽箏笛二樂

上元又是新年節，狂客高歌醉不休。橘酒生春連百爵，蓮燈照夜足千篝。風前鐵笛驚三弄，月底銀箏試一搊。聽徹《落梅》兼《出塞》，居人自是不關愁。

除夕有感

少年不覺歲時遷，老景偏於除夜憐。前此宵分爲次日，今番坐久是新年。雪中偏覺梅花艷，燈下頻將竹葉傳。不荷湔除多罪譴，當朝侍從久歸田①

① 原注：「國制：每於除日覃恩，湔除京職之有罪過者。」

戊辰元日

六十餘齡兩戊辰，今辰猶是未衰人。青藜杖棄長行健，緑柳條新遠望真。早起書雲聊卜歲，不須曝日已知春。林居朝闕同鄉老，尚憶當年拜紫宸。

村遊晚歸感懷

青山銜半日，别去莫淹留。煙斂孤村晚，蘆殘兩岸秋。僧歸山後寺，人倚夕陽樓。籬菊寒猶艷，鄰牛夜不收。傒奴爲候吏，鴑騎勝鳴騶。世態如雲變，年光逐水流。塞翁非失馬，莊叟嘆犧牛。横笛吹新恨，寒砧搗舊愁。食場駒皎皎，在野鹿呦呦。謗以虚名起，官因愚直休。心長馳北闕，衰不夢東周。日損潘郎貌，霜凋季子裘。詩慚何水部，狂學白江州。鴻寶終須獻，明珠且莫投。山精何處採，石髓杳難求。無論朝中客，閑人亦白頭。

古意

人生亦自有羈棲，不但城頭烏夜啼。三匝飛鳴無定所，一枝何有上林期。

秋深村况三首

農休事簡人多醉，風静秋深蟲獨喧。城市自然閒客少，過時不見款柴門。

近交誰復是良朋，一半山人一半僧。落葉滿階風自掃，危樓乘興月同登。

天氣秋高正泬寥，海風雖急不終朝。幾畦叢菊如雲爛，兩岸蘆花似雪飄。

贈致政司諫劉後峰二首

人散燈殘睡正濃，驚迴曉夢思重重。攬衣攲枕從容聽，野店鷄聲野寺鐘。

客欲遊山數日迴，囊琴絡酒緊追陪。道傍偶爾逢樵父，試問黄花開未開。

雪霽夜寒

氣結雲凝雪不晴，雪晴觱栗朔風鳴。縱教受盡三冬冷，赢得虚窗一夜明。

塞上曲一百首録一十四首

晝讀兵書夜枕戈，少年猛士出三河。乘時欲取封侯印，可奈天驕力請和。
已過瓜期不放班，天寒路遠淚潸潸。交河北望天連海，朔野南來雪滿山。
風急營中忽夜驚，誤將軍出獲胡兵。黄龍戍卒歸無日，白馬將軍幸有名。
能令明主坐銷憂，百戰功高獨不侯。冬冷春和俱入寇，三軍豈但只防秋。
堂上張燈酒正豪，帳前駿馬縮寒毛。忽聞羽檄傳來急，上馬酕醄弄寶刀。
無虜到來傳炮火，有人行處斷炊煙。虚驚自是尋常事，墩堡堪憐不似前。
探踪偶爾近龍堆，黑霧黄雲凍不開。林外驚聞鳴鏑過，始知胡騎射雕迴。
不經大挫不知懼，怪得胡兒犯順多。復套既然蒙重戮，搗巢罪復合如何。
黄河萬里障邊隅，黠虜年來謀計殊。不用輕帆與短棹，渾脱①飛渡只須臾。
久廢屯田已可憂，鹽銀年例總虚浮。兵疲難守黄河口，況敢長驅青海頭。
虎旅紛紛列虎牙，龍庭漠漠走龍沙。未交八月先飛雪，已盡三春不見花。

轅門士卒衆還雄，更羨車攻馬又同。自是經營能竭力，新來節制免從中。
城壞鳩工早築城，練兵不必請添兵。細磨深刻燕然石，首列平胡大將名。
破虜山前今再經，曉行尚有兩三星。日高始辨朱旗色，風起猶聞戰血腥。

① 原注：「音駝。」

田家樂二首

四十歸田已是遲，田家樂處有誰知。鶯花作主今朝事，鷄黍邀賓隔歲期。
田邊緑樹是吾居，行坐歌謳不著書。莫笑老農滋味薄，釣來盈尺有溪魚。

附見　袁通判公冕一首

公冕號西溪，章丘人。舉人，通判。弟崇冕，以布衣終，善金元詞曲，有《西野老人樂府》，王渼陂、李中麓亟稱之。

十月始見菊

怪爾清姿消瘦盡，冷風疏雨亦凄其。玄冬乍見真成晚，白首相期亦未遲。雲暗郡城愁獨坐，日斜鄉國望移時。樽前摘索原因醉，燭底歌吟轉更悲。

附見 喬長史一首

《中麓集》有《次喬松菊長史醉楊妃菊》詩。

詠醉楊妃菊

裊娜嬌姿不耐霜，芳根移得在朝陽。帶將春色三分艷，散作秋陰滿院香。傾日尚疑聞羯鼓，臨風猶似舞霓裳。祇愁野鹿偷銜去，寂寞梨園空斷腸。

趙僉都時春三首

時春字景仁，平凉人。年十四魁關中。十八中嘉靖丙戌會元，選庶吉士，出補兵部武選主事。極論時政闕失，下獄，放歸。召補編修，兼太子較書。上疏請朝東宫，又放歸。北虜犯邊，起領民兵，自副使超拜山西巡撫、僉都御史，罷歸。景仁慷慨磊落，抵掌談天下事，靡不切當。以邊才自負，遇戰陣被甲躍馬，身當虜衝。屏廢家居，每聞警，未嘗不投袂而起也。《浚谷集》詩六卷，大率伸紙行墨滚滚而出，伉浪自恣，不嫻格律。李中麓云「浚谷詩有秦聲」，信然。

河西歌三首

洮水黄河接塞流，南山插隴入甘州。山河本自分戎夏，誰遣殘胡西海頭。
十萬嗚弦小十王，曾驅叛寇入河湟。青海便爲胡部落，赤斤元是漢封疆。
冒頓驅降過月支，蟠成右臂盡西陲。玉關驛路纔如綫，可念河西十萬師。

呂少卿高[一]三首

高字山甫，丹徒人。嘉靖己丑進士，授户部主事，調兵部，歷車駕司郎中，陞山東提學副使，轉行太僕少卿，以大計罷官。嘉靖初，朝士有所謂八才子者，晋江王愼中道思、毗陵唐順之應德、富順熊過叔仁，慈溪陳束約之、南充任瀚少海、章丘李開先伯華、平凉趙時春景仁，而山甫亦與焉。山甫没，伯華爲立傳，序其遺文，評騭諸子之長短，以雅致稱呂，而又云：「呂自謂失之方板，今呂所傳《江峰稿》者似不堪與諸子驂乘。而景仁、叔仁皆以文筆著，叔仁文章奥博，不欲居王、唐下，惜其詩集散佚不傳，問諸其後人，亦亡之矣。」嘉靖末，王、李諸人號「七才子」，「八才子」之名遂爲所掩。然而八子者，通經史，諳世務，往往爲通儒魁士，以實學有聞，以後七子方之，則瞠乎其後矣。

〔一〕「少卿」，原刻卷首目録作「提學」。

和趙庫部元實景雲篇

卿雲鬱鬱覆中天，爛結緋文五色鮮。光泛紫霄流鳳蓋，影垂金闕照龍旂。漸看捧日歸仙掌，故欲從龍臯御筵。此日仙郎揮藻賦，蓬萊親獻沐恩篇。

省中直宿

疏星歷歷露爲霜，獨宿瑶宫夜未央。樹色暗浮天仗外，香烟遥接御爐傍。鈞天月上聞長樂，玉漏風移出建章。不遇武皇行幸日，空憐頭白滯爲郎。

暮秋述懷

瀟瀟寒雨對高秋，寂寂空床擁敝裘。歸向鈞天頻有夢，挽回滄海獨無謀。平生頗愛任公子，末路方思馬少游。珍重故人招隱意，家園南郭可淹留。

劉重慶繪一十首

繪字子素，一字少質，光州人。嘉靖乙未進士，授行人，選户科給事中，改刑科右給事，出守重慶，罷歸。子素長身電目，高准修髯，好讀左氏、縱横家言，擊劍蹴鞠，挽六鈞弓，撾鼓亢歌，喜通輕俠。計偕入都，滏陽王生引少年數十輩逆之邯鄲道上，校獵縱酒，聲滿燕、趙間矣。成進士，與李開先、唐順之、趙時春爲文章意氣之交。在省垣，值貴溪用事，抗疏詆諆，上頗是之。貴溪度無以難，乃遣客李寶以相術來説，子素怒，捽寶柱下。已而從給舍壽貴溪，貴溪手玉碗行酒，子素揮其碗碎地，客盡驚出，明日疏夏十罪，不報。六月朔，晝晦，上大恐，問天官主何占，子素引《漢書》對，請去言以塞天怒。明日，遂逐貴溪。守重慶三年，郡中大治。會貴溪再相，嗾南省論罷，乃浚治陂池，種魚十萬頭，堤樹千章，盡有蒹葭菱藕牛羊豚豕之利。又責僮易鹽鬻馬，課其入息，身與俠少年射獵熊山下，得禽置酒，自撰歌曲，以娱其母。晚年酷好樗蒱，病瘵以死。子素喜譚兵，以不得一試爲恨。守渝時，識張佳胤於諸生，令與其子黄裳游，黄裳亦舉進士，任俠，監軍東征，功名不及張，其豪宕亦略相似云。子素文章雄健可喜，其詩才氣奔騰，而風調未諧，多生獰奡兀之致。皇甫子循叙其集云：「先生應詔諸疏，經術文章，可謂兼之。若騷賦詩歌，則固北海餘聲，宣城寄興，非所專好也。」知言哉！

緑水曲

杏雨紅初散，楊烟緑半消。日上金妝麗，風迴繡帶飄。含情聽燕語，泫淚惜花嬌。流瑠波影裏，明月蕩輕橈。

春遊曲

春光九十日，一日莫虚過。雪映疏梅影，風雜早鶯歌。蘭橈戲雨沼，玉騎踏香莎。名姝調麗曲，飛觴莫厭多。

春夜省内寓直

月轉周廬映宿光，烟飄漢署引仙郎。初披御府黄門被，已接天衣侍女香。窗前鐘報知長樂，户外鈴懸是建章。銀浦初飛披南館，羽林宿衛周廬滿。司隸陳兵入禁齊，相君留對歸家晚。珠箔高褰動閣鈴，金鑰乍懸傳漏板。虎觀氤氲雲半遮，龍池嗚咽水全斜。澹澹碧天遥度雁，盈盈宫樹暗藏鴉。露滴天街應髀柳，風迴上苑想飛花。丞郎清切連華屋，夜深尚剪芸窗燭。起草誰爲諫獵章，抽毫並和陽春曲。天長地久頌堯年，萬國歡騰侍御筵。共道《韶》音博士奏，還聞珍膳大官傳。慚愧小臣空食禄，明朝宴會賜金錢。

元夕同雜賓里中觀放煙火

銀漢低回度月華，瓊鈎寶柱縮燈紗。宛轉縈煙隨繡騎，徘徊照影逐香車。飛甍遥望如平樂，曲巷相逢似狹斜。百枝然火龍銜燭，七采絡纓鳳吐花。鳳花龍燭光雲陌，孌童艷女連歌席。荷蓋亭亭葆羽翻，芝幢渺渺蘭輝熚。鴛鴦閣上舞飛仙，悲翠屏前淹醉客。摐金叠鼓轉層臺，絳火銀花映雜苔。乍見朱塵連霧捲，還看薰燧亂星回。赤熛忽掣金繩斷，丹洞齊烘玉瑣開。蟠空百丈靈虬繞，簇幔千行紫蝶來。紫蝶飛飛散簾箔，流螢的的穿高閣。電影迎前霹靂驚，瑶光綴後天花落。扶桑波上浴奔鯨，蕊珠樹底翻丹鶴。毒瘴熏時解麝膏，殘霞剪斷飄芳藿。麝膏芳藿夜將闌，蔓延劇戲幾回看。鐵鋏爐銷歌曲轉，銅荷溜滴舞衣單。鵲飛玄渚星河没，龍口流珠漏水寒。遥思内苑鰲山起，噴煙射火春宵裏。千旗萬隊繞西城，地轉天回連北里。豹脂熊髓照無休，寶炬輕煙散五侯。羽林宅畔龍媒集，虢國園中鳳蹕留。翠焰金砂長夜宴，火桂炮鸞拂曙收。魚眼摇燈半明滅，虹梁霞縷黄昏徹。繁華富貴目前歡，却笑媧皇補天裂。可憐劉向只窮經，夜月春風不繫情。翩翩公子嘗相問，草閣囊螢誤一生。

送王經歷之羽林

君不見玉關連日羽書飛，爲報驕胡不解圍。雲沙壓塞迷宣府，烽火連營照武威。將軍折節延籌策，謀客盱衡論握機。旌旆摇摇出鳳京，日光塵色壯君行。玄月飛霜開玉帳，黑山乘月動金鉦。長驅已見嫖姚將，畫計今傳阮瑀名。少年我重孫吴略，常憶臨戎度沙漠。躍馬生禽老上歸，彎弓仰射旄頭落。只今送君氣轉騰，始覺雄心未銷鑠。我有龍文寶劍名，湛盧欲得單于頸血塗。雪花片片未曾試，把君仗之西擊胡。男兒立功豈必上麟閣，不報君仇非丈夫。

初春簡喻大定之陳三公美并遊春諸公

凌旦尋春處，莫言花未開。仙人碧玉館，艷女紫雲臺。一醉連歌去，千金買笑回。風光已相待，數遣曉鶯催。

月季花

緑刺含煙鬱，紅苞逐月開。朝華抽曲沼，夕蕊壓芳臺。能鬭霜前菊，還迎雪裏梅。踏歌春岸上，幾度醉金杯。

麗人

秦姬小字杜蘭香，春艷妝成照杏梁。笑點山櫻初摘絳，鬟含翠羽半分黄。飛裙怕看蟬腰折，轉扇驚聞鳳曲長。指下慵彈碧玉調，眼前不見侍中郎。

賞花送客遊江南

喧笑攀花會，悲歌悵别期。明年賞花處，只恐動春思。

池上梨花

裊霧香魂暗，凌波素質嬌。可憐流雪影，半逐杏煙消。

吳參議檄一首

檄字□□，桐城人。嘉靖己丑進士，兵部武選郎中、湖廣參議。李開先《游海甸》詩序云：「嘉靖乙未三月，王遵岩謫判毗陵，武選吳皖山檄、呂江峰高、熊南沙過、翰林唐荆川順之、陳後岡束，禮部張少室元孝、李克齋遂及予共八人，餞之海甸。望日，出阜城門，至則荒凉殊甚，蓋張昌國以癸巳罹禍，已三年矣。亭臺傾圮，惟水聲潺潺，不異舊時。酒酣賦詩，皖山先成，意高辭雅，不減唐之名家。次日，夏桂洲遂劾張、李二司屬無事慢遊，下獄，未久，七人相次罷謫，皖山幸而獨免。詩卷歸予手，事如隔世，而人多下世，愴然作序，不惟感諸友之易消歇，而且嘆大臣之善傾陷也。」嘉靖初海淀之獄，與蘇子美諸人監院飲酒之事大略相似。貴溪恃寵忮橫，一至於此。西市之禍，豈不幸哉！華伯記此事，有關於國論，故詳著之。

春日過張侯園亭

五侯臺榭競芳菲，三日花深車馬稀。絃管不從流水奏，綺羅應化暮雲飛。空聞玉饌分天府，曾睹金葩捧御幃。借問樓前桃李月，從來此地幾人非。

昌國在孝宗朝，科道交章論劾無虚月。欽命置酒陪禮，傳諭守科及該道接本者俱赴席，臨時又賜御物助杯盤，翌日謝恩本上，而劾本亦上矣，故此詩有「天府」、「玉饌」之句。

列朝詩集丁集第二

張宫保治一十四首

治字文邦，茶陵人。正德庚辰會元，改庶吉士，授編修。以贊善使交南，以吏部侍郎掌院，以南京吏部尚書入爲文淵閣大學士，加太子太保。世廟在西内，召輔臣入直，撰科書，忽忽不樂，遂發病卒。上銜之，賜下謚曰文隱。隆慶初，改謚文毅。歸有光其所取士也，改謚時，有光以中書舍人管内制，故其詞甚美。有《龍湖詩集》行世。

萬壽節朝天宫習儀二首

曲檻通丹室，長松鎖翠煙。樓臺凌絶巘，鐘磬發諸天。瑞莢生堯日，緋桃入漢年。君王有明德，萬壽應高玄。

看佩移宵燭，聞鐘候曉鷄。鼓嚴千隊肅，嵩祝萬聲齊。鳳吹隨金仗，龍宫隱玉題。回看天北極，香案五雲西。

廢寺

古寺饒蒼苔，斷礎委蔓草。秋高木葉深，霜重池荷老。日光穿雲來，竹色不可掃。世代成古今，惻然傷懷抱。

清溪阻雨

客愁已若此，况聽雨聲多。潮氣連滄海，江光涌白波。暝雲低野度，濕鳥掠船過。咫尺齊山色，蕭蕭鎖薜蘿。

秋日登城樓用南田韻

域臨孤壁迴，樓出萬峰開。域勢銜天闕，江形抱楚迴。野風吹日落，霜雁切雲哀。直北長安道，憑軒首獨回。

發茶陵別諸親舊

行行離故里，灑泪別交親。明發過湘水，應爲更遠人。雨侵山樹曉，花落莫江春。何事懷簪組，風塵白髮新。

秋懷酬泰泉學士

花下疏鐘靜，天涯獨客愁。功名揚子閣，詞賦仲宣樓。杜若滄洲雨，春潮野渡舟。有懷吾共汝，雙鬢又逢秋。

江宿

移舟初極浦，倚岸即斜曛。澹澹月臨水，微微星出雲。流螢散高影，暗水聚寒紋。山雨夜深至，凄然不可聞。

草市廟

登臨猶不倦，倚杖更山扉。舊壁龍蛇落，空堂蝙蝠飛。雲香流別澗，樹影動深磯。便欲招仙侶，青天振羽衣。

秋郭小寺

短髮行秋郭，塵沙記舊禪。長天依片鳥，遠樹入孤煙。野曠寒沙外，江深細雨前。馬蹄憐暮色，藤月自娟娟。

道場紀事

黄髮真人戴玉冠，身騎金虎佩蒼鸞。俯窺日月行丹極，貪禮星辰拜石壇。幡影一庭仙掌净，鐘聲萬户綵雲寒。朝元初罷千官下，碧宇沉沉夜未闌。

登石鐘山望廬山

廬嶽亭亭翠萬重，懸泉千尺挂飛龍。石鐘山下江如鏡，映出青天五老峰。

雜詠二首

大明宫闕九天開，中使傳宣殿裏來。紅玉雕盤宫錦覆，上公含笑賜金回。

望湖亭下水如天，曾是宣皇賜幸年。玉輦不來梟雁冷，一湖楊柳鎖春煙。

童庶子承叙八首

承叙字漢臣，沔陽人。正德辛巳進士，翰林庶吉士。歷官左春坊左庶子，以病乞假，卒於家。有《内方集》十卷。庶子與茶陵張治、莆圻廖道南，並以世廟初元入中秘，世廟以從龍侍臣遇之。張登宰執，而童、廖止於宫僚。廖才名甚著，其詩尤蕪淺不及録。

雨中送駕和研岡二首

春祀瞻陵廟，宸遊出帝城。豐隆扶翠輦，屏翳抗龍旌。柳色迎鑾細，鶯歌向蹕清。寢園佳氣合，馳道瑞煙平。沙軟千官擁，泥香萬騎鳴。精禋勞聖主，數傍碧山行。

法駕開雲幕，慈闈擁萬城。社煙隨采仗，谷雨落青旌。春豫流鮮澤，皇遊覽太清。沾衣知寵渥，潤物感昇平。山繞鑾輿浄，泉當帳殿鳴。傳宣戒龍舸，還泛玉湖行。

臨清公署作

萬家樓閣抱城阿，武帝旌旗向此過。不見鳳笙吹别殿，空聞龍舸駐清河。水寒沙碧生冰雪，華榭歌臺長薜蘿。共道於今遊幸少，豹房虎圈月華多。

宫詞四首

曉向君王賜賞還，長街一字佩珊珊。白頭宫監呼名姓，换入迎春第幾班。

不眠常問夜如何，殿角風鈴響漸多。記得一聲《河滿子》，低低燈下學人歌。

蛾眉掃罷去朝天，正值官家例散鮮。見説羊車隨意到，不教中使口宣傳。

三三兩兩不知愁，結束羅裙學打毬。傍晚忽聞天樂近，分明只在殿東頭。

曉渡玉河橋

百尺飛梁煙霧生，雕闌玉寶綺羅行。御溝月露生秋興，駐馬垂鞭聽水聲。

李太僕舜臣一首

舜臣字懋欽，一字夢虞，樂安人。嘉靖癸未會元，除户部主事，改吏部稽勳。歷考功員外郎，養病得請，補户部，出爲江西提學僉事，召拜南國子司業，轉尚寶司〔一〕。在外在南凡八年，始召爲太僕卿，因廟災自陳，未履任而報罷。閑居二十年，屢薦不起。懋欽與章丘李伯華才名相頡頏，並繇吏部左遷，並以京堂罷免，皆爲嘉靖初權貴人所齮齕。伯華家居，縱酒度曲，頹然自放。懋欽壹意經術，《易》、《詩》、《書》、《三禮》、《左傳》，分日讀之，每六日一易，其指歸在《爾雅》，質以篆、隸、《廣韵》及陸德明《音義》，各有注釋，部分秩如也。伯華後懋欽兩科，而致仕先於懋欽。會則夜數易燭，離則月不乏書。有作必走使相示，兩人學業不同，而志趣訢合。今三齊之士屈指先輩有名人，必稱二李。

〔一〕「司」，小傳本作「卿」。

過友人郊園

暇日薄言出，郊原列薜羅。爲將芳草歇，亦是别君多。即檻看紅藥，開尊面緑荷。晚來煙徑上，率爾遂長歌。

蔡左都經〔一〕二首

經字廷彝，復姓張，侯官人。正德丁丑進士，以南兵部尚書總督浙直御倭軍務，改左都御史。趙文華視師，言其畏巽失機，玩寇殃民，逮至京論死。追謚襄愍。國史於經之被逮，力言其功爲文華、嵩所譖冤死，而東南之論殊不然。永陵史出江陵手，傳聞異辭，不可以不覈也。

〔一〕「左都」，原刻卷首目録作「總督」。

秋江晚望

沙頭雲樹鬱依依，晚稻吹香紫蟹肥。露白秋江鷗一夢，月明寒樹雁雙歸。蓬窗剪燭孤彈劍，草屋禁風静掩扉。滄海十年空短鬢，青山未返薜蘿衣。

望九江城

隔江遥望九江城，零落人家煙火生。此日不知雲鳥陣，昔時曾動鼓鼙聲。三軍已拔洪州幟，萬里空勞鎮國兵。西土鶯花今寂寞，北陵回首淚縱横。

黄少詹佐五十八首

佐字才伯，香山人。正德庚辰進士，選庶吉士。授編修。出爲廣西提學僉事，棄官歸養。東宫立，召爲左司諫，遷侍讀、諭德、國子祭酒。母喪服除，拜少詹事兼翰林學士，推吏部右侍郎，言者忌之，劾罷。贈禮部右侍郎，謚文裕。才伯髫齔以奇雋名，及入翰苑，博綜今古，著書凡二十二種，究心於理學經濟，而修詞掞藻，傑然争雄藝苑。嶺南人在詞垣者，瓊臺、香山，後先相望，而梁公實、黎惟敬皆出才伯門下，於是南越之文學彬彬然比於中土矣。才伯有《漫興》詩，落句云：「倦遊却憶少年事，笑擁如花歌落梅。」自注云：「欲盡理還之喻。」王元美云：「此公作美官講學，恐人得而持之故也。」今刻《泰泉集》不入此注，故附記之。

鐃歌鼓吹曲二十二首有序

正德十有五年秋，宗室以寧殲於九江，歸於豫章，就俘，將告於甸人。皇帝猶自將討之，以將軍泰爲副游擊，將軍彬、閽人忠前驅，所至無不電驚雲駭者。七萃之士，靡不懷歸臣佐。謹撰《鐃歌》，冀有聞焉。

朱鷺，姚以般，從以孔。蓋車班班，北至榆林，南逾淮之水。駕之日千里，鷺飛得飛止。茄下游魚頳其尾。皇帝飲酒愷樂，壽無極。

朱鷺一章十一句

思悲翁，梟子雄。美人夢，翁也從天以來下。悲翁之來神靈雨，子朝以飛，暮何於處？猗嗟嗟，松柏蕭蕭泰陵樹。

思悲翁一章十句

艾如張羅，畢以羅雀。飛避旃，將誰何？雀以飛羅，罹之鉦鐲。何以爲嗟，將問誰？又何以爲嗟？此者誰卿，道不鼓絶聲。白雲上天，日月其明。

艾如張一章十三句

上之回，大驅馬。汙霑野草，百里赭。行以北，美不從，不駕舍。行以南，美人泣，不旋駕。左平虜，右寫亦豫章。率服威武，誰與敵？

上之回一章十四句

擁離在朱巷，珂馬避之誰者往？前有宮殿詄蕩蕩。箭火飛，從天門。道傍謳者野遊盤，萬年行樂誰不歡。

擁離一章七句

戰城南，分戰疆。運握奇，陳八方，鎧甲紛員衷士黃。龍江之水，洪湯湯，馬得飲之人不敢嘗。馘囚鄉晨解其縛，犒以錢刀，暮用爲樂。願爲忠臣死報國。

戰城南一章十二句

巫山高，高若何？淮水繞之，不可以過。駬驄父馬錦障泥，我欲渡之，徘徊而驕嘶。陽臺有女居迷樓，愛而不見煙雲愁。胄有蟣虱，户有蚺蝛，嗟我行役，今還歸。

巫山高一章十三句

上陵以遊遨，下津駐旌旄。問君從何來，來從朔方渡淮濠。軨獵爲君車，駕以赭白馬。鼓聲琅琅漏初下，手格飛禽血四灑。户寐而訛絶行者，宫監盱駭走且僵。玉盤薦食君莫嘗，當天鳴鏑射兔獐。須臾白日出東方。

上陵一章十三句

將進酒，君莫辭，何以侑之虎撥思。薦嘉殽，陳雅詩，群桀既剪江無螭，時邁其德隆天基。

將進酒一章七句

君馬黄，臣馬玄，狹斜相逢不敢前。黄馬馳，玄馬逐，後噴沙，前噴玉。副以江許翼兩張，翩翩倏如流電光。周有穆滿今聖皇，君臣布德周萬方。

君馬黄一章十一句

芳樹生蘭池，華葉何芬敷，鸞鳳去之棲者烏。嗟我西秦氏，家有蕩子焉爲夫。烏乳且哺生有雛，嗟嗟蹇爾胡乃無。帝何爾惜金僕姑？

芳樹一章八句

有所思，思我母慈，身上錦衲襠，母身清寧壽以眉。日夜要𢹂之，於今化爲緇。嗟我乃多攜離，水流東海歸何時，嗟我會面安可知。晨鷄鳴，鳴不已。東方明星光動地，照我驅馳走千里。

有所思一章十三句

雉子班，行可思，雄求山粱雌從之。羽短何繇飛，流宕原澤中。雉子雊以遨，翁孺知之，思美其膏。白龍化魚，罹彼豫且。視子所止，乃非丘隅。謂之載之我有車，雉子去，我將安所如？

雉子班一章十五句

聖人出，龍翩翩。美人出，以管絃。千旌萬騎雄哉紛，四家從以部領軍。舞劍浮白，觴我鎮國。陳秘戲，樂復樂。

聖人出一章十句

上邪，下狹山童不可獵。射黿向江江水竭，願皇垂拱開明堂。鋪仁獲政和陰陽，千秋萬歲長樂康。

上邪一章六句

臨高臺，望泗與淮。言采其芑於水涯，誰其殖之感我懷。奮戎東南遜以北，無以逸欲臨萬國，生民何依依我德。皇祖在天，敬哉有赫。

臨高臺一章九句

遠如期，駕馬以出門，跀步不可知。林有虺，水有蜮，短狐封狼肉，人以爲麋，萬里吁可悲。有杕之杜喬其技，皇人壽穀今旋師。

遠如期一章十句

石流江怒，烏龍萬斛，不可以渡。江怒石流，萬斛烏龍，不可以浮。神怪隳突衛皇蹕，皇濳以躍躍復出，於萬斯年保貞吉。

石流一章九句

務成昭，惟唐堯，欽明秉德群后朝。建禮縵縵歌慶霄，屈軼在廷豐不雕。茅茨土階以逍遥，望雲就日誰敢驕。

唐堯一章七句

玄雲油油，北風肅肅。震電曄曄拔大木，雪雹須臾及牛腹。驅車隨鑾走折軸，關弓射天中鴻鵠，酌金叵羅奏蕃曲。

玄雲一章七句

伯益虞有虞，智周百物，禽用三驅，無爲而治永終譽。皇帝孔武，徒手搏雕虎。去其爪以蹲㚕，腓皇於後實率舞。筍皇之勇駭萬人，山川寧，鳥獸馴。

伯益一章十句

釣竿何珊珊，不如罟網賢。鰋鯉何簁簁，不如鮪與鱣。網罟一舉獲者千，彼鮪與鱣潛深淵。嗟鱣與鮪終棄捐，金瓢進御烹小鮮，兜離歡呼壽萬年。

釣竿一章九句

詠志六首

棲遲衡門下，向夕絶來鞅。輕風蕩微月，玄景振清響。遊心觀物化，閒庭恣偃仰。蒼蠅以翼鳴，營營在蛛網。鴻雁隨陽飛，一覽八紘廣。

朱火照玄夜，耿耿懷平生。雲漢經中天，爲章竟何成。瀟瀟風雨歇，引領晨鷄鳴。褰帷納素月，悠然鍾我情。

大道久已隱，中情未由寫。所欣青陽動，庭槐緑盈把。仲尼亦何嘆，匪虎率曠野。出門望長川，誰爲問津者。

上山採芙蓉，日暮傾筐歸。騶軻陳王道，脂車向梁齊。龍戰方擇肉，志願空令乖。理人爲之牧，嗟哉名實違。布穀春無畬，促織秋無衣。悠悠感物變，惻惻懷烝黎。

昔余客幽燕，步上黄金臺。駿骨日以輕，昭王安在哉。樂生功未奏，荆卿爲禍媒。風吹易水波，蕭蕭有餘哀。誰知百代後，東閣凌天開。豈令蹇諤士，零落同蒿萊。

荒哉陽臺夢，無情成匹仇。苟非精神合，淄澠爲斷流。漢廷富群策，一言相千秋。金石勒盟誓，倏忽罣尤。河清尚可俟，漢廣不可求。言樹諼草花，庶用忘我憂。

學古一首贈胡承之歸關中

翩翩雙鳴雁，嗷嗷雲中飛。娟娟蛾眉女，札札流黄機。棄置不成匹，嘆息減容輝。問女何所嘆，良人悵有違。萬里遥相望，何由接音徽。蕙樓鑒素月，蘭鐙暖虚幃。身非驂與服，安得同車歸。清河尚可俟，會合何可希。臨歧奏此曲，淚下誰能揮。

秋懷

瑟瑟陵上松，琅琅峽中泉。迴風相遇合，凄清成管絃。端居撫時運，閔默何由宣。野廬盡縣磬，飛挽猶開邊。初月張虛弓，流火無炊烟。明河不可觴，白榆不爲錢。吾民亦勞止，旻天胡乃然。

臨江道中 正德己卯。

蕎麥花開山翠飛，腰鎌翁孺愁相依。金川道上風浪急，玉笥山前煙火微。長鯨已墮黄石磯，大將猶搴龍虎旂。翩然揚袂者誰子，陌上酣歌緩緩歸。

曉發盧溝望京城有感 庚辰。

大車殷地揚塵起，小車軋軋鳴不已。蒼凉似是長安日，嗚咽元非隴頭水。玉輦南行築將臺，九重宫闕何崔嵬。盧溝橋上闌干曲，不似行人腸九迴。

北風篇贈文衡山待詔

輕陰漠漠飛朔鴻，雪崖冰柱連烟空。銀釭入夜照瑶瑟，坐擁青綾聞北風。北風浩浩吹南極，飛蓬滿天堪嘆息。銅龍錯落誤昏曉，朱鳳威垂失顔色。騷騷屑屑斷復連，據梧細聽寒不眠。鯤鵬變化摶碧落，虎兕叫嘯愁蒼煙。有時悠揚入寥廓，妙韻奇音相間作。碧梧翠竹競竽籟，漢女胡姬合絃索。又如鮫室鳴杼機，萬靈汹湧乘潮歸。老蛟怒挾片雲立，海水瀟瀟皆倒飛。吾聞風自土囊起，摇蕩青蘋千萬里。蘭臺詞客謾雌雄，大塊何心乃如此。憶昨與君同燕娱，瓊簾繡幕圍彤爐。坐中酬勸不知暮，門外寒威何處無。出門勢欲捲平地，幽栖咫尺何由至。褰衣似怯寒浪湧，刮面不數錐刀利。歸來大笑行路難，豈知跬步成關山。百年鼎鼎貴行樂，何用跋涉摧心顔。君今未得揚帆去，歸夢飄蕭滿烟霧。浩歌一曲江南春，北風吹落三花樹。

淡交行

瓊樓十二中天起，弱柳祟桃門青紫。魚鑰初開鶴蓋來，平頭奴子皆珠履。主人愛客名謳出，象琯鵾絃滿人耳。臛蠵膾鯉騰羽觴，文笙黼帳春風裏。當筵意氣何所如，以漆投膠差可擬。舞罷陽阿花作陣，歌殘《子夜》霞成綺。豈知戈戟在談笑，回看堂上生荆杞。雨雲翻覆，噫吁嚱！前有張陳後蘇史，君不見君子之交淡如水。

碧梧丹鳳圖爲黎侍御一卿題

鳳兮鳳兮，爾來當何時？知爾之德萬古長不衰，不然上天縱爾九苞羽，安用毰毸爲？君不見桃蟲當日飛爲雕，脊令原上啼鵙鴞。舄几几，音嘵嘵，室家恐爲陰雨漂。偃禾風定杲日出，岡上碧梧寒不凋。爾於此時來，和鳴叶簫《韶》。成王優游君奭喜，卷阿爲爾歌且謡。鳳兮鳳兮，披圖對爾起三嘆，久矣不夢周公旦。咸陽宫前多枳棘，何用屑屑悲秦漢。

南征詞六首 正德己卯。

鳳野傳清蹕，龍旌逼絳霄。風雷隨鼓角，日月耀金貂。躍馬宜春苑，呼鷹織錦橋。何如穆天子，空賦《白雲謡》。

月照牛山迥，風飄鳳吹長。從臣黄製袷，歌妓錦爲妝。玉輦棲蘿幌，金鞭問竹房。夜闌調虎撥，知是奏《霓裳》。

翠網張瑶浦，黄旗漾碧流。殷勤供廟薦，蕭灑事宸遊。御氣通鮫室，祥煙化蜃樓。魚龍應自喜，何敢負王舟。

簇仗迎春至，行宫向曉開，日邊千騎合，天上六龍來。玉笛吹《楊柳》，雕鞍唱《落梅》。共看球拂笑，歧路滿塵埃。

柳映金陵暮，花摇玉帳春。江淮明炮火，閶闔動梁塵。秘戲徵西域，迷樓構北辰。三千歌舞地，誰似掌中人。

桂海停舟楫，蓬山獻畫圖。雲屯七萃甲，風遞九關符。進酒龍衣濕，藏鬮豸繡呼。鷄人那復報，乘月射平蕪。

阻冰寓蕭氏樓上作

朔風蕭蕭吹雪霜，登樓獨坐生悲凉。青山知我吏情澹，明月照人歸夢長。雲影有時連去雁，水聲何日到垂楊。側身天地頻回首，誰道江湖遠廟廊。

秋穫喜晴

農事初成樂事繁，即看雲水接平原。巾車道上黄迷壟，社鼓聲中緑滿尊。十里斷霞明雁鶩，半林斜照散鷄豚。豐年有願緣憂國，擊壤今聞到處村。

送顧少參進表之京

殊方長走晝熊車，薇閣松窗月色虚。喜見西山歸戰馬，愁聞南海進明珠。風生閶闔陳金鏡，雲擁罘罳拜玉除。後夜若逢牛斗使，前星應有鳳凰書。

庚子三月八日奉命充經筵講官有感賦十韻

春風環珮集群仙，回首瀛洲二十年。院柳緑垂鸞駕外，宮花紅入鳳池邊。曉承綸綍開經幄，夕佩蘭英拱御筵。青瑣赤墀聊復爾，璇題珍館故依然。三階瑞氣纏黄道，六籍茶光出翠川。祖武直從高帝始，人文真羡孝皇前。座臨北斗沾堯酒①，簾捲南薰協舜絃②。長樂賜來霞錦艷，上林擎出露桃鮮。賡歌正值光華旦，下拜同瞻咫尺天。遥望帝城珠樹裏，金華涼月夜娟娟。

①原注：「永樂中，講讀官燕賚同尚書。」

②原注：「天順中，延諸學士於便殿，命中官撫琴。」

凱歌詞三首

孝陵松柏貼青霄，鳳輦龍旗久寂寥。百歲遺黎應感嘆，神孫英武似先朝。

錦韉白馬出新河，簇隊吴姓善凱歌。譜得昇平新樂府，内家休按舊雲和。

諸番鞮寄太侏𠌯，重譯于今聖得知。已有茅封及邊帥，更將天姓賜胡兒。

宫怨

上陽宫殿倚雲霞，天外時聞度翠華。魚鑰重重鎖窗户，夜來春雨到梨花。

旅夜

沉水煙消膩燭黄，疏帷浮動月蒼蒼。栖鴉不避霜風惡，繞樹數聲秋夜長。

厓山懷古

南閩不廢祥興朔，西蜀仍聞藝祖孫。會與英雄消積恨，直從龍鳳定中原。

西清詞四首

碧殿峥嶸概泰清，飆臺時送《步虚》聲。流鈴擲火飛章地，一片雲遮翡翠城。

輦道陰森萬柳齊，水晶簾幕動晴霓。六龍行處金蜩合，冉冉紅雲閬苑西。

紅葉飄飖出御溝，銀屏金屋不知秋。侍臣鵠立空翹首，日色曈曨滿鳳樓。

減却雲鬟帶玉冠，紫煙衣薄露光寒。《步虚》聲裏琪花落，贏得君王轉眄看。

暮春朝陵西遊次張石川韻四首

東風閣雨漫經春，日暖陵園緑未匀。多少柳綿隨燕子，宫監猶望屬車塵。

胡馬長窺白草凋，神宫休道紫臺遥。日斜堪望交河戍，風急如聞瀚海潮。

隧道前頭御路平，春來雨露不勝情。路人曾見官家過，翠幔紅妝逐輦行。

天壽山前雲出虹，玉泉長在柳陰中。五風十雨多禾黍，野老閒來説孝宗。

孔榜眼天胤八首

天胤字汝錫，汾州人。嘉靖壬辰進士，廷試第二人。以王府親例不得在內，補西陝提學僉事。仕止浙江右布政使。有《文谷集》行世。

春盡將巡永嘉早發錢唐回寄憲府諸公

方此軫離居，復當春候改。落英空曉霏，垂條謝暄靄。牽迹阻澄江，流筏縱滄海。回緬武林雲，知予片心在。

寒食放吏齋居悄然

龍忌殊鄉國，鷄栖感歲時。雲天沈旅況，風日倍離思。杏雨春城暗，蘭烟晚徑遲。搴芳欲有贈，淹蹇意空持。

夏夜永嘉館

下馬送春色，端居延夏陰。流光坐自嘆，日暮不成吟。客路連滄海，歸心滿舊林。沉憂何所似，波涌大江深。

夜坐

寥寥郡齋夕，悄悄客心幽。露氣因風發，花陰帶月流。城高聞鼓角，地爽識邊州。去國懷多曠，兼茲永夜愁。

秋懷

木落雁南渡，天高秋色深。凉飈颭夕露，疏雨散朝陰。水冷魚龍息，山空猿鶴吟。將因理歸駕，貞此歲寒心。

送秋渠出巡

方此驚春駛，如何動使車。惠風流草際，新雨到田家。緑蔭垂堤葉，紅牽颭水花。可因吏事迴，不爲惜年華。

國清寺

寥寥人境外，別有一林中。蘿幌晴峰色，花鐘夜壑空。凉泉漱初月，幽木寫遥風。雖未成永託，淹留足微躬。

石梁

神嶺劃如辟，亘空綿一梁。虹衢玉京路，煙道羽人鄉。迸水藏金澗，懸蘿暗紫房。尚遲瓢錫度，臨眺佇斜陽。

龔祭酒用卿四首

用卿字鳴治，懷安人。嘉靖丙戌狀元，除修撰。歷諭德，終南京國子監祭酒。

聞鳥

入户聞啼鳥，芳園三五家。竹陰苔没砌，庭静蝶争花。籬菊春芽茁，亭愧午影斜。憑高遥送目，夕照數歸鴉。

湖上晚歸

十里菰蒲水，連阡桑柘園。湖天平石境，漁火出山門。宋迹遺僧舍，蘇堤接遠村。飛星斜過水，立馬已黄昏。

望海寺

海上石山山上寺，寺中惟有一山僧。自耕數畝荒田地，獨守寒廬夜夜燈。

題畫

獨向江頭坐釣磯，浮嵐空翠點春衣。臨流回首看歸鳥，高樹無風山葉飛。

王祭酒維楨 六首

維楨字允寧，華州人。嘉靖乙未進士，選庶吉士，授檢討。歷修撰、諭德，陞南京國子監祭酒。以省母歸，未上。嘉靖乙卯，關中地震，與朝邑韓邦奇、三原馬理同日死。允寧長大白皙，諳知九邊要害，扼腕時事，慷慨用壯，又好使酒嫚罵，人多畏而去之。爲文慕好太史公，盱衡抵掌，沾沾自喜。論詩服膺少陵，自謂獨得神解，尤深於七言近體，以爲有照應、開闔、關鍵、頓挫，其意主興、主比，其法有正插，有倒插，而善用頓挫、倒插之法者，宋、元以來惟李崆峒一人。及其自運，則粗笨棘澀，滓穢滿紙，譬如潦倒措大，經書講義填塞腹笥，拈題豎義，十指便如懸錐，累人捧腹，良可一笑也。先夫子讀《槐野存笥集》，大書批其後云：「冤哉，千餘年杜氏！惜哉，二十載王君！」此二語者，不知何所自來，而學士家迄今皆傳道之。

别汪仲子

還子無苦顔，羈人寡歡趣。宛馬東道來，西風常反顧。予也塞鄙人，謬習從章句。會值好文時，凌風偶鸞翥。天路豈不廓，翱翔非所慕。華嶽雲臺邊，翳翳繞松樹。其下盤茯苓，其上棲白鷺。歸與依吾鄉，延年而保素。

孝烈皇后輓歌

範内留芳訓，扶天有駿功。仙遊知跨鳳，聖念爲當熊。玉珮虚無裏，蒼雲悵望中。宜春花照眼，淚灑舊時叢①。

① 原注：「陳子龍曰：『當熊句，蓋指曹妃宫婢之變。』」

寄東氏妹

萬里遊真倦，向來依故廬。寧親迎衛女，設饌釣河魚。奔詔身仍遠，思家意不舒。班昭應有念，早上丐兄書。

康陵陪祀

塞上猶傳八駿名，帝丘今望赤霄平。千峰雲起旌旗影，萬木風多劍槊聲。玉殿香煙浮俎豆，瑶墀星斗燦冠纓。雍歌聽徹人歸盡，獨立春宵百感生。

沙河道中用王太史韻

曉日平郊遠色分，皇家千障抱諸墳。沾花車騎香聞露，過水冠裳潤帶雲。繡壁斜翻丹鳳勢，迴沙細擁白蛇文。詞臣預喜瞻依地，寶篆穹牌七帝勳。

小至院内對月簡諸同宿

海東滿月上金規，風後寒光湛玉墀。出檻新梅渾失影，當階老鶴淡無姿。宵深霜露侵偏劇，節變星河望欲移。坐待嚴城樓觀曉，擬看雲物共登危。

駱編修文盛四首

文盛字質甫，武康人。嘉靖乙未進士，改庶吉士，授編修，官史局五六年。分宜當國，翛然自遠，以使事還朝，分宜目而仇之，即日移疾歸，遂不起。所居在餘英溪之下，自號兩溪，即樂府所謂前溪也。蔡子木叙其詩，以孟貞曜爲比，貞曜亦武康人，故云。

雪霽

旭日散晴暉，西山雪意微。茶初烹石鼎，客已到柴扉。啅雀檐前下，輕雲谷口歸。村醪聞已熟，莫惜典寒衣。

訪友途中滯雨

長河波浪渺無津，匹馬西風日易曛。客舍况逢三日雨，故人猶隔數重雲。山容慘淡當窗見，鳥語啁啾近水聞。信有路難行未得，旅愁鄉思益紛紛。

旋中聞雁

西風鴻雁惜離群，露下天高彷佛聞。方訝北來衝遠塞，忽驚南去入寒雲。千山落葉還秋杪，一卷殘書且夜分。無那餘音更嘹喨，倚樓鄉思益紛紛。

元宵宴康礪峰太史宅次韻

東風池館雪消遲，雪色燈光映酒時。夜半醉歸河上路，馬頭明月正相宜。

王少卿格 四首

格字汝化，京山人。嘉靖丙戌進士，選翰林庶吉士。爲永嘉所惡，出知永新縣。遷刑、户二部郎，升河南僉事，分巡河北。上南巡，至衛輝，行宫火，逮杖削籍。隆慶初，叙籍者舊，授太僕寺少卿，致仕。嘉靖初，唐應德、屠文升輩倡爲初唐詩，汝化亦與焉。顧華玉撫楚，薦名士久廢者撰《興都大志》，汝化與王廷陳、顏木分任之。書成，不稱旨而罷。罷官年才强仕，卒時年九十有四，奉詔存問者至再。嘗遊峨嵋，遇道人韓飛霞，還山遇雪蓑翁，授吐納服食之術。晚年鬚髯如戟，腰帶倍人，楚人以爲神仙，能度世云。

病居遣興

負杖出衡門，登城望絶巘。林疏鳥未繁，山寒草猶淺。去水有來舟，故原見新墾。牧笛誰家村，樵唱春風坂。忽聞雁度初，因念客行遠。緩步歸茅廬，惆悵不能飯。

館試秋夜聞砧

蕭瑟秋風散晚凉，誰家清夜擣衣裳。丁丁遥應疏鐘響，數數還如落葉忙。明月有情留小院，征鴻無數挾輕霜。不堪客夢湘雲遠，獨對寒燈思渺茫。

漢宫人

秋入披香玉露濃，晚妝初罷鳳樓鐘。恃恩醉却昭陽酒，誤把紅繩戲睡龍。

驪山温泉

咸闕無雕輦，驪山尚浴泉。湯池同野壑，水殿秖寒烟。月冷新豐路，沙沉渭浦田。行人謾投足，誰識濯龍年。

田提學項三首

項字太素，龍溪人。正德辛巳進士。嘉靖中，歷兵、禮二部郎中、湖廣僉事、貴州提學副使。乞歸，以文章自喜，多所著述。

寄玉谿舅

廉水扶桑北，石城勾漏西。吏情甘散地，春色在扶藜。榔葉斜侵屋，江魚逆上溪。飄飄犯蠻府，淚應暮猿啼。

答傅木虛卜居西湖

荇藻綠不歇，芳湖秋可憐。天低四野樹，日落萬山煙。郎月虛苓槅，疏花明釣船。時聞有過翼，遥寄卜居篇。

聞　道

聞道迷陽寇，東屯信不虚。風雲隨戰伐，天地日丘墟。列峒分旗鼓，行營沓羽書。哀哀荷殳者，汝業本樵漁。

江副使以達一十首

以達字於順，貴溪人，嘉靖丙戌進士，刑部郎中，再遷福建僉事、湖廣副使，俱視學政，罷歸。於順與陳約之、李伯華諸人善，其論詩專推何、李，且謂獻吉之文力已出歐、蘇上。敘張惟静集則云：「杜文不逮詩，韓詩不逮文，而惟静兼韓、杜之所不能。」蓋亦浸淫於俗學，好爲誇大而不知所以裁之者與。

十四夜都司席上餞光禄屠公分賦四首

幕府侈高會，長筵列朱纓。浮觴無緩筝，一曲三四行。豈不誠歡娱，之子懷遠征。握手一爲嘆，秉燭循檐楹。攀條摘荔枝，枝葉何青青。

瓊玖相要結，光輝比明月。佳期倏弦望，昭質匪圓缺。雲裾振丹陛，章甫滯諸越。忘年感綢繆，揆予傷薄劣。所期峻明德，離合弦與括。

猷懋端在兹，達人騖修軌。黄鵠狹四海，那能獨銜羽。周容諒匪度，磬折嗤餘子。不見處袴中，生死蝨與蟣。此理難户説，持贈知者幾。

相知良獨難，相見復何期。朱明曜南流，浮雲莽西馳。蕭艾變芳草，青黄悲素絲。衆人惘好修，貞心重隨時。矢歌不能長，愛子千金軀。

奉贈大中丞應臺傅公巡撫陝西

雄關九道開邊庭，翼然天表尊神京。大半安危屬全陝，固原節制兼中丞。烽火遥通黑水外，氣運幸值黄河清。上聖宵衣屈群策，推轂肯使邊臣輕。中丞氣與衡嶽會，八九雲夢胸中盈。衣綉曾爲直指使，按劍宿備洮岷兵。况復威名甘與肅，部落不問知旗旌。比年借寇撫江右，坐見列郡蘇疲甿。一朝經略付西事，詔書授鉞仍專征。知公爲謨自宏遠，耀武耻勒燕然銘。豈必降王盡河隴，要使悍卒知朝廷。太抵足兵先足食，各邊芻粟寧充盈。吁嗟屯政廢不講，萑葦千里誰共耕。先朝挖運本自耗，臨變羅買良非經。古來邊助有飛挽，報中豈得無常程。番夷金牌久寂寞，夷馬不至茶能行。國家利權不在手，賈豎返得操奇贏。中丞雄略世罕伍，邃老之後劉麻城。兹行報國存至計，少小不用誇長纓。尊前從容白羽扇，指揮坐側單于情。妖氛一洗旄頭落，漢月萬里邊笳寧。中國行當召司馬，西賊久已問韓荆。至尊社稷公等在，杞人鼓腹謡昇平。

得曾汝誠書

憶别何耿耿，此懷誰得開。故人千里外，隔歲一書來。道直存封事，時危屬草萊。不知遊子恨，翻作逐臣哀。

病起讀書臺小坐

病起怯登臺，傷春獨坐來。鳥鳴移白晝，花落點蒼苔。盡日重門掩，焚香一卷開。知無奇字問，不是草《玄》才。

上清祝聖逢孫默齋使君感贈因期同陳午江枉顧山中

憶别無今日，生還有歲年。那期千里合，相見一潸然。往事秋雲外，幽懷落葉前。何時與同好，方駕枉林泉。

予放歸至浙中暫憩湖上適馮子仁得宥至自嶺南城中邵仲德仲才兄弟載酒相就感今道故愴然傷神輒窮竟日之歡復訂來春之約

相逢先各問容顔，喜極翻疑夢覺闗。我舞君歌三嘆息，北來南去一生還。殷殷勸酒非爲别，歸到寧親更出山。湖主不妨頻二仲，與君重醉碧雲間。

南塘泛舟

細竹横塘晚更幽，暖風纖月畫船遊。斜穿緑嶼輕煙散，忽送清尊碧樹稠。寂寞魚龍窺醉語，留連花鳥放春愁。杳然身世蓬瀛在，不道人間有十洲。

卜居

白水青山此卜居，水光山色澹幽虚。門前亦種先生柳，地僻能來長者車。日落兒童隨杖屨，夜深松月上琴書。偶因消渴文園是，浪得虛名谷口如。

田參議汝成五首

汝成字叔禾，錢塘人。嘉靖丙戌進士，授南京刑部主事。歷禮部祠祭郎中，出爲廣東僉事，謫知滁州，遷貴州僉事，轉廣西右參議，罷歸。叔禾在儀制，肇舉南郊、籍田、親蠶、西苑省耕、課桑諸大禮，各有頌述。歸里盤桓湖山，窮探浙西諸名勝。所著書凡一百六十餘卷，而《西湖遊覽志》、《炎徼紀聞》爲時所稱。

貴竹對雨寄焦學憲

遠道難託迹，新羈多怯魂。況兹風雨夕，四塞山城昏。坐令昭曠懷，頹然抱幽存。尚冀晤才彥，清談豁鬱煩。高山邈旌節，何用展寒暄。孤鴻去容與，遐心矯騰騫。君心諒無拒，跂予佇歸軒。

西湖遊覽

蘇堤如帶束湖心，羅綺新妝照碧潯。翠幕淺搴憐草色，華筵小簇占花陰。凌波人渡纖纖玉，促柱筝翻疊疊金。月出笙歌斂城市，珠樓縹緲綵雲深。

山居雜興二首

芙蓉窈窕月朦朧，草閣遥憐玉殿風。曾從龍舟西苑裏，正聞蓮漏百花中。珠簾捲霧揺波緑，寶扇開雲射日紅。恍向九霄重浪迹，却忘身世一飄蓬①。

澗户岩扃儼未移，青山憐我似前時。書林舊聚珠千篋，社飯新分雪一匙。陰蟻戰來規陣法，午蜂衙罷憶朝儀。河清海晏逢休曆，剩有豪懷付酒卮。

① 原注：「時以禮部祠祭司郎中，特旨賜遊西苑。」

嘉興晚發别陳子常

江南春盡落花天，桑柘籠煙水滿田。野店酒香新雨後，斷橋人渡夕陽邊。羈懷瀟灑惟歌嘯，世路崎嶇只醉眠。傾蓋逢君成坐久，片帆乘月下吴川。

尹僉事耕六十首

耕字子莘，代州人。年二十，舉嘉靖壬辰進士。爲人豪宕不羈，惟嗜酒，喜談兵，嘗爲州守廢免家居。生長邊陲，通知疆事，痛恨武備廢弛，邊臣玩愒，作《塞語》十一篇，申明邊防虜勢之要害，以告當事者。作爲歌詩，沈雄歷落，《秋興》、《上谷》諸篇，有河朔俠烈之風。分宜當國，見而才之，自知州起廢，數月中遷兵部員外郎中，出知河間府。河間畿輔重地，虜數入犯，募壯士製戎器旌旗，壁壘爲之一新。吏部希分宜指，稱其如兵，破格改用，擢河南按察司兵備僉事，仍予四品服俸，令管領民兵，朝論嘩然。給事中張萬紀抗疏劾奏，上大怒，械繫下獄雜治，遣戍遼左。自是遂終身屏棄，不復用矣。國家急虜，拊髀思將帥之臣，當取文武大略，不應以便文瑣節繩約捃摭。分宜得君當國，能知子莘，而不能違物議以收其用，議論多而節目繁，何以羅出群之材，備羯羠之患耶？子莘《塞語》末有《審幾》一篇，謂漢之患在外戚，唐之患在藩鎮，而本朝當以備虜爲急，以有宋爲殷鑒，痛乎其言之也！分宜能知子莘，能用胡宗憲，其識見亦非他庸相可比。余故録子莘之詩，而并及之，以告世之謀國者。

秋興八首

萬里長風落樹柯，乾坤今日未投戈。空聞海國標銅柱，轉見河湟起白波。是處清霜埋戰骨，幾人明月聽漁歌。天涯憔悴三湘客，獨抱遺騷怨薜蘿。

銅龍春辟曉光寒，金水橋横白玉欄。見説漢皇求大藥，故邀王母到長安。黄金夜獻文成竈，青鳥朝翔太乙壇。不是歲星陪帝輦，蟠根誰奉殿中歡。

薊門千里接雲中，虜騎清宵警報同。合陣幾窺青海月，鳴鞭争下黑山風。殘冬戰士衣仍薄，荒歲孤城廩欲空。南國十年輸挽盡，防秋諸將慢論功。推轂丈人空肉食，操戈遺孽尚蕭墻。不應千羽修文日，歲歲三關有戰場。

十萬鳴弦報吉囊，野心狼子是花當。連姻故自輕中國，分道頻看入漢疆。九宮迤邐通軍壁，高壘崔嵬列虜營。稍喜摧鋒章節能，帥將俘獲謝蒼生。

萬山環合蔚州城，紫塞連雲朔氣清。禾黍歲時供上谷，烽烟日夜接神京。鼙鼓幾遭貙虎急，山川曾入犬羊羞。石郎可是無長慮，直割燕雲十六州。

王喜城邊古廢丘，金波泉湧夾城流。時危異姓能安漢，事去諸劉獨拜侯。

威名萬里馬將軍，白首丹心天下聞。遼水旌旗餘殺氣，泰山松柏已高墳。條侯自靖軍中變，竇憲曾銘塞外勛。獨倚淩烟思將略，暮天征雁下寒雲。

少小家居古北平，熟聞邊事慣輕生。雙旌夜渡桑乾水，一劍朝衝可汗營。排闥未陳憂世疏，棄繻空有憤時纓。滄江卧病今虛晚，鴻雁秋風旅夢驚。

上谷歌八首上楚中丞

貔貅十萬陣堂堂，自古安危繫朔方。東下鼓鼙連碣石，西來亭障是河隍。分兵久戍勞充國，借箸前籌賴子房。聞道暫留諸部落，拔營今已遁遐荒。

大寧無路援開平，極北孤懸獨石城。遥憶先皇親躍馬，長驅絕塞苦提兵。寒流汩汩交樵徑，野戍荒荒列漢旌。千載土人談往事，伯顏山下有英聲。

雷轉桑乾白日昏，防秋邊壘萬星屯。先聲幾發金吾騎，力戰猶傳鐵裹門。豪傑此時須甲胄，封疆何地不乾坤。似聞西鎮分人我，蛇勢常山請更論。

永寧山外黄花鎮，隆慶州傍土木城。千里風煙開紫塞，萬年根本是神京。分工幸築沿邊壘，深入宜防間道兵。見説虜酋窺伺久，花當誰識近年情。

飛狐倒馬紫荆連，此去朝廷路一千。虎豹向來嚴鎖鑰，犬羊今日盛烽煙。時名受賑當關將，歲德臨分破虜年。願假精兵渡遼水，莫令疲病久戈鋋。

新河洗馬晚蒼蒼，風急城孤古膳房。分道往年頻失利，築垣今日見周防。轉輸幾實饑人腹，鋒鏑新扶戰士瘡。乳哺廟謀應不後，坐看窮徼繫苞桑。

陽河西帶鎮寧流，順聖川南是蔚州。比歲風荒猶在眼，向來荼毒幾曾收。靈關背出紅沙嶺，直峪斜通白草溝。封殖紫荆端在此，倉場芻粟可深籌。

戍樓霜重角聲殘，策馬朝登十八盤。紫氣正當天北極，彩雲時見漢長安。誓將鎖鑰標銅柱，應有麒麟畫鐵冠。況是六飛巡幸地，至今谿谷尚鳴鑾。

白楊口

白楊黑風俱暗天，葛峪美峪遥相連。一聲殘角送烽火，十萬行營空暮煙。悲秋遊子倚短劍，極目長空思著鞭。壯志未酬人欲老，寒林落霧心茫然。

紫荆關

漢家鎖鑰惟玄塞，隘地旌旗見紫荆。斥堠直通沙磧外，戍樓高並朔雲平。峰巒百轉真無路，草木千盤盡作兵。誰識廟堂柔遠意，戟門煙雨試春耕。

過曲陽謁岳廟

恒山結秀自吾鄉，祠殿千秋起曲陽。飛石不傳秦歲月，斷碑曾勒漢文章。望連牟那三關近，勢壓滹沱九曲長。天子只今憂北伐，願封玄塞作金湯。

春懷三首　時世宗幸承天。

春深關塞尚屯兵，萬里防胡拱漢京。不爲翠華臨遠道，豈應金甲廢深耕。轉輸坐見司徒急，經略親看相國行。莫訝至尊忘北顧，顯陵遷附聖人情。

往歲關山亦喪師，猶能不失漢旌旗。可憐虎帳分符日，偏是沙場棄甲時。白草自長驃騎壘，黄雲空壓李陵碑。書生無計當戎右，一劍真思報主知。

聞道降胡説虜情，春來擬絶漢軍營。洋河川北雲常黯，碣石山頭月自明。將士倔强時跋扈，朝廷賞罰在持衡。憑軒北望堪魂斷，况是天門萬里程。

贈張西屛

月明熊耳照滹沱，千里思君可奈何。棋局擬從清夢著，詩篇遥向白雲歌。時危身世風霜苦，日短江湖感慨多。莫道塞翁常失馬，後車還許載漁蓑。

易州道中懷古

春風匹馬經行地，落日黄金亦故臺。敢謂燕昭無伯略，誰憐易水見雄才。青雲不動龍山合，緑樹無聲雁影迴。千載天涯淪落客，敝袍孤劍有餘哀。

至　日

天涯亦有窮愁日，病裏翻多故國思。臘凍嶺梅難索笑，春遲宫柳未舒眉。浮灰不送囊中賦，弱綫還添鬢上絲。强自登樓望雲物，四方憂隱尚邊陲

南巡八首　世廟幸承天作。

都護承恩出漢宫，行軍使相陛辭同。九邊雨露旌旗濕。萬乘雲煙警蹕雄。蟒服盡頒中帑賜，虎頭誰覓

賀蘭封。朝陵不是瑶池會，按轡真存細柳風。

正陽高辟照重瞳，武陣前驅駕六龍。旗影忽看天際外，鑾聲時在柳陰中。金根雷動宫車轉，雉尾雲屯帳殿崇。執鋭愧無承義志，從橋實切大夫忠。

傳聞大駕渡滹沱，聖德當天水不波。曲逆曉煙迷朔嶽，常山春雨見陽和。萬家鷄犬荆門近，千里鶯花輦路和。無奈腐儒憂伏枕，祇緣卑濕楚中多。

天上黄河白晝來，春風龍艦錦帆開。鼂魚躍浪承顔色，簫鼓緣堤落杏梅。照影昔呈希世瑞，横流今見濟川才。十年垂拱寬民力，却笑宣房起暮哀。

衮衣暮入飛龍殿，明祀朝歆純德山。不爲弓刀留漢水，豈應松柏慘愁顔。翠華映入飄仙洞，紫氣浮空擁穆闗。父老不須南望切，掃除霜露便應還。

宋昌夜佩漢軍符，張武乘時亦丈夫。自是王門多將相，不關六合定須臾。租蠲雲舍民逢歲，晏錫蘭臺酒既濡。聖主功高漢文帝，承天原不比中都。

一騎飛塵入建章，文華諸老共焚香。開函宛見天顔喜，草奏先書聖嗣康。趨命追呼盈省闥，有時顛倒著衣裳。更聞慈慶祈冥福，曉夜垂堂慮更長。

緑鬢傷春畫省郎，十年簪笏戀明光。長貧曼倩糟糠厭，多病相如藥餌忙。憂國屢揮南望淚，思家空斷北歸腸。何時得奉公車問，應有封章錦瑟傍。

鵓鴿峪

鵓鴿峪，鵓鴿飛。書生畫地談兵機，一身耻潰千重圍。千重圍，戰不止，力漸竭兮鼓聲死。胡兒馬上羨大刀，南向揶揄齊嚙指。

修邊謠

去年修邊君莫喜，血作邊墻墻下水。今年修邊君莫憂，石作邊墻墻上頭。邊墻上頭多凍雀，侵曉霜明星漸落。人生誰不念妻孥，畏此營門雙畫角。

戰城南

戰城南，鼓聲沸，胡陣如蛇前最鋭。三衙五合令轉嚴，仰面看天斜日墜。胡去不苦追，胡來不發矢。大開陣角卧中軍，凱吹如雷四壁起。

雲州謡

黄霧塞，雲州川，止有獨石無新邊。無新邊，虜伺便堪憐。小校能迎戰，頭二刀，臂雙箭。西軍來，若雷電，漢廷飛將何足羨。

榆林驛

天上白榆樹，千秋紫塞陰。隔林觀獵騎，時有射雕心。

出塞曲

鸊鵜淬劍鵲調弓，獵罷陰山落日紅。鐵騎不嘶沙磧草，牙旗飛掣桔槔風。

皇帝巡幸承天歌

二月鑾聲重楚巡，策勛猶及鳳城春。周迴南北六千里，信有人間八駿神。

贈譚青原侍御

鐵冠棱棱斧在握，綉衣使者行燕朔。月冷居庸夜渡關，霜清碣石朝橫角。聞道愁雲暗朔天，黄沙白磧可人憐。鷄鳴山下多胡壘，牟那峰前亦漢川。尚想蒙塵悲已已，空懷擊劍勒燕然。燕然可登石可勒，平生志在伊吾北。三敗羞稱曹沫功，一匡再見夷吾力。古稱御史官之雄，震摇山嶽在爾躬。埋輪張綱有奇氣，抗疏李勉誠英風。慷慨況曾親甲胄，撫循更是屬疲癃。片言挾纊士盡起，目中久已無諸戎。所嗟恩寵未久及，皂囊白簡催歸急。衮職雖知藉補多，邊民日望驄塵泣。

項羽墓

四方争逐鹿，三户可亡秦。何事新安卒，同成馬足塵。捐金行反間，撞斗失謀臣。今日留抔土，應慚負劍人。

古意

賤妾長留此，良人久戍燕。無由秣陵泪，一灑薊門煙。野日明官道，寒雲暗晚天。相看秋欲暮，又是别經年。

贈李蘆溪

君罷齊東幕，來尋塞上山。春風新早帽，夜雨舊柴關。心事琴樽外，生涯杖履間。賦歸歸即好，休嘆鬢毛斑。

韓信廟

背水仍留陣，良弓早見收。無心來附耳，有面竟封侯。落日荒祠道，西風澗水秋。君臣終始義，爲爾淚長流。

楊六郎廟

尚有楊郎廟，其如宋祚何。傷心空戰伐，極目且山河。雲鳥人能説，腥膻恨不磨。除凶昭代烈，應慰九原多。

寄倒馬關崔將軍

苦憶當關將，頻年樹漢旌。風生三岔口，雪滿六郎城。李牧仍酣戰，馮唐未著名。隨雲望倒馬，空有故人情。

簡劉沙溪

結髮曾燕邸，强顔復楚冠。風波饒水陸，雨雪備炎寒。舌爲多言刺，腰從屢折寬。萬行艱苦淚，惟向故人彈。

過汪中山舍人園亭二首

薇省辭官日，瓜田養晦時。好奇恒拜石，習草故臨池。嬌鳥歌春燕，名花放蜀葵。況逢風日麗，不禁出遊遲。

碧嶂青霄外，文渠錦席前。洞穿岩下邃，亭插沼中圓。琴韻朝醒酒，棋聲午破眠。因君忘去住，不問北征年。

贈鄒漸齋

白雲没西日，我當東南征。念子在路途，執手久屏營。娟娟閨中女，寶瑟理新聲。揚眉爲誰妍，修辭薦精誠。覆水不再顧，放麑難自明。君其珍令德，努力須時平。

西城道中短歌

柳條當風戰猶力，桃李無言混荆棘。桑乾東帶斷冰流，昨日荒城作寒食。君不見戰士經年挂鐵衣，一身重犯數重圍。紇干山下營初散，牟那峰前檄更飛。年年烽火爲生計，誰道沙場春事稀。

胡人牧羊圖

邊庭四日始知春，沙草初青柳復新。金鏑未須窺漢月，氈帷時亦静胡塵。黄髮小胡花插首，腰下寶刀光映肘。日斜驅羝入東林，草美泉香誇富有。君不見虞庭干羽兩階陳，白雉黄熊入貢頻。聖王有道四夷守，沙場閑殺射雕人。

漂母廟二首

鹿指秦庭四走，蛇横楚澤中分。何事老嫗具眼，一瓢獨飯將軍。
負劍豈無國士，行吟何處長安。惆悵城陰古廟，風吹淮水瀰漫。

過邯鄲縣

秦兵百萬氣連雲，屋瓦邯鄲震欲焚。千載尚留城市在，土人争説信陵君。

蔚州歌四首

虜騎臨城氣益横，共言乘勢犯神京。將軍便可封秦塞，漢士能無請漢纓。
俺答黄毛不記名，犬羊無賴本輕生。見説胡兒能躍馬，自誇得看蔚州城。
南山陡絶石門峪，西嶺斜通亂石灘。敢勇近聞堪一戰，莫教容易近長安。
井陘荒城日易曛，阜平山下剩黄雲。羯奴飲馬桑乾水，愁殺關南義勇軍。

喬按察世寧九首

世寧字景叔，耀州人。嘉靖戊戌進士，由南京刑部郎中遷四川僉事、湖廣提學副使。庚戌歲，參政河南，虜犯京師，調募紛紜，無不立辦，擢四川按察使。以憂歸，累薦不起。景叔短而髯，温然長者也。其所建造，鑿鑿副名實。生有異稟，日記數千言。强學好問，至老不倦。有《丘隅集》行世。

行役

行役何倉皇，登涉念徒御。白日息虞淵，行子在中路。杪秋多悲風，摇落不可顧。我非草與木，胡爲被霜露。不辭霜露侵，但恐歲云暮。

關山月

關山一片月，揚彩射金微。胡馬中宵動，天街七暈圍。將軍横塞角，少婦搗邊衣。爲有刀頭望，長看破鏡飛。

楊花落

坐待梅花盡，征人獨未歸。宫妝臨鏡懶，春信到邊稀。斷縷驚龍管，餘香入鳳幃。持將花比貌，空有泪霑衣。

入塞

沙海烽塵息，將軍奏凱還。九邊傳露布，一夜到甘泉。天子開麟閣，都人望馬鞭。定知金市裏，甲第在今年。

經始皇墓

雄圖不可見，墟墓亦無憑。寶藏應先發，泉宫侈□稱。只餘雙嶺月，長作萬年燈。山下東原道，人人説霸陵。

搗衣

城上秋風木葉飛，城中思婦搗寒衣。誰憐此夜腸空斷，獨恨經年戍不歸。聲度隴雲傳玉塞，心隨關月到金微。相思更有殘機錦，願逐長安一雁飛。

寄王太史元思謫戍玉壘

學士兩朝供奉年，上林詞賦萬人傳。一從玉壘長爲客，幾放金鷄未擬還。聞道買田臨灌口，能忘歸馬向秦川。五陵他日多豪俊，空望城南尺五天。

江干曲二首

送君曾水上，臨水即相思。不似錢塘水，潮來有信期。

江上與君別，日來江上看。知隨江水去，猶自立江干。

喻侍郎時 一首

時字中甫，光山人。嘉靖戊戌進士，知吴江縣，以治行第一，徵拜御史。分宜初得幸，抗疏論列，得報聞，秩滿，遷應天府丞，轉太僕，以右僉都御史督西輔六郡，以右副都督漕，進提督陝西三邊軍務，拜兵部右侍郎，協理戎政，以人言引去。起南户部侍郎，卒於官。好爲古文辭，追琢詰屈。中州人稱爲「喻氏學」云。

稷山

飛沙凌亂撲征帷，朔氣遥連白虎旗。水急漁船留涷浦，山空獵網掛寒籬。觀風只到羲和冢，訪古還過后稷祠。聞説單于侵内郡，將星不見使人悲。

蘇侍郎祐五首

祐字允吉，濮州人。嘉靖丙戌進士，除吴縣令。拜監察御史，出爲江西副使，以副都御史撫山西，入爲刑部右侍郎，又以兵部左侍郎總督宣大，罷歸。侍郎詩粗豪伉浪，奔放自喜，今人不復詳其風格，徒以其聲調叫號近於雄渾，遂謂關塞之篇，不愧横槊。何相者之舉肥也？魯王孫觀熰評曰：「格不高而氣逸，調不古而情真。」又謂其二子青出於藍，蓋齊、魯間之論如此。

井陘道中

迢遞經恒野，崎嶇薄井陘。晚風吹雨過，山色入雲青。車路愁方軌，旗亭可建瓴。太行真地險，擬勒北山銘。

袁州對雪何筭亭侍御

宜春臺邊同暮雲，宜春城下雪紛紛。初隨鳴雨喧相集，轉入飄風静不聞。銀燭並廻摇乍暝，金尊獨對散微醺。因懷驄馬江城夜，客况曾經可問君①。

① 原注：「『鳴雨』、『飄風』一聯，謝茂秦極賞其詩律之細。」

予告歸入倒馬關作

南風吹雨傍關來，關上千峰畫角哀。老去尚憐金甲在，生還重見玉門開。鵾絃謾引思歸調，虎節空慚上將才。聖主恩深何以報，車前部曲重徘徊。

李牧祠下眺望作

泉源冰竇入春分，鳥語花香遲客聞。戍鼓寒沉龍塞月，夕烽晴照雪山雲。年來近野多戎壘，時過迴陽幾雁群。險絶頗憐今昔地，莫教空説李將軍。

擬古宫詞

水殿凉生獨不眠，風來忽謾鳳笙傳。尋常明月娟娟夜，似向今宵分外圓。

附見　蘇通判瀌五首

瀌字子川，祐之長子。六試鎖院不利，以恩蔭補官，仕至通判。瀌之子主簿粢，有詩，見李北山《齊魯集》。

遊大明湖

風物湖中好，家家白板扉。浮雲去水近，返照入林微。潮落漁磯淺，江寒雁影稀。晚來砧韻起，是處搗征衣。

園居

壯年不遇主，歲月忽侵尋。買藥到城市，讀書隨樹陰。窗虛啼鳥近，門掩落花深。舊日逢方士，曾傳戲五禽。

時事

群盜憂方切，繁霜況暮春。封疆誰鎖鑰，天地漸風塵。處處鳴絃日，家家望雨人。時危身尚棄，空有淚霑巾。

寄北山李符卿

客裏逢秋倍憶鄉，裁詩遥寄雁南翔。東山樂事携紅袖，西閣才名溢縹囊。舊雨故人空在望，新豐美酒共誰嘗。猶聞聖主思耆碩，曾問先朝尚璽郎。

絶　句

新笋抽林與屋齊，亂紅飛過畫闌西。流鶯不管春來去，坐向緑陰深處啼。

附見　蘇舉人澹一十首

澹字子冲，祐之仲子。六七歲，隨其父宦吴。渡江，能爲賦二聯。登虎丘，能爲詩四句。其自叙謂年三十尚在舉子列，嘗有感慨之句。中立謂其青出於藍，且尤過之。有《蘇仲子集》。澹之弟審理潢，詩頗驕稚。潢子某，亦能詩。

暮秋夜宿紫荆關

驛路飄黄葉，關門薄紫荆。上都瞻處近，北斗坐來平。塞冷胡笳斷，原荒野燒明。終軍雖老大，還欲請長纓。

暮春雨中集惟時西園

西園花事歇，一雨浄芳菲。不是鶯相喚，誰知春欲歸。池魚翻晚碧，檻笋茁新肥。待得清和候，重尋芍藥圍。

鹽河聞雁

客子起常早，月明殊可親。一聲沙觜雁，匹馬渡頭人。顧侣鳴偏切，悲秋興轉真。蘭閨夢迴處，應憶客邊身。

弘慈寺别沈元戎

蕭寺送行頻，蟬聲入座新。夏雲驕釀雨，關樹遠通津。門外長安路，樽前出塞人。願分雙寶劍，萬里静胡塵。

春暮東園獨酌

郭外幽亭客到稀，一尊聊爲賞芳菲。雨添新水浮萍出，徑裛餘香蛺蝶飛。畝畝自歌衰鳳曲，江湖誰占釣魚磯。醉中轉覺閒居好，小徑柔桑信步歸。

莊上閒居

苦柏叢篁與屋齊，野雲常宿藥欄西。鷗情久定看春雁，鶴夢初驚怪午鷄。葉溜每令山犬吠，月明常賺夜烏啼。隔橋景物應如待，日引幽人過鹿溪。

夏日園居

繩牀瓦枕興偏賒，静檢藝編玩物華。蝶夢欲殘香散靄，鳥聲不斷樹籠霞。林墟乍進翁孫竹，籬落齊開姊妹花。便託瑶琴奏清賞，南薰早爲過山家。

三月晦日病中戲成

怕病偏生病，傷春更送春。燕鶯休告訴，我亦有情人。

清明日偶述

梨花寂寂燕飄零，藥檻蘭畦嫩葉生。處處兒童吹柳笛，扶持春事到清明。

背面美人二首

抱得琵琶下玉除，湖山背立溜犀梳。傍人欲見春風面，但道蕭郎有寄書。

釵髀烏雲鬢欲蓬，回身環珮響丁東。背人不是無情思，自古紅顔畏畫工。

馮舉人惟健一十一首

惟健字汝强，臨朐人。副使裕之子也。裕字伯順，以戍籍生於遼東，受學於醫閭賀欽。正德初，舉進士，仕爲貴州按察副使。生四子，惟健嘉靖戊子舉人，未仕而卒，惟敏亦鄉舉，而惟重、惟訥同年進士。兄弟四人，三人皆有集，以才名稱於齊、魯間，獨惟重無聞焉，而宗伯文敏公琦，則惟重之孫也。魯王孫觀熰撰《海嶽靈秀集》，論三馮之才，則首推汝强云。

擬四愁詩并序

漢張衡寄意於君，作《四愁詩》，然實一愁止耳。北海馮惟健賦命蹇坎，守道自信，皇皇京國。於時父守石阡，母弟僑於青，妻子還閭陽，朝夕懷念，不寧厥居，乃若所愁，真四愁矣，故擬而賦焉。然衡託物之興遠，余述事之意多期於道，實不論工拙，覽其作者，可以流涕矣。

我所思兮在衡陽，欲往從之湘水長。父兮驅車五馬良，爲國經營筋力强。坐紆籌策馴蠻羌，指揮軍餉收夜郎。出門四顧誰相將，瞻依斗極懷君王。思之不見心煩傷。

我所思兮在青州，欲往從之路阻修。淄濰東下何悠悠，滿園布穀鳴鳲鳩。母兮繅絲妹結紬，弟兮刈麥行西疇。道逢鄉人寄衣裯，展衣拂袖雙淚流。思之不見心煩憂。

我所思兮在醫閭，欲往從之路崎嶇。凄凄霜露臨丘墟，鹿場町曈依吾廬。妻兮抱子愁獨居，昨聞邊關飛羽書。胡兒殺人如匹雛，將軍斂兵不敢驅。思之不見心躊躕。

我所思兮在燕京，欲往從之塵盈盈。青樓有女宛清揚，晨理機杼織未成。我欲贈之雲錦屏，羅綺結成雙鳳形。懷之中夜步前楹，長歌宛轉誰爲聽。思之不見心煩冥。

歸讀書處作簡汝威弟

城南書舍復相違，身外浮名有是非。若得羽翰遺世網，定應猿鶴老柴扉。泉鳴花徑時垂釣，日到松梢自曝衣。王子夜深乘月色，山頭吹把玉簫歸。

贈麻南莊隱者和岳雲石韻

燁燁瑶芝玉洞開，冥冥紫氣自東來。拂衣海上攜龍杖，抱膝雲中養鶴胎。

送少宗伯東渚楊公還朝

舟楫懷明主，笙歌慰遠征。蒲輪輝泰岱，龍節照淄澠。日月丹霄迴，蓬萊絳闕曾。上臺旋斗極，東海運鵾鵬。虞室夔龍重，周廷禮樂興。銀臺閒玉匭，天閣秘金縢。九廟旂常集，諸陵劍舄登。鮒隅祥霧隱，豐沛瑞源澄。金粟雙峰並，瑶池八駿乘。臣鄰瞻赫赫，賓從盡兢兢。獻納當朝望，都俞氣象增。殊儀須景伯，正色待長升。緹扇隨車轉，朱明麗蓋昇。松亭餘舞鶴，石巘按垂藤。地境雲光瑩，天齊雨氣蒸。歌隨林鳥變，思共暮烟凝。牛角悲歌甯，龍門喜御膺。十年還戴鶡，千里共擔簦。勛業寧金馬，身名豈玉繩。塵鋒頻自拭，鎩翮尚堪騰。敢謂吟《梁甫》，誰能著茂陵。雲門讀書處，日暮倚峻嶒。

姑熟道中三首

獨眠三館夜，微鐘度江口。牽帷語僕夫，起視天霽否。煙起樹亦暝，水生江岸窄。夜來別故人，風雨最蕭瑟。

冥冥雨不絶，嚦嚦啼征鴻。寒江煙霧裏，小艇一漁翁。

馮通判惟敏八首

惟敏字汝行，惟健之弟也。領山東鄉薦，知淶水縣，改教潤州，遷保定府通判。汝行善度近體樂府，盛傳於東郡。王元美謂李尚寶先芳、張職方重、劉待御時達此調皆可觀，而惟重獨爲傑出，其板眼務頭，攛搶緊緩，無不曲盡，而才氣亦足以發之。余所見《梁狀元不伏老》雜劇，當在王渼陂《杜甫春遊》之上。詩雖未工，亦齊、魯間一才人也。

禽言六首

鳳凰不如我，竹實醴泉眞瑣瑣。何不委形濁世中，飛鳴飲啄無不可。鳳凰不如我。

得過且過，風雨冥冥巢欲墮。飽暖當時不自知，炎涼此日方參破。得過且過。

歸去樂，荒煙一望山花落。夜月原頭血吻新，斜陽枝上聲如昨。聲如昨，長相語，微禽丁寧或可據。獸蹄鳥迹難久遊，故國關山不爾禦，不知爾家樂不樂，只是此中風雨惡。吾非有翅不能飛，喚爾醒時吾亦歸。

報穀報穀，透犁好雨夜來足。不愁田中惡草多，但願年年風雨和。夜來雨急風聲惡，聞道村南一尺雹。老翁歸來語老妻，村中報賽烹鳴鷄。

豁開溝溝水，東西流麥場。礡礋聲漸急，黄犢横奔汗如泣。重雲靉靆四望集，頃刻那能辨原隰。天之未雨溝不開，枝頭啼鳥爲誰哀。向前還好，可惜今年種田少。早知今年勝去年，即死不賣山南田。欲向靈禽頻借問，禽言昧遠惟知近。能知歲事報陰晴，不知官租重與輕。

聞柝

野柝鳴沙岸，漁燈照白波。凄凄風不定，隱隱夜如何。歷亂鄉心碎，依微客夢多。江聲還自擊，展轉動悲歌。

上巳日作時落第客京師

三月三日東風惡，滿城桃李都摇落。乍隨飄揚入重雲，還自低回委深壑。長安道上東復西，曲江池邊路轉迷。飛空不解作紅雨，著土豈得爲香泥。風聲如雷塵如墨，行道之人長太息。春光猶有三之一，千樹萬樹無顔色。花開花落會有時，抵死不分狂風吹。但願周流御溝水，寧辭遠别上林枝。溟濛澒洞滿天地，倉皇未識東君意，不遣紅英點翠苔，玉階那得留餘媚。君不見昨日花開枝葉青，折來插之雙玉瓶。畫堂不省紅塵到，裊裊花氣芬中庭。又不見樓頭小婦深閉門，晨起竟日寂無言。捲簾欲放飛花入，撲面驚沙總斷魂。

馮光禄惟訥一十二首

惟訥字汝言，惟敏之季弟也。嘉靖戊戌進士，除宜興知縣。調魏縣，三遷爲兵部員外，出爲按察僉事，提學陝西、兩浙，累遷江西左布政，所至皆有聲迹。以病請老，特進光禄寺卿，予致仕。汝言仕宦三十年，圖書詩卷外無長物。撰《漢魏六朝詩紀》，自上古以迄陳、隋，網羅放失，殊有功於藝苑。有《馮光禄集》行世。評其詩者，以爲博洽多記，自出爲鮮。

聞警二首

八月塞門開，單于獵雁回。五原秋草盡，萬騎羽書來。秦隴瘡痍後，疆埸戰伐催。黄雲迷處所，羌笛暮生哀。

平生投筆吏，慷慨學孫吴。不分龍庭騎，年年入武都。輕兵下隴坂，間道襲休屠。談笑看雄劍，煙塵更有無。

春日侍宴高唐齊東二王即韻應教

昔聽桂山調，今看蘭坂花。春雲間珠圃，初日照彤霞。改服游新苑，移尊對遠沙。應劉今日賞，不是魏王家。

出榆關逢徵兵使人作

聞道雲中將，先秋戒鐵衣。虎符千里至，龍騎五營歸。夜月明雕戟，山風曳畫旂。誰憐瀚海外，雜虜駐金微。

春日陪孟東洲憲使公重過宋氏園亭

竹色青於染，春生宋玉家。衆山當户出，一水抱城斜。積雨翻高柳，輕寒勒早花。風光正如此，莫惜醉流霞。

秋日同參伯邵公遊鳳凰山

鳳凰高閣俯晴空，萬里蠶叢此路通。遠近川原秋色裏，參差草樹夕陽中。尊前舞袖翻霜葉，天外清笳咽塞鴻。回首舊遊成夢隔，獨將遲暮嘆征蓬。

送杜明府謝政還遼

仙郎逸氣橫朝野，傲岸不落風塵下。邴丹六百輒免官，王陽九折能還馬。羈心浪迹日悠悠，楚水吴山十度遊。秋風君度紅騾磧，知我題詩白鷺洲。

至都始見峻伯留宿廨舍識喜

可憶毗陵夜雪船，亂帆相背各風烟。探囊詩卷行堪把，計日心期又隔年。秉燭更疑成別夢，當杯翻怯近離筵。同遊自昔多豪彦，獨對狂歌倍黯然。

毗陵舟中夜別萬吴二明府次俞汝成韻

渡口雲深樹色蒼，孤舟寒雨共離觴。憑君莫話從前事，只是無言已斷腸。

再別徐少初明府二首

悲歌昨夜惜離群，九曲腸隨別路分。江雨未休春寂寂，那堪今日又逢君。

千里江程一夜過，毗陵回首隔煙波。莫嗟此後音書少，只恨從前笑語多。

臯蘭觀兵

金城關外雪嵯峨，龍尾山前涌白波。春風一夜流澌盡，漢使明朝欲渡河。

又寄河東清溪諸殿下二首

寒城雪盡曉氛氲，萬樹猿聲不可聞。東望梅花消息斷，思君一寄隴山雲。
天涯歲晏雪霜繁，又見春風落塞門。一望秦川腸一斷，欲持芳草問王孫。

靳侍郎學顔六首

學顔字子愚，濟寧人。嘉靖乙未進士，累官吉安知府。歷太僕光禄卿，拜副都御史，巡撫山西，入爲吏部左侍郎，移疾乞歸。爲人樸貞諒直，博學慕古，有集行世。同時歷下有劉汝松、谷繼宗者，皆舉進士，有詩名。谷亦能填詞，而詩俱未工。

效黄魯直

一旬三饋漿，十日一櫛沐。迫而後能應，希聲猶不足。被褐詣諗公，共爾一盂粥。澹然出世情，了了無縛束。因舉趙州話，白兆一橛木。瞠目不解答，彼已兩無觸。作別不作別，黄葉埋經屋。

草橋即席寄以騰

舊國春深草似煙，年年此際對離筵。才聞柳外歌三疊，已識尊前路五千。劍閣啼猿梅雨夜，錦江駐馬麥秋天。從今莫問西來雁，縱有風翰不到川。

燕京暮春歌

三月楊花滿御溝，可憐春色亦東流。行人不用多惆悵，鵜鴂年年唤白頭。

東京歌

濯龍門外馬車流，誰人不道入青樓。盧家少婦鳴箏坐，逢着春光不解愁。

渭城曲

春風送客渭城西，折柳亭前落日低。驄馬漸隨塵影没，黄鸝飛上戍樓啼。

聽陳東阜彈琴

逐客經年滯楚鄉，蕭條兩鬢已秋霜。逢人唯奏《思歸引》，易水燕山總斷腸。

任御史淳二首

淳字元樸，堂邑人。正德庚辰進士，監察御史。

出塞曲二首

十八羽林郎，飛騰事朔方。青萍玄錦韜，赤兎紫絲韁。沙漠今巢穴，燕然古戰場。王庭須遠遁，衛霍在邊疆。

登壇臨玉塞，報主荷金戈。漢節當關重，胡笳出塞多。氣吞玄朔壘，兵洗白洋波。休信單于款，謀窮僞請和。

蘇右都志皋四首

志皋字德明，固安人。嘉靖壬辰進士，知瀏陽、進賢二縣，遷刑部主事。歷郎中，出爲僉事副使，皆宣府、潼關、涇邠衝邊要地。庚戌虜警，會推雁門兵備，歷陞布政使，以右僉都御史巡撫遼東，陞右副都御史。右都才情富麗，沾沾自喜，好作長短句，有《寒村集》。

雪夜襲虜

朔風利似刀，朔雪密如織。四山號虎兕，萬卒無生色。號令等風霆，直搗龍沙北。夜半縛呼韓，天明傳蓐食。

盱眙山館

山館雨初歇，村園菜正肥。摘花引寒蝶，冉冉過籬飛。

送楊虚樓還任饒陽

澮烟疏雨禁城秋，彰義門前古渡頭。欲把相思付流水，蘆溝日夜總悠悠。

初夏寄題隆興寺禪房

蒲萄引蔓棗開花，臺殿參差日影斜。一客不來雙燕語，老僧閒欲曬袈裟。

頓長史鋭二首

鋭字□□，涿州人。正德辛未進士。官終長史。北人云：「涿郡有才一石，人得其二，鋭得其八。」

銅雀妓

西陵芳草合，松柏半爲薪。宫殿飛銅雀，下飲漳河濱。檀煙冷餘燼，繐帳網流塵。白頭歌舞妓，來教晉宫人。

西巡曲

飛輪擊水日三千，咫尺長安在日邊。試向茂陵高處望，未央前殿立銅仙。

谷知縣繼宗一首

繼宗字嗣興，歷城人。嘉靖丙戌進士，官知縣。富於篇什，以倚待立就爲能，故可傳者絶罕。

同楊都督登醫無閭

海門日出上無閭，疑是驪龍抱夜珠。萬里太行天塹角，千年遼左北門樞。猩紅嶺外稀來雁，鴨緑江頭有巨魚。鎖鑰只今憑衛霍，朵顔密邇費踟躕。

栗舉人應宏三首

應宏字道父，潞安人，弱冠舉於鄉，累試南宫不第，耕讀太行山中。高子業解司封歸，道父擔簦相造，鷄黍定交。子業作《紫團山人歌》贈之，云：「紫團高山概青雲，栗家兄弟殊不群。陳州一出驅五馬，令弟二十窺《三墳》。」陳州者，道父之兄應麟字仁甫者也。道父《山居詩》六卷，子業爲之序。仁甫自有集，而子業有兄仲嗣，舉進士，亦有才名，其集皆未及録。

龍山別業即事

葺屋空林伴翠微，柴門無事柳依依。隔年藥物頻宜日，近午茶煙欲上衣。山郭歲時流水舊，野堂風雨到人稀。興來獨步多尋賞，爲問茅君理息機。

宫詞

鳳凰樓下散宫花，金錯裁成五色霞。空有青春寄刀剪，不如紅葉到人家。

吴姬行

吴姬十五遊燕趙，少小離家那得知。歌向尊前將進酒，低回却憶採蓮時。

方舉人元焕二首

元焕字子文，臨清人。嘉靖甲午鄉貢。以行草擅名山東，王元美以爲疏野粗放。《備諸惡道署書》稍勝，亦無佛處稱尊。中立載其歌行一卷，大都豪放，亦類其書。此二詩，李伯承所取也。

園居二首

冥心無住着，水石澹幽居。風物花含早，陽春鳥弄初。病減燒丹竈，情欣種樹書。地偏非辟俗，林卧谷神虚。

兀兀坐長日，行園恰晚晴。畦蔬經雨足，山木到雲平。野老水上語，輕風林際生。年來知抱甕，猶聽轆轤聲。

劉副使效祖五首

效祖字仲修，濱州人，寓居都門。嘉靖庚戌進士，授衛輝府推官。以户部郎擢副使，備兵固原，坐内計罷官，年纔四十。以賦詩自豪，篇什流傳，禁中皆知其名。穆廟遣中官出索其詩，都人傳其事，以爲本朝所未有也。

九日獨酌

南山遥對菊花開，欲採無人爲舉杯。縱説柴桑貧謝客，何曾不許白衣來。

折楊柳

楊柳千條拂地垂，春風送客妾心悲。誰家年少輕離别，偏把愁聲笛裏吹。

塞上曲二首

龍沙近接古檀州，多少從軍倚戍樓。寒夜不堪愁絶處，西山片月挂城頭。

朔風吹雪渡沙場，傳道單于獵白狼。北望征塵何處是，暮雲無際草蒼茫。

燕京歌

元會初分庭燎光，君王親御紫霞觴。不知五夜春多少，白日猶聞蠟炬香。

郭主事本三事

本字道充，曲阜人。嘉靖辛卯舉人。南京浙江道御史，謫臨汾令，終户部主事。中立云：「博雅多才，百年中闕里之奇氣。」工五言詩，得陶、韋骨法。

結屋

貯木二十年，一屋未必就。風雨日薄蝕，土花起皴皺。捐棄弗忍言，黽勉始結構。因循復三載，石雨穿寒溜。枯棟三兩橫，客來不敢留①。人生須蓋藏，輾轉事飣餖。握粟出經費，厨人生怨詬。自笑鳩爲巢，未了先白首。休哉孫五郡，去官借車厩。至今清白聲，猶不愧屋漏。

① 原注：「去聲。」

哭楊焦山繼盛

滚滚數行淚，遠爲楊焦山。反復讀諫草，五内皆潸然。自昔如弦直，累累死道邊。機事淵海深，孰能察其端。天聲震西北，地軸摇東南。日月復薄蝕，山湮谷成淵。問地地不語，吁天天不憐。孤愁何所極，塞於天地間。

過以禎西莊

杲日明西野，緑蔭連松篁。清風徘徊至，滿座納虚凉。門窗見㠑嶧，蒼翠飄嵐光。時聞讀書聲，伊吾禾黍場。東鄰有壇杏，雨過生微香。

董漢陽穀 五首

穀字碩甫，海鹽人。舉人。仕至漢陽太守。父沄，字復宗，自號蘿石翁，以能詩聞江湖間。年六十七往師陽明，晚究心内典，援匡廬故事，結蓮社於海門精廬，又號白塔山人。碩甫亦好著述，有《碧里雜存》等書。

金山寺

孤絶江心寺，煙波接渺茫。浪花浮石磴，帆影落僧牀。金碧輝天界，歌鐘起下方。月明潮落後，倚檻聽嗚榔。

雲山圖

衆緑獻秋色，寒山生夕容。林間静茅宇，雲外響村舂。落日行文豹，澄江飛斷鴻。遥憐徐孺子，一榻坐千峰。

塞上曲

摇空白浪見玄菟，遍野黄羊是福餘。最苦遼陽城下戍，月明清淚下吹蘆。

右遼陽。

臨清柳枝詞二首

春早持齋一月餘，羅衣初試覓香車。丁寧夫婿嚴齋禁，頂上歸來始破除。

結束腰肢細可憐，女奴相送上鞦韆。風光又是清明近，墮却金釵記去年。

方承天九叙二首

九叙字禹績，錢塘人。嘉靖甲辰進士，除兵部主事，守山海關。知承天府，以伉直忤巨奄，罷歸。爲人高朗，善論事。家居結社湖上。有《方承天遺稿》。

賦得燕燕于飛

小院百花香，輕簾雙燕翔。影隨春陌近，聲入午風長。趁蝶迴雕砌，銜花赴彩梁。空閨朝復暮，徒切畫眉長。

涉江採芙蓉

六月江南天，家家出採蓮。并舟青雀近，分歌緑水連。看花誤是面，摘葉戲成鈿。夕陽歸渡口，更覺晚妝鮮。

胡按察直三首

直字正甫，盧陵人。嘉靖丙辰進士，官按察使。

卧病省署作

掩閣烏同寂，升堂鶴共遲。亂花封印篋，飛鳥掣文移。公事癡能了，陰符懶未窺。散衙饒暇日，春院緑陰滋。

龍洲書齋新霽客至

芳洲綺樹接江城，曲巷回軒霧細生。弱柳窗中銜宿雨，遊絲水面帶新晴。林花點草粗成字，山鳥呼朋自有名。卧病一春蘿徑滿，君來時復掃柴荆。

聞鶯懷鄒繼甫

旭日高槐啼欲斷，午風深竹弄還長。莫言絶域如天外，猶有鶯聲似省廊。

聞人詮一首

詮字邦正，餘姚人。嘉靖丙戌進士。

陽棧嶺

陽棧接高天，白雲山下看。花落雨餘雨，風吹寒食寒。縱目黄山外，停驂紫漢間。斜陽過廣惠，始覺有人寰。

鄭布政旦四首

旦字希周，歙人。嘉靖癸未進士。歷官浙江右布政使。王寅曰：「方伯家敦倫理，朝勵官箴，有德之才，炳爲辭藻，若『花明沛上宴，香起洛中塵』、『河影城頭墮，秋聲塞上生』，『棧道黄雲上，蠻村白草傍』、『箐道千盤臨戍堡，山城百雉入邊州』，皆出渾淪，不落輕靡。」

夜歸洱海道中

杳杳空原暮，蕭蕭旌旆行。長風吹海暗，新月傍人明。河影城頭墮，秋聲塞外生。客懷頻倚劍，時事正論兵。

曉發洱海夕次濱川

天高野曠瘴煙收，風急霜繁落木秋。箐道千盤臨戍堡，山城百雉入邊州。諸蕃樂歲休戎馬，孤館頻年望斗牛。夜半角聲吹激烈，紛紛涼月照人愁。

塞上曲

西望山前落葉秋，桑乾水上行雲愁。笳聲曉夜吹城樓。胡騎直過新聚落，吴兒初識古雲州。

子夜歌三首

昨夜月團圞，郎在何處邊。安能作百丈，日夕牽郎船。

聞郎往瀟湘，裁書寄雁去。郎行無定踪，書寄知何處。

欲織雙鴛鴦，終日纔成匹。寄君作香囊，長得繫肘腋。

王御史獻芝一首

獻芝字世瑞，新安人。王寅曰：「世瑞乘驄京國，風采凜然，折節憐才，心如不及。平生之詩不多，乃有妙品。若『到門蟠古松，龍鱗半身死。對佛插高峰，寒翠妙空裏』。末代詩人，豈可易道。」

翠峰寺

尋幽入仙源，遥聞鐘聲起。到門蟠古松，龍鱗半身死。對佛插高峰，寒翠妙空裏。是時秋已深，黄葉滿流水。老衲笑相迎，焚香問禪旨。